M　8

エムエイト

高嶋哲夫

集英社文庫

この作品は二〇〇四年八月、集英社より刊行されました。

目次

M8
エムエイト

本書はフィクションです。執筆時点での最新の研究をもとにしておりますが、震災の設定はあくまでも著者によってシミュレーションされたものです。また、実在する施設等が登場しますが、物語の構成上、実在のものとは異なる描き方がされている場合があります。

第一章　予　知

1

ドーンという音を聞いたような気がした。

細胞にアドレナリンが溢《あふ》れ、全身が硬直する。瀬戸口《せとぐち》は必死で身体を動かそうとした。首筋から胸にかけて汗が滲《にじ》む。気管が圧迫され、息ができない。掠《かす》れた音を出しながら必死で空気を吸い込む。目を開けると黒煙が見える。その中から時折、オレンジ色の炎が巨大なヘビの舌のように獲物を求めて飛び出してくる。逃げろ、逃げるんだ。焼き殺されるぞ。瀬戸口は必死で叫んだ。

瀬戸口の意識が乱れた。脳裏の奥に焼き付いている光景。

髪を乱しパジャマのままで立ち尽くす女性、地面に座り込んでただ泣いている子供、素手で瓦礫《がれき》を掘っている男の姿、掘り出された泥だらけの遺体を茫然《ぼうぜん》と見つめる老女。

目に入るのは道路の両側に続く崩壊した家々と、虚《うつ》ろな目をした難民のような住人たちの姿だけだ。

瀬戸口は神戸《こうべ》に向かって歩き続けた。前方からは無数の人たちが瀬戸口に向かって走ってくる。思わずその場に立ち止まった。横をカーキ色の自衛隊の大型トラックが何台も何台も追い抜いていく。見上げると、真っ赤に染まった空の中を自衛隊の輸送機が轟《ごう》音《おん》を上げて飛んでいった。

——気が付くと床に転がっていた。

額をさするとこぶができている。椅子《いす》から転げ落ちたのだ。手の甲で口の周りの涎《よだれ》を拭《ぬぐ》った。いつのまにか居眠りをしてしまった。

机の上にあったクリスマスツリーのミニチュアが横に落ちている。

慌《あわ》てて立ち上がり、ペンレコーダの前に行った。パソコン画面ではデジタル表示で、しかもすぐに地図上で数値を見ることができるが、やはり地震の揺れをリアルに伝えるのはこの装置だ。

揺れは記録されてはいるが大きなものではない。

机に戻ってパソコンディスプレー上の地震計、体積歪《ひずみ》計などすべての測定値に異状がないのを確認して、床のツリーを拾い上げた。

眼鏡を外して何度かまばたきした。

目がしょぼついて、頭の奥に灰白色の塊がある。辺りを見回すと視野が霞《かす》んでいた。ディスプレーを見つめ始めて、八時間以上にもなる。その間に二度、トイレに立った。夕食はクリームパンとチョコレートパン。牛乳で、ただ胃に流し込んだという感じだった。数時間前から腹が鳴っている。首を左右に曲げると骨の音がする。

再び身体を傾けて目をディスプレーに近づけた。静岡県と神奈川県の境目の赤い点を確認した。

画面には日本地図が描かれ、無数の赤い点が書き込まれている。この点一つ一つが地震計と体積歪計の設置点を表している。

瀬戸口は身体を回して、再度背後のペンレコーダに目をやった。あと一〇秒。九、八、七……カウントダウンを始めた。ゼロになったとき針先が振動を始め、振幅は次第に大きくなる。そして三つ数えたときその振動は減衰を始め、元の直線に戻った。地震計がセットされた大地が震えている。

この震動が昨夜の午後八時すぎから周期的に続いている。ほぼ三二分ごとに三秒間続いて元に戻る。初めは単なるノイズかと思ったが、五回目を観測した後、Ｅメールで大学に送った。なんの連絡もないところをみると、まだ誰も見ていないのだろうか。それとも大して気にしてはいないのか。おそらく後者なのだ。全国の地震関係のデータをすべて把握している気象庁も当然、気付いているはずだ。この程度の揺れを気にしていたら日本には住めない、これが彼らの答なのだろう。しかし、瀬戸口はこの規則性が妙に気になった。大地の震動――それは地殻の声。地中の奥から呼び掛けているのだ。

二〇〇五年、一二月三日。

午前三時三五分。

静岡県伊豆《いず》半島、大瀬崎《おせざき》。大瀬崎地震研究センター。

瀬戸口誠治《せいじ》、二八歳。東都大学理学部地球物理学科、大学院博士課程を去年、修了したポストドクターは、月に一度の割りで研究センターを訪問している。今回は今年最後の訪問だった。

今日が七日目で、午後の新幹線で東京に帰る予定になっている。

この地震研究センターは東都大学理学部に所属し、日本で五指に入る地震の研究施設だ。

部屋の一方の壁には一五台のディスプレーがはめ込まれ、日本全国の測定点から送られてくる画像が映っている。特に、地震防災対策強化地域のデータは詳細にモニターされていた。地震防災対策強化地域とは、地震が起こった場合震度6弱以上の揺れ、二〇分以内に沿岸で高さ三メートル以上の津波が発生し、著しい地震被害が生じるおそれがある地域である。これは一九七八年に施行され、その後何度か改正が加えられた「大規模地震対策特別措置法」に定められている。

さらに、全国の大学、その他研究施設の地殻変動に関する観測データはリアルタイムでこの研究センターに送られてくる。

同時に研究センターのコンピュータは全国の大学や研究室ともつながっていて、データベースの役割も果たしている。日本の地震研究に関して気象庁と共に中心的な施設である。

瀬戸口は月に一度、一週間の予定で装置の保守とデータ整理に派遣される。瀬戸口はこの仕事が気に入っていた。それはだれからも束縛されない自由な時間が取れるということだ。雑用のない一週間、というのは貴重である。

さらに最大の魅力は、センターの端末コンピュータから文科省統計数理研究所のスーパーコンピュータをほぼ制限なく使用できることだった。大学ではスーパーコンピュータの使用には、教授の承認が必要なのだ。

まず、自分のシミュレーションプログラムに最新のデータを読み込む。それをセンターの特定研究の一つとして流すのだ。そして今回も、その目的はほぼ達成できた。

瀬戸口は両腕を上げて伸びをして、目の前の計算結果の束に手を置いた。東京に帰ってこれを分析すれば、自分の推論の正当性を証明できるかも知れない。

だが今回は、昨日から続いているセンターの前に広がる駿河湾《するがわん》の群発地震が妙に気に掛かった。

海溝型巨大地震、東海地震の発生の可能性が高いと言われて久しい。ここ数十年のうちには必ず起こると推定されている。

地球は十数枚のプレートといわれる岩の塊で覆われている。それぞれのプレートは厚さが数十から二〇〇キロメートルあり、日本列島は東から太平洋プレート、北アメリカプレート、フィリピン海プレート、ユーラシアプレートの四つのプレート上にある。これらのプレートは年間数センチ程度の速さで動いている。

静岡県を中心にする東海地区の地下にはユーラシアプレートの下にフィリピン海プレートが潜り込んでいる。そのため、ユーラシアプレートには歪が溜《た》まり、それが限界に達して跳《は》ね上がるとマグニチュード8クラスの巨大地震が起こる。これが東海地震だ。

そして現在、唯一予知可能な巨大地震として観測が続けられている。

特にここ数ヵ月、伊豆周辺に起きた地震の数は通常の三倍にも達しようとしていた。しかもその数は徐々に多くなっている。全国の地震学者の目は静岡に集中していた。

判定会のメンバー六人に待機の連絡が入ったとも聞く。

判定会とは地震防災対策強化地域判定会の略称だ。気象庁長官の私的諮問《しもん》機関として気象庁に設置され、東海地震の直前予知を目指している。東海地震につながる異常現象が発見された場合、気象庁によって招集され、六人の委員が純粋に科学的立場からデータを検討して東海地震の前兆かどうか判断する。

瀬戸口は身体をそらせて大きなあくびをした。ついでに首を回して壁の時計を見ると午前四時になったところだった。

尻ポケットの携帯電話が振動した。メールが入っている。

〈今日はどうするの〉

亜紀子《あきこ》からだ。彼女はいつも名前を入れず、最小限の言葉だけを送ってくる。まだ起きているのか。朝は早いはずだが。

どうするの――この言葉はどう取ればいいのか。瀬戸口は現在、ホームレスだ。研究センターに来る前、五年間住んだアパートが取り壊されることになり立ち退《の》いた。半年前に話があって、新しいアパートを探さなければと思っていたがなんとなくときがすぎて、立ち退きの日がきてしまったのだ。

布団と大型トランクが一つ。トランクの中には衣服と本が少し入っている。荷物はそれだけだった。とりあえず亜紀子があずかってくれた。

瀬戸口はボタンを押し掛けた指を止めた。なんと返事をすればいいか分からない。予定では明日――いや、今日の夕方には東京に着く。しかし……この規則性のある揺れはどう解釈すればいいのか。

窓に目をやると、まだ夜が張りついたままだ。星は見えず、漆黒の闇《やみ》が続いている。

ふと一一年前の夜を思い出した。一九九五年一月一七日――目覚まし時計を午前五時に合わせていた。高校三年、あのころ学校に行く前の二時間を受験勉強に充《あ》てていた。

五時四六分、数学の積分の問題を解き始めたときだった。たしかに音を聞いた。ドーンという鈍い音だったような気がするが、いまになって思えば定かではない。その瞬間、身体が浮き上がった。そして――。

「まだいたのか」

突然の声に振り返った。

島崎明男《しまざきあきお》が立っている。瀬戸口と同じ大学の研究室から派遣されている島崎は三三歳。去年講師になった。瀬戸口が大学院の修士課程に入ったとき、ポストドクターで、翌年助手になった。ジーンズに不精髭《ぶしょうひげ》の生えた顔。ポストドクター時代とほとんど変わらず、気のいい兄貴という感じを残している。しかしまだドクターコース在学中に結婚し、すでに七歳と三歳の子供がいる。奥さんは小学校の先生だ。

「この波形、気になるんですけど」

瀬戸口の言葉に島崎はディスプレーを覗《のぞ》き込んだ。数秒眺めてから、ペンレコーダから吐き出されているデータシートを手にとって眺めた。

「大した揺れじゃない。こんなの気にしてたら日本には住めないぞ」

「気にしてるのは規則性です。それに――」

うまく言えない。どこか遠くからの囁《ささや》きのような気がすると言いたかったのだ。

「徐々に小さくなっている。あと、五時間もすれば消えてしまうものだ。地下のマグマが食いすぎで腹具合が悪いだけだ。下痢《げり》までいかんだろう」

「しかし――」

島崎はカバンから論文を出して机の上に置いた。

「読んだよ」

昨日、「明日帰ります」と挨拶《あいさつ》に行ったとき渡しておいたものだ。

「おもしろいよ。しかし学会発表となると総スカンを食う。それ以前に、教授が許可しない」

瀬戸口は黙っていた。予想した答だったが、直接聞くと気分が萎《な》えていくのが分かった。

「この理論は一〇年前にも一時話題になったが、それ以後は興味を持つ者はいなかった」

「タブー視されているだけじゃないですか」

「ということは、やはりどこかに問題があるんだ」

「問題とは、植村《うえむら》先生がこういうのが好きじゃないということですか」

島崎は黙っている。

植村恒雄《つねお》は現東城工科大学教授。東都大学名誉教授、地震学会会長、判定会会長、日本の地震学のドンというべき人だ。

「単に観測データや歴史的事実からの地震予知なんて古いですよ。統計学じゃあるまいし、経験則からの予想は素人に任せればいい。コンピュータがここまで進歩してるんです。天気だってかなりの確率で予測できる。地震予知のコンピュータ・シミュレーションだって可能なはずです」

島崎が驚いた顔を向けている。いつもは異常と思えるほど消極的な瀬戸口の言葉が意外だったのだ。

「そんなこと言うのは俺だけにしておけ。漏れると、この世界から弾《はじ》き出されるぞ。なんといっても狭い世界だ」

瀬戸口はそれ以上、何も言うことはできなかった。

「問題があるとすれば、初期値の取り方だろうな。使用されているのは計算時より一日前のものだ」

島崎は独り言のように言った。

「ここのコンピュータにつないでリアルタイムのデータが入力できればいいんですが」

「それは無理だ。センター長がオーケーを出すはずがない。センター長もこの種のシミュレーションを評価してないのは知ってるだろう。あの人はフィールドワーク至上主義の研究者だ」

「フィールドワークの重要性は認めます。でも、理論ともっと連携させなきゃ、宝の持ち腐れです」

「そんなこと、ここでは大っぴらに言うな。出入り禁止になるぞ」

島崎は瀬戸口の肩をかるく叩いて、これ以上付き合いきれないという顔で奥の部屋に入って行った。

「そうなると困るよな」

瀬戸口は呟《つぶや》いて席を立った。

センターの出口に来たとき思わず足を踏ん張った。

建物が揺れている。

〈屋内にいる人のほとんどが揺れを感じる。恐怖感を覚える人もいる。棚にある食器類が音を立てることがある。電線が少し揺れる〉気象庁が定めている震度階級の解説を頭の中で繰り返す。震度3。口の中で呟いた。この程度には慣れっこになっている。

ちょうど入ってきた地元大学の女子学生が、壁に背中を押しつけて揺れのおさまるのを待っている。平気な顔を装っているが、彼女も地震の恐さは知っているのだ。

瀬戸口は廊下を走って、出てきたばかりの部屋に飛び込んだ。

机の前にはすでに島崎が座っている。

「もうおさまったみたいだ。震度3」

ディスプレーに目を向けたまま言った。

瀬戸口はペンレコーダを見た。グラフ上に揺れが記録されている。

「太平洋沖二三キロ。震源の深さ地下四二キロのところだ。津波の発生はなし。いつもの気紛《きまぐ》れだよ。この程度の地震がおまえのシミュレーションで予想できれば学会賞ものだ。こういうのも特許が取れるかも知れんぞ。巨大地震を一回予知できれば、経済効果は数千億だ。うまくいくと数兆円の被害が軽減できる。大学の知的財産管理課に聞いてみろよ」

瀬戸口はパソコンにCD－Rをセットして各地の震度計のデータを記録した。

研究センターを出たとたん、ぶるっと身体を震わせた。寒気が全身を包んだのだ。駿河湾から冷たい冬の風が吹き付けてくる。

一二月にしては異例の寒さだった。東京でもすでに三度雪が降った。気象庁も異常気象の予想を出している。今年はホワイトクリスマスになるかも知れない。

この小さな町も一二月に入ると急に慌ただしさを増した。商店街にはクリスマスソングが流れ、飾り付けで溢れている。

自転車に乗ってまだ暗い国道を走った。

頬《ほお》を切る風が痛く、冷えた空気が目に染みる。急に空腹を感じた。

研究センターの通りにある二四時間営業の牛丼屋に入った。

静岡にきて一週間、三食のうち二食はここで食べている。あと一食は研究センターでパンと牛乳ですませる。

午前六時一〇分。客は三〇歳代の男が一人いるだけだった。

カウンターの隅に座り、牛丼の大盛りを注文した。この牛丼もBSE問題で、いつ食べられなくなるか分からない。デイパックからパソコンを出して立ち上げた。二時間前からの地震計、歪計の波形を圧縮して取り込んだ。

牛丼を食べながら波形を見ていた。

背後に視線を感じて振り向くと、白髪の老人が覗き込んでいた。顎《あご》のまわりも白い不精髭で覆われている。

灰色のセーターの上に黒いコートを着て、スニーカーをはいている。近所の老人ではなさそうだった。どこか崩れた空気がまとわりついている。東京の路上で見かけるホームレスに雰囲気が似ているが、不潔さはない。しかし同時に生活感もない、不思議な老人だった。

瀬戸口は慌ててパソコンを閉じようとしたが、老人の手で阻《はば》まれた。老人はディスプレーに顔を近づけた。

「おかしな画像じゃないですよ。これ――地震計の波形です。二〇分程前にここから二三キロあまりの海の底で地震が起きたことを表しています。ここでも震度3程度の揺れでした。この横の軸が時間で——。詳しいことは伊豆長岡にある地震資料館で見られますよ」

老人は瀬戸口の言葉を無視して数十秒間、波形を眺めてから、牛丼を持って隅の席にいった。

瀬戸口はパソコンを閉じ、残りの牛丼をかきこんだ。

「きみ——」

店を出ようとした瀬戸口の背後で声がした。

振り向くとさっきの老人が見つめている。

どこかで見た顔だ、瀬戸口はふと思った。

「研究センターの職員か」

「違います。東都大学から来ています。施設を利用させてもらってはいますが——」

「学生ではないだろう」

「去年、卒業しました」

「ポストドクターか」

「二年目です」

「地震研究は単なる学問じゃない。人の命と直接結びつくものだ。そこのところを十分に承知しておくことだな」

老人は瀬戸口から視線を外し、どんぶりに顔を埋めるようにして食べ始めた。

しばらく瀬戸口はその後ろ姿を見て外に出た。自転車に乗って走り始めたが、脳裏の片隅に老人の言葉が響いていた。

瀬戸口は民宿に帰って荷造りした。

数冊の本と論文、わずかな着替えと洗面道具があるだけだ。これが現在の瀬戸口の全財産だ。

季節はずれの民宿に割引料金で泊まっている。博士課程二年のときからだから、三年来の付き合いになる。

この時期、客は瀬戸口一人だった。それもほとんど部屋にはいないで、研究センターに泊まり込むこともある。

デイパックに本と論文を入れながらも、老人の姿と言葉が妙に気に掛かっていた。

荷造りをすませて時計を見ると、やっと八時になったところだった。これから三島まで行き、新幹線に乗ると、昼前に着いてしまう。亜紀子との待ち合わせは午後五時だ。それまで時間をもてあましてしまう。住み始めて一〇年以上になるが、東京はどうも苦手だ。

新幹線に乗る前に一眠りしたかったが、眠ってしまうと起きられそうになかった。だったらもう一度センターに寄ろうと民宿を出た。あの規則的な振動も気になる。

研究室では島崎がディスプレーと向き合っていた。

「なんだ、また戻ってきたのか」

「あの振動、まだ続いてますよね」

「しかしわずかだが減少している」

「たしかにそうですがね――」

瀬戸口は覗き込んでいたディスプレーから顔を上げた。

「地球物理学会誌のバックナンバー、ここにもありましたよね」

「資料室にあるはずだ。かなり抜けてるけどね。調べものなら大学に戻ってからのほうがいい。研究室には全号そろってる」

「ちょっと見たいものがあるだけですから」

瀬戸口は資料室に行った。

埃《ほこり》っぽい部屋にアングルを組んだ棚が並べられ、雑誌や段ボール箱が雑然と積まれている。

学会誌は隅の棚に並んでいた。島崎が言ったようにばらばらに並べられ、大学の研究室の半分ほどの冊数しかない。

瀬戸口は一九九〇年以降の学会誌を数冊抜き出した。

『日本海溝付近のプレート移動に関する研究』『プレート移動シミュレーションの手法』いずれもトップネームは神戸大学理学部教授、遠山雄次《とおやまゆうじ》。

一九九五年の新年号に『これからの地震予知』と題する講演論文と写真が載っていた。端整な顔つき、薄い唇と眼鏡の奥の一点を見つめる瞳《ひとみ》は意志の強さを感じさせた。五〇歳のときだ。とすると現在は六一歳。

講演中の写真もあった。自信に満ちた表情で聴衆に語りかけている。当時は地球物理学では日本の第一人者だった。特に、地震予知に関してプレートの動きにコンピュータ・シミュレーションを導入しようと精力的な研究を続けていた。しかし、その号を境に遠山の論文はまったく見られない。この年の一月に阪神・淡路大震災が起こった。

「やはり違ったか。でも——」

瀬戸口は低い声で呟いた。

埃にまみれた雑誌を持って研究室に戻った。

「どうかしたのか」

島崎が聞いた。

「今朝、牛丼屋でヘンなお爺《じい》さんに会ったものですから」

「その爺さんがどうかしたのか」

「僕のパソコンを覗き込んでぶつぶつ言ってるんです」

「おかしな画像でも見てたんじゃないか。爺さん、それを期待して」

「そんなんじゃありません。今朝の地震データを入力して、昨日までの結果と比較してたんです」

「最近はおかしなのが多いからな。パソコン、気をつけろよ。研究室でもおまえのがいちばん高いだろう。しかしよくそんなに張り込んだな」

「商売道具ですからね」

三〇万円近いノートパソコンだった。ひと月前、貯金の大半を注《つ》ぎ込んで買ったのだ。メモリー、計算速度はそれまで持っていたのとは二桁《けた》以上違う。ただのモノのような気がせず、買った日は布団にまで持ち込んだ。触れているとゆったりした気分になれたのだ。そんな気分は一〇年ぶりだ。

「地震研究は単なる学問じゃない。人の命と直接結びつくものだ、なんて言うんです」

「真理ではあるな」

「学問じゃない、なんて失礼ですよ。僕らは何をやってると言うんです」

島崎は考え込んでいる。

「そういえば最近、地震資料館によく来る爺さんがいるらしい。髭を生やした黒いコートの老人」

『伊豆地震資料館』——伊豆長岡に二年前にできた県立の資料館だ。東海地震が騒がれるなか、市民に地震の恐ろしさを実感してもらおうと、県が五億円をかけて建設した。地震のメカニズムをビデオと模型で説明したり、過去の地震のビデオを見せたり、写真が展示してある。実際の揺れを体験するコーナーもある。目玉は一〇台あるパソコンで、気象庁が発表するすべての気象データにアクセスすることができることだ。もちろん、地震に関するデータも見ることができる。全国のアマチュアの地震学者には人気があり、九州や北海道からも来ると聞いたことがある。

「髭ですか。不精髭ではなく――」

「白髪に白髭。ホームレスでもないらしい。身なりは清潔。資料館のパソコンの前に座って、一日中ぼんやりしていることもあるそうだ」

「ぼんやりですか」

「職員の女の子が言ってただけだ。俺が見たわけじゃない」

「あそこのパソコン、全国にアクセスできますよね」

「データの閲覧だけだ。それも処理されたものだけで、生《なま》データは見られない。素人にはそんなの必要ないけどな」

「最近は地震に興味を持ってる人も多いですから」

「多分、地震ファンだろう。最近、特に長く居座るそうだ」

瀬戸口は考え込んだ。おそらく牛丼屋の老人だ。老人はたしかに地震波形に興味を示していた。それに最後の言葉——。

「遠山雄次教授はどうしてるんですか。元神戸大学の——」

「地震の後、大学を辞めたところまでは聞いてるけど、その後のことは聞かないな。遠山教授のコンピュータ・シミュレーションによる地震予知研究は画期的なものだと言う人と、一〇〇年早いと言う人と真っ二つに分かれていた。おまえが内緒でやってるやつだ」

島崎は内緒という言葉を強調した。内緒には違いないが公然の内緒だ。おそらく教授も知っている。知っていて黙っているのは多少は認めているからか。

「当時はコンピュータの性能がいま一つだったが、現在の性能ならなんとか対応できるかも知れないな。『地球シミュレータ』で計算できればおもしろいだろう」

「僕もそう思っています」

しかし叶《かな》わぬ願いだ。

『地球シミュレータ』は横浜にある世界最高速の並列型スーパーコンピュータだ。だがこの分野の開発競争は激しく、順位は常に入れ替わっている。『地球シミュレータ』も常時改良が加えられている。

「そういえば、おまえも神戸だったな」

島崎は言ってから、しまったというように視線を外した。

「かまいません。もうずいぶん昔のことですから」

昔のこと——そうには違いなかった。一〇年以上も前の話だ。しかしそうは思えない者もまだ多くいる。少なくとも自分のまわりの者は、いまもあの一瞬を引きずりながら生きている。

「遠山教授は奥さんと娘さん一人と息子を亡くしている。息子は二八歳、いまのおまえくらいかな。娘さんは当時二五歳だったはずだ。一度、東京の学会に連れてきてたのを見たが、すごく綺麗《きれい》な人だと見とれた覚えがある。それに——研究室の学生も四人死んでるんだ。自分が研究している地震で命を落とした。自分の研究は無力だった。やはりかなりのショックだったと思うよ」

「いまは?」

「家族と学生の葬儀を出して、研究室を後任に引き継いでから消えてるね。民間の研究所や計測器の会社が迎えようと探したらしいが、行方《ゆくえ》不明だ。遠山さんの気持ちも分からなくはない。神戸の自宅跡には、助かった長女の家族が新しく家を建てて住んでいるといううわさだ」

「行方不明なんですか」

「地震予知研究に関しては世界の第一人者だと自他共に認めていたんだ。かなり大きなことも言っていた。まさに飛ぶ鳥を落とす勢いだった。その手前もあったんだろう。遠山教授については、おまえのほうがよく知ってるんじゃないのか」

島崎は瀬戸口が持っていたファイルを取り、中から論文を出してめくった。

「遠山・植村の方程式。一世を風靡《ふうび》したが、いまじゃ過去の遺物だ」

この方程式は地下のプレートの動きを数式化したものだ。

瀬戸口は遠山の書いた論文のほとんどを読んでいる。修士時代に興味を持ち、博士課程三年の間に内緒でシミュレーションの式を組み始めた。いまではかなり改良が進んでいる。

「彼がどうかしたのか」

「実は今日、牛丼屋で会った老人――」

瀬戸口は資料室から持ってきた学会誌を広げた。島崎はちらりと見ただけで視線をそらせた。

「大して広くもない日本だ。会っておかしくもないが、関《かか》わりあいにならないほうがいいと思うね」

「でも遠山先生の理論は――」

「あのころは権威があった。みんな飛び付いたものだ。しかし、あの地震でその権威も地に落ちた。予知なんてまったくできなかったんだものな。当時の国土庁主催で開かれた東京での防災会議で、政府や財界のお偉方を前に一席ぶった翌朝、あの地震だ。おかげで本人は助かったがね」

「地震予知は占いとは違います。科学です。限界もある。当たる、当たらないの問題じゃないでしょう。遠山先生はあの地震の一年前から自治体や政府に危険性は示していた。当時、神戸近辺の地震に興味を持っていたのは遠山先生一人です」

「世の中の人、特にマスコミなんてそうは見ないんだよ。肝心なときに役にも立たない研究に何億も無駄金を使ってということになる。遠山教授はそれに反論できなかった」

「時代が早すぎたのですかね」

「しかしその爺さん、確かなのか。これは一〇年も前の写真だ」

島崎は口調を変えて写真に目を移した。

「僕のパソコンに興味を示しました。ちょうど地震波形が出てたんです。地震学者でなきゃ、興味なんて示しません」

「それが事実であってもなんの意味もない。彼が学問を離れて、すでに一〇年がすぎている。科学、工学の進歩なんて日進月歩だ。彼の頭脳と知識なんてもはや古代の遺物だ」

「いまでも研究を続けているかも知れない」

「無理だよ。個人で何ができる。現代の科学は組織の力だ。この研究センターだって年間一二億の金が必要なんだ。人件費をのぞいて」

「札束の上でパソコンを叩いてるような言い方しないでください」

「まともな研究がしたければ、いまの一〇倍くらいの札束を積まなきゃな。そうでなければ信頼できる研究なんてできやしない」

それをやるのが研究者の頭脳です、という言葉を呑み込んだ。島崎と議論をしても仕方がない。

「ところで、一時間ほど前に判定会のメンバーが集まっていると電話があった」

「メンバー全員ですか」

「会長の植村東城工科大学教授ほか四名は確認したそうだ」

「全員ではないってことは、正式なものではないんじゃないですか。判定会の招集はマスコミに発表されるはずです。特別気になる現象ってありませんよね」

判定会がデータの異常を東海地震の前兆と判断すれば、気象庁長官から総理に「地震予知情報」として伝えられ、総理は「警戒宣言」を発令する。

「あればおまえとのんびり話してなんかいないよ」

島崎は論文をファイルに戻して瀬戸口の手に握らせた。

「今日中に東京に帰るんだろう。大学には行くのか」

「あす行きます。今日は時間がありません」

「内緒の計算についてはあまり大っぴらにするんじゃないぞ。うちの先生だって間抜けじゃないんだ」

島崎はそう言って、再びディスプレーに向き直った。


瀬戸口はセンターを出て牛丼屋に行った。

東京に帰る前にもう一度、老人について確かめておきたかったのだ。

「今日の朝、牛丼を食べにきてた白髪頭のお爺さんはよく来るんですか」

カウンターを拭《ふ》いている店員に聞いた。

「隅で食べてたお爺さんです、覚えてませんか」

「ここ数日は毎日来てるよ。一日に二度来ることもある」

「住んでるところなんて分かりませんよね」

店員はカウンターを拭く手を止めて、なんだという顔で瀬戸口を見た。

「地震について興味があるようなんで、教えてもらおうかと思って」

「住所まではねえ——」

「いつもはどんな風ですか」

「どんなって——うちは牛丼屋だから食って帰るだけだよ。ほかに何やるっていうの」

「本を読んでるとか——」

「新聞を読んでることが多いね」

三人連れの客が入ってきた。店員はいらっしゃいと声を上げ、客のほうに行った。

瀬戸口は礼を言って店を出た。


瀬戸口はバスで地震資料館に向かった。

地上三階、地下一階の資料館には、実際の揺れを体験できる体験コーナーや津波が押し寄せる様子を再現する模型のコーナーもある。小中学校の授業としての見学者が大半を占めるが、一般の見学者も多い。

一階にある過去の巨大地震の写真と、地震発生のメカニズムを説明したパネルコーナーには十数人の見学者がいた。

瀬戸口は明るい館内を今朝の老人を探して歩いた。島崎の言っていた奥のパソコンコーナーにはだれもいない。

瀬戸口はあきらめて出口に向かった。

入ってきた男とぶつかりそうになった。今朝の老人だ。

老人は瀬戸口には気づかず、奥のパソコンコーナーに入っていく。前かがみの姿勢で、何かを考えながら歩いている。

瀬戸口はさり気なくあとを追った。

老人はいちばん奥のパソコンの前に座った。慣れた手つきでマウスを操作し、キーボードを叩く。

瀬戸口はそっと背後に回った。

ディスプレーには今朝、気象庁が発表した日本列島の地震計と歪計のデータが現れている。老人はそれを指先でなぞりながら、食い入るように見つめていた。

瀬戸口は老人の横に立った。

「失礼ですが――遠山先生じゃないですか。元神戸大学理学部の遠山雄次教授」

老人の指先が止まり、ゆっくりと顔を上げた。顔つきは驚くほど変わってはいるが、眼鏡を通した目元に昔の面影が残っている。たしかに遠山雄次だ。

「今朝、牛丼屋でお会いしました」

老人の顔がわずかだが歪んだ。そして無言でパソコンを初期画面に戻すと立ち上がった。

何も言わず出口に向かって足早に歩いていく。

瀬戸口は慌ててあとを追った。老人にしては速い足だ。老けては見えるが、遠山であればまだ六〇歳をすぎたばかりだ。

遠山は地球物理の理論家ではあるがフィールドワークを重要視していた。全国を調査し、計測器の設置にも広く貢献している。日本地図を前に計測器の設置場所を説明している三〇代のころの遠山を、ビデオで見たことがある。陽に焼け、精悍《せいかん》な顔をした新進気鋭の科学者という印象を受けた。

ロビーに出たところで瀬戸口は老人の前に回った。

「やはり遠山先生ですね。僕は今朝話したように、東都大学理学部地球物理学教室のポスドクです。怪しい者じゃありません」

老人は瀬戸口を押し退けるようにして歩き続ける。

「僕も神戸に住んでいました」

老人の動きが止まった。

「地震のとき高校三年でした」

「神戸のどこにいた」

「東灘《ひがしなだ》です。家は全壊しました。家族も――」

言い掛けた言葉を止めた。目の前の老人も家族を亡くしている。そして、研究室の学生も――。

瀬戸口は老人の腕をつかんで近くのテーブルに連れて行き、デイパックからパソコンを出して立ち上げた。

「これ、見てくれませんか」

昨夜から続いている地震波形を整理して並べたものだ。

「時間軸は一〇分の一に縮めてあります。すでに丸一日近く続いています。ただの地震ではないような気がするんですが――」

「これだけじゃなんとも言えない。それに第一、私に聞くのは間違っている」

「でもあなたは遠山先生だ」

「ただの老人にすぎない」

瀬戸口はキーを叩いた。ディスプレーには次々に図形が映し出される。

「僕は近いうちに何かが起こると思います」

「だったらしかるべき人に報《しら》せて、できる限りの対応策を取ることだ。そうしないと後悔することになる」

「僕の言葉なんてだれも聞いてくれませんよ」

「だったら聞かせるように努力しろ。それができないのは、きみに自信がないからだ。心のどこかに自分の考えは間違っているという思いがある。地震予知は膨大な数の人の生き死にに関係することだ。多少の間違いは許される」

「どうしていいか分かりません。影響力のある人に知り合いなんていないし」

「言い訳にすぎない。やはりきみには人を納得させるだけの自信がないんだ」

「そうかも知れません。だから遠山先生の考えを聞きたいのです」

遠山は瀬戸口から視線をそらせた。

「遠山先生なんでしょう。元神戸大学の理学部教授。遠山・植村方程式を発表した」

「彼はもう死んだよ」

瀬戸口はデイパックからファイルを出した。論文を出して一ページ目を開いて机に置いた。遠山の目は数秒間、さまようように動いてから論文に留まった。

「東京直下における堆積層《たいせきそう》コンピュータ・シミュレーションです」

遠山の目は論文に貼り付いたままだ。やがてゆっくりとそのページをめくった。

「僕は遠山・植村係数を使って計算しました。つまり——」

瀬戸口は話し始めた。

「先生がおっしゃるように地下の岩盤といっても非常に粘性の強い流体と考えることが可能です。ということは、従来の流体方程式で置き換えることができる」

使っているのは流体力学の基礎方程式。質量保存の式、運動量保存の式、エネルギー保存の式である。しかし、それらは遠山・植村方程式と呼ばれる地殻の特徴を組み入れた変形方程式だ。本来、弾性体と考えるプレートに流体の特性を持ち込んだもので、最大の特徴は地殻を非常に緩やかな流体モデルと見るための補正である。そのために、各方程式の粘性、熱伝導、電気抵抗、エネルギー緩和時間などの輸送係数を各地点、時間によって実際の測定値を入れることにした。

それらの式を空間的、時間的に有限個の大きさを持つ有限要素に分割し、その有限領域を近似する近似多項式を作って計算する。航空力学、建築工学、土木工学、造船工学において幅広く使われている計算手法、有限要素法である。こういったことが可能になったのは、コンピュータの記憶容量と計算速度が著しく向上したからである。

「地盤変化の測定や過去の事実から地震予知をするだけでは、あまりに消極的すぎます。もっと積極的な予知手法の確立も大切です。そしてそれは可能です」

瀬戸口は再びポインターを動かし、キーを押した。

「これは先生のプレート理論から作った三次元地殻構造のシミュレーション結果です。文科省の統計数理研究所のスーパーコンピュータで計算しました」

「性能は」

「最大演算性能八テラフロップス、主記憶容量一・九テラバイト」

ディスプレー上をブルー、レッド、イエローに色分けされた各プレートがゆっくりと動いていく。地殻の断面図だ。

「これは南関東だな」

「時間は一万倍に速めています」

瀬戸口は右端の数字を指した。目まぐるしい勢いで変わっている。

「そうすると――」

動いていたプレートの一部に亀裂が入った。数字は178を示して止まっている。

「あと、一七八日で東京直下型の地震が起こります。およそ六ヵ月後。M《マグニチュード》8・1

の巨大地震です。つまり東京の下ではいま歪エネルギーの蓄積が起こり、それがあと半年後に放出限界に達するということです」

「だったらなぜ世間に訴えない」

遠山が唸《うな》るような声を出した。

周りの者が二人のほうを見ている。遠山の瀬戸口を見つめる目は異様なほど鋭い。瀬戸口は思わず視線を外した。

「あの理論は間違っていた。それが証拠に私は予知できなかった」

遠山は数分前、瀬戸口を問い詰めた自分を恥じるように穏やかな声で言った。

「先生の理論は間違ってはいません。当時はスーパーコンピュータといっても、いまの数百分の一の速度で処理能力にも限界があった」

「だったら自信を持ってきみの先生に報告すべきだ。地震学者はただの学者ではない。研究して、それを論文にまとめるだけでは意味はない。もっとも重要なのは、社会へのフィードバックだ」

遠山は論文から目をそらせ、立ち上がって出口に向かった。

「待って下さい。僕は今日の午後の新幹線で東京に戻らなければなりません。連絡先を教えて下さい」

「ただの老人だと言っただろう」

「これが僕の携帯電話の番号です。そして、これを読んで下さい」

瀬戸口はカバンから二編の論文を出して遠山の手に握らせた。一つは『東海地震シミュレーションに関する基礎式の考察』、もう一編は『東京直下型地震のシミュレーション』。

「先生の理論に僕の式を組み込みました。精度はかなり増しているはずです。基本は遠山・植村の方程式です。粘性は僕が独自に考えたものです。初期値と境界値は最新のものを入力しています」

遠山は無言で自分の手に置かれた論文を見つめている。

「じゃあ、これで失礼します。必ず連絡を下さい」

瀬戸口は出口に向かって歩いた。


『ひかり』一六両編成。小学生のときは新幹線の運転士になりたかった。ジェット機のコクピットのような運転席で日本を縦断する。中学生になってからは、リニアモーターカーの開発をやりたかった。日本の鉄道は夢の延長のように思えた。高校生になってからは――。それがいまは――。

瀬戸口は身体を縮めるようにして椅子に座り直した。突然、身体の芯に不安を感じたのだ。全身が硬くなる。閉じられた空間の中にいるのが恐ろしい。もし――ということを考えてしまうのだ。何度乗っても新幹線は馴染《なじ》めない。飛行機はもっと馴染めないだろう。

瀬戸口は窓に頬をつけ、後方を眺めた。

富士山が見える。標高三七七六メートル。その裾野へと緩やかに広がる姿は優雅で美しかった。

もしいま、マグニチュード7を超える地震が起こったら——。緊急停止装置が働く。だが、最高速度二七〇キロで走っているときに線路に大幅な歪が出れば。いくら緊急停止装置が働いても脱線はまぬがれないだろう。

最悪の場合はトンネルの中か鉄橋の上で地震に遭遇したときだ。阪神・淡路大地震の場合は起こったのが五時四六分。始発が走り始めたところで乗客は少なく、道路にもほとんど車は走っていなかった。これが昼間、交通が激しいときに起こっていたら、死傷者の数は数倍に膨れ上がっていただろう。そして自分も。瀬戸口はその考えを振り払った。

富士山にしても死火山ではない。あくまで休火山なのだ。いつまた噴火を始めるか分からない。事実、南東側の斜面に大きな火口が口を開けている。これは一七〇七年、宝永四年の噴火でできた火口だ。この宝永噴火では、灰は九十九里浜を越えて房総半島沖の太平洋まで達し、横浜では火山灰が一〇センチも積もった。江戸では火山灰が空を覆い、昼間でも灯をともさなければ本が読めなかった。この噴火で噴出したマグマの総量は〇・七立方キロメートルと推定されている。そして最近、富士山の山腹では噴気と陥没が見られている。

少し眠っておかなければ。昨夜は、あの連続的に現れる振動が気になってまともに眠っていない。瀬戸口は心持ち椅子を倒して目を閉じた。

2

目の前には東京が広がっている。

都庁舎最上階の展望室。

瀬戸口と河本《かわもと》亜紀子は手摺《てす》りにもたれて風景を見ていた。

売店にはクリスマスツリーが飾られ、クリスマスグッズが売られている。見学者もいつもより華やかに見えた。

「東京湾から千葉、神奈川にかけて、関東平野一円が見渡せるの」

亜紀子は窓の外に目を向けたまま言った。

「先週、東京消防庁のヘリコプター『ちどり』に乗ったの。堂島《どうじま》先生や他の議員の先生三人とその秘書さんたち。パイロットの飯田《いいだ》さんという人がすごく防災に詳しい人で、地震が起こったら家屋倒壊の被害のたくさん出ると思われるところや火事がたくさん起こるだろうところを飛んでくれた。もう家がぎっしり。ああいう場所で火事が起これば逃げ場はないわね。すごい数の死傷者と倒壊家屋。東京消防庁は試算してるのよ。もちろん東京都もやってるわ」

瀬戸口は黙っていた。東京都防災会議の『東京における直下型地震の被害想定に関する調査報告書』を何度も読み直したものだ。しかしそれがどうしたというのだ。地震が起こって何十万の死傷者が出るといっても、何人の人がそれを信じて対策を立てるというのだ。

「今度、地震を研究している人を乗せてくれませんかって頼んでおいたわ。飯田さんはオーケー。渋い中年で、ぶっきらぼうだけどいい人よ。ただし、何かの理由が必要になるわね。あなたなりの地震危険区域のレポートは書けるわね。どうしたの興味ないの」

亜紀子は怪訝《けげん》そうな表情で瀬戸口の顔を覗き込んだ。

瀬戸口は亜紀子の肩に手を置いて手摺りから離れた。

亜紀子は身体の位置をずらせた。亜紀子は瀬戸口が自分の右側に来るのを嫌がる。というより、無意識のうちに相手の右に立とうとするのだ。

亜紀子は瀬戸口の高校時代の同級生だった。同じ県立神戸高校で三年間をすごした。高校卒業と同時に二人とも東京に出て、大学生活を送った。

瀬戸口は横目で亜紀子を盗み見た。地味なブレザーとパンツ。ときどき、もっと女らしい服装をすればいいのにと思う。化粧もほとんどしてない。

「いい加減に学生気分を抜いたら。といっても、社会人でもないのか。ポストドクター、オーバードクター、呼び方は色々あるわね。いくら博士でも定職がなきゃ、フリーターに毛が生えたようなものよ。奨学金いくらだっけ」

「月一二万」

この文科省から出ている特別奨学金もあと半年たらずで切れる。それまでにどこかの大学か研究所に潜り込まなければ。それには——いちばんの方法は、だれにも認められる業績を挙げることだ。

「いくらなんでも少なすぎるんじゃないの。博士課程のときと一緒じゃない。日本学術振興会の特別研究員制度って、ポストドクターのためのものでしょう。あれって三七万一〇〇〇円だって言ってたじゃない」

「応募に間に合わなかったんだ。教授から書類を渡されてたんだけど、すっかり忘れてて。だから教授が文科省と特別に掛け合ってくれて、育英会程度ならって出してくれた例外的措置なんだ。贅沢は言えない」

亜紀子は呆れたという顔でため息をついた。

「それじゃあ、新しい部屋を探すのも大変だ。でも一〇年以上も東京に住んでて、荷物があれだけっていうのも珍しいわよね」

ものに執着しなくなったのは震災のあとだ。小学二年生のときから、一〇年以上かけて集めた二〇〇〇枚以上の切手はすべて泥に埋まった。住んでいた家も写真も使っていた茶碗、箸、コップ、衣服……。そういった日常身近にあったものが、ある瞬間を境にぷつりと消えてしまった。そして何より、一七年間の自分の思い出がすべて瓦礫《がれき》とともに消滅した。家族すらも。それ以来、ものを持つことに恐怖すら感じるようになった。これも地震によるPTSD、いわゆる心的外傷後ストレス障害の一種だろうと思うことがある。

「神戸の土地を売ってこっちにマンションを買ったら。ワンルームならおつりがくるわよ」

「駐車場代が入るから」

「管理費を引くと大した額じゃないでしょう。やはり未練があるの」

瀬戸口は答えなかった。なぜだか分からないが、あの土地だけは手放したくない。残された最後のもの。唯一、自分の過去とつながりのあるものだ。あの土地を失うことは自分自身の存在が、そして何よりかつていた家族自体が消えてしまうような気がする。

「クリスマスとお正月はどうするの」

「まだ考えてない」

「頼みごとってなんなの。そのために呼び出したんでしょう」

亜紀子は指先で取っていたジングルベルのリズムを止め、イライラした口調で言った。

「お礼が言いたくてさ。荷物、あずかってくれてる」

「それもある、でしょう。あなたのことはよく知ってるの。本当にはっきりしないんだから。早くしてよ、私は忙しいの」

半分は当たっている。

「堂島さんに会わせてほしいんだ」

「忙しい人なのよ。とくに最近はね」

「きみを通せば問題ないだろう」

堂島智子《ともこ》、六一歳。当選五回の自民党衆議院議員。神戸出身で防災関係に力を入れている。六年前、大学を卒業してから亜紀子は堂島の秘書として働いている。

瀬戸口はデイパックからパソコンを出して立ち上げた。

「やめてよ、こんなところで。人が見てるじゃない。今日の瀬戸口君ってどこかヘンよ」

亜紀子は常に人の視線を気にしている。

「半年以内に必ず来る」

瀬戸口は強い調子で言い切った。

「僕のやっているのは画期的なことなんだ。いままでのような統計的なものじゃない」

日本を襲う巨大地震には、海溝型地震と直下型地震がある。日本列島の近海では何重にも重なりあったプレートが地球内部に沈み込んでいく。

海溝でプレートの端が他のプレートにぶつかった箇所で、一緒に引き込まれていく。しかしプレートには反発力があり、いつか跳ね上がって元に戻る。これが海溝型地震で、規模が大きく揺れも広範囲におよび、津波を誘発する。

またプレートを形成する岩盤は均一ではなく、地球内部に引き込まれていくときに歪エネルギーが蓄積され、限界に達すると瞬時に放出される。これが都市の真下で起きると、直下型地震となる。

関東地方は北アメリカプレートの上に乗っており、その下にはフィリピン海プレートが北北西方向に沈み込み、さらにその下に太平洋プレートが西北西方向に沈み込んでいる。東京を直撃する地震は太平洋プレートに関係するだろうというのが、瀬戸口の意見だ。

過去、関東地方を襲った巨大地震は一七〇三年の元禄大地震、一八五五年の安政江戸大地震、一八九四年の明治東京地震、一九二三年の関東大地震などである。元禄大地震と関東大地震は海溝型地震、他の二つは直下型地震だ。最後の直下型地震が起こってすでに一〇〇年以上、関東大地震からも八〇年以上すぎている。

東京大地震はいつ起こっても不思議ではない。多くの学者の根拠はこの統計学的な時期にある。たしかに、いま南関東の地下では歪エネルギーが溜まりつつあるのだ。そしてそのエネルギーが放出されるときが――。

「前は一週間以内だったんじゃないの」

「あれはまだ理論的に完成してなかったんだ。だから間違った」

〈一週間以内に、東京直下型巨大地震が発生。マグニチュード8クラス。ほぼ一〇〇パーセントの確率。特に、九月一一日、要注意〉

瀬戸口が全国の友人に送ったメールだ。夏休みを利用して行なったコンピュータ・シミュレーションの結果だった。二〇〇一年にニューヨークで起こったテロの日と重なったため、運命的なものを感じてメールで送りまくったのだ。さすがに友人のみに止《とど》めたが、当日は何事もなくすぎた。しかしその夜、一二時をすぎてからのメールは瀬戸口にとって、M8の地震並みのものだった。

「きみは何もしてくれなかっただろう。堂島さんにも報せなかった」

「言ってたら大変。あんな男に奨学金なんて出すなって文科省に怒鳴り込む。私の首まで危ないわよ」

「少しくらい危機感を持ってほしかった」

「突然、一週間以内に東京にマグニチュード8クラスの直下型地震が来ると言われて信じる人がいる？」

「きみには信じてもらいたかった」

「バカ言わないでよ。私一人が信じてどうなるというのよ。東京には一二〇〇万からの人が住んでるのよ。その人たちにどうしろというの。パニックを引き起こすだけ。もっとも、私が叫ぶくらいじゃパニックも起きないでしょうけど」

「何も知らないで突然、というよりはいいと思う。もしあのとき、嘘《うそ》でもだれかが地震のことを言ってくれてたら――」

瀬戸口は亜紀子から視線を外した。すべては結果論なのだ。あのとき事前に地震を報されていたとして、何人の人が信じただろう。しかし一〇年がたったいまも、だれも地震のことなんて考えてもいない。地震と震災の違いさえ分かっていない。兵庫県南部地震が起こって、阪神・淡路大震災が引き起こされたのだ。

瀬戸口は深く息を吸った。夜の東京の中に高層ビルの光が振り撒《ま》かれた星屑《ほしくず》のように輝いている。

「狼少年の話と同じ。あまりたびたび大風呂敷を広げると、だれからも信用されなくなるのよ」

「今度は自信がある」

瀬戸口はキーを叩いた。

日本列島が現れ、東京を横切る断面図に変わる。

「関東の地下構造については前に話したよね。地下三キロは軟らかい堆積層。その下、二〇キロにわたって硬い岩盤が続いている。だから断層は見つけにくかった。しかし最近、徐々にその構造も分かってきたんだ」

「もう何十回も聞いた話よ」

「僕はその堆積層と岩盤の動きと歪エネルギーの蓄積をコンピュータ・シミュレーションしたんだ」

瀬戸口は岩盤層の一点を指した。赤い点が集中している。

「現在、この部分に歪エネルギーが溜まっている。これが、あと半年で――。最近、この付近に群発地震も頻繁に起きている。これは東京直下型地震の前兆でもあるんだ」

亜紀子は何かから逃れるように、ディスプレーから視線を外した。

「見てごらんなさい。静かで美しい。これが一瞬に壊されるなんて――」

亜紀子は前方に視線を移した。

「前にも話したでしょう。東海地震の場合、警戒宣言が発令されたときの経済損失。一日あたり約三四五〇億円」

東海地震は発生のメカニズム、予想震源域、歴史的資料などデータがそろっているので、日本で唯一予知の可能性が高いと考えられている。そのため、地震学者六人からなる「地震防災対策強化地域判定会」が設置され、予知体制が整備された。

東海地域には地震常時監視網が敷かれ、二四時間体制で傾斜計、体積歪計、伸縮計、地震計、GPS（全地球測位システム）などで地盤の連続観測が行なわれている。

気象庁が異常現象を発見すると判定会会長に連絡される。判定会が招集され、会議が行なわれる。判定会の招集は直ちに防災機関、報道機関に連絡され、三〇分後に報道される。

判定会が東海地震発生のおそれを認めた場合、東海地震予知情報が出され、気象庁長官により内閣総理大臣に伝えられる。それにより総理大臣はただちに閣議を招集し、閣議決定を経て、静岡、神奈川など八都県二六三市町村の「地震防災対策強化地域」に、「警戒宣言」が発令される。同時に官邸には地震災害警戒本部が設置され、都道府県・市町村にも警戒本部が置かれる。

判定会の判断は極めて慎重に行なわれなければならない。判断ミスの結果が非常に大きいからだ。

警戒宣言が発令されると、強化地域内の交通制限が行なわれる。鉄道、バスは運行を停止し、高速道路は閉鎖される。金融機関、デパートなどは営業を取り止め、病院も外来患者の診察を中止する。当然、学校も休校となる。経済活動や社会生活は事実上、ほぼ完全にストップする。

中央防災会議は、警戒宣言の発令による経済損失は、一日あたり約三四五〇億円と試算している。

「起こった場合の被害のほうが何十倍も大きい。それに――」

瀬戸口は思わず口籠《くちご》もった。死傷者の数について言おうとしたのだ。六四三三人。阪神・淡路大震災の死者の数だ。その中には自分の家族三人、亜紀子の家族三人も含まれている。人の生命が単純に数字に置き換えられる虚《むな》しさは、亜紀子も人一倍知っているはずだ。

「分かってる――。でも、やはり現実はそんなに単純じゃないのよ」

亜紀子は低い声で言った。

二人はしばらく無言で東京の夜を見ていた。

「今日、すごい人に会った」

瀬戸口は二人の間に漂い始めた〈過去〉を吹き払うように言った。

「私だって――。トマス・バッハマン。ドイツのピアニストよ。堂島先生と帝国ホテルに行ったとき偶然会ったの。やっぱりすごいハンサムだった」

「遠山雄次教授だ」

「元神戸大学の――」

亜紀子の視線が瀬戸口の方を向いて止まった。やはり亜紀子も知っていた。

「地震を初めてコンピュータ・シミュレーションしようとした人。遠山・植村方程式を考えた人だ」

「でも阪神大震災は予知できなかった。大ボラ吹きの山師《やまし》とも呼ばれている」

「当時のコンピュータでは無理だったんだ。でも現在のコンピュータを使えば十分予知は可能だ。コンピュータの性能は年々、倍々ゲームで進歩している。一〇年前のコンピュータなんて小学生の玩具《おもちゃ》のようなもんだ。そのハンサムなピアニストだって、ピアニカでショパンは演奏できないだろう」

「でも世界一のピアノがあっても、あなたにショパンは弾けない」

瀬戸口は大げさにため息をついた。

「きみは僕の能力を過小評価している。いまに後悔する」

えっという顔で亜紀子は瀬戸口を見た。瀬戸口は慌てて視線をそらせた。思わず口から出た言葉だった。こんな積極的な言葉を使うとは自分でも信じられなかった。遠山に会って神経が高ぶっているせいかも知れない。

「明日の朝、一緒に朝ご飯を食べない」

亜紀子が話題を変えるように言った。

「亜紀子ちゃんの手料理、なんてことじゃないだろう」

「よく分かってるじゃない。でも、今日は大学に泊まるんでしょう」

「まだやることがあるんだ」

亜紀子のポケットで携帯電話が鳴り始めた。取り出した電話のストラップには小さなトナカイが揺れている。神戸にいたときにはカバンについていたものだ。

瀬戸口に背を向けて話しているが、会話の中に瀬戸口君という名が何度か使われた。

「堂島さんだろう」

「よく分かるわね。久しぶりに会いたいって。おめでとう、目的達成」

「やはりきみは最高だ」

「いまごろ分かったの」

瀬戸口は亜紀子が会話の中で、話題を自分のことに誘導したのに気づいている。

二人は議員会館の堂島の事務所に行った。

遠藤《えんどう》という顔見知りの四〇代の秘書が右手を上げてウインクした。堂島が機嫌のいいことを示す合図だ。前に来たとき教えてくれた。

「こんにちは。久しぶりじゃない」

堂島は立ち上がって右手を出した。

「前に会ったのは河本さんの誕生日だから、正確にはふた月と一週間ぶりです」

前に握手したとき、その握力のなさに驚いたが、そのときより明らかに落ちている。

小柄な堂島は瀬戸口の肩ほどしかない。その身体が最近、ますます小さくなっているような気がする。六一歳のはずだから、まだ老いるような歳ではない。しかし疲労が溜まっていることは確かだ。

　災害対策基本法の改正にも中心的な役割を果たした。防災担当副大臣就任の誘いもあったが、健康上の理由で断ったとも聞く。だがその小さな身体はエネルギーの塊のように精力的に活動している。

　同志、という言葉が最適だろうか。堂島、亜紀子、瀬戸口の三人は同じ神戸出身ということもさることながら、もっと強い何かで結ばれている。それは三人とも、あの地震で肉親を亡くしていることからくるのか。さらに言えば、共通のものに人生を変えられた、連帯感ともいうべきものだ。

「世紀の大発見はできたの」

「そのことで話があって――」

　瀬戸口が亜紀子のほうを見ると、目を吊《つ》り上げている。

「まず食事よ。お腹が空いて死にそう」

　堂島はコートを取った。

　三人は新橋に出てレストランに入った。

「で、今度はいつなの。明日なんて言わないでね。明日の日曜日は久しぶりにゆっくり眠りたいの」

　堂島は瀬戸口を見つめた。その細い目は笑いをこらえている。

「だれか判定会に影響力のある人に会わせてもらえないかと」

「あなたの地震シミュレーションについて講演したいってわけね。私じゃ要領を得ないのね」

「そんなわけじゃありません。でも、東京Xデイは近いという計算結果が出てるんです」

「いつ。何月何日。時間までは要求しないわ」

「それは――」

瀬戸口は口籠もった。

「自信を持って答えられなくてはダメなのよ。一〇年以内に発生確率三〇パーセント。そんな数字だけじゃ、危機感なんてゼロの世界。いついつごろでもダメ。政治家は曖昧《あいまい》なことしかやらないくせに、曖昧な話は大嫌いなの」

「僕らは神様じゃない」

「先の選挙を見たでしょう。ここ数十年のうちに東海地震は必ず来る。これは科学的にほぼ裏付けされているとみていい。そのときには、死傷者は二万五〇〇〇人を超える。倒壊家屋は五〇万と、専門家は試算している。でも、あの選挙で防災を強く訴える政党も候補者もいなかった。マニフェストにもほとんど書かれていない。どうしてだか分かる」

「票に結びつかないから」

中央防災会議では、東海地震は静岡県を中心にして一都七県で被害が生じるとしている。

想定される被害は、死者九五〇〇人、重傷者一万五〇〇〇人、住宅全壊四七万棟、避難生活者一九〇万人、経済損失三七兆円としている。さらに発生一週間で必要な救助部隊、救援物資は、救助部隊三万八〇〇〇人、救護班一五〇〇人、要広域搬送の患者六六〇人、飲料水六万トン、食料二三〇〇万食と想定している。

「分かってるじゃない。年金制度改革、高速道路改革、郵政民営化――そっちのほうが国民の関心が高い。人間の意志で行なうものだから、ある程度の先は見える。でも、地震が本当に起こると思っている国民なんてごくごくわずか」

亜紀子が堂島と瀬戸口を交互に見ている。

「地震が起こった場合の被害額を出しているでしょう。直接、間接を合わせると約八〇兆円よ。日本の国家予算に匹敵する額が一瞬にして失われる。このことを訴えた候補者はいなかった」

東海地震については気象庁は三段階の情報体系システムを取っている。「東海地震観測情報」「東海地震注意情報」「東海地震予知情報」である。それぞれ地殻変動をもとに発令され、段階ごとに危険度は増していく。

「観測情報」は、一ヵ所で異常な変化が観測され、東海地震の前兆であるとは直ちに判断できない場合。前兆現象とは無関係と分かった場合も、安心情報として発表する。主な防災対応は、国、自治体は情報収集連絡体制をとる。安心情報の場合は、防災対応は特にない。国民はテレビ、ラジオの情報に注意して平常通りにすごすというものだ。

「注意情報」は、二ヵ所で異常な変化が観測され、東海地震の前兆である可能性が高まった場合に出される。その場合、判定会が招集され開催される。国による準備行動の意思決定が行なわれ、救援部隊、救急部隊、消火部隊、医療関係者などの派遣準備が開始される。必要に応じて児童、生徒の帰宅などの安全確保策がとられる。国民はテレビ、ラジオの情報に注意し、政府からの呼びかけや自治体などの防災計画に従って行動する。

「予知情報」は、三ヵ所以上で異常な変化が観測され、東海地震の発生のおそれがあると判断された場合に出される。政府は「警戒宣言」を発令し、地震災害警戒本部を設置し、地震防災応急対策を実施する。救援、消火部隊などは強化地域周辺へ前進する。国民はテレビ、ラジオの情報に注意し、東海地震の発生を十分に警戒しながら、警戒宣言や自治体などの防災計画に従って行動する。

「地震の死傷者のほとんどが倒壊家屋の下敷きです。もし倒壊が防げたら、どれだけの人命が助かり、被害額が軽減できるか」

瀬戸口が低い声で言った。

「私だって十分に知っている」

堂島は厳しい表情で瀬戸口を見た。

「それを訴える候補者はいなかった。想定被害額の一〇分の一の予算でも組んで防災に取り組めば、被害は何分の一かに抑えられるはずなのに」

堂島の顔に悔しさが滲んだ。

「先生は頑張っておられます。本国会で全域防災・予防法案が議題に上っただけでも大きな進歩です」

亜紀子が慰めるように言う。

「話題だけじゃ、ないも同然。私は現実に成立させたいの。もうあんな惨《みじ》めなことはたくさん」

最後は呟くように言って、唇を噛《か》み締めた。

瀬戸口は論文をテーブルに置いた。

「私には専門的すぎる。分かるように話してよ」

堂島は論文を数枚めくってテーブルに戻した。

瀬戸口はデイパックから出したパソコンを立ち上げた。都庁の展望室で亜紀子に見せたものだ。

「右端の上の数字が日にちと時間です」

瀬戸口はキーを押した。

プレートが目に見える速さで動いている。表示される数字は読み取れないほどの速さで変わっていく。岩盤の一部に亀裂が入った。数字の速度が落ちる。

「タイムスケールを一〇分の一に落としました」

「この赤い筋は？」

堂島が岩盤の上部を指差す。細い亀裂が入っている。

その亀裂が目に見えて成長している。長く太く。

「岩盤のひび割れです。岩盤の歪エネルギーが増加して生じます。そろそろ極限値です。あと少しで岩盤破壊が起こります」

亀裂は岩盤の半分に達した。そして突然、赤いシグナルに変わった。

「東京直下型の地震です。マグニチュードは7・4。神戸のよりも少し大きいです。いまの地震は、地表からの深度四〇キロのところで起きた地震です。半年後に歪エネルギーが最大限に溜まり、放出されます。それ以前に、なんらかの衝撃があれば地震にまで発達するものです」

「これがくるというの」

「結論から言えば、半年以内にマグニチュード8クラスの東京直下型地震が起きます」

堂島のフォークを持つ手が止まった。

「確率は」

「一〇〇パーセントです」

「あなたいくつ」

「二八になりました。来年の二月で二九です」

「冗談でしたではすまされない年齢ね」

無言で瀬戸口を見つめている。瀬戸口は思わず視線をそらせた。

「あなたね、人前でいきなりそんなこと言うもんじゃないのよ。二度と会ってくれないから。とくに国会議員の前ではね」

「これは僕の意見というより計算結果です。だから——」

「自分で責任を負えないので、計算のせいにするわけ」

「ただ僕は——混乱を起こそうというんじゃなくて、今度起こったら大変だと思って」

「そういう問題じゃないのよ。話の重大性の問題なわけ。こういう話には、持っていく順番ってものがあるの。今回の場合、まずあなたの大学の先生、先生が認めれば、その人から判定会のだれかに話がいって、だれかが興味を持てば、判定会にかけられる。実際に危険だと判定されれば、気象庁長官から総理大臣。それから閣議を経て警戒宣言が出されるの。そのくらいは知ってるでしょう」

「研究センターの先輩にも話しましたが、納得してくれませんでした」

「あなたは、自分の説が絶対に正しいと思っているのね」

「そうでなければ、わざわざ堂島さんに頼んだりしません」

横で亜紀子が無言で聞いている。

「じゃあなぜ、判定会の人たちは何も言わないの。彼らだって、この事実を導くだけの知恵はあるでしょう」

「判定会は観測データを中心に研究しています。僕のような予知シミュレーションをやってる方はいないと思います。それに、彼らの目は東海地震中心だから――」

堂島はかすかにため息をついた。

「堂島さんなら判定会のどなたかを知ってるでしょう。その人に僕が直接――」

「もしあなたの予告どおりに地震が起こらなければどうするの」

堂島が瀬戸口の言葉をさえぎった。

「じゃあ、起こったら」

「政府は、その時点で全力を上げて対応するだけ」

「だったら地震予知研究の意味がない」

「分かってほしいの。こういうのはすごくデリケートな問題なの。政府は、もしもじゃ動けない。絶対、でなきゃあね」

堂島は瀬戸口を見つめた。瀬戸口は思わず視線を外した。

「そんなの不可能です。僕たちは神様じゃない」

「でも、損失の大きさを考えると神様になってもらわなきゃだめなの」

「堂島さんからそんな言葉を聞こうとは思いませんでした。あなたも神戸で――」

「先生に失礼よ」

亜紀子の鋭い声が飛んだ。瀬戸口を睨《にら》み付けている。

「いいのよ。私だって本当は大騒ぎしたい。もし、あのとき――それができていれば。嘘でもいいから大騒ぎしていたら。あんな結果には――いまでも夢に見るわ」

「ごめんなさい。僕が言いすぎました。たしかにもし当たらなければ、謝ってすむ問題じゃない」

「同じような後悔をしている人が大勢いるでしょうね」

瀬戸口の脳裏に肩を落として歩いていく遠山の後ろ姿が浮かんだ。

「先生だって辛いのよ」

亜紀子が言い訳のように言う。

それは瀬戸口にも分かっている。同時に地震の恐ろしさ、非情さも十分すぎるほど知っているはずだ。

一九九七年、東京都により『東京における直下地震の被害想定に関する調査報告書』が公表された。震源は区部直下、多摩直下、神奈川県境直下、埼玉県境直下の四パターン。地震の規模はマグニチュード7・2。震源の深さは、地下二〇から三〇キロメートル。岩盤破壊面積は四〇×二〇キロ程度。発生時刻と気象状況は冬の平日、午後六時。晴れ。風速六メートル。

最も被害の大きい区部直下型地震の場合、都全域で死者は約七二〇〇人。大田区、世田谷区、江戸川区、葛飾区、中野区の順になっている。それに反して少ないのは豊島区、板橋区、文京区、練馬区、渋谷区である。

重軽傷を含めた負傷者数は約一六万人。大田区、中央区、江東区、港区、千代田区、江戸川区の順だ。

震度6強の揺れが襲う面積率は区部の約一四パーセント、江東区、江戸川区、大田区、荒川区、墨田区の順になり、都全域では五パーセントにおよぶ。発生する津波の高さは一〇センチあまりで、津波による被害はない。

火事による焼失面積は約九六平方キロメートル、焼失棟数は約三八万棟。大田区、江戸川区、世田谷区、杉並区、葛飾区の順である。

揺れ、液状化による家屋の全壊、半壊の棟数は全壊が約四万三〇〇〇棟、半壊は約一〇万棟。全壊棟数は足立区、江戸川区、大田区、葛飾区、江東区、世田谷区の順になっている。

ブロック、石、コンクリート塀の倒壊被害は約五万八〇〇〇件。

落下物は飛散物、非飛散物合わせて約五万八〇〇〇件。

断水率は一日後で、区部では約一五〇万世帯の断水、断水率は約三一パーセントにおよぶ。応急復旧は区部で約一ヵ月、多摩では一三日が想定されている。

停電率は区部で約二〇パーセント、応急復旧には七日を要する。

ガス供給停止は約一三〇万世帯で区部の三二パーセントに相当する。応急復旧に要するのは五七日。

帰宅困難者は約三七〇万人で、区部では約三三五万人、外出者数の四八パーセントにのぼる。千代田区、港区、中央区、新宿区、渋谷区の順である。

自宅外避難者数は都全域で一日後、約二三〇万人、四日後で一九〇万人、一ヵ月後では約一四〇万人である。

しかしこれは、あくまで想定だ。瀬戸口は被害はさらに大きくなると考えている。死者、負傷者の数はどう控えめに見ても数倍、いや最悪の場合一〇倍にもなるかもしれない。起こりうる大都市特有の異常事態は計算に入れていない。東京中にある地下街、地下鉄、高速道路、トンネル、高層ビル……。パニック、火災旋風……。

「そろそろ失礼するわ。私はこれから事務所に戻らなければならない」

堂島は時計を見て言った。

「じゃあ、私も」

「あなたは瀬戸口君に付き合いなさい。久しぶりに会ったんでしょう。世間はもうすぐクリスマスよ」

堂島は立とうとする亜紀子の肩に手を置いて、立ち上がった。

「あなた、いまが華なのよ。少しは人生を楽しみなさい」

実感のこもった言い方だった。

堂島の乗ったタクシーを見送ってから二人は居酒屋に入った。店は二〇代の若者で溢れている。

「ああいう言い方、先生に失礼よ」

「きみの立場がなくなるというわけか」

「そんなこと言ってるんじゃない。堂島先生も辛い目にあってるの。私たちと同じよ。でも議員の立場上、無責任なことはできない」

「分かってる」

「堂島先生は家族を亡くした。ご主人と二人の娘さん。独りぼっちなの」

「それは僕たちも同じだ」

「いくら鈍いあなたでも、六〇代の一人と二〇代の一人とでは違うってことは分かるでしょう。先生は、もう死ぬまで一人なの」

「でも、きみだって、なんとかしたいと思わないのか」

亜紀子は瀬戸口を見つめている。そしてそっと腰を屈《かが》めるとズボンの裾《すそ》を上げた。靴から金属の硬い光沢がのぞいた。

「亜紀ちゃん、やめなよ」

瀬戸口は掠《かす》れた声を出した。その声を周りのざわめきがかき消す。

「気が付くと私の身体は石膏で固められたようだった。全身が一センチも動かない。呼吸も半分ほどしかできない。息を吸い込もうとすると胸が圧迫される。感覚はなかったけれど、身体中が冷えているのは分かった。神経と身体が別個のような感覚だった」

亜紀子は低い声で話し始めた。

やめさせなければ、しかし瀬戸口は声が出なかった。あれから一〇年以上がたっているが、初めて聞く話だ。

「しばらくして兄さんの声が聞こえた。隣の部屋に寝ていたはず。私やお母さんやお父さんを呼んでた。細い声だったわ。やはり身動きできなかったんだと思う。私は声を出そうとしたけれど出なかった。口の中に何かが溢れてくるの。血だった。飲み込んだときの味で分かったの」

亜紀子の兄は神戸大学医学部の四年生だった。将来は脳外科に進むんだと話していたのを覚えている。亜紀子が医学部を目指していたのも兄の影響なのだろう。

「長い時間がすぎていった。私はいろんなことを考えていた。家族のこと友達のこと学校のこと。あなたのことも。そして自分のことも。私の将来よ。医学部に進学して世界中の子供たちを助ける。でも、そのうちに何も考えられなくなってきた。私は死ぬんだって思うと――」

瀬戸口が亜紀子の家に行ったのは震災から二日目だった。自分の家族の死を知って、避難所に居たたまれなくなって訪ねたのだ。

しかし目にしたのは全壊した家だった。近所の人には、一家で救助された人はいないと聞かされた。

亜紀子が自衛隊に救出されたのはその翌日、地震から三日目だった。助かったのは奇跡的だ。生存率は日を追って下がっていく。生きていたのは全身が布団と瓦礫に包まれ、外気を遮断していたのと、亜紀子が動かず、呼吸も半分以下、自らを冬眠状態においていたからかも知れない、と診察した医師は言った。

そのとき亜紀子は両親と四歳年上の兄を亡くしている。

「あのとき、お父さん、お母さんは私のすぐ下にいたのよね。お兄さんは私の横。ほんの数メートルも離れてないところで私の家族は死んでたの」

亜紀子の声は震えていた。

「それなのに私だけが……」

「みんな同じ思いをしたんだ。僕も両親と妹を助けることができなかった」

「でも――私、お母さんの声を聞いたの。私が声も出せず、もうダメだと思ったとき。亜紀子、生きなさい。なんとしても生きるのよ。生きて――。あれはたしかにお母さんの声だった」

亜紀子のタンスに挟まれていた右足は壊死《えし》していて切断を余儀なくされた。さらに腱《けん》の切れた左腕は肩から上には上がらない。亜紀子は医者を断念して法学部に進んだ。卒業後は遠い親戚にあたる堂島の事務所で働いている。

瀬戸口はそっと亜紀子の手を握った。細かい震えが伝わってくる。

突然、亜紀子が身体を離した。

足元が揺れている。テーブルの食器がかたかたと音をたて、震動は建物全体に広がっていく。店にざわめきが広がった。天井を見るとランプ型の照明が揺れている。

「震度3。大丈夫。すぐにおさまる。くるとしたら直下型だ。ドーンとくる」

揺れはすぐに引いていった。

「やはり地震は近いの」

「遠くはないよ。でも、時間はまだある。準備さえできていれば恐いものじゃない。つぶれない家に住み、火事を出さないようにする。パニックなんて起こさない。来るなら来てみろって気で構えていればいいんだ」

瀬戸口は言いながら言葉の虚しさを感じていた。それは聞いている亜紀子も同じだろう。あの大震災を経験した者はだれしも同じだ。大地の変動だけは避けることができない。神が下す審判としてはあまりにも非情なものだ。人間にはなすすべがない。ただ、「そのとき」のために準備を整えておくだけだ。何よりも心の準備を。

「あなたの計算だと、まだ半年の猶予があるんでしょう」

亜紀子が確認するように言った。

「いまの地殻の状態ではね。何かの異変があれば、明日、起こっても不思議じゃない。滑り台に必死でしがみついてる子供。ちょっとしたきっかけで一気に滑り落ちる」

「先生が票にはつながらないから政治家は動かないと言ってたでしょう。大部分の人にとって、なんと言われても実感なんてないのよ。普通に暮らしていると、日々の生活に追われてそんなことに心をとらわれている余裕なんてなくなるの」

「それで死んでしまうというわけか。自業自得だ」

「それは言いすぎよ。満員電車に揺られ、上司の言葉にびくつき、住宅ローン、子供の教育費……悩みはつきない。庶民はその日を生きるのに精一杯。あなたには分からないでしょうけど」

地震の恐ろしさを心底知っているのは亜紀子自身なのだ。瀬戸口はそれ以上、何も言えなかった。

「明日、松浦《まつうら》君大丈夫だって？」

「亜紀ちゃんが来るとなると飛んで来るよ」

「今日の瀬戸口君、すごく積極的ね。高校時代に戻ったみたい」

亜紀子が瀬戸口を見つめている。そして、軽いため息をついて立ち上がった。

「もしものとき、伝言ダイヤル——」

「171。分かってる。別れるとき瀬戸口君いつも言うでしょう。でもそれを聞くと、私、淋《さび》しくなるの。もう会えないような気がして」

「二度と言わないよ」

災害用伝言ダイヤルの番号だ。171の次に1を押して自宅の番号を市外局番から押せば伝言を残すことができる。2を押せば聞くことができる。地震で電話が通じにくくなったときの連絡方法だ。

二人は店を出たところで別れた。

握手をしたとき、なぜか亜紀子の手が異常に冷たかった。瀬戸口の心の奥にくすぶっていた重苦しいものがじんわりと全身に広がってくる。

瀬戸口はJRの駅まで歩き、東京駅に出て高尾行き中央線に乗った。

電車の中で沈んだ気分になった。亜紀子と会っているとき、そして地震の話をするとき、どうしていつも意固地になるのだろう。もっとましな言い方があるはずだ。後味の悪さだけが残った。

　ふと遠山のことを考えた。彼も震災で家族を亡くし、教え子まで亡くしている。そして社会的な地位まで自ら捨て去った。自分なら——やはり同じかも知れない。

　瀬戸口は中野で電車を降りた。

　駅から商店街の中を一〇分あまり歩いた。

『長谷川《はせがわ》鍼灸《しんきゆう》・整骨院』の看板の前で立ち止まった。横に同じ大きさで『地震予知市民連絡会』の看板がかかっている。

　瀬戸口は裏口に回った。太い吠え声が響き、巨大な塊がぶつかってくる。

「静かにしろ」

　瀬戸口は声をひそめた。ゴールデンレトリバーのポチだ。

　治療室から大柄の男がのっそりと出てきた。一九〇センチ近い坊主頭。陽に焼けた顔は胡麻塩《ごましお》模様の不精髭で覆われている。

　長谷川行雄《ゆきお》、六二歳。地震予知市民連絡会、通称予知民連の会長だ。といってもまったくのプライベートな会で長谷川が勝手に看板をかかげ、月に一度の会報『予知』を出している。しかし会員は全国で一〇〇〇人。『予知』の購読者数は三〇〇〇人にのぼる。全国から寄せられる地震予知に関係する事例を地域別に載せているだけだが、根強い人気を持っている。瀬戸口も読者の一人だ。

同時にインターネットに地震に関するサイトも立ち上げ、ここでも『予知』を見ることができる。一日数百のアクセスがあり、両方を合わせると一万人近くの読者がいることになる。

地震に関係すると思われる自然現象の変化、動物の行動変化を紹介するサイトで、会員でなくとも自由に書き込み、読むことができる。

瀬戸口も三年ほど前からサイトを見ている。地震のたびにその地域の書き込みをチェックするが、相関はあると言えばあるし、ないと言えばない。要するに、よく分からないのだ。

「疲れた顔をしてるな。あとで鍼《はり》でも打ってやろうか」

「まだそんな歳じゃありませんよ」

「鍼は歳とは関係ない。恐いんだろう。自然現象の変化による地震予知には興味を持っているくせに、東洋医学が恐いとはな」

身体に針を刺す。古今東西、広く行なわれているとはいえ、見ているだけで恐ろしくなるのだ。

「興味を持つのと信じるのとは違いますよ」

「もっと素直になれ。科学を超えた自然現象があってもおかしくはない」

「静岡近辺で何か起こっていませんか」

「何かあったのか」

「それが聞きたいんですよ」

ポチが鼻をすり寄せてきた。子供のいない長谷川はポチを我が子のように可愛がっている。このポチは二代目だ。長谷川は犬はポチ、猫はミケに決めている。子供のころ読んだ絵本に出ていた犬と猫の名前だそうだ。

「勝手に見てくれ」

瀬戸口は二台並んでいるパソコンの一台を立ち上げた。

全国から寄せられる情報は地域別、日付別に整理されている。

昨日と今日の静岡地域をクリックした。

ここ数日の書き込みは――五〇件はある。

瀬戸口はその一つ一つに目を通していった。

鳩山亨《はとやまとおる》、六八歳。〈西空にあかね雲走る。血のような赤さだったので、近日中に何かある〉

串田慎一《くしだしんいち》、七三歳。〈うちの猫がいなくなった。近所でも昨日は一匹の猫も見なかった。これは地震の前触れでは〉

匿名、女、四二歳。〈冬眠中であるはずのヘビとカエルの死骸《しがい》を見た。関東大震災の

前日にも、同じような死骸を見たと祖父が言っていたのを思い出した〉
田村良夫《たむらよしお》、四六歳。〈漁に出たが小魚一匹かからなかった。こんなこと三〇年来初めてだ。なんかおかしなことが必ず起こる〉
名前の欄は空白。年齢の書き込みもない。〈俺のアソコがヘンなんだ。ムズムズしっぱなし。きっと悪いことが起こるぜ。よく当たるんだ〉
瀬戸口は最後の書き込みを消去した。
馴染みの者が多く、内容については世間一般に言われていることだ。どうしても先入観が加わるのだろう。しかし動物の本能、自然現象にはまだ科学的には解明できていないものが多くある。
「おまえみたいな地球物理学をやってる若手の科学者が、市民の声に耳を傾けるのは珍しいんだろう」
「研究室では話題にもなりませんね。こういう分野については、タブーみたいな雰囲気があるんです」
「占い師か預言者みたいに思われるんだろうな。しかしキリスト、マホメット、お釈迦《しゃか》さんにしろ、世界の神様はみんな占い師か預言者もどきだ。要するに結果論だよ。俺だって一〇〇年後には長谷川教なんてものができて、神様扱いされてるかも知れない。今のところ五パーセントの確率で予想は当たってるよ。地震の後で考えると、なるほどと思うことは山ほどある」

長谷川が瀬戸口の横にきてディスプレーを覗き込んだ。強い香《こう》の匂いがする。鍼灸を行なう部屋には香をたいているのだ。

「勝率五パーセントの馬券はだれも買わないでしょう。せめて五〇パーセントの的中率でなきゃ」

「俺は五パーセント派だ。勝率五〇パーセントの馬券の配当がいくらか知ってるか。ところで、おまえの計算はなんパーセントだ」

「一〇〇パーセントを目指しています」

「大きく出たな」

長谷川は嬉しそうに目を細めた。

地震予知に成功した例は世界でもほとんどない。唯一の成功例は中国遼寧省で起きた地震である。一九七五年二月四日午前、地震予報が出された。工場は生産を止め、人々は冬の広場に避難した。ある村では四本の映画を用意して上映した。その二本目の上映途中で地震は起こった。マグニチュード7・3の海城《ハイチヨン》地震である。しかし翌一九七六年七月二八日のマグニチュード7・8の唐山《タンシヤン》地震では、中期予報で工場の補強を行い、七月一七日の会議で前兆現象のデータを議論したが予報を出す時期が遅れ、約二四万人の死者を出した。

瀬戸口はもう一台のパソコンを立ち上げ、長谷川が整理した過去のデータを見ていった。

「東京近辺はどうです」

パソコンのスイッチを切って聞いた。

「一日およそ三〇件。色々書き込みはあるが、相変わらずだよ。赤い空、犬の遠吠《とおぼ》え、鰻《うなぎ》の大漁、冬眠中のヘビの出現、古傷の痛み、水虫の痒《かゆ》み……その他もろもろ。似たようなことが今日も日本全国で起こっている」

「ということは、変化なしでしょう。どんなことでも、書き込みに変化が出たときが危ない。急に多くなったり、少なくなったり。過激になっても要注意です」

「うちのポチとミケの行動を見てるといちばんよく分かるんだけどね。普段はマイナスイオンをふんだんに吸わせてる。プラスに変わると、機嫌が悪くなるはずなんだ」

長谷川は部屋の隅にあるイオン発生器を目で指した。

「なぜ自腹を切ってまでこんなこと続けてるんですか」

「こんなことはないだろう。俺自身としては、天命と信じてやってるんだがね。近所じゃかなり頭のおかしい鍼灸師ってことで通ってるよ。俺に言わせると、日本人全員が頭のおかしいノウテンキな集団だけどな」

「入れ込みすぎって気はしますけどね。でも、この分野じゃ日本の第一人者だ」

「来年は国に研究費を申請するって言ってるんですよ。科学研究費補助金とかなんとかいうやつ。そのために、パソコンがもう一台ほしいなんて言い出す始末。こんないかがわしいことじゃとても無理ですよね」

長谷川の妻の初江《はつえ》がお茶を持って入ってきた。

「今夜、泊まっていくんでしょう」

「いえ、帰ります」

「行くところがないから来たんだろう。相変わらずはっきりしない奴だな。クリスマスと年末はうちにこい。一人だと死にそうになるだろう」

はっきりしない奴か——ほんの一時間前、逆のことを言われたと思いながらうなずいた。

3

翌日は日曜日だった。

瀬戸口は昼すぎに長谷川の家を出た。

渋谷は人で溢れていた。駅を出たところでサンタクロースの衣装を着た若い女の子が二人、カラオケ店のチラシを瀬戸口に突き付けてくる。

『ハチ公』の像の鼻先に触れるように亜紀子は立っていた。

瀬戸口の姿を見つけ、胸の前で手を振った。

反対側から自衛隊の制服姿の男が近づいてくる。周りの者は珍しそうに見ている。陽に焼けた顔とバランスのとれた逞《たくま》しい身体付きは、精悍さに溢れていた。

男は瀬戸口と亜紀子の前に立って、背筋を伸ばして敬礼した。

「やめてよ、人が見てる」

亜紀子が声をひそめて言う。

「なんだ、その格好は」

「恥じるような服装じゃない」

松浦真一郎《しんいちろう》。瀬戸口と亜紀子の高校時代の同級生だ。現在、陸上自衛隊に勤務している。

こういう制服姿の松浦を直《じか》に見るのは初めてだった。写真では何度か見たことはあるが、本物の松浦だと実感はわかなかった。迷彩の入った戦闘服姿で銃を持った写真を見せられたときは、仮装行列みたいだと笑ったものだ。防衛大学校時代も会うときはごく普通の若者の服装、Tシャツにジーンズ、スニーカーといった姿だった。

今年の夏、松浦が一尉に昇進したと言ったとき、一尉ってなんだと聞いたことがある。昔の軍隊風に言うと大尉だと言われて、松浦は防衛大学校卒のエリート将校なんだと改めて思った。

　現在は東部方面隊第一師団、施設大隊に配属されている。亜紀子の誕生日に会ったとき、来年は後方支援連隊の連隊本部に異動になると言っていた。つまり偉くなるんだと付け加えた。

「わざとそんな服着てきたんでしょう」

　亜紀子が一歩下がって言った。

「そんな服はないだろう。学生服と一緒だ。警官だって制服を着ている」

「非番の日には着てないだろう」

「実は非番じゃない。二時間後に市ケ谷に行かなければならない」

「海外派遣か」

　イラクに自衛隊が派遣されて二年がすぎている。いまでは大した話題にもならないが――。

「俺もリストに載ったが断った」

「そんな自由があるのか」

「民主化された自衛隊だ。隊員の意志は最大限尊重される。俺が自衛隊に入った目的はただ一つだ」

「そこまで割り切ってると、かえって生きやすいんだろうな」

「俺が単純なバカみたいだ」

「そうじゃないのか」

松浦は声を上げて笑った。視線が三人に集中している。

「行きましょう」

亜紀子が二人をうながした。

三人は亜紀子を真ん中に歩き始めた。

「嫌がらせなんてないの」

「内部？　それとも――」

「もちろん一般の人たちからよ」

「時代は変わってるんだ。世間の自衛隊に対する見方も変わってきている。あのとき、俺にとって自衛隊員はスーパーマンに見えた。もっとも頼りになる存在だった」

それは瀬戸口も亜紀子も同じだ。

三人は原宿に向かって歩いた。

「おい、兄ちゃん。カッコいいじゃないか」

三人連れの端のノッポが立ち止まって松浦の肩をつかんだ。

「まさかチンドン屋じゃないだろう。仮装行列ってこともないよな。サンタのほうがしゃれてるぜ」

「本物の自衛隊だよ」

「兄ちゃん偉いのか」

ノッポは松浦の襟章を引っ張った。

「あんたの一〇〇〇倍は偉いよ」

松浦が笑みを浮かべて言う。

「偉い自衛隊がデートか。俺たちも混ぜてくれよ。税金、払ってるんだからよ」

ノッポは亜紀子に目をやった。

「俺は自衛隊特殊部隊の隊員だ。三年間、特殊訓練を受けてきたんだ。グリーンベレーやシールズ並みの訓練だ。シールズっていうのは、アメリカ海軍の特殊部隊だ。それがどういうものか、あんたにも想像がつくだろう」

松浦は他の二人に目をやりながら、ノッポの首筋をつかんで自分のほうに引き寄せて低い声で言った。松浦の手を両手でにぎったノッポの表情が変わっている。声が出ないらしい。

「行こうぜ」

二人の男がノッポを松浦から引き離し、両側から支えながら言った。

「いいのかあんなことやって」

「あいつら、税金なんて払ってないよ。国民年金なんてのも知らない顔だぜ。しかし、俺はしっかり払ってる」

「それとこれとは違う」

「俺にとっては同じだ。バカな奴らにやられっぱなしというのは俺の性《しょう》に合わない。それにあいつら、酒臭かった」

「偉くなっても、ちっとも変わらないな」

「しかし上官に知られれば、呼び出されてイヤミを言われる行動であることは確かだ」

「特殊部隊って本当か。自衛隊のエリートなんだろう」

「話はあったが断った。俺は災害救助が目的で自衛隊に入ったんだ。俺の成績で施設大隊志望は異例だそうだ」

松浦は防衛大学校を二番で出たと聞いたことがある。

三人はコーヒーショップに入った。

やはり松浦の制服姿は注目の的だった。

「やっぱりおかしいわよ。今度は普通の格好できてよね」

亜紀子が顔を寄せて小声で言う。

「俺はちっともおかしいとは思わない。あの震災の日々でもっとも救《たす》けてくれて頼もしかったのが、自衛隊の野戦服姿だったはずだ。政治家やマスコミなんかじゃない。泥と汗にまみれて掘り出してくれたのは自衛隊員だ。おまえだってそうだったはずだ」

「そうね、感謝しなきゃ。私を救けてくれたのも自衛隊の人だったもの」

「たしかにその通りだけどね」

瀬戸口はそっと周囲を盗み見た。やはりみんなちらちら三人のほうを見ている。

「二人とも忙しそうだな。瀬戸口は昨日、東京に帰ってきたんだろう」

「また大発見をしたのよ」

「M8だろう。分かってるよ」

「何よそれ」

「マグニチュード・エイト、エムエイトだ。半年以内に大地震が起こるというやつだろう」

「正確には一七七日後。そのときはよろしく頼む。今度の地震は兵庫県南部地震並みのやつだ」

松浦が二人に顔を寄せるよう合図をする。

「二日前、施設大隊に災害派遣時のマニュアルの見直しをやるように通達があった。幹部が集められて、東海地震時における自衛隊の役割についてのミーティングが開かれた。阪神・淡路大震災の出動を参考にして」

瀬戸口の表情が変わっている。

「よくあることなのか」

「通常訓練の一環という位置付けだったが、たびたびあることでもない。また、この時期、あってもおかしくはない」

「何をやるの」

「都道府県から自衛隊の出動要請が出たときの対応の仕方。隊員の招集や移動、装備の点検、現場に到着したときの行動。災害出動のすべてについての復習といったところ」

「東海地震が起こるの？　政府は何か知ってて黙ってるのかしら。警戒宣言が出るとか」

「それはない。地震発生の検討をするのは、政府じゃなくて判定会の役割だからね。それに判定会の招集は公にすることになっている。何かあればマスコミが報道するはずだ」

「地震発生が切羽詰まってるということかな。それで政府から極秘に自衛隊に出動準備の要請があった。それ自体は悪いことじゃない。必要以上のパニックを防ぐためだ」

「瀬戸口君のシミュレーション結果より早まるということかしら」

「僕のシミュレーションは東海地震じゃなくて東京直下型地震だ。この違いは、もう何十回も説明したよね」

「おなじようなものだ。家が崩れ、人が埋まる。道路が寸断され、すべての交通機関が止まる。火事が町を焼き尽くす。俺たちは被災者を救い、復興の手助けをする」

松浦は低いが強い調子で言った。

「遠山雄次先生を知ってるか」

瀬戸口が聞いた。

「神戸大学の教授だったな。地震学の世界的権威。マスコミにずいぶん叩かれてた。そこらの占い師以下だって。俺もそう思う」

「あのころはまだ地震予知の科学なんて確立されてなかった。遠山先生がそれをしようとしていたんだ。しかしいまは――」

言葉が続かない。代わりに松浦が口を開いた。

「そいつがどうかしたのか」

「なんでもない」

瀬戸口は話題を打ち切り、身体を起こして尻ポケットに手をやった。携帯電話が震えている。

表示を見てからボタンを押した。公衆電話からだ。

「瀬戸口です」

呼び掛けたが返事はない。しかし重い雰囲気が伝わってくる。

「遠山先生ですね。僕の論文を読んでくれたんでしょう」

〈どこかで会えないかね〉

「僕はいま東京です。明後日には時間が取れますから静岡に行きます。どこに行けばいいんですか」

〈東京のどこにいるんだね。明日、私が行こう〉

「でもそれじゃあ――」

〈東京に着いたら電話する〉

「僕の論文どうでした」

〈そのことについて話したい。あれは――〉

単調な電子音に変わった。テレホンカードが切れたのだ。

「やった！」

瀬戸口は思わず声を上げた。

「やめてよ」

亜紀子が低い声で言って辺りを見回した。店中の視線が集中している。

「あまりはしゃがないでよ。ただでさえ、おかしなグループだと思われているのに。私まで普通じゃないと思われるじゃない」

「僕の論文を認めてくれたんだ」

「半年以内にM8クラスの東京直下型地震が来るってやつか。大学じゃ、だれも相手にしてくれなかったんだろう。だったら、またおかしいと言われるだけだ」

「地震発生日の予告なんて、大学じゃ具体的すぎて現実感がないんだ。株屋と地震学者は具体的な数字を出しちゃいけないんだ。はっきり言うと、詐欺師か占い師もどきだと思われる。自分の学問を信じることのできない可哀相《かわいそう》な連中だ」

「あなたは信じてるの。だったらここで大声で叫びなさいよ。一〇日以内にM8クラスの東京直下型巨大地震が起きる。全員東京を逃げ出せ。そうすれば、何人かはあなたの言葉に従うかも知れない」

「逃げろ！　M8クラスの地震が東京を襲う！　M8の襲来だ」

松浦が腕を振り上げて叫んだ。

一瞬、店内が静まり返った。やがて低い笑い声が広がっていく。

「付き合ってられない。二人とも今日、ヘンよ」

亜紀子が顔を伏せて小声を出す。しかし顔は、笑いを押し殺して赤くなっている。

「俺はまとも。こいつはM8シンドローム」

「同じことを言われたよ。遠山先生に」

瀬戸口は松浦を無視して細い声を出した。

「堂島先生も言ったでしょう。現在を生きている人たちには、現在の生活があるんだって」

「だったら地震予知なんてなんなんだ。僕たちは何をやってる」

「おまえが影響力のある大学教授か、判定会のだれかを動かせられれば意味があるんだろうけどな」

「東京中にパニックが起こる。そして実際に地震が起こらなければ、言い出した者の科学者としての生命は終わり。だから、それを言う勇気のある学者なんていないわけね」

「遠山先生もそうだと言っていた。もっと勇気を持って行動していれば、被害を軽減できたと」

三人は店を出て歩いた。

街は人で溢れていた。どこからかジングルベルの音楽が聞こえてくる。瀬戸口はひどく孤独だった。この瞬間、地震が起こったら——この大都市に住む一二〇〇万の人たちの中で確実に数千の人たちは命を落とす。それが阪神・淡路大震災だった。ほんの数時間前、数分前までお互いに笑いあい話していた人が、住んでいた家に押しつぶされ、炎に焼かれた死体となって横たわっている。

「俺はこれから市ケ谷に行かなければならない」

松浦が時計を見て言った。

「今夜は、三人で思いっきり騒ぐんじゃなかったの」

「これでも自衛隊の尉官《いかん》だ。部下もいる。民間人と同じにはいかない」

「おまえからそんな言葉を聞くとなんだかこそばゆいよ」

松浦は両腕を広げ、瀬戸口と亜紀子を抱き寄せるように引き付けた。

「二日前から寮の門限が一〇時になっている。非常招集がいつかかるか分からないということだ。きっと、政府には心配事があるんだろう」

突然、松浦が姿勢を正した。

「やめてよ。みんな見てる」

「松浦一尉はこれから帰隊いたします」

背筋を伸ばし、踵《かかと》を鳴らして敬礼した。

歩き始めた松浦が振り返った。

「クリスマス、集まろうぜ。瀬戸口も今年は裏切るなよ。正月、二人で神戸のうちに来いよ。おふくろも喜ぶよ」

怒鳴るように言うと、返事も聞かず地下鉄の駅の方に歩いていく。

「変わったわね、松浦君」

亜紀子がしみじみとした口調で言った。

「軟派の松浦って呼ばれていたのに」

高校時代、松浦はサッカー部に入っていた。進学校なので全国大会出場は無理だったが、県大会ではベストスリーまでいった。大学からスポーツ推薦入学の話もあったが、サッカーはあくまで趣味、将来は検事になって社会悪と闘う、というのが口癖だった。

身長一八二センチ、体重七五キロ。陽に焼けた野性味を感じさせる容姿は目立った。

取り巻きの女生徒たちも多く、いつも女生徒との噂《うわさ》が絶えなかった。瀬戸口も何度か近くの女子高の生徒から手紙を渡すように頼まれたことがある。自衛隊は松浦からもっとも遠い存在だった。

やはりあの地震が松浦の人生を変えた。

松浦は父親と弟を亡くした。母親はまだ神戸で暮らしている。ずっと仮設住宅に入っていたが、数年前やっと市営住宅に移ることができたと聞いた。

「俺は防衛大学にいく」と言い出したのは、国立大学の願書提出日の前日だった。学校からの帰り、独り言のように言ったのだ。

その時、松浦はすでに防衛大学校の入試に受かっていた。防大の入試は一一月なので、瀬戸口の高校からも毎年何人かの学生が受験する。合格しても入学金を払う必要もない。しかし、実際に入学したという話はほとんど聞かない。松浦も第一志望は神戸大の法学部だった。

「検事志望じゃなかったのか」

松浦は答えなかった。

しかし瀬戸口には松浦の気持ちは分かっていた。松浦と母親は、救援にきた自衛隊によって救い出されたのだ。

「学費はタダだし、給料までくれるんだ。学生手当として月一〇万六七〇〇円、ボーナ

ス は三八万円」

しばらくたってから思い出したように言った。

防衛大学校を卒業してから施設大隊に入った。災害に対してもっとも力を発揮する部隊だ。すでに海外の地震災害にも何度か派遣されている。

瀬戸口がくすりと笑った。

「どうしたの」

「僕は地震災害の救援のため、自衛隊に入りたいのです」

松浦の口調を真似《まね》て言った。松浦が防衛大学校入学のときの面接で述べた志望理由だ。試験官はみんな、ほおっという顔で見ていたと、松浦は言った。

「松浦がいちばん人のためになってるかも知れない。地に足が着いてるっていうんだろうな」

瀬戸口は軽いため息をついた。

「僕なんて、頭の中でさまよっているだけだ」

「そんなことない。瀬戸口君の研究だってきっといまに日の目をみる」

「取ってつけたような言い方だ」

「そもそもどっちが優れてるなんていう言い方が間違ってるのよ。私たちの思いは同じなんだから」

「ほっとするよ、亜紀ちゃんからそういう言葉を聞くと」

だれもが忘れられないのだ。三人で話すときも故郷の言葉を使わない。いや、使えないのだ。過去のことは思い出したくない。それでいて、過去を引きずりながら生きるほかない。

「今夜、どうするの」

亜紀子がぽつりと言った。

「大学に行く。明日、静岡の研究センターで整理したデータを報告しなければならない。その準備。たぶん研究室で泊まることになる」

「私のところに来てもいいわよ。何もしないのならね」

「やめとくよ。自信がないから」

「そうね――」

亜紀子が呟くように言った。

4

瀬戸口は亜紀子と別れた足で大学に行った。

守衛が「日曜日もよく頑張るね」と言って鍵《かぎ》をくれた。

日曜日の夕方、研究室はひっそりとしている。

パソコンのスイッチを入れて、静岡の研究センターのデータベースを呼び出した。新しいデータをチェックしたが特別なものはなかった。

〈政府には心配事があるんだろう〉松浦の言葉を思い出したが、どう考えるべきか分からない。

以後はデータ整理に熱中した。気が付くと六時間がすぎている。

研究センターの島崎に、気になっていた規則性のある変動はどうなったか聞こうと思ったが、すでに一二時をすぎている。もう民宿に帰っているだろう。センターにはだれかいるかも知れないが、気になっているデータの説明をするのは億劫《おっくう》だった。

机の上にセンターで計算したシミュレーション結果を出して広げた。この計算がどれだけの意味を持っているのか。ひょっとして数百、数千人の命に関わる計算結果かも知れない。たしかに遠山の言ったことは正しい。

急に疲れが全身に回ってきた。いつ自分の部屋で寝たかを考え始めたがやめた。いまはホームレスに近い。いや、ホームレスそのものだ。明日、データの報告が終わったら銭湯に行ってコインランドリーにも行こう。それより先に住むところを見つけなければ。

部屋の隅の簡易ベッドに横になった。禁煙のはずだが、かすかに煙草《たばこ》の臭《にお》いがする。目を閉じると亜紀子の顔が浮かんだ。遠山の言葉について考えようとしたが、すぐに眠りに引き込まれていった。

暗い穴の中に落下していく。底無しの深い穴。穴は次第に暗く細くなり、地球の中心に向かっている。全身が締め付けられる。その力は強くなり、骨が音を出し始める。

助けてくれ！　瀬戸口は声を上げた。

目を開けると、窓から光が差し込んでいる。首の周りが汗で冷たい。

しばらく見ないと思っていたが、一二月に入ってから何度か見る夢だ。地震直後は毎晩同じ夢を見た。夢だと分かっているが、恐怖で全身が硬くなり、冷たい汗をかいている。

「どうかしたんですか。顔色、すごく悪いですよ」

ドアの前に大学院博士課程の学生が立って瀬戸口を見つめている。

「なんでもない。胃の調子が少しおかしいんだ」

「瀬戸口さん、泊まってたんですか」

「ちょっと横になったら、いつのまにか眠っていた」

「一昨日、静岡から帰ってきたんでしょう。どうです、あっちは」

「相変わらずデータを睨んでるだけ」

「みんな、近いって言ってますよ。そうなると静岡のセンターは最前線だ。それ、本当なんですか」

最後の言葉を声をひそめるようにして言った。

「判定会も、何も言ってないんだろう。だったら何も起こらない。ここだって気楽なもんだ」

瀬戸口は学生の机に目を向けた。マンガ雑誌が数冊載っている。

「ひんぱんに会議は開いているようですが、予知情報を出して外れた場合のリスクを考えると二の足を踏むんでしょう。その気持ち、分からなくもないですけど。なんせ、一日数千億円の経済損失だ」

「だったら、なんのための研究だか」

「近いってことは分かってて、いつだってことがはっきり言えない。だれも言おうとしない。これでもし、本当に起こったら、なんだか淋しい研究ですよね」

「静岡だけが現場じゃないさ。日本中が舞台なんだ。東京だってそうだ」

「瀬戸口さんのコンピュータ・シミュレーションによる東京直下型地震の予測、学生の間じゃ評価が高いんですよ。地震に対する態度が積極的だって」

大学院生は瀬戸口の方に来て、机の上の計算結果を手に取った。

「東京は半年後か。おかしくはないですね」

「だったら、きみらはその対策をしてるか」

「それと評価は別です。東京を逃げ出すって気は起こりません」

「逃げ出すばかりが対策でもないだろう」

「先週、両親に避難用グッズ一式っていうのをプレゼントしました。黄色のデイパックに懐中電灯、ラジオ、水、ライター、ティッシュ、非常食なんかが入っているんです。四八〇〇円もしました。これも便乗商品で、企業の儲《もう》け主義の一つなんでしょうかね」

「きみも持ってるのか」

「僕は大丈夫です。なくてもなんとか生き抜きますよ」

瀬戸口は軽いため息をついて、伸びをした。狭い簡易ベッドで寝たせいか関節が強《こわ》ばり、ぎしぎし音を立てそうだ。

「これ、大っぴらにはできないんでしたね」

学生は計算結果を机に戻した。

瀬戸口は時計を見た。七時になったばかりだ。

「いつもこんなに早いの」

「地盤変化のモニターのチェック係なんです。世界でも最新鋭の地震対応システムです。これで予知できなければあきらめもつきます」

バカを言うんじゃない、と声を出さずに言った。予知できないシステムなど意味がない。自分は阪神・淡路大震災のような惨めな目にあいたくないためにこの研究を始めたんだ。

学生は隣の研究室に行きかけた足を止めた。

「木村《きむら》助教授が最近、スーパーの使用時間が異常に多くなっているからセーブするようにと言ってました」

言いにくそうに言うと、肩をすくめた。

学生が出ていくと、再びベッドに横になった。

瀬戸口の脳裏に昨夜の亜紀子の話がふいに浮かんだ。死と向かい合った者の言葉だ。ドーンという音のあと、背後の本棚から本が飛び出してきた。本箱が倒れてくるのと机の下に滑り込むのは同時だった。すべては一瞬のうちに起こっている。気が付くと自分もやはり闇の中にいた。

しばらくは何が起こったか分からなかった。数分にすぎなかったのか、数時間がすぎていたのか、また数秒間意識がなかっただけなのか。

声を出そうとしたが、嗄《しわが》れた唸り声のような音が出るだけだった。身体を動かすことが恐ろしい。身体のどこかが消えてしまったような錯覚を覚えていた。落ち着け、僕は生きている。何度も心の中で繰り返し、自分に納得させようとした。

「母さん、父さん。どうなってるの」しばらくして、やっと声が出始めた。隣の部屋には妹の清美《きよみ》が寝ている。当時、清美は中学三年だった。必死で音を聞き取ろうとしたが何も聞こえない。

妹のことを考えると、やっと身体を動かそうという意志が生まれた。自分がなんとかしなければという気になったのだ。

身体が机と倒れてきた本箱の隙間《すきま》に挟まっている。机と本箱が落ちてきた天井を受け止めたのだ。しかしわずかな隙間で、身動きがとれなかった。

頬にかすかな空気の動きを感じた。どこかの隙間が外につながっている。必死でその方向に身体を移動させた。身体に力を入れるたびに全身が痛んだ。気の遠くなるような時間がすぎていった。

ほんの数メートルのところで音が聞こえた。瓦礫を掘る音と投げる音だ。人の声も混ざっている。

「出してくれ。僕は生きてるんだ」

力の限り叫んだ。

「ここにも埋まってるぞ。急げ」

外で声が聞こえた。やがて複数の足音に代わり、声は増えていった。

それから一時間後、瀬戸口は救けだされた。

剝《は》ぎ取られた屋根の隙間から伸びた腕が、瀬戸口の身体を引き出したのだ。

救い出された瀬戸口は自分の目を疑った。見慣れた町並みは消えていた。二階だったはずが目の前が道路になって、周りには延々と瓦礫の山が続いている。瀬戸口の家も二階が一階を押しつぶし、二階も壁が崩れ屋根が崩壊していた。一階は完全につぶされて材木と合板と瓦《かわら》の残骸の山になっている。

「母さんたちは――。両親と妹はどうなりましたか」

瀬戸口は自分を引き出して、毛布をかけてくれた男に聞いた。名前は知らないが、何度か見かけたことがある近所の人だった。

「落ち着いて。ここからはまだ君しか救けだしていない。三人のいる大体の場所を教えてくれ」

瀬戸口は妹の部屋があった辺りに目をやった。思わず声を出しそうになった。割れた屋根瓦の間から天井の梁《はり》が数本突き出ている。

瀬戸口は近所の人から靴を借りて、掘り出す手助けをした。

一時間ほどで妹の部屋を覆っていた瓦と天井板は取りのぞかれた。

「あとは私たちがやるから、きみは少し休んでいなさい」

リーダー格の男が来て言った。

瀬戸口は答えず目の前に散乱する割れた瓦をつかんでは道路に投げ捨てた。

「いたぞ！」

男が叫んだ。

清美はベッドの上に眠った姿のまま横になっていた。顔まで布団に埋まっている。冬はいつも布団に潜り込むようにして眠っていた。その上に天井が落ちたのだ。

「かすかだがまだ息がある」

「きみは妹さんについててやれ」

「まだ、父さんと母さんが——二人は妹の部屋の下の部屋で寝てました。この辺りです」

瀬戸口は掘り出された妹のベッドの下を指して叫ぶように言った。

「我々がやる。心配するな」

男は瀬戸口の肩を押した。

男の言葉が瀬戸口への配慮であったことはあとで知った。階下に寝ていた両親の死は、ほぼ確定的だった。彼らは圧死した二人の姿を瀬戸口に見せたくなかったのだ。

二人の男に上半身と足を抱えられた清美と共にバンに乗せられて病院に行った。廊下にもベッドが並べられ、さらにその間にも包帯をした怪我人がうずくまっている。その患者たちをよけながら看護師が行き交っていた。

瀬戸口は手術室に運ばれていく清美をなすすべもなく見送った。

陽が沈むと急激に気温が下がり始めた。

その夜、看護師が持ってきてくれた毛布に包《くる》まって病院の廊下ですごした。

明け方、清美が死んだことを知らされた。

午前中は昼まで研究室で研究センターの装置の状態とデータの報告をした。

遠山から電話があったのは報告が終わった直後だった。

「どこにいるんですか。僕が行きます」

〈大学の近くだ。マクドナルドにいる〉

「もっと詳しく教えてくれませんか」

〈通りを隔てて本屋が見える。その横は銀行だ〉

研究室に来ませんかという言葉が喉元《のどもと》まで出た。しかし、いまの遠山には酷な言葉だ。

瀬戸口は研究室を飛び出した。

遠山は二階の窓際の席に座っていた。

テーブルの上にはコーヒーの紙コップ、その横に論文が広げられていた。静岡で瀬戸口が渡したコンピュータ・シミュレーションに関するものだ。何ヵ所かに鉛筆の書き込みや下線が引いてある。クエスチョンマークもいくつか見られた。

「よくできた論文だ。一〇年前なら日本中が騒然とした。それにしても技術の進歩はすばらしい。これだけの計算をするには数ヵ月はかかっただろう」

「それは一〇年前の話です。コンピュータの計算速度は光並みです」

「よくできてはいるが間違いも多い」

遠山は持っていたカバンからノートを出して書き始めた。

「まず、計算式と初期値の入れ方に問題がある。間違ってはいないが適当ではない」

「でも先生の本には——」

「時代は変わってると言ったのはきみだ。一〇年前の論文では、基本原理が同じでも矛盾が噴き出している。私だって考える時間だけはたっぷりあった」

そう言って、カバンからさらに数冊のノートを取り出した。新しいほうのノートを開いて瀬戸口に向けた。ノートの半分には数式と数字、英語の文章がぎっしりと書き込まれている。

「これ全部、地震に関する遠山先生の論文ですか」

「論文と言えるほどのものじゃない。思いついたことを書き留めておいたものだ。私にはパソコンも実験装置もないからね」

そうは言っているが、姿を消してからも地震研究は続けていたのだ。地震から抜け出せないというのが本音だろう。

「でも——これを先生は一人で——」

遠山と植村の確執《かくしつ》は有名だった。

三〇年前、遠山と植村は東都大学の助教授だった。遠山・植村方程式は当時の共同研究として発表された。そのころは植村も地震のコンピュータ・シミュレーションに興味を持っていたのだ。

　二人の所属する研究室の教授は河内《かわうち》教授だ。河内は当時の日本の地震研究に関して指導的立場にあった。彼はコンピュータを敬遠して、観測による地震予知に重点を置いていた。当然、二人は自分の研究の方向性を決めなければならなかった。その結果、植村が河内のあとを継ぎ、遠山が大学を出ることになった。

　それ以後、西と東に分かれ、関ヶ原の再来とまで言われていたと聞いている。そして、四〇〇年前と同様、西がやぶれた。

　遠山はノートに新しい式を書き始めた。

　三時間ほどかけて遠山は新しい数式を説明した。

「このメッシュの取り方を一〇〇倍に上げれば、使用に足る結果が得られるだろう」

　遠山はノートに目を向けたまま独り言のように言った。

「統計数理研究所の計算機をフル回転しても数日はかかります」

　瀬戸口はデイパックからパソコンと携帯電話を出した。手慣れた様子で接続していく。

　遠山は無言で見ている。

「研究室のデータを取り出します」

　ディスプレー上でいく層かのプレートがゆっくりと動いている。

「計算領域をもっと狭めよう。南関東に限定する」

「それでは局所的すぎませんか。連続体としての意義が失われます」

「地震の測定点が充実している。データ数が多ければ誤差は十分吸収され、補正される」

「今夜中に新しいプログラムを作ります」

「無理だろう。私の時代にはたっぷり一週間はかかった」

「地震は待ってはくれません」

瀬戸口の言葉に遠山は意外そうな表情をしたが、うなずいた。

窓の外に視線を移すと、下の通りを学生たちが通りすぎていく。デイパックを担いだ学生、Tシャツの上にダウンジャケットを着た学生、テニスラケットのケースを持った女子学生もいる。遠山は無言でその姿を見ていた。

「あのとき――」

遠山はゆっくりと口を開いた。

「私が神戸で地震が起こったのを知ったのは東京のホテルだった」

遠山は目を閉じた。見ると唇が震えている。彼は苦しみに耐えている。

「前日、ちょうど開かれていた日本地震学会で基調講演を行なった。私は地震学会の次期会長になることが決まっていたんだ。その日神戸に帰るつもりだったが、当日、国の防災会議でも講演を頼まれてね」

テーブルに置いた指先がかすかに震えている。遠山はそれを隠そうともしなかった。

「電話のベルで起こされた。まだ闇の中だった」

静かな口調でしゃべり始めた。

「前日の学会で議論した友人の一人だった。神戸で地震が起こったらしいと言った。すぐにテレビをつけたが、〈近畿地方で地震〉のテロップが流れるだけだ。胸騒ぎを覚え、家に電話したがつながらない。七時になってテレビはやっと地震のニュースを伝え始めたが、正確ではなかった。事実を知ったのは、ヘリからの映像が届いた八時をすぎてからだ。煙を上げる神戸の町。高速道路が横倒しになり、ビルがつぶれている。いぜんとして、電話はつながらない。大学も親戚も友人のところもすべて不通になっている。灘区、東灘区が多かった。私は新聞社の知り合いに電話を入れたが、やはり彼もつかまらない。気象庁の友人に連絡がとれてやっと、神戸から大阪にかけて広域にM7クラスの地震が起きたことを理解した。私はすぐにホテルを出たが、東京は何事もなく日常生活が営まれている。夢を見ているようだった。だが、東京駅は混雑していた。新幹線は京都止まり。ダイヤは大幅に乱れていた。駅からも家に電話をしたがつながらない。そのころ家族はすでに死んでいたんだ」

遠山は穏やかな声で話し続けた。

「なんとか大阪までいった。そこからが動きが取れなかった。神戸方面の電車はすべて不通になっている。バスも運行は停止だ。タクシーをつかまえて、行けるところまで行ってほしいと頼んだ。尼崎《あまがさき》まではなんとか行くことができた。その先は警察が通行を禁止していた。入れるのは緊急車両だけだ。私は歩いたよ。神戸に向かって」

尼崎、芦屋《あしや》、三宮……神戸の公共交通のほとんどが運行を停止していた。電車の脱線、駅の崩壊、停電、高架の崩壊、線路は波打っているところもある。道路も信号機は消え、ほとんど動かないひどい渋滞が続いていた。神戸は孤立状態だった。

「灘の自宅に着いたのは明け方だった。辺りはすっかり変わっていた。道路に沿って崩れた家が連なっている。自宅は完全に崩壊して、焼けていた。私は家族をさがした。近くの学校、病院、遺体安置所……小学校の臨時遺体安置所で三人の名前を見つけた」

遠山の目には涙が溜まっている。

「遺体は見るに堪えなかった。妻と長男と次女は崩壊した家の下敷きになっていた。そこを火事が襲った。しかし、それだけではなかった。さらなる地獄が待っていた」

遠山の言葉が消えた。長い時間がすぎていく。

「私は大学に行った。研究室の学生に連絡を取るためだ。大学は混乱していた。学生たちにもかなりの死傷者が出ていた。地方から出てきている学生の家族からの問い合わせが殺到していた」

遠山の声は震えた。

この人にとって本当に辛かったのはその後だろうと瀬戸口は思った。

研究室の学生が四人死んだ。大学近くの古い木造アパート、マンションのほとんどが崩壊している。

マスコミは遠山を皮肉った。〈遅すぎた予想〉〈やはり不可能、地震予知〉〈当たらない予想屋〉〈占い師もどき〉〈予算の食い潰《つぶ》し屋〉当時の新聞や雑誌に載った記事だ。

遠山は一切の弁明をしなかった。そして数ヵ月後、大学を去った。彼の理論は研究者の間から忘れられていった。

「あの地震について話したのはきみが初めてだ」

遠山は低い声で言った。

「地震予知は正しい判断とともに勇気のいる決断だ。当たろうが外れようが、結果責任を問うべきではない。研究者を萎縮《いしゅく》させるようなことがあってはならない」

強い意志を込めた声だった。初めて会ったときに言った、重い響きを持った言葉だ。

「当時きみは――」

「高校三年でした」

「家族は？」

「両親と妹が死にました」

眼鏡を外した遠山の目元の筋肉がかすかに震えている。

「申し訳ないことを話した。きみのほうが遥《はる》かに辛い思いをしているはずだ」

「だれもが辛い経験をしています。でも、逃げてばかりでは生きてはいけないと悟りました」

「そうだ。私はたしかに逃げていた。自分は二度と地震には関わるまいと決心していた」

「でも、そうはいかなかった。そうなんでしょう。先生のノートには――」

「計算結果が出たらぜひ知りたい」

「連絡はどうやって？」

「私のほうから連絡する」

「じゃあ明日、お願いします」

遠山はうなずいて立ち上がった。

気が付くと四時間以上、店にいたことになる。瀬戸口の頭には遠山との話の中で、いままで漠然としていたものの形がぼんやりだが見えてきたような気がしていた。

階段に向かって踏み出した遠山がよろけた。瀬戸口がその身体を支える。驚くほど軽い身体だ。

二人は店を出た。陽が沈みかけ、真っ赤な光が空を覆っている。突然、瀬戸口の心に重苦しい不安が広がった。忘れようとしていた過去が再び明確な形を取り戻そうとしている。

「今夜、先生は――」

「私の心配はいらない。また連絡する」

遠山が人混みに消えていくのを見とどけて、瀬戸口は大学の図書館に行った。閉館まで隅の机でパソコンに向かった。

図書館が閉まると研究室に戻り、プログラムの続きを書いた。キーを打つ手を止めると遠山の姿が目蓋《まぶた》に浮かんだ。ぎっしりと書き込まれた数冊のノート。瀬戸口のシミュレーションの問題点も指摘し、正してくれた。彼は紛れもなく研究者だ。

その夜、明け方までかかってプログラムを修正し書き上げた。それをスーパーコンピュータに入れた。

5

激しいノックの音で目が覚めた。机につっぷして眠っていたのだ。

振り向くとドアの横に木村助教授が立っている。

「瀬戸口君だろう、三時間もかかる計算をやらせたのは」

「すいません。そんなに時間がかかるとは思わなくて」

瀬戸口は嘘をついた。少なくとも四、五時間は覚悟していたのだ。

「うちの教授のボスがだれかくらいは知ってるだろう。植村教授だ。遠山・植村方程式なんてのにこだわってると、首が飛ぶぞ」

木村はうんざりした顔で言うと部屋を出ていった。

ドアが閉まると同時に、パソコンを立ち上げた。

自分ながら驚くようなスピードでポインターを操作してキーを叩く。ディスプレーに数字の列と波形が現れた。

時間を追って新しい画面をチェックしていく。何度目かのクリックで指が止まった。瀬戸口の顔から徐々に血の気が引いていく。

顔を上げると、窓からキャンパスが見える。明るい陽の光の中を学生たちが歩いていく。葉を落とした木々が妙に寒々しく感じられた。

パソコンを閉じて立ち上がったが、一瞬頭の中が空白になった。どこに行くべきか、自分が何をすべきかさえも分からなかった。

遠山先生だ。彼ならこれから何をすべきか知っているだろう。しかし彼はどこにいる。昨日、別れたのは大学の前だ。

〈二度と地震には関わるまい〉遠山の言葉を思い浮かべた。

瀬戸口は携帯電話を出してメモリーボタンを押した。

河本ですと、とりすました声が返ってくる。

「これから会えないか」

〈分かりました。のちほど改めてお電話を差し上げます〉

「重要な話がある。すぐに――」

瀬戸口が最後まで言い終わらない間に電話は切れた。

リダイヤルボタンを押そうとして指を止めた。亜紀子はいま仕事中だ。

五分ほどして携帯電話が鳴り始めた。

〈なんなのよ。今、重要な会議中なの。私の斜め前にいたのはだれだか知ってるの〉

「知りたくもないね。それより――」

〈大倉《おおくら》新《しん》次《じ》郎《ろう》よ。前の財務大臣〉

押し殺した低い声がさえぎる。

「会えないか。重大なことなんだ」

〈会議中だって言ったでしょう〉

「終わるのは？」

〈昼になるわね〉

時計を見ると一〇時一七分。まだ二時間近くある。勢い良く水が流れる音が聞こえる。トイレから電話しているのだ。

「きみの事務所で待ってる。できるかぎり早く来てくれ」

瀬戸口は亜紀子の返事を待たず携帯電話を切った。

しばらく考えてから、再び携帯電話のボタンを押した。

〈長谷川鍼灸・整骨院〉

相変わらずぶっきらぼうな声が返ってくる。

「最近、東京周辺に異変が起きていませんか。なんでもいいです」

〈静岡じゃなくて東京か〉

「東京、横浜近辺です」

声が途切れ、パソコンを叩く音がする。

〈飼い犬の遠吠え、ネズミの引っ越し、家のきしみ、ミミズのダンス。家庭菜園に大量のミミズが出てのたうっていたそうだ。メダカの自殺というのもある。水槽のメダカがガラス面に衝突して一〇匹全部死んだそうだ。いつもならゴミをあさっているカラスが、まったく姿を見せなくなったというのは群馬だ。日本全国異変だらけで、どれが本物の異変なのか分からなくなる〉

どれもよく知られているものばかりだ。

「FM電波はどうです」

数年前から話題になっている地震予知システムだ。岩盤の破壊により電流が流れ、震源となる地域の上空には電磁波が発生する。すると通常は電離層を通過していくFM放送の電波が電離層で反射して、聞こえるはずのない地域にまで聞こえるのだ。このFM電波を測定することにより、地震の規模、発生時期、場所が特定できるというものだ。すでに全国レベルの観測システムができ上がっている。

〈入り乱れてるそうだ。日本全国、どこに予知情報を出しても当たりそうだと言ってる。だったら意味はないよな〉

「大ありです。どこに、いつ起こってもおかしくないということです」

先生、熱いですよという声が聞こえる。

〈いま灸の途中なんだ。夜にでも来てくれ。それまでにまとめておくよ〉

少しぐらい我慢しろと怒鳴る声とともに受話器が置かれた。

瀬戸口はもう一度ディスプレーを確認して、データをCD－Rに落とした。

遠山への連絡方法を考えたが思い浮かばない。神戸に住んでいるという長女の電話番号でも聞いておくべきだった。

あきらめてデイパックにパソコンを入れて研究室を出た。

議員会館にある堂島の部屋に着いたのは一二時一五分前。亜紀子はまだ自民党本部での会議から戻っていなかった。

何度か見たことのあるアルバイトの女子大生がお茶を淹《い》れてくれた。

二〇分ほどして亜紀子が帰ってきた。

「堂島さんは？」

「防災関連法案の委員会に出てるわ。彼らと一緒に食事すると言ってたから、帰ってくるのは二時ごろじゃないかしら」

瀬戸口はパソコンを立ち上げてディスプレーを亜紀子のほうに向けた。

「説明してよ。私に分かりっこないでしょう」

「遠山先生のことは話しただろう。昨日、会った」

「よかったわね。憧れの人に会えて」

「本当によかったよ。やはりあの人はすごい。まだ研究をやめていなかった。僕のシミュレーションの不備な点を指摘してくれた。先生の言葉に従ってプログラムを組み直して、スーパーコンピュータにかけた」

「だったら、やはりあなたの計算は合ってたというの」

「間違ってた。完璧《かんぺき》に」

「じゃ半年間は、東京は安泰ってわけね」

「一〇日以内だ。M8クラスの東京直下型地震が起こるのは」

瀬戸口は亜紀子を見つめている。

「そんなに簡単に結果が変わるものなの。もう一度やれば、また変わるんじゃないの」

亜紀子は冷静な声で言った。

しかし瀬戸口は、一瞬、亜紀子の顔から血の気が引いたのを見逃さなかった。

「僕は真剣だ。一〇日以内にM８クラスの地震が東京の真下で起こる」

「そんなこと、だれが信じるというの」

「これは僕一人でやったんじゃない。日本の地球物理学の第一人者、元神戸大学教授、遠山雄次博士との共同研究なんだ。これで多少、信じる気になったか。権威付けには十分だ」

瀬戸口は自棄《やけ》になったように声を上げた。二人の秘書とアルバイトの学生が見ている。

「それで、これからどうするっていうの」

「遠山先生を探して、この結果を報告する。先生なら、もっと正確な評価ができる」

「どこにいるか分かってるの。ホームレスみたいな生活をしてるんでしょう」

「泊まるところはあると言ってた」

「あなたよりましってわけね」

「でも、まともな職にもつかず、一〇年も全国を旅してるんだ。金なんて大して持ってないと思う。退職金もすべて亡くなった学生の遺族になんらかの形で送ったっていうし」

亜紀子を無視してしゃべった。

「じゃあまったく分からないってことじゃない。次に連絡してくるのはいつなの」

「今日」

瀬戸口は時計を見た。あと一〇分で一時になる。

携帯電話が鳴り始めた。

かけてきたのは——公衆電話からだ。

「いまどこです。すぐに行きます」

瀬戸口は相手が名乗る前に声を出した。

〈どうかしたのか〉

「計算結果が出ました」

〈信じられんな。あれだけの計算量だ〉

驚きを含んだ声が返ってくる。

「至急、見てもらいたいんです」

〈国会図書館前だ〉

「一〇分で行きます」

瀬戸口はパソコンをデイパックに入れて亜紀子の腕をつかんだ。

「きみも来てくれ」

亜紀子は瀬戸口を見ていたが、やがてうなずいた。

遠山は国会図書館のロビーの壁に寄り掛かるように立っていた。

隅のテーブルに座るとすぐに、瀬戸口はパソコンを出して立ち上げた。

遠山は無言でディスプレーを見つめている。

やがて、顔を上げて瀬戸口を見た。

「これはきみが？」

「先生に言われたとおりプログラムを変更して、データを入れ替えてコンピュータにかけました」

「プログラムを見せてくれ」

瀬戸口は何度もキーを打ち間違えながら、基礎式を呼び出した。自分でもおかしなほど緊張している。だが、間違いはないはずだ。昨夜、何度もチェックした。計算結果にも全体として矛盾はない。

遠山はディスプレーを睨み付けるようにして見ている。

「南関東全域の地震に関する最新の計測結果を見ることができるか」

瀬戸口は研究室のデータベースを呼び出した。南関東全域、二三〇ヵ所に設置された地震計、体積歪計、ＧＰＳの測定データが現れる。

「このシミュレーション結果が意味していることをきみは理解してると思うが――」

「だから至急先生に――。でも、これからどうすればいいか――」

亜紀子が瀬戸口の背中を叩いた。

遠山は背後に立っている亜紀子に気づいて、困惑した表情を浮かべた。

「堂島智子衆議院議員をご存じでしょう。兵庫三区から出ています」

「私も神戸で育った。会ったことくらいある」

「河本亜紀子さんは堂島さんの秘書です。彼女も神戸出身。僕と高校の同級生です」

「遠山先生のことは瀬戸口君からよく聞いています。堂島先生をご存じだとは知りませんでした」

亜紀子は瀬戸口を押し退けて前に出ると、名刺を出した。

「堂島智子衆議院議員に会うつもりです。そして、この事実を――」

「それよりも先に会うべき人がいる」

「判定会会長の植村教授ですか」

「この結果と計算式を見せればただちに判定会を招集する。彼は権力欲は強いが愚かではない」

「でも遠山先生は植村先生とは――」

瀬戸口は言いよどんだ。反発しあっていた、と言いたかったのだ。

「昔のことだ。いまの私に彼は何も感じてはいない」

「突然、訪ねていって、僕なんかに会ってくれるはずがないですよ」

「私が一緒に行く。連絡は取れるか」

「研究室の電話番号なら分かります。でも――」

瀬戸口は言葉を呑み込んだ。取り次いでくれるかどうか分からないと言い掛けたのだ。

「この結果は信頼できるものなんですか」

二人の会話を聞いていた亜紀子が口を開いた。

「だから遠山先生と会ってる」

「あなたに聞いてるんじゃない。遠山先生に聞いてるの」

亜紀子の視線は遠山に向けられている。驚くほど真剣な表情をしていた。

「きみはなぜ堂島議員の秘書をやっている」

「堂島先生を信頼しているからです。信念を持って行動している方です」

「瀬戸口君も信念を持って行動しているはずだ」

「だから信じてやれと――」

亜紀子はしばらく考えていた。

「堂島先生から植村先生に連絡を取ってもらいます」

亜紀子は携帯電話を出しながら言った。

重厚な造りの部屋だった。

瀬戸口と遠山は東城工科大学理学部植村教授の部屋にいた。

壁の一面は作り付けの本棚になっていて、隙間なく本が並んでいる。ほとんどが洋書だ。その横には飾り棚があり、様々な種類と形の岩石が飾られていた。

瀬戸口は植村が岩石と隕石《いんせき》のコレクターであると、何かで読んだことがあるのを思い出した。

学会やシンポジウムで何度か話を聞いて、質問したこともある。だが、個人的に話すのは初めてだった。自分でも緊張しているのが分かった。

スマートな長身、陽に焼けた健康そうな顔。全身から知的な雰囲気が漂っている。いかにも有能なエリートビジネスマンという感じがした。遠山とは対極にいそうな男だ。

遠山と同期だから六一歳。二人は無言で向き合っていた。

「しばらくぶりだな、遠山君」

最初に口を開いたのは植村だった。

「一〇年になるかな。しかし今日は昔話をしにきたのではない。一人の有能な若者を引き合わせに来た。彼の話を聞いてほしい」

遠山は瀬戸口の肩に手を置いて、自分の前に押し出した。

「一度、講演会で質問をしたことがあります。二年ほど前ですが」

「東都大学の瀬戸口君だったね」

瀬戸口は息を吐いた。意外な言葉だった。

「たしか、地震予知にコンピュータ・シミュレーションを使えないかというようなことだった」

「覚えていてくださったんですか」

「もちろんだ。だが、理論と現実とは違う。地震に関しては、シミュレーションはあくまでシミュレーションだ。それ以上のものではありえない」

「しかし――」

瀬戸口は思わず口籠もった。足がかすかに震えている。

目の前にいるのは日本を代表する地震学者だ。自分の言葉など反論になろうはずがない。

「見せたいものがある」

遠山が促すように瀬戸口に視線を向けた。

瀬戸口は慌ててデイパックからパソコンを出して立ち上げた。

植村は何も言わず瀬戸口の計算結果を見ている。

やがてゆっくりと顔を上げて瀬戸口と遠山を見た。

「それで――」

「シミュレーション結果と南関東の地震波、歪計のデータから考えると、東京直下型地震の確率はきわめて高いと考えられます」

「きみも異常に気づいていたのか。しかし南関東で見られる観測データの異常については、きたるべき東海地震の影響と考えている。これは判定会の大多数の意見だ」

植村の言葉には自信が溢れている。

「もう一度、検討してください。僕と遠山先生の計算結果も考慮して」

「きみも知っていると思うが、判定会は東海地震に対する議論の場だ。私たちの推測によれば、次は静岡だ。かなりの異常データが報告されている。六人の委員のうち、四人は東海地震は近いと信じている」

植村は自信のある声で言った。

「だったら予知情報を出すべきだ」

遠山が強い口調で言った。

「それとこれとは違う。予知情報を出せば、警戒宣言が出される。そうなれば膨大な経済損失をともなう」

「要は、自信がないということだ。うかつなことは言えない。自分の言葉の重みを考えるとね」

「そう。きみの一一年前と同じだ」

「私はあのときの判断ミスを生涯背負うことになった。きみには同じ道を歩んでもらいたくない」

瀬戸口は無言で二人のやり取りを聞いている。

「すでに総理には伝えてある。近い将来、肚《はら》をくってもらうと。政府にその気があるのなら、すでになんらかの手は打ってある」

「政府が動いてないのは分かっているはずだ」

瀬戸口の脳裏には松浦の言葉がよみがえった。〈二日前から門限が一〇時になっている〉〈きっと、政府には心配事があるんだろう〉

「きみはマスコミに発表すべきだ。マスコミもきみの言葉には耳を貸すだろう」

「だからこそ慎重にならざるをえない。私の立場はきみとは違う」

遠山は軽いため息をついた。

「きみは私と同じ間違いを犯そうとしている」

「ときが証明してくれる」

植村は机の上のパソコンのスイッチを切って瀬戸口の方に押した。

「静岡のシミュレーションはやってないのかね。つまり東海地震だ」

「東京周辺に限定しました。範囲を広げると計算時間がかかりすぎますから。それに東海地震では、プレートの数も――」

「ではいずれ、静岡にも範囲を広げてくれ」

ドアが開いて秘書が入ってきた。

遠山と瀬戸口をちらりと見て、植村の耳元で何ごとか囁《ささや》いた。

「気象庁長官からです。これから判定会が開かれます」

植村は改まった口調で言った。

「静岡県南部と駿河湾沖に設置した地震計と歪計に異状が現れた。私はこれから気象庁に行く」

「異常箇所は？」

「明らかに異常と分かるのは二ヵ所。あとは判定会で調査する」

二ヵ所で地殻変動が観測された場合に出されるのは注意情報だ。

「我々のシミュレーション結果も判定会に持っていって――」

遠山君、と植村は遠山の言葉をさえぎった。

「判定会はあくまで東海地震を対象にしたものだ。東京は関係ない。きみたちのシミュレーション結果は、東京都の関係者か地震予知連絡会の者に持っていくべきだ」

地震予知連絡会は国土地理院長の私的諮問機関として、地震予知に関する調査、観測、研究結果等の情報交換とそれらに基づく学術的な検討を行なうことを目的に発足した。委員は三〇名で日本の大学、研究機関の研究者が名をつらねる。

「判定会のメンバーも地震予知連絡会のメンバーもダブっている。これは国家的な問題だと考えている。総理に与える影響力は判定会のほうが大きい」

「私たちの直面している異常現象も国家的な問題だと考えている」

「先生、もう行きましょう。植村先生は気象庁に呼ばれています」

瀬戸口は遠山の腕をつかんだ。

遠山は何度かうなずき、瀬戸口に促されて部屋を出た。

大学を出て、瀬戸口と遠山は最初に目に付いた食堂に入った。

店には数人の客がいるだけだった。

「判定会は注意情報を出すつもりでしょうか。それとも予知情報」

「データに基づいて議論し、その決定に従うだけだ。慎重なあの男のことだ。出すときは十分なデータが得られたときだろう。手遅れにならなければいいが」

「あの規則的な地震波――」

静岡の研究センターで観測した地震波を思い浮かべた。

「すでに前兆につながる地殻変動が起きているということは考えられませんか」

「だとするともう遅い。岩盤に巨大地震につながる異変が起きたときには、すでに地震は起こり始めている。私は、全面崩壊まではいままで考えられているより、はるかに早いと考えている。おそらく数十分の一秒の速さで岩盤崩壊は起こる」

遠山は何かを睨みつけるように天井を見つめた。

「しかし――我々にはどうすることもできない」

「植村先生って、案外、頑固なんですね」

瀬戸口は話題を変えるように言った。

「頑固でなくては学者なんて大成しない。だが、あれは頑固というのとも違う」

「確かに――」

「自分の生み出したものは、やはり何よりも可愛《かわい》いものだ」

「そういう問題とも違う気がしますがね。〈真実の前には常に謙虚であれ〉だれの言葉だったか――大学に入って読んだ科学入門の教科書の扉に書いてありました。学者であれば間違いに気づいたら、素直に自分の間違いは認めなきゃあ」

「そのとおりだ。真実の前ではいかなる権威も通用しない」

「先生は――」

瀬戸口は姿勢を正した。

「一年前、あの兵庫県南部地震を予知していたんですか」

「私は――近いうちに神戸近辺に異常地殻変動が起こることは予知していた。しかし――」

遠山は目を閉じた。そしてしばらく何かを考えていた。

「当時で最高速のスーパーコンピュータを使って計算したシミュレーションだ。淡路を通る活断層にエネルギー集中がみられた。地殻変動を予測できる異常値だった」

「じゃあ、なぜ発表しなかったんです。発表していれば、少なくとも、あれほどの被害は――」

「自信はあった。しかし、勇気がなかった」

「社会に役立てなければ学問の意味なんてない。先生はそうおっしゃった。そのために――」

「当時は地震予知なんて科学以外の占い程度にしか考えられていなかった。万が一、自分の予想が外れたときのことを考えると恐かった。そのために妻と二人の子供たち、学生たちは――」

遠山の声は震えている。深い皺《しわ》の刻まれた顔には苦渋の色が滲み出ていた。

「ごめんなさい。言いすぎました」

二人は長い時間、無言で向き合っていた。

遠山の動きが止まり辺りを見回した。顔が強ばっている。

「地震ですね。震度2というところでしょう」

瀬戸口は言った。この程度の揺れを気にしていたら日本には住めない。それとも最近、揺れに対して慣れっこになっているのか。だったら恐ろしいことだ。

「きみは東海地区のシミュレーションはやったことはあるのか」

「東海地区は範囲が広すぎますから、計算が粗くなります。それにプレートが複雑すぎます」

「もっと精度を上げることができれば。せめてこの一〇倍のメッシュで計算できれば、さらに正確な予想ができる」

遠山の言葉に瀬戸口は考え込んだ。

「一つ方法があります」

遠山は瀬戸口を見た。

「『地球シミュレータ』をご存じですか」

「話は聞いている」

「新しい手法のスーパーコンピュータです。従来型のスーパーコンピュータなんてもう古いと言ってる者もいます」

一九九七年に当時の科学技術庁により、地球環境の変動現象の解明・予測を目標として『地球シミュレータ』の開発が始められた。開発は宇宙開発事業団、日本原子力研究所、海洋科学技術センターが共同で行なった。海洋科学技術センターは現在、海洋研究開発機構と名前を変えている。

コンピュータにはスカラ処理とベクトル処理の二つの方法がある。普通のスーパーコンピュータはスカラ処理方式を採っている。しかし『地球シミュレータ』はベクトル処理方式を採用した。さらに『地球シミュレータ』はベクトル方式のコンピュータを六四〇台並べた並列ベクトル計算機である。

「私が大学をやめてから進められた研究開発だ。計算速度は？」

「実測性能、35・86テラフロップス。現時点で世界最高速です。従来型のスーパーコンピュータの一〇〇〇倍以上の処理速度で、超高速数値シミュレーション用に造られたものです。数年はこの記録は破れないと言われています」

　遠山は深いため息をついた。

「利用できるのか」

「一年先までの予定が埋まっていると聞いています。世界中から共同研究要請がありま す。急には割り込めません」

「だったら意味はない」

「正規の方法ではということです。もし何かいい方法があれば――」

「センター長はだれだ」

「大月洋次《おおつきようじ》博士です」

　遠山は考え込んでいる。

「きみのシミュレーションプログラムは、大学にアクセスすればどこのパソコンからでも呼び出せるかね」

「大丈夫です。僕のインターネットのアドレスと研究所のパソコンのＩＤナンバーとパスワードを渡しておきます」

瀬戸口は自分のパスワードとＩＤナンバーをノートに書き込んでページを破り取った。

そのとき、瀬戸口の携帯電話が鳴り始めた。

〈テレビを見て〉

ボタンを押すと同時に興奮した亜紀子の声が聞こえる。

「いま飯食ってる。まだ遠山先生と一緒だ」

〈すぐにテレビを見るのよ〉

亜紀子は繰り返し、急ぐのよと念を押して電話は切れた。

「おじさん、テレビつけてよ」

瀬戸口はカウンターの中の店主に声をかけた。

むっつりした顔の中年の店主は無言でリモコンをカウンターに置く。

テレビでは数人の若いタレントが笑い声を上げている。画面の上方に〈静岡県に強い地震が発生〉のテロップが流れている。マグニチュードと震度はまだ出ていない。おそらく一〇分ほど前に感じた揺れがそうなのだ。

瀬戸口は次々にチャンネルを替えていった。

番組は平常のもので、同じようなテロップが流れるだけだ。まだテレビ局にも十分な情報が入っていないのだ。

やっと臨時番組という字幕が入ったチャンネルに行き当たった。

〈――揺れはかなり強く、被害は大きいもよう――静岡県に起こった地震は――今後、津波の発生が心配――〉

急遽《きゅうきょ》、臨時ニュースに切り替わったのだろう。興奮した口調の中年のアナウンサーが甲高い声でしゃべっているが、情報量はさほど多くない。

「地震が起こりました。東海地方です」

瀬戸口が振り向くと、遠山の目は画面に吸い付いている。店主も手を止めてテレビを見ていた。

〈繰り返します。今日、午後二時四二分ごろ、静岡にマグニチュード6・4クラスの地震が発生しました。震源地はまだ発表されておりません。被害はかなり大きい模様です。この地震により津波注意報が出ています〉

アナウンサーは繰り返している。

画面が変わった。テレビ局内部のものだ。揺れにより書類やOA機器が机の上を滑り、半分近くが床に落ちた。机の列の間では局員が蹲《うずくま》ったり、机につかまって身体を支えている。数秒後には、床には書類、本、OA機器が散乱した。字幕も説明もないが地震の激しさを表す映像だ。

「いつも遅すぎるんだ。地震の前に発表しなきゃ」

瀬戸口は思わず呟いた。

再び携帯電話が鳴り始めた。

〈すぐに研究室に戻れ。これから静岡に入る。いまバンに荷物を積み込んでいる〉

「出発は何時ですか」

〈積み込みが終わり次第だ。一時間以内に出発できる〉

「すぐそっちに向かいます」

〈遅れたらおいていくぞ〉

講師の葉山《はやま》の声だ。瀬戸口が返事をする前に電話は切れた。

「僕は研究室に戻らなければなりません。すぐに静岡に出発です。先生の連絡先を教えてください。地震の報告を入れさせていただきます」

遠山は依然として、放心したようにテレビを見つめている。

「先生、しっかりしてください」

瀬戸口は遠山の肩を揺すった。

「先生との連絡はどうすれば取れますか。携帯電話は通じない恐れがあります」

「長女の家の電話番号だ。伝言を残しておいてくれ。私からかけなおす」

遠山は我に返ったような声で言って、瀬戸口のノートに番号を書いた。

瀬戸口は店を飛び出し、地下鉄の駅に急いだ。

通りには多くの人が行き交い、車が走っている。まだ大多数の人は静岡の地震を知らないのだ。

地下鉄の階段を下りかけた足を止めた。

放心したような表情でテレビを見つめている遠山の姿が胸をかすめた。妙な胸騒ぎを感じる。

瀬戸口は下りかけた階段を駆け上がり、地上に出たところで携帯電話を出してボタンを押した。

「長谷川さんですか。お願いがあります」

瀬戸口が事情を話すと、即座に分かったという声が返ってきた。

瀬戸口は食堂に引き返した。

遠山は数分前と同じ姿勢でテレビに目を向けている。

「先生、会わせたい人がいます」

遠山を抱えるようにして立たせ店を出た。

ＪＲの代々木駅で降り、駅前に立ち始めて一〇分ほどすると、車のホーンの音がした。音のほうを見ると信号で止まった赤いミニバンから長谷川が手を振っている。

「この人が遠山博士か。ただの爺さんにしか見えないけどな」

長谷川が瀬戸口の耳元で囁く。

「静岡の地震のニュースを見て——一人でおいておくのが心配なんです。僕が戻ってくるまで面倒みてくれませんか」

「面倒って、どうすりゃいいんだ。偉い学者だろう。犬や猫とは違うんだぞ」

「おかしな行動をするというんじゃありません」

「分かってるよ。いくら奇妙な風体とはいえ、元大学教授だ。大事な客人としてもてなすよ」

お願いしますと瀬戸口は再度、頭を深く下げた。

「おまえに頭を下げられても仕方がないんだ。ところで、これから静岡か」

瀬戸口は時計を見た。すでに四〇分がたっている。

携帯電話が鳴り始めた。

〈何をしてる。あと二〇分で出発だ。電車で追いかけてこようなんて無理だぞ。新幹線も在来線も、当分、動かん〉

「いま代々木です。これからすぐにそっちに向かいます」

〈おまえ一人のために遅らせるわけにはいかない。時間厳守だ。四時には出発する〉

「でも研究センターには僕が行かないと——」

電話は切れた。

「くそっ。センターの計測器は僕がいちばん面倒みてきたのに」

「どうした」

「あと二〇分で大学のバンが出ます。とても間に合いそうにない」

「玉川通りの池尻大橋《いけじりおおはし》まで送っていく。首都高3号線の渋谷で下りてひろってもらえば、すぐ先の池尻から首都高に戻って東名に乗れる。すぐに電話しろ。この時間、首都高速の下りは渋滞してるから十分間に合う」

長谷川はしばらく考えてから言った。

山手通りは比較的すいていた。後部座席に座った遠山は、まだ放心したような顔をしている。

池尻大橋に着いたのは四時三〇分だった。

瀬戸口は長谷川に礼を言って、もう一度遠山を見てからバンを降りた。

6

一〇分ほど待ったとき、見慣れたバンがやってきた。

瀬戸口が助手席のドアを叩くとチームリーダーの葉山が早く乗るように目で合図した。

瀬戸口が乗り込むとバンはすぐに走りだし、首都高に乗った。バンには大学院の学生が三人、その他助手と講師が三人乗っていた。

「あれが本震だったのか」

瀬戸口は学生に聞いた。

「いまのところは。M3から4の余震がある程度で、大きなのはありませんから」

「津波は？」

「七〇センチほどのものが来ていますが、被害はほとんどないそうです。建物の被害はまだつかめてません。震源地は静岡沖二〇キロと発表されています。まだしばらくは余震の警戒が必要です」

学生の一人が説明した。

「惜しかったな。判定会が注意情報を出したばかりだ。予知情報だったら、今後我々も数倍の予算が期待できたのに」

「注意情報でも大したもんだ。静岡周辺の警察、消防には出動準備が通達されていた。小中学校の生徒は帰宅準備をしていた。ちょうどそのとき、ぐらっときた」

「今後、地殻変動の観測点さえ精度を上げて増やしていけば地震予知は可能になる」

車内には言葉が飛びかい始めた。

「でも、東海地震にしては規模が小さすぎる。M6・4でしたよね」

瀬戸口は考え込んだ。

兵庫県南部地震はM7・2だ。数値的には0・8しか違わないが、マグニチュードが1大きくなると地震エネルギーは三二倍になる。

「観測された地震の前兆につながる地殻変動は？」

「数時間前から静岡地区の地殻変動は観測されています。ただそれが大規模地震につながるかどうか不明でした」

「島崎さんは？」

瀬戸口は横にいる助手の佐藤《さとう》に聞いた。

「地震以来、研究センターとは連絡が取れていない」

瀬戸口は携帯電話を出して島崎のメモリーを押した。〈電波の届かないところにいるか、電源が切られています〉女性の声が聞こえる。島崎は地下、あるいはシールドされた実験室にいるのか。付近の携帯電話用のアンテナが壊れているのか。あるいは――。

「おまえのシミュレーションは当たったな。地震はきた。ただし、時期と場所は少々ずれてるが大したことはない。ほんの数ヵ月と二〇〇キロも違わない」

佐藤が皮肉を込めて言った。横で博士課程の大学院生が笑いを嚙み殺している。

この地震情報をデータに組み入れると、計算結果が大きく変わってくる。南関東の岩盤にもかなりの影響を与えているはずだ。

「もう一度、装備をチェックしてくれ」

講師の佐山《さやま》が瀬戸口の肩を叩いた。

瀬戸口は最後部の座席に移った。

〈現在までに判明した死者は二名。負傷者は数十名におよぶ模様です。この数は今後、増えると予想されます。いままでに報告されている倒壊家屋は二六棟。この数も静岡南部地区で確認できたものだけです〉

カーラジオが伝えている。

「瀬戸口は神戸出身だったな。震災のときは」

「高校三年でした。佐山さんは？」

「大学二年だった。ボランティアで二週間いたんだ。長田《ながた》の避難所だった」

「僕は東灘の避難所にいました」

「神戸がえらいことになってるっていうんでテレビをつけたが、神戸なんて一向に出てこない。横倒しになった高速道路、途中で崩れて先っぽにバスが引っ掛かっている映像もあった。道の両側に続いている瓦礫の山、町の至る所から黒煙が上がっている。茫然と立ち尽くす着のみ着のまま、泥まみれの人々。今度はどこの国が爆撃されたのか――と思ったら、それが神戸だった。半端じゃなかったよ」

たしかに普通ではなかった。自分も必死で瓦礫を掘り返した。死体など見るのも初めてだったたし、まして触れるとは思ってもみなかった。泥だらけのだれとも分からない遺体も平気で担ぐことができた。神経が完全に麻痺《まひ》していたのだ。あれほど多くの遺体に囲まれ、生死に触れ合うことはなかった。

「我々は災害救助ではなく学術調査だからな。その辺りの心積もりはしっかり持って、データを収集するんだ」

助手席の葉山が振り向いて言う。

瀬戸口は無視して機材のチェックを続けた。

「東名高速は静岡に入った辺りで封鎖されている。一般車両はただちに高速を下ろされているはずだ」

「中央防災会議の緊急車両のカードを出しておけ。もし渋滞していれば、下の道を走れ。一般車両を出すのに数時間はかかるだろう。渋滞に巻き込まれたらえらいことだ」

佐藤が地図を見ながら言う。

「サイレンでも付けさせてくれればいいんですがね。ついでに赤色ランプも」

一般道は混んでいた。西に向かう車が高速道路を避けて迂回《うかい》しているのだ。

〈東名高速道路を走っている車は、最寄りの出口からただちに一般道に下りてください。気象庁は再度の揺れを警告しています。この揺れはしばらく続くものとして――〉

ラジオでは交通情報がしきりに流されている。

道路を走っている車はいつの間にか道路公団の車と警察、消防などの緊急車両だけになっている。しかし、上り車線はびっしりと車がつまり、動いていない。事故車が出ているのだ。

見たところ、高速道路に大きな被害はなさそうだった。阪神・淡路大震災時の高速道路の横倒しが脳裏に刻み込まれているせいか、こうして走っているのが不思議な気がした。あの震災以来、全国の高速道路の橋脚《きょうきゃく》が見直され、鉄板を巻くなどの補強対策が行なわれている。

車は時速五〇キロで走り続けた。

急にスピードが落ちた。出口の前に長い車列が見える。

瀬戸口はパソコンを出して立ち上げた。

フィリピン海プレートの蓄積されたエネルギーが一部でも放出されたとなると、東京の地下の岩盤にも影響がある。大幅なデータの書き換えが必要だ。

理論自体には間違いない――。大規模地震の前兆と見られる、群発地震もかなり正確にシミュレートされている。しかしこれは、東京直下型のものだ。これらは静岡に起きる地震の前兆だったのか。それとも――。

頭の芯が鈍く痛み始めたので、パソコンを閉じて膝《ひざ》の上に置いた。

目を閉じると意識が闇の中に引き込まれていくようだ。前日はプログラムの書き換えとデータの入力でほとんど眠っていない。

「富士山だ。以前と変わっていることはないか。しっかり見ておくんだ。ビデオにも撮っておけ。あとで分析したら何か出るかも知れない」

佐藤の声に眠りから引き戻された。

右手前方に雪をかぶった富士山が見えている。青い空を背景にした山は静かで、その雄々《おお》しい姿は絵に描いたようだ。

「あの山も噴火の可能性がある。おまえのシミュレーションではそう出てるんだよな」

「あくまで計算結果です」

「それを信じてるんだろう」

瀬戸口は答えることができなかった。

〈東名高速道路は御殿場《ごてんば》―名古屋間が封鎖されています。一般道も封鎖されています。関西方面に向かう方は中央自動車道を通って迂回してください。しかし相当の混雑が予想されます。空の便は、羽田空港の――〉

ラジオのすべてのチャンネルは、地震情報と交通情報を繰り返している。

雑音を出していた無線が声を拾い始めた。長距離トラックの運転手のものだ。いずれも道路の渋滞を告げるものだ。

大井松田インターチェンジをすぎ静岡県に入った辺りだった。前方に数台のパトカーが並び、その前に警官が数人立っている。

車は速度を落として止まった。

「ここより先は通行禁止です。そこの出口から出てください」

年配の警官が窓から覗き込んで言った。助手席の葉山が通行カードを見せた。防災担当大臣の判子がある。

「気をつけて行ってください」

警官の態度が変わり、通行カードを返して横に避けた。

高速道路を走る緊急車両に自衛隊の車両が見られる。すでに知事は自衛隊に出動要請を出したのだ。

一時間ほど走ると急に車の流れが鈍くなり、動かなくなった。再び警官がライト棒を持って立っている。一部の車を除いて、出口に誘導しているのだ。

「ここから先は危険です。道路が崩壊する恐れがあります」

覗き込んできた警官が言った。

通行カードを見せたが、現在、高速道路上にいるのは公団と警察の車が大部分だと突っぱねられた。

見える範囲の道路に異常は見られないが、出口はここしかないのだろう。

車は高速道路を下りた。

「意外と早く下ろされましたね。それだけ被害が激しいということでしょうか」

「政府の統制が機能しているんだ。緊急車両優先だ。我々は急ぐ必要がないと判断されたんだ」

〈気象庁の発表によりますと東海地区を襲った地震のマグニチュードは6・4。政府は緊急防災会議を招集して、今後の対応に当たることを発表しました。状況によっては、全国自治体の消防、警察の支援を要請すると諏訪内《すわうち》総理大臣は述べています〉

ラジオはどこの局も同じような内容を繰り返していた。しかし救援対策は進んでいるらしい。

三島市内に近づくにつれて被害が目立ち始めた。半壊した木造家屋、ひび割れの入ったビル……。一時間前、ラジオによると倒壊家屋は二六棟だったのが、ここにくるまでに少なくとも倍は見た。

高速道路の柱にもコンクリートが剝がれ落ちているものが目立っていた。だが神戸のときのように中の鉄骨が剝出《むきだ》しになったものはなかった。

車中の全員が無言で周りを見ている。

三〇分も走ると車はほとんど動かなくなった。市内から出てくる車と入ろうとする車で混雑をきわめている。

「神戸のときと同じだ……」

瀬戸口は呟いた。

「震災被害地に入る車は制限すべきなんだ。これじゃ緊急車両の意味がない」

葉山がいらいらした調子で言う。

「制限しているんです。だからもめてます」

前方の交差点で警官に止められた車が列をなしている。

「市内に身内がいたり、仕事がある人もいます。パニックになって当然だ」

「神戸のときはコピーした通行証が出回ってた。だから混乱したんだ。人間なんて勝手なものだ」

車内がまた騒々しくなった。

「携帯は通じるか。もう一度センターにかけてみろ。島崎は何をしてる」

「かけてはいますが、通じません」

葉山の問いに学生が答える。

「何度でもやってみるんだよ。携帯は電波の届く範囲が微妙なんだ」

瀬戸口は島崎のメモリーを押した。数回の呼び出し音の後、島崎の声が聞こえた。

「いまそっちに向かっています。何か必要なものはありますか」

〈こっちは大丈夫だ。だれにも怪我はないし、研究センターもほとんど被害はない。机のものが床に散らばった程度だ。装置については現在チェックしている〉

「でも、かなりひどいように報道されてます。死者も出ています」

〈家屋の倒壊があったからだろう。揺れだけはすごかったからな。古い木造家屋がやられている。その下敷きになって死傷者は増える可能性がある。この点は神戸と同じだ〉

「津波がほとんどないって発表されましたが本当ですか」

〈静岡沖二〇キロだ。干潮時で運がよかった。七〇センチの津波ですんだ〉

「やはりフィリピン海プレートですね」

〈瀬戸口。おまえの予想は当たってたな〉

「外れましたよ。次は東京だと思っていました」

〈例の規則性のある振動だよ。ただの群発地震じゃなかった。この地震の前兆だったんだ。今度は――〉

　声が消え、車が揺れた。歩行者が立ち止まりバランスをとっている。

「余震だ！」

　運転していた大学院生が声を上げ、車を路肩に寄せて止めた。

　悲鳴が上がり、歩道の人たちがビルの壁に身体を寄せている。みんな揺れに対して、神経が過敏になっている。

　揺れは数回で収まった。学生の一人が震度5弱と声を上げる。多くの人が身の安全を図ろうとし、一部の人は行動に支障を感じる地震だ。窓ガラスが割れて落ちることがあるので、ビルに近づくのは危険だ。補強されてないブロック塀は倒れることがある。

「ゆっくり進むんだ。人に気をつけろ」

車は歩くような速さで進んでいく。

傾いた電柱の電線が激しく揺れている。

道路の両側の所々に倒壊した家屋が見えた。道をふさぐほどのものはなく、神戸のときよりはるかに被害は軽い。

町並みが変わった。住宅街に出たのだ。木造家屋がつぶれている。

瀬戸口は思わず目を閉じた。一一年前の光景がよみがえり、眼前の町と重なったのだ。

「ひどくなってきましたね」

学生の一人が呟くような声を出した。

「しっかり見ておくんだ。どういう家が倒れ、どういう家が残っているか。幸い火事はほとんどが初期消火されている」

葉山の声で学生がビデオを回し始めた。

「いちばん被害のひどいのは駅周辺らしいです。繁華街が多いから」

「待ってくれ！」

瀬戸口は叫んだ。

車の左、道路の横に一人で蹲る子供がいる。

「止めてくれ」

瀬戸口は中央の座席に移り、運転席に身を乗り出して大声を上げた。

車が完全に止まり切らないうちに瀬戸口はドアを開け、車を降りて子供の側に走った。蹲って泣いているのは小学校一、二年の女の子だ。

「どうした」

「ママがあの下に」

子供の視線を追うと、完全に崩壊した家があった。その周りに数人の大人が集まっている。

「この下にこの子のお母さんがいるそうです」

「私たちだけじゃどうしようもない。道具もないし」

「スコップとツルハシを持ってきてくれ。車に積んである」

瀬戸口はあとを追ってきた学生に言った。

「でも――僕らは災害救助にきたわけじゃないって。早くセンターに到着して――」

「急ぐんだ。この下で人が死にかけている」

瀬戸口は散乱する瓦と壁土を素手で取りのぞき始めた。

「早く道具をもってこい。生存率は救出までの時間に反比例してるんだ」

佐山が学生の背中をどやしつけた。

「まず隙間を探すんだ。そこから呼び掛けてみろ」

「みなさんも手伝ってください」

遠巻きに見ていた人たちが寄ってきた。

三〇分ほどで散乱していた瓦と壁土は半分以下になり天井板が現れた。手のひらの痛みで、二センチほどの刺《とげ》が刺さっているのに気づいた。

「こっちだ」

声が上がった。

「かすかに音がしてる」

耳をすますと何かを叩く音が聞こえる。

「生きてるぞ」

隙間を覗き込んでいた男が顔を上げて怒鳴った。周りから一斉に声が上がる。

陽が沈んでから研究センターに到着した。

室内の片付けはおおむね終わっていた。地震の痕跡《こんせき》を残すものは部屋の隅に置かれた数個のゴミ袋と、地震を記録した膨大なデータのみだった。

学生たちは手分けしてデータの整理を始めた。

一息ついてから瀬戸口は研究センターの屋上に出た。

松浦に電話をした。自衛隊の動きを知りたかったのだ。

「いま静岡にいる。五時間ほど前に着いた。そっちは」

〈まだ東京だ。三〇分後のヘリで現地に向かう。任務は視察。隊の一部はすでに救援に出発している〉

「知事の出動要請はいつ出た」

〈今回の反応は早かった。我々も待機していたからな〉

「出動はおまえの部隊か」

〈俺たち施設大隊は状況を把握して装備を決める。静岡には主に近隣の部隊が行ってる。俺たちの部隊の最大の役割は首都の防災だ〉

松浦は防衛より防災という言葉を好んで使う。やはり、自衛隊の中では特殊なのだろう。

「しっかり見ておいてくれ」

次は東京だという言葉を辛うじて止めた。

〈亜紀ちゃんは――〉

「昼すぎにテレビを見るように電話があったきりだ。堂島さんも走り回ってるはずだ」

〈じゃあ切る。部下が呼んでいる。そっちで会えるかも知れないな〉

「待ってるよ」

電話は切れた。

瀬戸口は亜紀子のことを考えた。いまごろ、地震の対応に追われているのだろう。携帯電話を持ち直してボタンを押し掛けたが、思い直してポケットにしまった。無理に仕事の邪魔をすることはない。

町の方を見ると四日前に見えた明かりは三分の二に減っている。残りの地区は停電しているのだ。

身を切るような海からの風に身体を震わせた。その風に向かって思い切り叫びたい衝動に駆られた。

〈来るなら来い。絶対に負けない〉

こぶしを握り締めて足を踏ん張った。

第二章　予　兆

1

長谷川から電話があったのは翌日の昼すぎだった。遠山が朝から出かけて帰ってこないという。

「昨日、テレビで地震の映像を見て以来、様子がおかしかったから」

〈昨夜は、深夜までテレビの前に座ってたよ。それからパソコンを使わせてくれって、パソコンの前だ。今朝もパソコンを睨《にら》んでいたから、徹夜したんだと思うよ。偉い学者っていうのは、どこかおかしいってのがよく分かった〉

「心当たりを当たってみます。と言っても、どこもないんですが」

〈現場はどうだ〉

「思ったよりひどくはないです。倒壊家屋は五〇棟近く見ましたが、狭い範囲に限られています。M6・4ですが揺れは大きかった。震源が浅いせいだと思います」

〈テレビではそこそこにひどいんだがな。お前の場合、神戸が頭にあるからかも知れんな。それとも俺たちは、ひどくやられた場所ばかりを見せられてるのか〉

「被害の大きい箇所しか絵になりませんから、そういう所を集中して放送してるんでしょう。しかし、地震の被害は備えさえしっかりしていれば、最小限で食い止められることを実感しました」

〈その、備えをしっかりというのが難しいんだ〉

「JRは動いていると聞いていますが」

〈まだ一部だ。しかし夕方までには新幹線も動く。現在、車両と線路の整備中だとテレビでは言っている〉

「現時点では日本は分断されているというわけですか」

〈そういえばポチもミケもここ数日、様子がおかしかった。食い意地のはった二匹が飯を残しているんだ。今朝は散歩も嫌がった〉

「今朝ですか」

〈ポチはいまも小屋から出てこない。それがどうかしたか〉

「いえ――遠山先生が戻ってきたら電話下さい」

分かってる、気をつけろよ、という声を残して電話は切れた。

瀬戸口は遠山が書いた番号を押していった。神戸市東灘区なので、瀬戸口の神戸時代の番号と最初の五桁《けた》が同じだ。

〈あなた、瀬戸口さんでしょう〉

僕は――と名前を言い掛けると、若々しい声が返ってくる。

「あなたは……」

〈久保田由美子《くぼたゆみこ》。遠山の娘よ。結婚して姓は変わっているけど〉

「先生から連絡がありましたか」

〈あなたの携帯に電話したけどつながらないって。スイッチを切ってたんじゃないの〉

たしかに昨晩から今朝にかけて、装置の調整をやるとき、電磁波の影響を避けるため携帯電話の電源を切っていた。

「何かおっしゃってましたか」

〈そっちに行くつもりだって〉

「どういうことです」

〈あなたに会いに行くんじゃないの。これから電車に乗るって。あなた、静岡にいるんでしょう〉

「電車は動いてるんですか」

〈熱海《あたみ》までの折り返し運転。それから先はＪＲは不通よ。でも、父のことだからなんと

かするでしょう。昔から思い通りにやる人だったから〉

「分かりました。僕は静岡の大瀬崎地震研究センターにいます。もし連絡があったら、僕の携帯に連絡するように言って下さい。電源は入れておきますから」

〈瀬戸口さん――〉

切ろうとしたとき声が聞こえた。

しばらく沈黙が続いた。何かを考えている様子が伝わってくる。

〈父から電話があるのは毎年一度だけ。一月一六日の朝。一七日に鎮魂の花を供えてくれという電話だけです。いつもそれだけ言うと電話を切ってしまいます。孫が生まれたと伝えたときも、返事はなかった。その孫もいま六歳。来年は小学校にあがる。たぶんもっと話したいのでしょうけど、父の性格が許さないのだと思います。ヘンに頑固なところがありますから。自分は大きな罪を犯した、普通の生活をしてはいけない。そう自分を罰しているんでしょう〉

声の調子がわずかに乱れた。泣いているのかも知れない。

〈でも今朝、電話があったとき、あなたのことを話す父の声には一一年ぶりに生き生きとした響きが感じられました。私には分かります〉

「僕なんか――」

あとの言葉が続かない。

何か重い荷を背負っているかのように背中を丸め、歩いていく遠山の姿が脳裏に浮かんだ。

「息子さんも亡くなられたそうですね」

〈二八歳でした。ポスドク二年目で、東京の大学に講師でいくことが決まったところでした。父もすごく喜んでいて――〉

息遣いだけが伝わってくる。

〈父をよろしくお願いします〉

静かな声とともに電話は切れた。

それから二時間、瀬戸口は計器の調整とデータ処理に忙殺された。研究センターの計器とデータ処理には、瀬戸口がいちばん精通している。

遠山から電話があったのは午後四時をすぎてからだった。電車はすでに動き始めたのだ。

電話は駅構内の公衆電話からだった。三島に一時間遅れで着いたと言う。

瀬戸口は遠山と駅前で会った。遠山の目は落ちくぼみ、身体全体に疲労が滲《にじ》んでいる。長谷川の言葉通り昨夜は寝てないのだろう。

遠山は瀬戸口の顔を見ると腕をつかんで待合室のベンチに連れていった。

カバンから出したノートを膝《ひざ》の上に広げた。鉛筆で数式と数字がぎっしり書いてある。

式の横にクエスチョンマークの入っているものもいくつかあった。

「この計算式と初期値をもう一度説明してくれ。頭の中では分かっていても、こういうのは初めてなんだ。一〇年間の空白が巨大なブラックホール並みに思える」

しかしさすがだ。すでに計算の大半は理解している。しかも瀬戸口より数倍深く、広く。

瀬戸口は必死で説明した。遠山は時折、眼鏡を外して目蓋《まぶた》を押さえながら無言で聞いている。

一時間がすぎた。

「最新のデータを見せてくれないか」

瀬戸口はパソコンを出して、今朝から処理している地震後のデータを呼び出した。

遠山はディスプレーを睨むように見ている。

おそらく彼の頭の中では、コンピュータ並みの計算が行なわれ、次のステップも考えているのだ。

やがてゆっくりと顔を上げた。

「すぐに私と東京に帰るんだ」

「無茶言わないで下さい。僕にはまだやることがある」

「被災者の救出か」

「それもあります」

「それはボランティアにまかせろ。きみはきみにしかできないことをやれ」

遠山の口調が強くなった。

「きみの計算では一〇日以内に東京直下型、M８以上の地震が起こる。しかし――」

「計算を修正すれば、もっと早くなる――」

瀬戸口の言葉に遠山がうなずく。瀬戸口は否定するように頭を振った。

「これはあくまでコンピュータ・シミュレーションです。実際とは違います」

「きみは自分の研究結果に自信が持てないのか。だったらそんなものはやめてしまえ」

瀬戸口はもう一度、ディスプレーに目を落とした。たしかに計算結果はそう出ている。

「この計算は、完全に正確だとは言えない。しかし完全に間違っているとも言えない」

「でもこれだけじゃ。メッシュも粗いし。先生だって同じことを言って――」

「致命傷はそこだ。だからもっと正確な計算が必要だ」

遠山は瀬戸口の背を叩いた。

「強引なんですね」

「もう後悔はしたくない……」

遠山は呟《つぶや》くように言う。

「きみが言っていた『地球シミュレータ』は使えないか」

「おそらく地震で止まってます。耐震仕様にはなっていますが、点検を行なっているはずです。デリケートな機械ですから」

「では動かしてもらえ」

「無茶言わないで下さい。世界中が共同で使っているマシンです。僕の言葉なんて相手にされません」

「端末はないのか。大学で使えるようなところは」

「ないこともないですが。ポスドク一人で利用できるものじゃありません」

「では大学のコンピュータを使うしかない」

「スーパーコンピュータで数時間かかります。おまけに、使用には助教授の許可が必要です」

「じゃあ急いで取るんだな」

「その前に講師のサインがいります。研究目的を書類に書いて提出しなきゃならないんです」

「ここじゃ無理だな」

「どうしてもこの計算が必要ですか」

「無駄なものは頼まんよ」

遠山はノートを引き裂いて瀬戸口の手に押しつけた。瀬戸口にはどうしていいか分からない。

「式をいくつか修正してくれ。この指示どおりに。初期値も最新のものに変更」

「式の修正？　なぜです」

「理由は自分で考えるんだな」

瀬戸口はパソコンに向き直り、キーを叩いた。

「筑波計算センターの特定研究プログラムの一つに、僕の研究室の『東京都における東海地震の影響』があります。近日中にこの計算が行なわれると聞いています」

「そんな計算やっても意味がない。税金の無駄遣いだ」

「文科省の今年の特定研究の目玉です。うちの教授と植村教授の共同研究です」

「それがどうしたんだ」

遠山がイライラした口調で言った。

「その計算プログラムの大きさと僕のシミュレーションの容量がほぼ同じなんです」

「入れ替えるというのか」

「コンピュータに計算の好き嫌いはありませんからね。でも、いずればれます。謝ればすむという問題じゃないことも記憶に留めておいてください」

「殺されることはない。せいぜいクビだ」

他人事《ひとごと》だと思ってと、呟きながら瀬戸口はキーを叩き続ける。

「僕のＩＤのプライオリティーを二つばかり上げます。これも、ばれると研究室を放り出されるだけじゃすまない。日本の大学じゃ雇ってくれるところはなくなります。うちの教授はこういうことには、すごくうるさいんだから」

「データは最新のものに更新しておけ」

「分かってます。もちろん、今回の静岡沖地震も入っているやつです。計算時間は三時間程度。それ以上だと途中で止められることがある」

瀬戸口は最後のキーを押した。これで筑波のスーパーコンピュータは動き始めた。

「石器時代と宇宙時代との差を感じる。一一年のギャップというのは」

遠山が独り言のように呟く。

「でも基礎原理は先生が確立したものです。周辺技術が進歩して、精度が増しただけです」

時計を見て、立ち上がろうとした遠山がよろめいた。瀬戸口は慌てて遠山の身体を支えた。

「少し休んでください。昨日から寝てないんでしょう」

遠山の顔には疲れとやつれが滲み出ている。

「これから一緒に東京に戻るんだ」

「しかし僕はまだここに仕事が――」

「この計算はきみがやった。地震学者はその結果に責任を持たなければならない」

遠山は瀬戸口を見つめている。穏やかな目の中に心を射貫《いぬ》くような鋭さも秘めている。

「地震学者はただの学者ではない。研究して、それを論文にまとめるだけでは意味はない。もっとも重要なのは社会へのフィードバックだ」

瀬戸口は低い声で言った。

「伊豆でお会いしたとき、先生が言われた言葉です」

「時間がない」

遠山はポケットから切符を二枚出して一枚を瀬戸口に渡した。


電車に乗っている間中、瀬戸口は無言で遠山の書いた式と数字を見つめていた。

遠山は瀬戸口のパソコンを膝に置き、ディスプレーの図形とグラフを睨んでいる。

電車は駅ごとに止まり、時間の調整を繰り返した。

東京駅に着いた瀬戸口と遠山は丸の内を歩いた。三島を出て、三時間以上がすぎている。

瀬戸口はマンガ喫茶を見つけて入っていく。遠山は戸惑いながらもあとに続いた。

「丸の内にマンガか。東京も変わったもんだ」

「インターネットが使えるんです。僕のパソコン、もう電池が少ないんです」

備え付けのパソコンで筑波の計算センターを呼び出した。

「計算結果です」

ディスプレー上には東京都下数十キロメートルのプレートの三次元立体図形が描かれていく。

瀬戸口の横から覗《のぞ》き込んだ遠山の表情が強《こわ》ばっている。

「すでに許容限界を超えている――」

瀬戸口は低い声を出した。

「これだとすでに地震は起こっていなければならない。計算式は正しいんだ。プレートの粘性も間違ってはいない。地磁気の影響も考慮している。各項の係数も間違いないと思います。初期値設定が間違っているんですか」

「大地は必死で耐えているというところだろう。しかし、それにも限界がある」

「五日以内――」

「三日以内だ。南関東に大地震が起きる」

遠山は言い切った。

「しかしこの結果を発表するには――」

「その通り。もっと精度の高い計算が必要だ。もう一度、計算をし直してくれ。メッシュを細かくして一〇時間は必要だ」

遠山はノートを出して数値を書き留めていく。

「無茶言わないでください。もう、かなり危ない橋を渡っているんですから」

「すぐに可能な限りの手を打つんだ。これから堂島議員に会いにいく。きみの知り合いの女性が秘書をやっているんだろう」

「でも――」

瀬戸口は亜紀子を思い浮かべ躊躇《ちゅうちょ》した。彼女らは静岡沖地震で忙殺されているはずだ。自分の言葉など聞くはずがない。

「今度は黙って待つだけではなく迎え撃つんだ」

「そんなことできるんですか」

「大学で何を習ったんだ。いくら地震予知ができても地震に対する備えがゼロならば、なんの意味もない。この学問は人命を救い、被害を最小限に留めるためのものだ」

遠山は激しい口調で言った。

瀬戸口はもう一度、ディスプレーに目を向けた。


二人は議員会館に向かった。

堂島の事務所は人で溢れていた。瀬戸口は亜紀子を探したが見当たらない。

奥の部屋のドアが開き、小柄な女性が出てくる。堂島は笑みを浮かべ、二人に近づいてきた。

「お久しぶり。もうお互いに喧嘩《けんか》する歳でもないわよね」

堂島は遠山に手を差し出した。

遠山は一瞬、戸惑った表情を浮かべたがその手を握った。

「若気のいたりと言うには歳をとりすぎていたがね」

「どんなご関係なのですか」

瀬戸口は二人を交互に見た。

「高校時代のクラスメート。大学時代は二人とも東京にいた。その後も神戸に二〇年以上住んでいたんだ。選挙運動を頼まれたこともある」

「大変なことになったわね。予想していたとはいえ。この東海地震は——」

「東京だ。ただちに東京に警戒宣言を出すよう計らってくれ」

堂島は茫然《ぼうぜん》とした表情で遠山を見ている。

「東京に？」

「東京直下型巨大地震が迫っている。おそらく数日以内」

「バカなこと言わないで。十分承知しているでしょう。私の一存ではどうにもならないことは。特に現在の状況では、静岡沖地震の対応で政府は手一杯よ」

「今度、東京を襲う地震はこんなものじゃない。マグニチュード8クラスのものだ。それが都心で起こる。その恐ろしさは、きみも身をもって知っているはずだ」

堂島は答えない。

「時間がない。話だけでも聞いてもらえるように、総理に会う手筈《てはず》を整えてくれないか。私が説得してみる」

「あなたが優秀なことはよく知っている。いい加減なことを言う人じゃないこともね。でも、私にもできることとできないことがある。そして、これはできないこと」

「私が大学を辞めた理由は知ってるだろう。私はもうあんな思いはしたくない」

堂島は考えている。

「総理官邸を呼び出してちょうだい。急いでね」

通り掛かった秘書の一人に言った。

「私は大学を辞めることだけは思い直すように説得したのよ。唯一、自分を生かせる場所だって。でもこの人は聞かなかった。それから行方《ゆくえ》をくらませて――」

秘書が総理官邸が出たことを報《しら》せた。

堂島は受話器を持ったまましばらくうなずきながら聞いていた。そして、分かったわと言って受話器を戻した。

「秘書官の高田《たかだ》さん。総理は危機管理センターから一歩も出られないそうよ。電話も取りつがないって。やはり、一議員の力じゃどうにもならない」

「きみはこのために議員を続けているんじゃないのか。二度とあの悲劇を繰り返さないために」

遠山は執拗《しつよう》だった。

部屋に戻ってきた亜紀子が瀬戸口を見つけ、やってきた。

「私はもう一度、植村に会ってくる」

遠山の言葉に堂島は驚いた表情を浮かべた。

「仲直りしたの」

「喧嘩をしているつもりはない。彼が私に否定的なだけだ」

堂島は瀬戸口と亜紀子に向かって肩をすくめた。

「彼は植村さんが彼の才能を妬《ねた》んでいると言うのよ。この人は昔から自意識過剰でね。自分の言うことだけが正しいと信じてきたの。人の意見を聞こうとは絶対に思わない人だった」

「きみから会えるように手配してくれないか。おそらく私が行っても――」

「無理よ」

堂島は言い切った。

「彼なら分かるはずだ。彼が科学者なら――」

「植村教授は総理と一緒。危機管理センターよ。あそこに部外者が入るのはまず無理でしょうね」

「連絡はとれないのか。議員のきみでも」

「国家に緊急事態が生じているのよ。こんなときに総理が一国会議員の話を聞いていると、国はどうなると思うの」

堂島は考え込んでいたが顔を上げて壁の時計を見た。

「ついていらっしゃい」

コートを取りながら言った。

「気象庁長官にならら会わせることができる。彼はいま国会の委員会で、静岡の地震について説明してるはずよ。でも喧嘩だけはしないでね」

「だれでもいい。総理に進言できる者なら」

瀬戸口と遠山と堂島は国会に向かった。

安藤敏之《あんどうとしゆき》気象庁長官は説明を終えて部屋から出てきたところだった。

遠山を見て笑みを浮かべた。

「あなたたち知り合いなの」

堂島が遠山に聞いた。

「大学の同級生だ。もう一〇年以上も会っていないが」

瀬戸口たちは議員控室に入った。

遠山は瀬戸口に計算結果を見せるように言った。瀬戸口はテーブルにパソコンを置き、立ち上げる。

「我々のシミュレーション結果によると、三日以内に東京にM8クラスの巨大地震発生の兆候が見られる。震源は太平洋プレートが関東平野に潜り込む地点。四日前の東京を襲った地震は、その兆候を表すものだと考えている」

「私は現在、我々が問題にすべきは東海地震だと思っている。昨日の静岡沖地震はその前震だと考えている。あの程度の地震で、太平洋プレートに蓄積されてきた地震エネルギーがすべて解放されたとは思っていない」

「兆候はあるのか」

「ここ数ヵ月に東海地方で起こったすべての異変が、きたるべき本震の前兆だと我々は結論した」

安藤は落ち着いた声で言った。

「きみたちのシミュレーションは関東地方しか行なっていない。範囲をもっと広げてみたまえ。東海地区まで広げると、きみたちのシミュレーションにも異状が表れるかも知れん。東海地震のね」

「無茶を言わないでください。『地球シミュレータ』を一日動かしてもできる計算じゃない」

黙っていた瀬戸口が声を出した。安藤の視線が瀬戸口に移った。

「我々は単に推測で行動しているのではない。数十年にわたってデータを取り続けてきた、地道な観測結果からの結論なんだ」

「僕たちのシミュレーションも推測や思い付きではありません」

瀬戸口の声が大きくなった。遠山がなだめるように瀬戸口の肩に手を置いた。

「きみらが腰抜けでないことは分かった。あんなに恐れていた注意情報を出した。しかし、腰抜けではなく、大馬鹿者だということが鮮明になっただけだ」

堂島がうんざりした顔で遠山を見ている。

安藤はディスプレーに視線を向けた。

「きみのプレート理論には無理があった。だから私は支持できなかった。きみの性格と同じだ」

「一〇年前の話だ。瀬戸口君は若いが私の知るもっとも優秀な地震学者の一人だ。私の理論の間違いも、すでに訂正を終えている」

「この三日以内というのは、困ったことにならないかね。全国民が注目する」

「私はそれを恐れて最愛の者たちをなくした。きみらのためを思って言っている」

遠山は安藤を見据えて言葉を続けた。

「明日かも知れないし明後日かも知れない。また、一時間後かも知れないし、たった今起こってもおかしくない。東京に警戒宣言を出すように総理に言ってくれ。当たらないことを祈りながらね。私たち地震学者の勇気と良心がためされている」

「間違えば我々は徹底的に非難される。だれもが羊飼いの少年にはなりたくない」

「胸を張って非難されればいい。今度は当たらなかったことを神に感謝しながら」

安藤は軽いため息をついた。

「私は気象庁に戻らなければならない」

安藤は立ち上がり、心持ち頭を下げると、逃げるように議員控室を出ていった。


三人は堂島の事務所に戻った。

瀬戸口は携帯電話のメモリーから番号を出した。一瞬、躊躇したが、通話ボタンを押した。

「松浦か」

〈急いでくれ。緊急出動に備えて待機中だ。なぜだかは分かっているだろう〉

「東海地震警戒宣言は発令されたのか」

〈俺には関係ない。部隊は出動命令がありしだい、静岡に向かうだけだ〉

「命令はいつ出る」

〈俺は知らん。上官が決めることだ。いつでも出動できる態勢は整えてある〉

「じゃあ東京に残る部隊は？」

〈東京で何か起こるのか〉

「数日中にＭ８クラスの地震が起こる」

松浦のため息が聞こえたような気がした。

〈で、今回はどうしてほしいんだ〉

「東京に残って東京直下型の地震に備えることはできないか」

〈俺は自衛隊員なんだぞ。命令違反は昔流に言えば軍法会議ものだ。敵前逃亡は銃殺なんだぞ。おまえの推測に付き合ってはいられない〉

「今度は確実なんだ。計算も何度もやり直した」

〈じゃあ、もう一度やり直すんだな〉

「移動を明日までなんとか延ばせないか」

瀬戸口は繰り返した。

〈おまえには自衛隊の組織が分かっていない。俺の意見なんてガキのたわ言だ。出動命令が出れば一時間後にはヘリに乗ってる〉

分かったと言って電話を切った。

先生と言って、横田《よこた》という若い秘書が堂島の横に来た。

「静岡県知事から東京消防庁に支援要請が出ています。ポンプ車二〇〇台と救急車一〇〇台を東海地域に待機させてほしいと。全車両の半分にあたる数ですが、断ることはできないでしょう」

「政府は東海地震警戒宣言を出したの？」

「まだ注意情報ですが時間の問題でしょう。判定会のメンバーは気象庁に待機して観測データの分析を行なっています。植村会長も官邸から戻られた様子です」

堂島はしばらく無言で考え込んでいた。

「瀬戸口君、あなたは自分の言葉に責任が持てる？」

堂島は改まった顔で瀬戸口の方を見た。遠山も瀬戸口を見つめている。

「シミュレーションの結果では必ず――」

「私には専門的なことは分からない。でも、本当に起こる可能性が高ければ、やらなければならないことは心得ている。だから、あなたはイエスかノーで答えてほしいの」

瀬戸口は黙り込んだ。

こんなに率直な聞き方をされたのは初めてだった。笑い飛ばしてくれれば、かえってムキになって自分の正当性を主張できるのだが。学問的な信憑《しんぴょうせい》性より人間的な信憑性を求められているのだ。

「イエスです」

堂島が遠山に視線を向ける。遠山もゆっくりとうなずいた。

堂島は亜紀子の方に向き直った。

「漆原《うるしばら》都知事につないで」

亜紀子は弾《はじ》かれたように受話器を取ってボタンを押す。

「漆原都知事とは防災関係の会議でよく会っているの。防災には特に力を入れてる人よ」

亜紀子は二、三度うなずいてから受話器を置いた。

「漆原都知事は災害対策本部室に入っているそうです」

都庁第一本庁舎には東京都防災センターがあり、都内に災害が発生した場合や発生する恐れがある場合の司令塔となる。

内部には八階と九階を吹き抜けにした災害対策本部室、九階には指令情報室、通信室、夜間防災連絡室などがある。都庁は関東大震災クラスの地震にも耐えられ、自家発電装置を備えている。さらに都庁の倉庫には食料、水、医薬品などの緊急用品が保管されている。

堂島は立ち上がってコートを取った。

「急いで。出かけるわよ。河本さんも一緒に来てちょうだい」

瀬戸口たちに向かって言った。

「都の行政のトップは漆原東京都知事。あなたたち、東京を守りたいんでしょう」

「会ってくれますかね」

「会ってからが問題なのよ」

議員会館の前でタクシーに乗った。

堂島は携帯電話を出してボタンを押した。耳に当てて顔をしかめている。

「都庁の災害対策本部室っていうのは圏外なのかしらね」

「先生は都知事個人の携帯電話にかけてるんでしょう。だったらたぶん通じません」

「都知事はなぜ災害対策本部室なんですか」

「静岡があの通りだから危機感を持ったんでしょう。普段から地震に対してはずいぶん神経を使ってたから」

「静岡に派遣されている自衛隊や東京消防庁の救援隊を呼び戻すことはできるんですか」

「自衛隊は無理でしょうね。政府の指揮下だから。でも、消防庁のほうは大丈夫。問題は東京に警戒宣言を出すことよ。判定会が黙ってはいないでしょうね。あそこは東海地震一辺倒だから」

「先生、通じました。副知事の石井《いしい》さんです」

亜紀子が携帯電話を堂島に渡した。

堂島はこれから漆原知事に会いにいくことと、地震についての新しい情報があることを告げた。

都庁正面出入口のガードマンの横に立っていた男が堂島たちの方にやってきた。

「堂島議員ですね」

堂島はエレベーターに向かって歩きながらうなずいた。

「副知事からすぐに対策本部室にお通しするようにと。知事がお待ちです」

職員は瀬戸口と遠山に視線を向けたが、何も言わなかった。

瀬戸口たちは防災センターの中にある災害対策本部室に行った。

八階と九階を吹き抜けにして、九階の一部がガラス張りになっている。普段は見学通路から見ることができるが、今日は閉じられていた。

正面に二面の巨大な二〇〇インチスクリーン、両側に地図表示盤と状況表示盤が設置されている。その前に本部長席を中心に、半円形に備え付けのテーブルと椅子《いす》が並ぶ。

中央の二台のスクリーンには静岡の被災地のニュース映像が映っている。左側の表示盤には東京全域の地図、右側の状況表示盤には災害項目が示されていた。

部屋には灰色の防災服を着た三〇人あまりの職員がいた。大規模災害が起こったとき、知事はここから都内全域の各消防署、警察など主要機関に直接指示を出すことができる。

半円形に並んだ椅子の中央のデスク前に防災服姿の漆原都知事が立っている。

漆原尚人《なおと》、七二歳。髪はまだ黒く一〇歳は若く見える。衆議院議員を四期務めてから東京都知事に立候補し当選した。今年で二期目に入っている。身長一八〇センチ、九〇キロを超える体軀は存在感に満ちていた。その既成概念にとらわれないユニークな行政手腕は、常にマスコミの話題になっている。今年九月には、東京消防庁、警視庁、自衛隊との合同防災訓練を行ない、銀座をパレードした。そのとき戦車も出動させてマスコミに騒がれた。

「要点は副知事から聞いている。まず結論から話してほしい。どうせ学問的なことは分からないから」

瀬戸口は東京直下型の大地震が二、三日以内に来ることを話した。知事は無言で聞いている。

「根拠は？」

瀬戸口が話し終わったとき聞いた。

「コンピュータ・シミュレーションの結果です」

「気象庁からは何も言ってこない」

「判定のやり方が違っています。それに、彼らは東海地震にとらわれすぎている」

漆原は大きくうなずいた。

「気象庁が間違っていて、きみたちのほうが正しいということか」

「結果的にそうなるかも知れません」

「きみたちはそう言ってるんだよ。気象庁より自分たちを信用しろと」

漆原は瀬戸口から遠山に視線を移した。

「私は都知事就任以来、防災には特に力を注いできた。中央防災会議の『南関東地域震災応急対策活動要領』『南関東地域直下型地震の震災対策に関する大綱』の決定にも関わった。その過程で、堂島女史とも知り合うことができた。しかしそういった地震対策に関係すればするほど、虚しさを禁じ得なかった。それらはすべて、消極的な対策にすぎないと言える。地震そのものに対しては、なんら積極的な手を打つことができない」

漆原は独り言のように話した。

たしかにその通りだ。火事は出さないように予防できる。病気や怪我はしないように心がければいい。しかし地震は――。

「で、私は何をすればいい」

漆原は改まった表情で瀬戸口たちを見た。

「東京都に警戒宣言を出してください」

「救援、消火の各部隊、医療関係者に待機命令を出すことだぞ。学校を休校とし、デパートも閉めることになる」

「できれば自衛隊も待機するよう計らってください」

漆原は軽い息を吐いた。

「私に日本の著名な地震学者の意見より、オーバードクターと一〇年も行方不明だった元大学教授の言葉を信じろということか」

「用意だけでも――」

「もしその間に東海地震が起こったら――。戦力を二分《にぶん》することになる。救《たす》けられる命も見殺しにすることになる。私は非難されるだろうな」

「すべてを引き揚げるわけではありません」

東京消防庁は職員約一万八〇〇〇人。消防署八〇署。出張所は二〇七ヵ所にわたる巨大組織だ。

ポンプ車四八六台、化学車四八台、はしご車八五台、救急車二〇七台、消防艇九艇、ヘリコプター六機を有している。

管轄区域は第一から第一〇までの消防方面に分かれている。丸の内、麹町《こうじまち》、神田、京橋、日本橋、臨港、芝、麻布、赤坂、高輪をカバーするのが第一消防方面本部だ。第九消防方面本部は八王子、青梅《おうめ》、町田、日野、福生《ふっさ》、多摩、秋川、奥多摩、第一〇消防方面本部は板橋、志村、練馬、光が丘、石神井《しゃくじい》地域を担当する。

「静岡はすでに落ち着いています。住民の心構えもでき、全国から救援隊も駆け付けている。知事は、次を考えるべきです」

漆原は考え込んでいる。

「さて――きみたちが正しいとして、私のやるべきことは？　こういうケースのマニュアルはないんだ」

「ただちに警戒宣言を出して、都民に警戒を呼び掛けてください」

「それは私の権限ではない。総理大臣の権限だ。きみたちは来るべき場所を間違えた」

「総理は危機管理センターに籠もり切りで会うことは無理です」

「会っても話は聞いてくれんだろう。この手の話を真《ま》に受けていたら、国民生活を含めて日本経済はガタガタだ。一二月が町の商店にとってどういう月か知っているかね。年の売り上げの半分以上を期待している店もあるんだ。かといって、きみたちを見ているとまったくの出鱈目《でたらめ》とも思えない」

「せめて、静岡への東京消防庁のポンプ車と救急車の派遣を中止して下さい」

副知事が入ってきて、漆原に一枚の紙を渡した。

「失礼とは思ったが遠山博士について調べさせていただいた。著名な地球物理学の学者らしい。本も多数出しておられる。ただし一〇年前まではということだ」

「まだ私の記録が残っているのですか。それだけ日本の地震学は進歩がなかったということだ」

「あなたの業績が大きかったということでしょう。そのあなたがここにいらしている」

漆原は肚《はら》を決めたように椅子に座り直した。

「もっと詳しく話を聞かせてもらわなくてはならないようです。ひょっとして、私は大変な間違いを犯そうとしているのかも知れないのだから」

漆原は瀬戸口たちに視線を向けた。

瀬戸口はパソコンを正面の二〇〇インチスクリーンにつなぎ、堂島に話した東京直下型M8の巨大地震の可能性を繰り返した。

部屋中の視線がスクリーンに集まり、物音一つ聞こえなかった。張りつめた空気に瀬戸口は息苦しさを覚えた。横で亜紀子がしきりに指先を動かしている。

漆原はスクリーンに映し出されるシミュレーション映像を無言で見ていた。

説明が終わると、漆原は石井副知事を呼んだ。

「ただちに警視庁、東京消防庁、都職員に非常招集をかけるように。東海地区に派遣予定の消防車両は各消防署に待機。以後は緊急地震マニュアルに従って行動してくれ」

「しかしそれでは――」

「今後予想される東海地震に対する東京都としての訓練だ、とでも理由はいくらでも付けられる。ただし二四時間に限りだ」

急げ、と怒鳴るように言うと副知事は部屋を飛び出して行った。

「きみたち、これからどうするつもりだ」

瀬戸口は開きかけた口を閉じた。たしかに、これから何をしたらいい。

「大学に帰ります。それから——もう一度、新しいデータを入れて計算をやり直してみます」

「その結果、やはり地震は起こりません、というのでは、私の立場はないからな。結果としてはそれがベストなんだが」

漆原はもう一度、背後の巨大なスクリーンに目を向けた。

「どうなるんでしょうかね」

帰りのエレベーターの中で瀬戸口がだれにともなく言った。

「どうにもならなければ最後の手段もある。人間、己れを捨てればなんとかなるもんだ」

遠山が低い声で言った。その硬い表情の中に、どことなくいつもと違う遠山を感じた。やはり何かが起こる。瀬戸口の心に、長く封じ込めていた恐怖にも似た感情が広がっていく。

都庁を出たところでそれぞれは別れた。

堂島は事務所に帰り、遠山は寄るところがあると、一人で地下鉄の階段を下りていった。

瀬戸口は亜紀子をマンションまで送った。

亜紀子のマンションは六本木にある。ワンルームだが中二階のある今風の部屋だ。一七階建ての高層マンションで、亜紀子の部屋は一五階。晴れた日にはビルの間に富士山が見える。三〇〇〇万円以上したと言っていた。亜紀子は三年前、神戸の土地を売ってこのマンションを買ったのだ。

「食事をしていけば。どうせ行くところはないんでしょう」

「ホームレスみたいに言うなよ」

「だってそうなんでしょう。どこが違うの」

瀬戸口には返す言葉はなかった。

亜紀子のあとについてマンションに入った。松浦と一緒には何度か来たことがあるが、一人で来るのは初めてだった。

「シャワーでも浴びたら。しばらくお風呂なんて入ってないんでしょう」

四日前に静岡の民宿で入ったきりなのを思い出した。しかし、阪神・淡路大震災のときはひと月近くも風呂に入れなかった。

瀬戸口がシャワーを浴びて出てくると、テーブルの上にはスパゲティとサラダが並んでいた。

亜紀子はワインを出してグラスについだ。

窓の外には、ビルの明かりがちりばめられた宝石のように見える。神戸の夜もそうだった。三宮、元町……それが一瞬にして。

風呂に入って、食事をしながらワインを飲む。なんでもないことだが、ひどく懐かしい気分だった。

ソファーに座りテレビのニュースを見ていると、突然ひどい疲労を感じた。目を開けていられない。

気が付くと亜紀子が瀬戸口の顔を覗き込んでいる。

「目が落ち窪《くぼ》んでる。あまり寝てないんでしょう。静岡では大変だったらしいし。ここで寝ていってもいいわよ」

亜紀子の声が遠くに聞こえる。松浦にぶん殴られるという思いが頭をかすめたが、どうしていいか分からない。

目を閉じると急激に意識はなくなっていった。

2

闇《やみ》の中に炎が見える。

深紅の熱の塊はヘビの舌のような触手を伸ばして辺りを探っている。それを避けようとするが身体が思うように動かない。突然足元が崩れ、その中に引き込まれるように落下していく。大地が煮え立ち、溶けていく。その溶けた大地が溶岩のように流れてくる。

逃げろ、みんな逃げろ。大声を上げるが、それが声になって伝わっているかどうかも分からない。逃げるんだ。

「起きなさい。しっかりして。夢よ」

目を開けると亜紀子の顔が目の前にある。

思わず毛布を撥《は》ね除《の》けると、ソファーから転げ落ちそうになった。ソファーで眠っていたのだ。窓から光が差し込んでいる。

「何時？」

掠《かす》れた声が出た。

「八時五分」

「大変だ」

瀬戸口は身体を起こし、テーブルにあった眼鏡をかけた。

「すごい汗。昔の夢を見てたんでしょう。震災から数年間は私もよく見たもの。でも、ずいぶん少なくなった」

「いまはどのくらい」

「月に二、三度。足がつぶされる夢よ。痛くはないの。でも、骨が砕ける感触がして、気味の悪い音まで聞こえる」

亜紀子はなんでもないという風に言ったが、亜紀子を知る者にとっては胸に刺さる言葉だ。明かりを消して眠れるようになったのは大学卒業後、遊園地の観覧車にはいまも乗れない。暗い場所と閉じられた空間が恐いのだ。

瀬戸口は立ち上がってもう一度ソファーに座り直した。まだ心臓がドラム並みに鳴っている。しかし、タールに浸かったように重苦しかった頭と身体は軽くなっている。たっぷり七時間は寝た効果だ。

立ち上がろうとしてよろめいた。

「大丈夫?」

「最近、貧血気味なんだ」

「トイレなら反対方向」

亜紀子が動きを止めて辺りを見回している。

「どうかしたの」

「なんでもない」

「大学に戻らなきゃあ。もう時間がない」

「あなたの計算だと、残された日は二日。今日、明日にも東京にXデイが来るのね」

窓に目を向けると高層ビルの壁面が朝陽を受けて輝いている。東京の朝が広がっていた。

亜紀子が悲鳴を上げた。

マンション全体が浮き上がり、ゆっくりと揺れている。

瀬戸口は無意識に腕を伸ばし、窓ガラスに向かって倒れる亜紀子の身体を抱き抱《かか》え、そのまま床に倒れた。額に何かが当たったが痛みは感じなかった。

本棚から本が崩れるように落ち、流しから食器のぶつかる音が響いた。

亜紀子の顔は蒼白《そうはく》になり、両手を胸に付けて固く目を閉じている。全身が細かく震え、硬直していた。

「落ち着くんだ」

瀬戸口は亜紀子の身体を強く抱き締めた。震えは次第に治まり、硬くなっていた筋肉からも力が抜けていった。

「火は？」

「つけてない」

亜紀子は目を開けて言った。

瀬戸口は亜紀子の身体を離した。

「大丈夫か」

「血が出てる」

亜紀子が瀬戸口の額に手をやった。

倒れたときテーブルの角で額をこすったのだ。眼鏡は――割れていない。だが、立ち上がろうとして思わず右のふくらはぎを押さえた。鈍い痛みが右足全体に広がる。

「どうしたの」

「右足をぶつけたようだ」

痛みをこらえて立ち上がり、玄関にあるブレーカーを落とし、ドアを開けた。

「窓から離れて。あっちの壁へ」

食器棚の反対側の壁ぎわに亜紀子を座らせ、自分もその横に座った。

「大丈夫。大したことはない。僕たちは神戸を体験してるんだ」

自分自身に言い聞かせるように言った。

「くるぞ！」

瀬戸口の言葉が終わらないうちに激しい揺れで食器棚が鳴り始め、中で食器が崩れた。中二階でも何かが倒れる音がする。

亜紀子が瀬戸口にしがみついた。瀬戸口はその身体を引き寄せる。

数度の揺れで静かになった。時間にすればほんの数秒のはずだが、一〇倍にも二〇倍にも感じた。

「瀬戸口君が耐震金具を付けててくれなかったら、食器棚が倒れてひどいことになってた」

壁から落ちた額縁を見ながら亜紀子が言った。

部屋の角にあったテレビは五〇センチあまりも前方に飛び出している。

瀬戸口は亜紀子を助け起こしてソファーに座らせ、ブレーカーを戻した。停電にはなっていない。

〈午前八時一八分、東京を中心に地震が起こりました。マグニチュード5・5。震度5強。津波の心配はありません〉

テレビの臨時ニュースは繰り返している。

〈震度5強。人は非常な恐怖を感じ、多くの人が行動に支障を感じる。屋内では棚にある食器類、書棚の本の多くが落ちる。テレビが台から落ちることがあり、タンスなど重い家具が倒れることもある。変形により、ドアが開かなくなることがある。一部の戸が外れる。屋外では補強されていないブロック塀の多くが崩れ、据え付けが不十分な自動販売機が倒れることがある。多くの墓石が倒れる。自動車の運転が困難となり、停止する車が多い。木造建物の耐震性の低い住宅では、壁や柱がかなり破損したり、傾くものがある。鉄筋コンクリートの建物でも、耐震性の低い建物では、壁、梁《はり》、柱などに大きな亀裂が生じるものがある。耐震性の高い建物でも、壁などに亀裂が生じるものがある。ライフラインは家庭などにガスを供給するための導管、主要な水道管に被害が発生することがある。一部の地域でガス、水道の供給が停止することがある。さらに軟弱な地盤

で、亀裂が生じることがある。山地では落石、小さな崩壊が生じることがある〉

瀬戸口は頭の中で繰り返しながら、窓際に行って下を見た。通行人は歩道の端に寄って立ち止まり、あたりをうかがっている。車がスピードを落として走っていく。見る限りでは被害のあった建物はなさそうだった。この辺りは比較的新しい建物が多い。耐震設計がされているのだ。

しばらくして消防車のサイレンが聞こえてきた。音の方を見ると、ビルの間から黒い煙が見える。

「火事はどこかしら」

いつのまにか横に亜紀子が立っている。

「大した火事じゃない」

「あなたの言ったこと、本当だったわね。東京に地震が起こった」

急に廊下が騒がしくなった。部屋から人が出てきたのだ。叫び声も聞こえ、エレベーターに殺到している。

「逃げなくていいの」

「このビルは安全だ。かえって外のほうが危ない」

瀬戸口はパソコンを立ち上げ、研究センターのホームページを呼び出した。リアルタイムで地震波が見られる。

テレビのニュース通り、マグニチュード5から5・5。地震はさほど大きなものではなかった。もう大きな余震はないだろう。

拍子抜けした気分だった。これがいままで考え続けてきたものなのか。

「これ以上、大きなのはこない。僕はこれから大学に戻る」

「私も堂島先生の所に行かなくては。きっといまごろ大騒ぎよ」

「この程度の地震では大きな被害はないはずだけど、地下鉄とJRは点検のためにしばらくは止まっている。タクシーで行くにしてもすごい渋滞だろうな」

「どうすればいいの」

「とにかく行ってみよう」

二人はラジオを持ってマンションを出た。

街は騒然としていた。道路には人が溢《あふ》れ、周りの建物を見上げながら話している。ぶつけた右足が痛んでいたが、歩いているうちに忘れてしまった。

二〇〇メートルばかりの間に、外れかけた看板をいくつか見ただけで建物に大きな被害は見られなかった。しかしショーウインドウの中のマネキンや商品は倒れ、コンビニの床には商品が散乱していた。路上の各所に色つきガラスが散らばっている。クリスマスデコレーションの電飾が落ちたのだ。

「思ったよりひどいな。木造家屋が多い地区や小さな店舗の密集地の被害はこんなものじゃないかも知れない。でも本格的なものじゃない」

本格的なもの――ビルの倒壊や大火事、停電、断水、ガスのストップなどのインフラの崩壊、液状化現象などはないと言いたかったのだ。

「とりあえずあなたの予測は当たったってことね。これで堂島先生もあなたのことを信用すると思う。漆原都知事もすごく感謝してるはずよ」

瀬戸口は複雑な思いを拭《ぬぐ》いきれなかった。自分のシミュレーションは本当に正しかったのか。だったら――。

「でも、地震予測が当たったからといって喜ぶわけにはいかないわよね」

表通りに出たが瀬戸口の思ったとおり、道路はマヒしていた。タクシー、乗用車、トラックで道路は埋まっている。これでは救急車やパトカーは通れない。いたるところでサイレンが聞こえている。

〈漆原東京都知事の声明が出されています。都民のみなさんは、平静を保ってください。都はあらゆる準備をしています〉

瀬戸口の脳裏に自信に満ちた漆原の顔が浮かんだ。

〈――点検のため一時運転を見合わせていたＪＲ、地下鉄、私鉄の一部が運転を再開しました。運転を開始した線はＪＲ中央線の三鷹より西。山手線は内回り外回り、全面運転を再開しました。地下鉄は――〉

ラジオのアナウンサーが告げている。

横を警察の輸送車が通りすぎていった。

「機動隊ね。どこに行くのかしら」

「治安維持のためだろう。主だった駅や重要施設。国会や都庁、中央官庁、テレビ局なんかさ。何が起こるか分からないからね」

「私は歩いて行けるところまで行ってみる。あとはなんとかするわ。とても地下鉄には乗れない」

亜紀子が立ち止まって言う。

「ごめん。僕がついていくべきなんだろうけど、大学に戻らなければならない」

「分かってる。早く行って。急ぐんでしょう」

「じゃあ着いたら連絡くれよ。携帯が通じなかったら――」

最後の言葉を言いかけてやめた。亜紀子がうなずいている。

瀬戸口は亜紀子と別れ、地下鉄の階段を下りて行った。地下の通路には思ったより人がいた。停電にはならなかったようだ。停電になれば暗闇の中、群衆が出口に殺到しパニックが起きている。かなりの負傷者が出たはずだ。

「急がないで下さい。しばらく徐行運転を続けていますが、まもなくダイヤは平常に戻ります」

駅員が怒鳴りながらホームへの入場制限をしている。

瀬戸口はやっとのことでホームに入った。

二〇分程度で行けるところを一時間以上かけて大学にたどりついた。

研究室にいるのはほとんどが学生だった。学生は大学の近くに住んでいるか、バイクで来たのだ。

「もう都市機能は取り戻してる。東京がＭ５・５程度の地震で混乱を起こすはずはない」

「判定会は？」

「頭にあるのは東海地震だけ。気象庁地震火山部は、引き続き警戒するように通告を出している」

「瀬戸口さん、すごいですね。東京直下型地震、当たりましたよ。これでシミュレーションも見直されますね。こっそりやる必要なんてない。来年は予算がつきますよ。スーパーも使いほうだいだ」

「しかし政府の反応はいまひとつだ。中央防災会議は、東京については沈黙を続けている」

「中央防災会議は東海地震を最優先に考えているんだ。あの辺りの地震計にはまだ余震が続いている。判定会も予知連絡会も最重要地域の指定を外していない」

「これは内部情報なんだが、判定会は今度東海地方にくる地震が最大級のものと踏んでいる。津波もともなうM8クラスのものだ。これにそなえて政府も、全国の消防、機動隊はもとより、自衛隊まで待機させるつもりだ」

助手の一人が声をひそめるようにして言う。

「瀬戸口さん、電話ですよ。『地球シミュレータ』からです」

学生の一人が受話器を押さえて怒鳴った。部屋から声が消え、視線が瀬戸口に集中している。

〈東都大学理学部、地球物理学科、地震研究センターの瀬戸口誠治さんですね。要請があった緊急ジョブができました。大学の方に送りましょうか。それとも――〉

「すいません。どのジョブですか」

〈昨日、センター長から連絡があったジョブです。『TBE』と書いてあります。こちらのメモリーに入れてありますから、いつでも取り出せます〉

「現在、大学のコンピュータセンターはダウンしています。そちらから取り出します」

遠山先生だ。先生がセンター長を説得して優先的に『地球シミュレータ』にかけてくれた。それにしても遠山先生は――。

瀬戸口は礼を言って受話器を置いた。

「『地球シミュレータ』なんて、いつから使ってるんだ」

助手の声に学生たちが寄ってきた。

「僕だって初耳なんです。たぶん知り合いが出してくれたんです」

「『TBE』ってのは？」

「Tokyo・Big・Earthquake。東京大地震です。そのまま並べただけですが」

瀬戸口はパソコンを立ち上げ、『地球シミュレータ』に接続した。たしかに瀬戸口の名前でジョブが入っている。

瀬戸口は計算結果をパソコンに読み込んだ。

瀬戸口の動きが止まった。目はディスプレーに釘づけになっている。横から覗き込んでいる助手や学生たちも言葉を失っている。この計算結果には、数時間前に東京を襲ったM5・5の地震も初期データとして入っている。遠山もこの結果を知っているはずだが、なぜ連絡をしてこないのだ。

パソコンのスイッチを切って立ち上がった。

そのまま研究室を出て、トイレに入って携帯電話を出した。

「これからそっちに行っていいか」

相手の声が返ってくる前に言った。

〈話してる時間なんてないわよ〉

亜紀子の声に混じって、周りの喧騒《けんそう》が聞こえてくる。

「堂島さんに会いたいんだ」

〈いま会議中。いつ帰ってくるか分からない。私も電話の対応で精一杯。先生は災害関係のいくつかの分科会の委員を務めてるから問い合わせが多いのよ。総理が閣議を招集したわ。何か起こりそうよ〉

最後は声をひそめた。

「もっと具体的なことは分からないのか」

〈無理を言わないでよ。これでも精一杯アンテナを広げてるのよ〉

「事務所で待っててもいいかな。堂島さん、帰ってくるよね」

亜紀子が何か言っていたが、瀬戸口は携帯電話を切ってポケットにしまうと研究室を出た。もっと急がなくてはいけないと思ったが、妙に落ち着いた気分だった。まな板の上の鯉。いまさら騒いでもどうにもならないという居直りなのか、あきらめなのか。

堂島の事務所に着くのにいつもの倍近くの時間がかかった。瀬戸口はその間中、『地球シミュレータ』の計算結果を考えていた。遠山はさらに、かなりの式に修正を行なっている。空間と時間のメッシュの切り方も、それぞれ精度を数倍に上げていた。今朝起こったM5・5のデータも入れてあるから、その後に『地球シミュレータ』に入れたのだ。計算時間はおそらく二時間から三時間。その結果は――。

堂島の部屋に入ると喧騒が瀬戸口を包んだ。さほど広くもない部屋は人で溢れ、廊下にまではみ出している。

亜紀子を入れて四人の秘書のうち三人がいた。それとアルバイトの学生が男女合わせて三人。受話器を握っている者、ファックスを送っている者、パソコンを横に置いてテレビを見ながら政府、気象庁、判定会の情報をまとめている者もいる。

亜紀子は窓際にある電話の前に座って対応に追われている。秘書二人も怒鳴るような声で電話の受け答えをしていた。学生もてきぱきと自分の役割を果たし、初心者ではないようだ。

「話があるんだ」

受話器を握っている亜紀子に言った。

「話してる時間はないって言ったでしょう」

亜紀子の顔にはすでに疲労と苛立ちが滲んでいる。六本木の地下鉄前で別れてから、一時も休んでいないのだ。

「大事な話なんだ」

瀬戸口は声をひそめた。

「いつもそう言うじゃない」

「東京にもっと大きな地震がくる。M8クラスの巨大地震だ」

亜紀子の動きが止まったが、やがて再び受話器を握りなおす。

『地球シミュレータ』の話はしたよね。計算結果が出た」

「その施設は使えないはずじゃなかったの」

「遠山先生がセンター長に頼んでくれたらしい。その結果だよ」

「すでに東京に地震は起こったわ。あなたの予言通り」

「M5・5の地震だ。今度のはM8クラスだ。エネルギーにしたら一〇〇〇倍以上。兵庫県南部地震より大きなものだ」

「冗談言わないでよ。これだけでもこの騒ぎなのに」

「だからまずきみに話しにきた」

「確率は?」

「僕の言った通り地震は起こっただろう。でもこの地震は、本番前の前座にすぎないんだ」

鈍い震動が始まった。天井の蛍光灯が揺れ始めた。

事務所中の空気が固まり、スタッフ全員に緊張が流れている。

「震度5弱クラスだ。落ち着け。問題はない」

「これで問題ないの」

亜紀子は声を上げて、辺りを見回している。床には資料、本、ペン皿の中身が散乱している。

「やっと片付けたばかりなのに」

学生の一人が机の脚を蹴《け》りながら言う。

テレビに目をやると、東京下町の倒壊した家屋を映している。

「きみも神戸を覚えているだろう。こんなものじゃなかった。次に来るやつこそ、本物だ」

亜紀子は唇を嚙《か》み締めるようにして考え込んでいる。

「私に何をさせたくてここにきたの」

やっと口を開いた。

「堂島さんと直接話したい」

「国会だって言ったでしょう。私じゃダメなの」

瀬戸口は答えず、部屋の隅の机に座った。亜紀子はしばらく睨むように見ていたが、仕事に戻った。

瀬戸口はパソコンを出して立ち上げた。

長谷川が主宰する地震予知市民連絡会のホームページを開く。

今朝の地震の後から、書き込みが一〇倍以上に増えている。ざっと目を通してパソコンを閉じた。

窓のほうを向いて携帯電話を出した。

〈こちら予知民連〉

一〇回以上の呼び出しのあと、ぶっきらぼうな声が返ってくる。

「瀬戸口です。遠山先生は？」

〈あれっきりだ。あの人、本当に変わってるよ〉

昨日、会ったことは言わなかった。説明に時間がかかると思ったのだ。

「ホームページ、すごく増えてますね」

〈すごいよ。昨日から今朝にかけて日本は異常現象の洪水だ。すでに一〇〇件を超えている。日本全国、どこに地震が起こっても不思議じゃない。これをなんとか有効に使えないかねえ〉

興奮した声がしゃべり続ける。

おそらく地震に触発されて書いたのだろう。こういうものには思い込みが多い。

「地震後の異常現象はどうです」

〈まだ続いてるよ。いや、かえって増えてるかな。いままで遠慮してた者までが書いてるんだろうな。昨日の夜から犬が騒ぎだした。猫がいなくなった。近くの川にボラの大群が上がってきた。夕焼けが血を吐いたように輝いていた。いままで言われていた現象

が目白押しだ。今後、どれだけ増えるか分からんよ〉

「僕が知りたいのは過去じゃなくて、現在起こっている異常現象。つまり、今後を予測するものです。会員から何か特別な連絡はありませんでしたか」

受話器は沈黙した。

〈まだ整理はしてないが。ほとんどが今朝の地震前の異常現象だ。リアルタイムのものは、これからだね。で、どういうことかね〉

「今朝の地震以外に起こる可能性がないかと思って」

〈次が起こるというのか〉

声が低く、重くなった。

「それが知りたいんです。僕のシミュレーションでは、近日中にさらに大きな地震が起こります」

二日以内という言葉は避けた。全国にネットワークを持つ予知民連の代表だ。不用意にインターネットに流れると、パニックの引き金にもなりかねない。同時に、そのほうがいいのかもしれないという気持ちもあった。逃れられないものなら、心の準備はしておくべきだ。不意打ちよりはいい。

〈大きさは？〉

「かなり大きなものです」

やはりマグニチュード8クラスであることは黙っていた。

〈急いで調べてみるよ〉

「長谷川さん。この話はまだ――」

〈分かってる。日本中に広がったら大事だ。俺だってそのくらいの常識はあるんだ〉

「遠山先生が戻ったら、僕の携帯に連絡してください」

瀬戸口は電話を切った。

ふと思いついて神戸の遠山の娘に電話した。遠山から連絡はないそうだ。逆に東京の地震について聞かれた。

携帯電話を切ったとき堂島が部屋に入ってきた。

瀬戸口に気付いて軽く手を上げた。

「あなたの信頼度は急上昇よ。もっと早く言ってくれればよかったのだけど。でも、私たちが信じなかったのが最大の問題なんだけどね」

「じゃあ、今度は信じてください。二日以内に東京直下型の巨大地震が起こる可能性は九九パーセント以上です」

堂島の動きが止まり、瀬戸口のそばにやってきた。

「それって別ロ？」

「M8クラス。今朝の地震が冗談に思えるほどの巨大地震です」

「一〇〇パーセント来ると言い切ることができるの」

「言えというなら言いますよ」

瀬戸口は自棄《やけ》のように叫んだ。

「遠山先生が『地球シミュレータ』を使って計算しました」

「彼は？」

「僕も探しています」

「なんとか連絡は取れないの」

「神戸の娘さんには電話を入れたんですが――。連絡はないそうです」

「この地震で事故でも起こったのかしら。死者三名、負傷者一〇〇名近く出てるのよ」

「死者の中にはいませんでした。負傷者については調べようがなかった。数が多すぎます」

「だれかあいてる人。遠山雄次が負傷者リストに載ってないか探して」

堂島が声を出すと、学生の一人が私がやりますと手を挙げた。

「もう一度、漆原都知事に会わせてください。僕が話します」

「いまはダメ。時期が悪いわ。いくら今回の功労者のあなたでもね。彼はいま、今朝の地震の対応に追われている」

「でも――」

「都知事は一二〇〇万都市のトップなのよ。都民の安全を守り、行政を安全にかつ円滑《えんかつ》に運営していかなければならない。これ以上、混乱させるべきじゃない」

「堂島さんも僕たちのシミュレーションを本当に信じたわけじゃなかったんだ。たまたま当たったと――」

「そうじゃないのよ。分かってほしい」

秘書の一人が受話器を戻して先生と叫んだ。

「判定会は東海地区の注意情報のレベルの見直しを発表しました。今日中には予知情報に切り替わる可能性が出てきました」

「判定会は東海地震にこだわりすぎだ。どうしてもっと東京に目を向けない」

「政府は静岡に送る自衛隊をさらに増やす意向です」

自室に入っていく堂島の背を見ながら、瀬戸口は携帯のメモリーボタンを押した。

呼び出し音が鳴っているが出る気配はなかった。切ろうとしたとき松浦の声がした。

〈いま時間がない。あとでかけなおす〉

「いま話したいんだ」

強い口調だった。

〈一〇分前に出動命令が出た。ヘリが待機している〉

「聞いてくれ。最終的な結果が出た」

瀬戸口のいつもとは違う口調に松浦が黙った。

「二日以内に、M8クラスの東京直下型の巨大地震が起こる」

〈静岡の被災者が我々を待っている〉

「静岡にはすでに全国から救援隊が入っている。東京のことを考えてくれ」

〈俺たちは命令で動くだけだ。違反したら軍法会議だ〉

「二日、いや一日でいい。東京近辺に待機していてくれ」

〈自衛隊の出動に対する意味を民間人は分かっていない。一枚や二枚の書類で決定されるわけじゃない。災害救助出動にしても軍事命令と同じだ〉

「昔、聞いた」

〈部下が待っている〉

「せめて一日待てないか」

〈総理が無理なら防衛庁長官を動かすしかないな〉

電話は切れた。

「判定会が東海地震予知情報を出しました。いま気象庁長官が官邸に向かっています」

秘書の一人が受話器を耳に当てたまま声を上げた。

「日本中がパニック状態です。新幹線が止まり高速道路が閉鎖されると、関西と関東をつなぐ足は空しかなくなる。空港には人が殺到し始めているそうです」

「警戒宣言が出されるのは何時ですか」

「ただちに閣議が開かれますから、数時間後だと思われます」

「静岡、名古屋方面からは東京、大阪に脱出する人たちが増えているそうです。東海地震が起こると、東南海地震、南海地震を誘発する恐れがあるからでしょうね」

瀬戸口の携帯電話が鳴り始めた。

〈瀬戸口君か〉

長谷川の声だ。

「どうでしたか」

〈庶民は結果がはっきりしているものを好むんだ。八〇パーセントが地震前のものだ。残りが地震後。それにしても、現在一〇〇近くあって、まだ増えている。やはりまた何か起こりそうだ〉

いつもは能天気な長谷川には珍しく、声には不安が滲んでいる。

「電波状態はどうです。FM電波の異常」

〈大きな乱れがあるそうだ。しかし、今朝の東京の地震と静岡の影響を受けているはずだと言っている。これじゃあ判定にはならない〉

ちょっと待ってくれと、長谷川の声がして、バックに聞こえていたテレビの音が大きくなった。

〈すぐにテレビを見ろ〉

長谷川の興奮した声が耳に響く。

「見ろと言ったってどこの番組ですか」

〈TV関東だ〉

やめてよ、先生という、奥さんの声が聞こえる。

分かったなという声を残して電話は切れた。

「テレビはどこ。あったよね」

「先生の部屋」

瀬戸口はノックと同時にドアを開けて、堂島の部屋に飛び込んだ。

借ります、と言ってリモコンを取ってテレビをつけた。

画面に出ているのは遠山だ。

周りにはハデな服装の若いお笑いタレントが座っている。明らかに遠山は浮き上がっていた。およそ遠山からは程遠い、生放送のバラエティ番組だ。特集のタイトルは『巨大地震は本当に来るのか』。

〈ここ数日中に、東京に今まで経験したことのないような巨大地震が発生します〉

遠山が言い切っている。その表情の必死さが、周りとの違和感を強調して、滑稽《こっけい》さすら感じさせた。タレントの中には懸命に笑いをかみ殺している者もいる。

〈今朝、大きいのがありましたよね〉

〈次に来るのはM８クラス、あの一〇〇〇倍ものやつです〉

〈では都民はどうすればいいんでしょうか〉

三〇前の女性アナウンサーが妙に深刻な顔をして聞いた。

〈いちばんは東京から逃げ出すこと。特に自宅の耐震性に疑問を持っている人は。二番目は極力、外出を避けること。地下鉄や地下街や高速道路の上で地震にあいたくはないでしょう。家に籠もって家具の補強でもすることです。大工に頼もうなんてのは遅すぎる。自分でできる範囲の補強をしてください。タンスが倒れるのを防ぐには、補強金具をつければすみます。ガラスにはシートを貼る。なければテープでもいい。食器棚の扉はテープで留める。寝るときはタンスやテレビ、倒れてきて危険なものの近くはよしたほうがいい。風呂には水を溜《た》めておくこと。懐中電灯、ラジオ、携帯食料は身近に置いておくこと。木造家屋では階下で寝るのは避けること〉

〈では、地震心得はこれくらいにして――〉

〈今日、明日は普段着のまま寝ることです。寝心地は悪いが寝巻で外に飛び出すよりいい。揺れを感じたら、まずガスを止める。ブレーカーを落とし、ドアを開けておく。閉じ込められないためです。地震で恐いのは火事です。最近は消火器を備え付けている家も多い。しかしその場所や使い方を知っている人は意外と少ない。今日、あとで確認しておくことです。火事は出すと恐いが、ちょっとした注意で防ぐことができる。落ち着いて対処すれば被害は半分以下に減らすことができる〉

遠山は間に入ろうとする司会者を無視してしゃべり続ける。目には涙が溜まっているようにさえ見えた。恥も外聞もない、何かにつかれたようなその表情と話し方は悲愴感《ひそうかん》さえ感じさせる。

〈揺れはほんの一瞬のでき事だ。問題はその後だ。家屋の崩壊、火事、交通の停滞、インフラの遮断。しかし、そのための準備さえしておけば、地震なんてけっして恐いものじゃない〉

「先生はすべての都民に訴えているんだ。自分の家族や学生に語りかけている。一一年前に彼らに言えなかったことを、いま言っているんだ」

瀬戸口は呟いた。横で亜紀子も堂島も言葉もなく遠山の姿を見ている。

「最後の手段もある」別れるときの遠山の呟くような声が記憶によみがえってきた。これだったのだ。

テレビカメラは遠山を映し続けていた。カメラマンも、やはり何かを感じたのだ。ゲストの表情も次第に真剣になっていく。遠山の異様にさえ見える迫力に普通ではないものを感じているのだ。

やがてコマーシャルに変わり、次に番組が始まったときには遠山の姿はなかった。

〈世界的に有名な地震博士、元大学教授の遠山雄次博士でした〉

司会者は何事もなかったように番組を続けている。

「なんなのよ、あれは」

堂島が沈黙を破った。

「遠山先生が訴えたかったことです。先生は一人でも地震災害から救いたい。生き延びてもらいたいと思って」

「でも、あれだといい笑い物じゃない。もし地震が起きなかったら、二度と社会に出られない」

「先生は自分がなんて思われようと、東京大地震を話題にしようと思った。地震学者は税金を使って、単なる学問をやっているんじゃない。人々の命を救う仕事をやっているんだ。その自分の言葉を実践したんです」

「今日のテレビのニュースか、明日の新聞に出るかしら。東京直下型M8クラスの巨大地震間近。遠山先生が自分のすべてをかけて訴えたこと」

亜紀子がぽつりと言った。

そのとき、秘書の遠藤が飛び込んできた。

「東海地震、警戒宣言が出ました。政府は地震災害警戒本部を設置しました。静岡、名古屋は大騒ぎです。東海地区を逃げ出そうという動きが本格的になりそうです」

「どこに逃げるというの」

「東海道新幹線は全面ストップです。東名などの高速道路も午後五時をもって閉鎖。東京―大阪間の交通は飛行機しかありません。あるいは日本海側を回っていくか」

「日本は東西に分断された。交通手段は飛行機と車だけ。車で東京に来る者も多いでしょうね」

「せめて東京に向かう人の流れを阻止することはできませんか。日本海側か関西方面に向かわせる」

　瀬戸口の言葉に堂島は考え込んでいる。

　堂島は受話器を取ってボタンを押していく。

「しばらく一人にして」

　二人に向かってドアのほうを指した。

　一〇分ほどして堂島が出てきた。

「政府の方針としては災害対策重点地区はあくまで東海地区。すべての戦力を東海地区に集中して東海地震にそなえる。要するに、判定会の決定を全面的に信じるという結論」

「判定会の人に会わせて下さい。シミュレーション結果を見れば――」

「彼らはいま官邸と気象庁。いちポスドクの言葉を聞く時間はないの」

ただしと言って瀬戸口を見た。

「南関東地区の監視も続けることは約束させた」

「分かりました」

瀬戸口は頭を下げて部屋を出た。

議員会館を出て、瀬戸口は思わず立ち止まり眉《まゆ》をひそめた。

冬の夕陽が眩《まぶ》しかった。真っ赤に染まった光の粒子が目の奥にまで染み込んでくる。

行き交う人々、混ざり合う様々な音、広い道路は車で溢れていた。テレビで見た遠山の表情と言葉は、だれにも通じない異星人の言葉にすぎないのだろう。

一度、深く息を吸って歩き始めた。

3

その夜、瀬戸口が長谷川の家に着いたのは午後八時をすぎていた。

長谷川の家の前に黒い影が立っている。

「遠山先生?」

影は答えない。近づくと強いアルコールの臭《にお》いがした。

「私は無力だった」

「やれるだけのことはやりました。神戸のときとは違う」

瀬戸口の言葉にも、遠山はうなだれたまま通りのほうに歩いていく。

呼び止めようとして上げかけた手を下げた。その後ろ姿にはすべてを拒否する孤独が感じられた。

長谷川の鍼灸《しんきゅう》・整骨院には、地震予知市民連絡会のメンバーが一〇人ばかり集まっていた。

畳の上には夕刊紙が数紙無造作に置かれている。『一一年目の悪夢。元地震学の権威、ご乱心』タブロイド判の日刊紙の見出しだった。『元大学教授、東京巨大地震について警告。果たして、その結果は？』『とどめの一発は、巨大地震、東京上陸』総じて真剣にとらえているものはなかった。一般紙の扱いはただ一紙で、社会面に一〇行ほど載っているだけだった。

「意外に勇気があるんだな。あの先生があんなことをやるとは思っていなかったよ」

集まっていた一人がぽつりと言った。

「よくテレビに出られたよ、たとえバラエティ番組だとしても。さすが日本でも有数の地震学者だってみんなで話してたんだ」

「東海地震警戒宣言か。政府も思い切ったことをしたな。よほど自信があるんだ。明日になれば、本格的に東京に人が流れ込んでくる」

「地震対策の中心が静岡に移ると東京はどうなるんだ。東京消防庁や警視庁からも応援が出るんだろう。だったら東京は丸裸」

「皆さん、お願いがあります」

瀬戸口は正座して姿勢を正した。部屋中の視線が集中する。

「明日、明後日中に東京に直下型のM8クラスの地震があります。東海地区から東京への避難はなんとしても防がなくてはなりません」

「どうするというんだ。遠山さんみたいにテレビに出るといっても、だれも出してはくれんよ」

「オーソン・ウェルズの『火星人襲来』です」

「分かるように言ってくれよ」

「昔、アメリカでオーソン・ウェルズっていう俳優が『火星人襲来』のラジオドラマをニュース形式で放送したんだ。あまりに真に迫ってて、アメリカ中にパニックが起きた」

長谷川が説明した。

「我々で世論を作るんです」

「また、すごいことを言うね」

「長谷川さんはもう作ってます。ここにこれだけの人を集めることができる。これも立派な世論です」

「たしかにここの名前は地震予知市民連絡会だ。市民の意志で立ち上げたんだ。全国には一万人近い読者と支持者がいる」

「おじさんは、なぜここの場所を知ったんですか」

「ホームページを見たからだよ。書き込んでいるうちに実際に行ってみようかなと」

「ホームページに書き込みます。東京巨大地震は近いと。死にたくなければ東京を逃げ出せって」

「まずいんじゃないの。パニックが起こる。それに、そんなやばいこと書けば、警察が動きだすよきっと。プロバイダーだって黙ってはいない。すぐに消去されるだろうな」

長谷川は心配そうに言うが、どこかおもしろがっている雰囲気がある。

「だったら、片っ端から全国の掲示板に書き込めばいいんだ。これなら俺たちにもやれそうだ」

「友人にメールで送るだけでもメチャクチャ効果があると思う。〈至急、東京から避難せよ。友人にも報せよう〉と入れればきっとすごいよ。倍々ゲーム。電子版ネズミ講だ」

このさいやってみるか、最初はホームページの更新だ、と言って長谷川はパソコンの前に座った。

「見出しは、『東京直下型巨大地震間近』。これに瀬戸口君のシミュレーション結果をつける」

「もっと砕けた言い方のほうがいいと思います。それに、視覚に訴えるサイトにしてください。細かいことはどうでもいい。どうせ専門的なことは分かりっこないと思います。都民に危機が迫っているという意識が生まれて、東京流入が防げれば十分です」

「瀬戸口君の肩書きと名前を出してもいいかね。瀬戸口誠治理学博士語るだ。ただの妄想狂が書き込んだと思われると、すぐにプロバイダーに削除される」

「僕の名前でよかったら。ポスドクなんて肩書きにもなりませんよ。でも、これで僕は大学にいられなくなる」

「俺たち凡人にとっては大したものなんだ。博士様だもの。それに、予想が当たれば一躍地震の権威者だ。日本中の大学が頭を下げてポストを用意するよ」

手分けして二時間ほどで、全国の地震に関するホームページに書き込みを行なった。予知民連のホームページにリンクさせて、プレートの動きのシミュレーションが見られるようにした。

作業が進むにつれてアクセス数が増え始め、終了したころにはパンク状態になった。

「すごいよ。カウント表示が止まらない。日本中が我々のサイトに注目してアクセスしている」

「シミュレーション結果を見られるサイトを増やさなければすぐにパンクする。コンピュータに強い奴が必要だ」

「警察が動きださないか。国民を扇動したとか、パニックを誘導したとか。俺はそんなのイヤだぜ」

「いまさら遅いよ。みんな共犯者だ」

長谷川はおもしろそうに言った。

二台ある電話は作業を始めてから鳴り続けている。

「コードを外してくれ。必要な電話は携帯にかかってくる。今度こそ本当に嫁さんに離婚されるな」

メンバーの携帯電話も引っきりなしに鳴っている。

明け方にはほとんどの作業が終わった。

地震予知市民連絡会のメンバーにメールを送り、公開されている掲示板、ホームページへの書き込みを行なった。真夜中をすぎてから、数人のメンバーを残し、みんなぐったりした顔で帰っていった。

瀬戸口と長谷川はパソコンの前で横になっていた。眠ろうとしたが神経が高ぶっていて眠れない。長谷川も何度も寝返りを打っている。

長谷川が飛び起きて尻ポケットから携帯電話を出した。窓の外はすっかり明るくなっている。

「警視庁が動きだしたらしい。すごい早さだ。反響が大きすぎたんだ」

長谷川は携帯電話を切ってから言った。

「ここに来るんですか」

「デマ情報に惑わされないようにと異例の通報を出しているらしい。デマの出所も探している。うちに辿《たど》り着くのも時間の問題だ。すでにおまえの名前は挙がっているということだ。そりゃあそうだ。瀬戸口博士語るだもの」

「パニックを警戒して、機動隊を都内の各所に配置したという情報もあります。機動隊の輸送車が都内を走り回ってるらしい。学校の臨時休校や公共施設の臨時閉館も検討されている。都の方針としては、指示を待つようにということですが」

携帯電話で話していたメンバーの一人が言った。

「東京に移動する人の流れが鈍くなったそうです。多少の効果はあったんですかね」

今度は、瀬戸口の携帯電話が鳴り始めた。

〈あなた、何をやったの〉

亜紀子の怒鳴るような声が聞こえる。

「何もできないから困ってる」

〈堂島先生がすぐに連絡を取って事務所に呼びなさいって〉

今度は急に声をひそめた。

〈警視庁があなたを探してるのよ。とんでもない大学助手が人心を攪乱《かくらん》しているって。

助手とポスドクは違うのよね。でも、あなたも国からお金をもらってるんでしょう。それも止められるわよ〉

「覚悟はできてる」

〈とにかく、すぐにこっちに来て。堂島先生なら、なんとかしてくれるかも知れない〉

急ぐのよ、と怒鳴ると電話は切れた。

「見ろよ。警視庁が瀬戸口君を探しているらしいぞ」

インターネットで掲示板のチェックをしていたメンバーの声が響いた。

部屋から一瞬、話し声が消えた。

「サイバーポリスだ。こういうのもサイバーテロにあたるのかな」

「やはり名前を載せたのはまずかったかな。悪いことしたな」

「心配しないで下さい。すぐにそれどころではなくなります」

再び瀬戸口の携帯電話が鳴り始めた。

〈やっと出たな。日本のヒーローが〉

「やっと僕を認める気になったか」

〈そこまでのバカだとはな〉

「いまどこだ。静岡じゃないだろうな」

〈朝霞《あさか》だ。明け方にヘリで戻ってくるとこの騒ぎだ〉

「勝手に騒いでいるだけだ」

〈二次部隊を編成して再度静岡に向かう予定だった。それが出動一五分前に待機命令が出た。東京の治安に問題ありと上が判断したんだ。おそらくおまえのせいだろう。隊員の一人にやはりおかしなのがいてね。地震のホームページでおまえの名前を見つけた〉

「多少の効果はあったわけだ」

〈正気《しょうき》なのか〉

「M8クラス。神戸の数倍の規模になる」

受話器の向こうから息を呑む気配が伝わってくる。

〈今回はおまえが刑務所に入っても、何事も起こらないことを祈るよ〉

お互い、全力を尽くそうという言葉と共に電話は切れた。

当分、ここにいたほうがいいと言う長谷川の言葉を振り切って瀬戸口は外に出た。

明けたばかりの街はどことなく落ち着きがなかった。行き交う人も足早に歩いている。しかしJRも地下鉄も平常どおり動いている。冬の光が眩しいほどに降り注ぎ、空中には冷気が張り詰めていた。一一年前の神戸の朝が一気によみがえった。いつ来てもおかしくない、と瀬戸口は思った。

瀬戸口は地下鉄で永田町に向かった。

議員会館はさすがに人で溢れていた。幸い、瀬戸口の顔を知っているのは堂島事務所の者だけだ。

堂島の事務所の前に来た。半開きになっているドアからのぞくと、アルバイトの学生らしい男に指示を出している亜紀子の姿が見えた。

亜紀子が瀬戸口に気づき飛んできて、腕をつかんで部屋の中に引き入れた。

「あなたバカじゃないの、こんなところに来るなんて。警察が探しているのよ」

「きみが来るように言ったんだ。堂島先生ならなんとかしてくれるって」

「一時間前はね。でも状況は変わってるの。あなたを探してるのは警視庁公安部。過激派や外国のスパイなんかを捕まえる部署よ」

「自首するよ。明日が無事にすぎれば」

「留置場に入れられるわよ。当分出してもらえない」

「警察も僕なんかにかまってる時間はなくなるはずだ」

「あなた、まだ妄想を信じてるのね」

「科学を信じているんだ」

奥の部屋から堂島が出てきた。

瀬戸口に気づくと学生を押し退《の》けるようにして前に来た。

「とんでもないことをやってくれたわね。ただでさえ、日本中が混乱しているというのに、あなたはその混乱に輪をかけた」

「後悔はしていません」

瀬戸口は強い口調で言い切った。

「総理は怒り心頭。日本を混乱におとしいれた反逆者をただちに拘束しろって息巻いてる」

「でも、東京に流れ込む人の勢いは止まったんでしょう。多少は成功したんだ」

堂島はうんざりした様子で首を振った。

「あなたね、自分のしたことが分かってるの。この騒ぎが落ち着いたら、あなた日本にいられないわよ。日本中の人から袋叩きにあう」

「感謝されるかも知れない」

背後で聞き慣れた声がした。

部屋中の視線がドアに集中した。遠山が立っている。

「先生、どこにいたんです」

「『地球シミュレータ』だ。センター長に頼み込んで計算時間を増やして、最新のデータを入れて計算している。大月センター長とは高校時代からの友人なんだ。よく宿題を写させてやった。あと少しで計算結果が出るはずだ」

遠山は時計を見て言った。

「あなたまで、次は東京だと信じてるの。まあ、信じてなきゃあテレビにまで出ないわよね」

「信じるも信じないもない。シミュレーション結果を伝えただけだ。結果がどうであれ、瀬戸口君だけの責任ではない」

遠山は瀬戸口に目配せした。

瀬戸口はパソコンを出して『地球シミュレータ』のデータベースを呼び出した。

瀬戸口の目はディスプレーから動かない。

「どうかしたの。私にも説明しなさいよ」

瀬戸口は亜紀子の言葉にも答えず、ディスプレーを遠山の方に向けた。

「もう――時間がない」

亜紀子は瀬戸口を押し退けてディスプレーを覗き込んだ。

「もったいぶらないではっきり言って」

「僕らに残された時間は五時間だ。Xデイは今日。午後一時だ」

瀬戸口は堂島に向き直った。

「もう一度、都知事に会うことはできませんか。お願いしたいことがあります」

「私の信用がなくなるわよ」

「信用が数倍になるかも知れません」

「勝手にしてちょうだい。正直、あなたたちにはこれ以上付き合ってはいられない。東京、静岡……日本中でパニックが起きそうなの。私はここでしなくてはならないことが山ほどあるの」

堂島はうんざりしたように言った。

「あなたは私と一緒にテレビ局に行ってちょうだい。明日の打ち合わせ」

堂島は亜紀子に言うと、二人を無視して部屋に入っていった。

瀬戸口と遠山は都庁に向かった。

国会周辺、ＪＲや地下鉄の駅、都内の要所には機動隊の姿が見える。交通量も普段よりかなり減っているようにも思える。気のせいか、街中に緊張感が漂っていた。

都庁前には機動隊が並び、前に来たときより警備は数段強化されていた。地震に乗じて、テロや暴動が発生するという噂が飛びかっているのだ。

受付で警備員に囲まれていると、石井副知事がやってきた。

「堂島先生から連絡がありました。重要な話があるそうですね」

副知事に連れられて災害対策本部室に行った。

瀬戸口の姿を見て漆原都知事は立ち上がった。

この人はスーツより防災服のほうが似合う、と瀬戸口はぼんやり考えていた。部屋中の視線が瀬戸口に向けられている。

「今度、きみに会うときは礼を言うつもりだったんだ。しかしそうもいかなくなった。きみのおかげで東京はパニック寸前だ」

「消防と自衛隊はどうなりました」

「私は東京の治安を護《まも》る義務がある。東京に残さざるを得ないだろう。都民を安心させるためだ。これもすべてきみらの責任だ」

言葉とは裏腹にその表情にはさほどの怒りは見られない。どこかほっとしている感じさえする。

「ところで、この状態をいつまで続ければいいのかな」

瀬戸口はパソコンを立ち上げた。

「今日の午後には都下の岩盤の歪《ひずみ》エネルギーが許容値の限界に達します。そうなると一気に岩盤の崩壊が始まるでしょう」

「学者の言葉はどうもまどろこしい。要するに、地震はいつ起こる」

「今日の午後一時。誤差は——当然あります」

「今日の午後に地震が起こると考えていいんだな。あと四時間あまりか。その程度ならなんとか誤魔化《ごまか》せるか」

最後の言葉は独り言のように言った。

「それまでに静岡で何ごとも起こらなければいいが。総理はすでに首相官邸の危機管理センターに入っているらしいな」

「そのようです」

「もしきみらの言葉が正しいとなると東京はどうなる」

「シミュレーション結果だと、今日の午後一時に東京の地下二〇キロのところでマグニチュード8クラスの地震が起きます。あとは知事のほうがご存じでしょう」

「時間は正確なのか」

「もちろんいくらかの誤差はあります。しかし、最新のデータを入力した結果です」

「どの程度だ」

「数分か、数時間か。数日かも知れません。相手は地下二〇キロ、厚さ数十キロのプレートです。地球が相手ですから」

漆原は考え込んでいる。

「その場合、東海地方はまだ大丈夫なのか。太平洋沿岸地域になんらかの影響が起きるとは考えられないか」

「そこまで広域のシミュレーションは行なっていませんが、さしあたっては問題ないと思います」

「問題ないと思います——か。きみらと私は違うんだ。私に必要なのは断定だ。東京直下型の地震と東海地震とどっちが先なんだね」

「東京直下型地震です」

瀬戸口はきっぱりとした口調で言った。

「伊豆半島のGPS測定による地殻変動は、南関東下の岩盤の動きによるものと思われます」

漆原は考え込んでいる。

遠山が一歩前に出た。

「私はいっ時の躊躇から多くの大切な命を失ってしまいました。その重荷は一〇年がすぎたいまでも背負っています。今後も背負い続けていくつもりです。あなたの決断一つで、いくぶんなりとも被害が食い止められるのは確かです」

「同時に政治生命を失うかもしれない」

「どちらが重いか、あなたの判断一つです」

「きみらのような頼りない人間まかせとは、私も終わりかな」

「一蓮托生《いちれんたくしょう》です」

「きみに言われようとは思ってもみなかった」

漆原は瀬戸口に目を向け、声を上げて笑った。

「きみらはここに待機していてもらう。このまま逃げられては私の申し開きができなくなるからな」

漆原は冗談ぽく言ったが、目は笑っていない。

「マニュアル通りに動かざるを得ないな」

「どういうことです」

「今後は東京都の防災マニュアルに従って行動する」

「すぐに都民に避難命令を出して、消防、警察、自衛隊を待機させてください」

「言葉で言うほど簡単じゃない。私の命令は都民全体に多大の影響を及ぼす。信じられない程の大きな経済損失が生まれる。もちろん、個人が一生かかっても払いきれる額ではない」

「強い都知事として歴史に残ります」

「私はどちらかというと縁起は担ぐほうだ。新聞の占い欄は必ず見る。そのために日々の行動を制約するということはないが、多少気にはするね」

「私たちの研究が占いと同レベルのものだと」

「失礼した。予知などという響きからは、ついそちらのほうを考えてしまう」

「我々のやっているのは科学です。とくにこの青年の行なったシミュレーションは現代科学の粋を結集したものだと考えてもらって間違いない」

漆原はスクリーンのほうに向き直った。しばらく無言で映し出されている東京の風景を眺めている。

「私がこの都庁に入って最初にやろうとしたことは、地震対策だった。この都庁庁舎はM8クラスの地震にも耐えるそうだ。しかし周辺の高層ビルを見たまえ。さらにこの都内を埋め尽くす無数のビルの群れを。さらに住宅地には古い木造家屋も多い。それらの大部分は兵庫県南部地震レベルのものには耐えられないそうだ」

「だから避難が必要なのです」

「ところできみたちの言葉が正しかったとしよう。我々には警戒宣言を出した場合のマニュアルはある。しかしマニュアル通りに行動して、どれだけ有効なものか。人の恐怖心ははかり知れない。実際にことが起こる前に発表して暴動が起こると——そのほうが私には恐ろしい」

「やはりあなたは逃げている。もし起こらなければ——という不安が、あなたの頭を占めている」

「運命の時は午後一時か。都内に人が溢れている時間だ。やはり放っておくわけにはいかんだろうな」

壁のデジタル時計に目をやり、独り言のように呟く。

漆原は石井副知事を呼んだ。

「都内全域に演習・警戒宣言を出せ」

「この時期に演習ですか。クリスマス商戦の真《ま》っ只中《ただなか》です。デパートでは——」

「政府が何か言ってきたら、一部の扇動者によるパニックを予防するための演習だと突っぱねろ。すべての責任は私が持つ」

漆原は肚を決めたように言った。

「しかしそれでは――」

「急いでくれ。きみも話は聞いていたんだろう。我々には時間がない」

漆原は副知事の言葉をさえぎった。

「判定会の意見を無視して、一人のポスドクと世捨て人の元大学教授の言葉を信じた大馬鹿者の都知事として歴史に名を残すのもいいかも知れん」

漆原は呟くように言った。


都知事の演習・警戒宣言発令は東京都防災行政無線システムを通じて、国の緊急災害対策本部、東京消防庁、警視庁、自衛隊に伝えられた。可能な限りの都の職員が集められ、その他は二四時間態勢で自宅に待機している。さらに指定地方行政機関、指定地方公共機関と地震発生に対する連絡調整が行なわれた。

地盤の低い地域において、海面上昇に備えて水門を閉める準備も行なわれた。

短時間でできる限りのことは行なわれた。

瀬戸口と遠山は部屋の隅に座り、目の前で行なわれる一部始終を見ていた。

慌《あわ》ただしかった本部室には空調の音がいやに大きく響いていた。時折、指令情報室からの電話が鳴り響いた。

時間だけがすぎていった。

「午後一時二〇分です」

副知事が漆原に告げた。

瀬戸口の言った時間をすぎていたが、何ごとも起こらない。

「時間まで正確にシミュレーションできているとは思っていません。まだ三〇分もすぎてない」

瀬戸口は言い訳のように呟いた。

「演習・警戒宣言終了を告げるように」

漆原が副知事に言った。

瀬戸口は無言だった。このままこの部屋を出ていきたい。しかしそれもできない。すべては自分が引き起こしたことなのだ。

瀬戸口は顔を上げた。壁のデジタル時計の表示は午後一時二七分。

テーブルに肘《ひじ》をついて身体を支えるようにして座っていた遠山が天井を見上げている。

瀬戸口は立ち上がった。身体全体で、精神の奥で、魂に深く刻み込まれている音を聞いたような気がしたのだ。その音は地底深部から瀬戸口の身体を貫くように響いてくる。

第三章　その時

1

諏訪内肇《はじめ》内閣総理大臣はため息にも似た息を吐《つ》いた。危機管理センターから執務室に戻って三〇分あまりの間に五回目だ。

来月、一月には六三歳になるが体力には自信がある。二年半前、総理大臣になるまでは、毎朝、散歩をかねて一時間歩いていた。しかし総理になってからは、その習慣もなくなった。格別、忙しいというわけではない。警護上の理由でつつしんだほうがいいと官房長官にそれとなく言われたのだ。

二世議員でひ弱、決断力がない、非常時に弱い総理大臣、パフォーマンスだけで中身ゼロ、優柔不断で丸投げ専門、運だけは人一倍強い、他に適当な人材さえいれば……。ま色々言われてきたが、なんとかあと半年で三年だ。我ながらよくやってきたと思う。まさに、綱渡りの連続だった。

　危機管理センターというのはどうも好きになれない。日本全土の自衛隊基地、アメリカ合衆国大統領との直通回線。日本列島と近海地域を映し出す大型スクリーン。「ウォー・ルーム」とはよく言ったものだ。前の総理は異常に気に入って、何かことがあれば閣僚を集めて入り込んでいたというが、それこそ異常としか思えない。あそこはまさに戦争の指揮を執《と》るところだ。

　まったく、この一週間は散々な日々だった。東海地震に始まって、この首都東京にまで地震が起こった。M5・5という肩透かしを食ったようなものだったが、不幸中の幸いだった。今後は東海地震に集中できる。しかし警戒宣言を出して一日がたとうとしているがその気配はない。

　警戒宣言と同時に日本全国の証券取引所を閉鎖した。市場はすでに警戒宣言発動を読んでいたのか、閉鎖一時間前には、四年ぶりに一万四〇〇〇円台まで回復していた株価は一万二〇〇〇円台に落ちていた。再開するときはどうなっているのか。一万円を割れている恐れさえあるのではないか。為替《かわせ》相場も円売りが進み、一ドル、一二〇円台にまで値下がりしている。株価も為替も多少の上がり下がりは問題ないが、急激な変動がいちばん困る。パニックにつながるものだ。

　せっかく去年あたりから回復してきた日本経済もこれで一年前に戻る。いや、二年前かも知れない。さらに、警戒宣言を出したままずるずると日がすぎれば――。諏訪内は頭を振ってその考えを払い除けた。

自分が総理になってから地震対策のポーズは取り続けてきたが、いまひとつ本気になれなかった。来るぞ来るぞと言われても、いつ、どういう形で来るのか一向に具体像が描けなかったのだ。

これは与野党両議員に共通した認識だろう。だから去年の参院選のときにも大規模な地震対策などマニフェストの目玉にもならなかったし、国会の論争になったこともない。そんなものに巨額の予算を充《あ》てようなどと主張する政党、議員はいなかったし、国民も納得したかどうか。要するに、地震対策などは票にはならないと判断したのだ。地震予知などというのは、しょせん占いの領域なのだ。

それにしてもマグニチュード8クラスの東京直下型地震が数日内に起こるだと。まったく国賊《こくぞく》に等しい奴だ。東都大学理学部のオーバードクターだという話だが、もし国の奨学金を受けていれば即刻中止してやる。今後はこうしたサイバーテロも、法律できっちり規制しなくては。

漆原都知事にも困ったものだ。東京直下型地震、演習・警戒宣言を出すなどと勝手なことをして。いくら、演習がつくとしてもだ。しかもそれを理由に、静岡県知事から要請のあった東京消防庁と警視庁への派遣要請を断ったという。都内の自衛隊にも待機要請を出した。その結果、静岡に残っているのは、すでに派遣されている自衛隊のみだ。私に対する嫌がらせか――それとも単に愚かなだけなのか。おそらく両方なのだろう。自分の先輩にあたる元国会議員だが、これ以上勝手なことをされては、何か言わなければなるまい。

自分はマニュアル通りとはいえ、警戒宣言を出すには断腸の思いがあった。気象庁長官が判定結果を報告にきたとき、三度も聞き直したほどだ。東海地震予知情報。それはそれほど重いものだ。だが、あの男はこうも簡単に決断を下した。これは国政と都政の違いか。言うなれば、総理大臣と都知事の責任の重さの違いか。それとも――。

諏訪内は吐きかけた息を止めた。ため息をついている場合ではない。することは山ほどある。まず、都知事にこの演習・警戒宣言なるものを取り消すよう言わなければ。

受話器を取って隣室にいる秘書官を呼んだ。

「漆原都知事を官邸に呼んでくれないか。東京都の警戒宣言だけは早めに解除するよう要請したい」

「政府の意向は伝えているのですが、何ぶん意固地な方ですので。これは単なる演習ですと逃げられるのがおちです。むしろ気象庁長官を行かせて、東京は安全であることを説明させたほうが得策でしょう。失礼な言い方ですが、あの方は自分が行なっていることの重要性を理解していないのかと」

「あの男が気象庁長官の話で納得するかどうか」

「では判定会の会長、植村教授にも同行していただけばいかがです」

「このさい、できることはなんでもやってくれ」

ふと動きを止めた。全身が沈み込んでいくような重苦しい感覚にとらわれたのだ。不整脈が出たかと慌てて椅子に座り込んだ。

深呼吸をしながらテーブルのコーヒーカップに目を留めると、液面が細かく震動している。そしてその揺れは次第に激しくなっていく。

立ち上がろうと腰を浮かしたが、そのまま座り込んだ。落ち着け。ここにいる限り何ごともない。自分に語り掛けた。

この官邸は最新技術を駆使して建てられている。M8クラスの地震にもびくともしないと説明を受けた。免振工法が使われているので、M8クラスの地震が起こってもM5程度にしか感じない。それにしては――。これがM5だとすると、実際には――。

ドアが開き、三人の男が飛び込んできた。二人は警護官、もう一人は秘書だ。

「かなり大きな地震です」

「危機管理センターに行くんだ」

諏訪内は警護官の肩につかまり廊下に出た。そのとき再び揺れが襲った。今度は前のものより数倍大きなものだった。

2

松浦真一郎陸上自衛隊一等陸尉は、東部方面隊第一師団、朝霞駐屯地にいた。ここには施設大隊が駐屯している。

静岡の現地視察を終え、今日早朝、部下三名を連れてヘリで帰ってきた。静岡沖地震の死者は二名。一人は階下の若夫婦の狼狽《ろうばい》ぶりに、慌てて二階から下りてきた八二歳の祖父が階段で足を踏み外したものだ。もう一人はバイクで走行中、地震で半壊した家に気を取られて電柱に衝突して頭を打って即死したノーヘルメットの中年女性だ。

土砂崩れ三ヵ所、地盤に亀裂が入った箇所五ヵ所。震災復興といっても二、三日で片付く。この程度なら、現在用意している装備で十分に間に合う。

問題は東海地震警戒宣言だ。本当に東海地震が――。起こるとすると被害は最小限に止めなければならない。

報告がすみしだい、再び静岡に出動するはずだった。しかし、都知事から待機要請が出て、そのまま駐屯地に残ることになった。上官たちはその対応で飛び回っている。

瀬戸口の話だと、昨日の地震は前震にすぎない。ということは、実際に兵庫県南部地震にまさる巨大地震が東京を襲うのだろうか。

三〇名の隊員が、大型ブルドーザー二台、ショベルカー三台を大型トレーラーに積み込み、出動準備を終えて待機している。

「瀬戸口がサイバーテロで警視庁に追われている」

口の中で呟《つぶや》いてみたが、やはり信じられなかった。神戸の震災以来、内気で意志などないような男になった。ひたすら学問の世界に閉じこもっている。そんな彼がなぜ――。しかし、唯一親友と呼べる男だ。自分がもっと話を真剣に聞いてやって、相談にのってやればよかったのか。

あれから何度か携帯電話に電話したが、呼び出し音が聞こえるだけで出ることはなかった。相手が俺だと分かって出ないのだろうか。

〈待機して命令を待て〉静岡の状況を報告にいくと、上官は顔を見るなり言った。とりあえず、あいつの思い通りにはなったわけだ。満足しているだろう。早く静岡の現場に行かなければと、気持ちは焦ったが不思議と腹は立たない。

部下のことが気に掛かった。すでに静岡の現地に入っている隊員は五小隊七二名。今後、一〇時間以内に一〇〇名の隊員を送り込むはずだったが、そのまま待機状態になってしまった。隊員の士気が心配だった。人間の集中力はせいぜい数時間。それからは下がるばかりだ。待機命令が出てすでに四時間がすぎている。

それにしても、昨日の東京直下型地震が起きたときには、真っ先に瀬戸口の顔が浮かんだ。あいつの予知が当たったという妙に誇らしい気持ちと、ついに来たかという高揚した気分が混在していた。

静岡を襲った地震も、昨日の東京の地震も規模としては同じようなものだった。死者も出たが予想の数千分の一。阪神・淡路大震災を体験したものには、気が抜けるようなものだ。これも喜んでいいのか、悲しんでいいのか――。死亡した者の身内にとっては地震の規模など関係ない。最大の悲劇だ。それは十分に分かっている。

一九九五年、神戸。周りには瓦礫《がれき》の山が続いていた。数人の男女がシャベルや棒切れ、また素手で瓦礫を掘り起こしている。おそらく家族だ。横に横たわっている泥の塊は――掘り出された遺体だ。肉親の名を呼ぶ声と泣き声が響きわたっていた。ここは本当に日本なのか。爆撃を受けた、イラクやアフガニスタンではないのか。突然、悲鳴が上がる。余震だ。

ノックの音で我に返り、顔を上げると部下の伊藤《いとう》二尉が立っている。

「トレーラーに積み込んでいる装備はそのままでいいですか」

「待機しろと言うんだから放っておけ。出動の心の準備だけしていればいい」

「なぜ待機なんですか。先発隊が重機を待ってるでしょう。上からの説明はないんですか。このまま待機状態が続くと、ダレてくる隊員も出てきます。最近の若いのは軟弱ですから」

「演習のつもりでリラックスしておくように伝えろ。数時間以内には、次に起こるのが東海地震か東京直下型地震か分かるだろう。どっちにしてもやることはまず、人命救助。そして復興の手助け。同じことだ」

いささかまずい返答だったかと思ったが、二尉は気にする様子もなく部下のところに戻っていった。

松浦は目を閉じた。一一年前の光景が浮かんでくる。

地震から五日目の夕方だった。底冷えのする冬の日だ。

数名の自衛隊員が幌《ほろ》付きのトラックの後部に集まっていた。彼らは泥で汚れた野戦服ではなく、さっぱりした制服で白手袋をはめていた。背後に立つ松浦の身体は悲しみと緊張で強《こわ》ばっていた。

そのとき母親はまだ病院にいた。立とうとすると足が震えだし、座り込んでしまう。怪我は打ち身と擦り傷で大したことはなかったが、夫と次男を同時に亡くし、精神的なショックが大きかったのだろう。生きる気力をなくしているようにも見えた。

「悪いけど、自衛隊のトラックに民間人は乗せるわけにはいかんのや。あんたはここで待ってるか別の車で来てくれへんか」

なぜかその中年の自衛隊員は関西弁で言った。

「でも弟が乗ってるんです」

「分かるけどなあ。弟、いくつや」

「一一歳。小学五年生です。弱い奴でいつもいじめられてました。だから――」

声が詰まった。自分がそばにいてやらなければと言いたかったのだ。自衛隊員は考え込んでいた。

「静かにしててくれよ。しっかりつかまって落ちたりするなよ」

いいんですか、曹長、という言葉を無視して、その自衛隊員は幌を開けて松浦の身体をトラックの荷台に押し込んだ。

それから三時間、松浦は弟の棺《ひつぎ》の横に座っていた。トラックの荷台にはシートが敷かれ棺が三つ、白布で覆われていた。あとで思うと、自衛隊員の服装も含めて、あの状況では精一杯の敬意を払ったものだったのだ。

トラックが揺れるたびに棺の上に倒れた。神戸近辺の火葬場だけでは火葬能力が足らず、京都の火葬場で火葬することになった。限られた狭い地域に、数日で五〇〇〇人を超す死者が出たのだ。

父親は地震の三日後に火葬して、遺骨は母親のいる病院に置いてある。葬式どころではなかった。少ない親戚の中で唯一行き来のあった母親の妹一家四人も、芦屋で全員死亡したと聞いていた。

帰りは遺骨を抱いて曹長と助手席に並んで座った。ほとんどしゃべることはなかったが、途中で寄ったガソリンスタンドで、缶コーヒーを買ってくれた。熱いから気をつけろと言われ、学生服の裾で包んで持つと、なぜか切なさが込み上げてきた。地震以来、初めて涙が出た。曹長は無言で松浦の肩に手を置いていた。あの缶コーヒーの味と、ごつごつした曹長の手の感触はいまでも覚えている。自衛隊に入ろうと決心したのはあのときかも知れないと思う。

静岡に残してきた部下のことが気になった。本隊が運んでいく重機の到着までは、ろくな作業ができない。スコップとツルハシだけでは施設大隊の本領は発揮できない。早く行くべきだ。こうしている間にも救助を待っている人がいるかも知れない。やはり、瀬戸口はとんでもないことをしでかしたのだ。

上官に掛け合おうと立ち上がったとき、いやな予感がした。一一年前に引き戻されたような不快感だった。不気味な震動が全身を貫いた。

転倒しそうになった身体をデスクの端をつかんでバランスを保った。

窓ガラスが鳴り、壁ぎわのファイルボックスの引き出しが前方に飛び出してきた。棚のファイルが跳《は》ね上がり、激しい音とともに床に散乱する。

廊下で壁にぶつかる音がして、同時に怒鳴りあうような声が聞こえる。

松浦は体勢を立て直して廊下に出た。

廊下では数人の隊員が壁にへばりついたり、しゃがんだりしている。女性隊員が壁ぎわにうずくまって、脅《おび》えた目を向けた。

「全員、出動準備はできているな。ただちに持ち場に戻って指示を待て。この建物は地震くらいでは倒れない。ただし余震に気をつけろ」

無意識のうちに叫びながら司令官室に走った。

3

東京消防庁、第四消防方面、中野消防署、特別救助隊、結城忠夫《ゆうきただお》消防司令補は、新しく配備された震災対策用救助車の点検を終えたところだった。チェックリストは数十項目におよぶ。

この救助車は名前どおり、震災対策用の車で七トン級四輪駆動、クレーン、ウインチ、照明装置、発電機などが標準装備されている。さらに、最近のものには、画像探査機、音響探査機のようなハイテクの救助機材も装備された。被災地のような悪路の走行にもすぐれている。

結城は緊急消防援助隊の一員なので静岡行きを覚悟していたが、なぜかメンバーには入らなかった。

緊急消防援助隊は阪神・淡路大震災の教訓によりつくられた組織だ。地震などの大規模災害時の人命救助活動などをより効果的、かつ迅速に行なう。

現在、全国八一二の消防本部から選抜された消防士、約二八〇〇隊、約三万人が登録されている。大規模災害では消防庁長官が都道府県知事や市町村長に出動を指示できる。

今日は夜勤明けの日で、子供を連れて遊園地に出掛ける予定だったが緊急出動で中止になった。妻に、代わりに連れていけと言いたかったが、妊娠一〇ヵ月の身ではそうはいかない。いつ実家に帰ろうかと話しているうちに、臨月《りんげつ》に入ってしまったのだ。こうなれば近くの病院で産むほかない。

部下の中岡《なかおか》のほうを見ると、出掛かったあくびを慌てて止めた。あくびをしたいのは自分のほうだ。

「結城さん、そろそろでしょう」

中岡が声をかけてきた。

「来週だ。もう、パンク寸前だよ」

「二人目でしょう。だったら楽ですよ」

そう聞いています、と慌てて付け加えた。中岡は三一歳、独身だ。

「といっても、六年も空いてるからな。長男は来年から小学校だ」

「喜んでるでしょう。弟か妹ができるんだ」

「それが困っている。六歳にもなって母親に甘えだした。子供心に母親を取られると思うんだろう」

「結城さんのマンション、武蔵境《むさしさかい》でしたね」

「駅から徒歩二〇分。自然環境抜群と言いたいが、周りが田圃《たんぼ》のド田舎だ」

「だったら地震の影響はあまりないですよね。僕のところなんか、もろに影響がありそうだ。世田谷《せたがや》ですからね。逃げるにもそこが実家です。おまけに八〇歳の年寄りと同居だ。三世代住宅です。だから一応去年、都の援助を利用して耐震化はしました。梁《はり》と壁を補強する工法で、一二〇万しました。でもまあ、こんなときにも少しは安心です」

「あの噂を信じてるのか。デマだよデマ。そのおかげで我々が引っ張り出されてる。最近はウソも大規模になった。インターネットを利用すれば、一〇万人、一〇〇万人——あっという間に日本中に広まる。巧妙というか、あくどいというか。今月はクリスマスだっていうのに、バチあたりな奴だ」

「それが一概にウソとは言えない科学的裏付けのようなものも載っているんですよ。だから、けっこう大勢の人が信じている。ひょっとして都知事までが」

「見たのか」

「一応、消防士ですから。調べておこうと。でも、結城さんだって見たんでしょう」

「しかし大学や気象庁の偉い学者たちが何も言ってないんだ。あんなものを信じて、都の全職員が緊急出勤と自宅待機だなんて。知事が信じたとは思いたくないね」

「そうとも言えない気がします。あの人、絶対そういうところがありますよ。なんだか神がかり的なところ」

「知事も歳なのかね。占いや迷信を信じるタイプには見えないが、案外そういうのに弱いのかも知れない。次の選挙には考えるよ。もっとも次があればの話だが」

「緊急消防援助隊の出動要請も打診してるらしいです。いい笑い物だ」

「我々だって東海地区にいつ出動命令が出るか分からないんだ。出たら当分帰れない。だから今日は子供を遊園地に連れていってやりたかった」

結城は救助車に乗り込みハンドルに手をかけた。整備は万全だ。地震であろうと来るならこいと、自分に気合いを入れた。

車がドスンと揺れた。しまった。慌ててハンドルを握る手に力を入れ、ブレーキを踏み込む。だがアクセルは踏んでいない。ましてエンジンさえもかけてない。

車の揺れが激しくなる。中岡を見ると救助車のドアにしがみついている。

「地震だ！」

誰かの怒鳴り声とともに、サイレンが鳴りだした。

結城は救助車から飛び降りて、装備を取りに部屋に駆け上がって行った。あとに中岡が続く。

一瞬、子供と妻の顔が脳裏をよぎった。しかし部屋から飛び出してくる同僚とぶつかりそうになったときには、二人の姿は頭から消えていた。

4

前方には富士山がゆったりとした姿を見せている。

東京湾アクアライン。千葉県木更津《きさらづ》市中島《なかじま》から神奈川県川崎《かわさき》市浮島《うきしま》まで全長一五・一キロメートル。浮島側は約一〇キロの海底トンネル、木更津側は約五キロの海上橋で結ばれている。

〈秋ごろから持ち直した日本経済も来年の春には——日経平均株価は一万三〇〇〇円台に——東証株価指数も小幅ながら上昇の——円高の影響を受けて——しかし、この地震の影響で日本株の取引は——海外の投機家は——海外のテロの影響が大きいと考えられ——EUはアメリカの動向を受けて——〉

畑山美輪子《はたけやまみわこ》はラジオのボリュームを上げた。

生命保険会社はこういう時代にこそ頑張らなければならない、今朝の上司の訓示を思い出した。たしかに地震保険の加入件数は増えている。自分もマッチ箱を縦《たて》にしたような自宅だが、しっかりかけている。美輪子にとって唯一の財産といえるものだ。美輪子は生命保険の外交員だ。

番組が変わり、ジングルベルの曲が流れてくる。あと二週間ほどでクリスマスだ。

通行料、軽自動車二四〇〇円を張り込んで、東京湾アクアラインを使ったのは正解だった。湾岸線は混んでいる。日本橋の事務所に寄っても五時には家に帰れるだろう。現在、中野に住んでいるが、できればもっと会社に近い目黒区か品川区に引っ越したい。裕子《ゆうこ》はおとなしく寝ているだろうか。今朝、頭が痛いと言って起きてこなかった。またずる休みかと熱を測ると三七度二分。風邪だとは思うが、やはり一人でおいてきたのはかわいそうだったか。しかし、自分にどんな選択肢があるというのだ。それに、「うるさいオバンは、さっさと消えろ」と、怒鳴った。本心ではないとしても、疲れているときにはこたえる言葉だ。

最近、妙に反抗的になっている。友人に相談したら、それは母親の愛情を求めている、かまってやらないからだと、もっともらしく言われた。そうしてやりたいのは山々だが、女手一つで生活を維持していくのは並大抵ではない。

二時間前に電話したときには、早く帰ってきてねと、朝とはうってかわった殊勝な声を出した。やはりまだ一二歳、子供だ。

夫と別れて三年、約束の養育費月五万円を振り込んでくれたのは最初の二ヵ月だけで、それ以後は電話一つよこさない。薄情で無責任な男だとは気付いていたが、これほどとは思わなかった。再婚して子供もできていることは人づてに聞いている。

長野に住んでいる母親にも電話しなくては。離婚して半年目に、だれから聞いたのか電話があった。帰ってこいと言われたとき、帰ればよかったのか。

今日はケーキを買って帰ろう。一週間遅れの自分の誕生日だ。そういえば三六歳になったのだ。このまま生活と子育てに追われながら歳をとっていくのかと思うと、淋しい気分になるときもある。次の休みには二人でクリスマスツリーを飾ろう。

今日もあの自衛隊員とは連絡が取れなかった。二〇〇〇万円の生命保険。先月会ったとき、ボーナスが出たら入ると約束したが、とっくに出たはずだ。受取人は神戸に住んでいる母親。母親思いなのは分かるが、逆でしょうと言ってしまった。他にもっと若い受取人はいないのか。かなりのハンサムで長身、いまどき珍しいほどの硬派だ。だれかいい人を世話してあげたいが、本人は当分その気がなさそうだ。私がもう一〇歳若ければ――。

バックミラーに急速に近づいてくる車が見える。赤いスポーツカーだ。美輪子が車線を変えると、横をすごいスピードで追い抜いていった。一五〇キロは出ている。

なだらかな上り坂のアクアブリッジを上りきると海の中に巨大な海ほたるが見えた。海底トンネルと橋梁《きょうりょう》部の接点となっている人工島だ。島といっても全長約七〇〇メートル、その上に五階建ての休憩施設が建っている。その向こう、海底トンネルの中央部に川崎人工島と風の塔が見える。

突然、車が跳ね上がった。反射的にブレーキを踏んだが利いた様子はない。そのままのスピードで前進し、再びすさまじい衝撃を感じた。巨大な道路がゆったりと波打っている。橋が揺れているのだ。

思わず悲鳴を上げて足を踏ん張った。

車は橋の揺れに合わせて跳ね上げられ、空中を疾走している。これではブレーキは利くはずがない。左右を見ると他の車も蛇行しながら跳ねている。

はるか前方を走っていた赤いスポーツカーがあっという間に近づいてくる。

「やめてよ」

美輪子は呟いた。

よく見るとスポーツカーはフロント部をこちらに向けて止まっている。運転席では茶髪の男がハンドルに顔を埋めていた。橋の手摺《てす》りに衝突して弾《はじ》かれ、反対側を向いたのだ。

必死でハンドルを右に切った。それからのことは覚えていない。

5

河本亜紀子はシートに寄り掛かってぼんやり外を見ていた。

東京湾に沿って広がるモダンな建物群、臨海部副都心。テレビ局のロビーには巨大なクリスマスツリーがあった。この月はみんなが浮かれている。

『ゆりかもめ』から見る東京はどこかエキゾチックで、外国のように感じる。電車は中央制御されている運転士のいない無人電車だ。神戸のポートアイランドを走るポートライナーと同じだ。

横では堂島が亜紀子に寄り掛かって居眠りをしている。無理もない。ここ数日、地震騒ぎで走り回っていて、ろくに寝ていない。

車両にはサラリーマンや子連れの主婦など、一〇人あまりの乗客がいた。

堂島と一緒に打ち合わせのため、テレビ局に行った帰りだった。

明日、堂島はテレビ局主催の地震に関するシンポジウム、『神戸を振り返る、二〇〇五年』に出ることになっている。全国放送で、神戸からも何人かのパネリストが来ることもあり、堂島は特に力を入れていた。

昨日の地震はいったいなんだったのだろう。騒いだのはほんの一日。すでに日常に戻っている。落ちた看板やガラス片はすぐに撤去され、痕跡すら見られない。一般の人にとって地震などというのは、やはり特殊な出来事で、日々の生活のほうがはるかに重要なのだ。

瀬戸口はどうしているだろう。あれから連絡はない。電話しようとしたが、なぜかためらわれた。遠山と二人で都庁に行く前、淋しそうに私を見つめた目が忘れられない。何かを訴えているような目。あれは私が彼の言葉を信じていない淋しさから来るものなのか。しかし、都知事は警戒宣言を出した。頭に演習がついているが異例のことだ。瀬戸口たちの言葉を信じたのだ。

「瀬戸口君のことを考えてるんでしょう」

突然、堂島が目を開けた。

「彼はいい子だけど――。よく言えば優しい子。悪く言えば優柔不断。いまどき純情すぎて、生き抜く力に欠ける子ね」

「昔は――高校時代はけっこう活発だったんですが。数学がすごくよくできて、二年生でコンピュータクラブの部長をやってたんです。生徒会の役員なんかもやってたし。ようするに目立ちたがり屋だったんです」

「ウソみたいね」

「彼の夢はなんだったと思いますか」

「科学者じゃないの。地球物理学なんて、なんとなくオタクっぽくて彼に合ってるじゃない」

「ビル・ゲイツを目指してたんです。彼みたいに、世界を制覇する企業を立ち上げるって言ってました。つまり世界一の大金持ち」

堂島は目を吊《つ》り上げた。

「やはりあのときから――」

「そうですね。急に内に籠もるっていうか、物事に執着がなくなったというか。いろんなことに消極的になったというか、投《な》げ遣《や》りになりました。ホームレスみたいな生活も平気だし」

「あれで人生が変わったのは彼だけじゃない。あなただって――」

「彼の頭にあるのは、地震のコンピュータ・シミュレーションだけ。家族を奪った地震を、自分なりに理解しようとしていたのかも知れません。それも去年までは自分の中でだけ。あんなに騒ぎ始めたのは、最近になってからなんです。だから今度のことでは、本当に驚いてます。異常に積極的なんで」

「でもやはり常識がなさすぎる。いくら自分の研究に自信があるとしても、直接、総理や都知事に会わせてくれなんて。それに今度の騒ぎでしょう」

「ごめんなさい、迷惑をおかけして」

「あなたが謝ることないのよ。私ももっとできることがあればね。自分に力がないってことがつくづく惨《みじ》めに思える」

「先生は精一杯やってくださいました。都知事にも会えたし。昨日の地震については話すことができました。瀬戸口君も分かっていると思います」

亜紀子は身体を回して窓の外を見た。

ちょうどレインボーブリッジの中間辺りだ。豊洲《とよす》の巨大な石油タンク群が見える。

堂島の身体が前のめりになった。亜紀子はシートに片手をついて、その身体を抱き抱《かか》えた。

強烈な横揺れが襲った。電車が跳び上がり、金属の擦れ合う高い音が耳をつんざく。悲鳴が上がり、子供の泣き声が電車内に響いた。床には数人の人が倒れている。

「地震だ！」

叫び声が聞こえた。

6

東洋フュエル安全対策課、課長補佐近藤優一《こんどうゆういち》は、地下鉄の電車の窓を眺めていた。鏡面になったガラスの中にくたびれた中年男の顔が映っている。

四二歳、独身。好んで一人でいるわけではないが、気が付くとこんな歳になっていた。五歳下の弟は大学卒業と同時に結婚して、すでに三人の子持ちだ。同居している両親は、弟の子供の育児に忙しく自分の結婚に関しては、ほとんど無関心だった。

東京メトロ有楽町《ゆうらくちょう》線で豊洲から和光市まで。板橋区に入ったところだった。都心を横切る形で、毎日東京湾の埋立地に通っている。

昼間にもかかわらず、電車はとても混んでいる。どこかで事故でもあったのか。体調が悪くなり早退したのだが、会社を出たとたんあれほど激しかった頭痛も消えていた。やはり病院に行ったほうがいいのか。課長に早退を告げるとき嫌な目つきで見られた。

日本のサラリーマンは少しぐらい体調が悪くても早退してはいけないのだ。しかし、会社で感じるあの精神を締め付けられるような気分はなんなのだ。ここ半月ほどは特に激しくなっている。

近藤は車内の広告に目を移した。できるだけ思考を他に持っていったほうがいい。

システムエンジニア部から今年の四月に安全対策課に配属になった。

「地震到来間近により、優秀な人材を集めている」

人事の言葉では今後、最重要の課になるそうだった。しかし実際は、五八歳、定年間近の中村《なかむら》課長をトップに近藤を含め技術系三人、事務の女の子一人の総勢五人の小所帯だ。

入社以来石油精製工場のプラント設計が主な仕事だったが急に安全対策課に回され、不満がないと言えば嘘《うそ》になる。これからは侮れない仕事だと自分自身を納得させようとしたが、無理な話だ。体《てい》のいい左遷には違いない。だが、これが頭痛の原因だとは考えたくなかった。

八〇〇〇ガロンというと一ガロンが約三・八リットルだから約三万リットルだ。しかし相手は三万三〇〇〇キロリットル。直径四五メートル、高さ二五メートルの巨大タンクだ。何分でいっぱいにできるか、近藤は頭の中で計算を始めたが馬鹿らしくなってやめた。

近藤は安全対策課に移って、まず石油貯蔵タンク火災の危険性を訴えた。二〇〇三年の北海道十勝《とかち》沖地震の石油貯蔵タンク火災の例から普通の消火方法ではダメだ。放水量毎分三万リットル。最高飛距離一五〇メートル前後。今日アメリカから到着した大容量泡放射砲だ。放水能力としては世界最大級のもので、二〇〇一年、米国でのガソリンタンク火災では六五分での消火実績がある。同時に大容量送水ポンプ二基、六〇〇メートルの一二インチ大口径フレキシブルホース。近藤の要請により会社はしぶしぶ購入した。

まだ届いたばかりで港の倉庫に入れてある。近藤自身はアメリカの製造元で見たことはあるが、実際に使ったことはない。来週は、現場の消火班の者と一緒に放水をしてみることになっている。しかしこの体調では――。

ガクンと電車が揺れた。思わず我に返り辺りを見回した。電車は赤塚《あかつか》と成増《なります》の中間あたりを走っていた。車内はほぼ満員で身動きがとれない。

近藤は持っていたカバンを胸の前で抱え直した。目を閉じて、頭の中を空《から》にしようとした。

身体が一瞬、宙に浮いた。次に、進行方向に向いていた身体の右側が凄《すさ》まじい力で押された。電車が数回勢い良く跳ね上がる。

悲鳴が上がった。車内灯が数回またたきして、辺りは闇《やみ》に包まれた。

車内は悲鳴と呻《うめ》き声で満ちた。

7

長谷川行雄は午前の治療を終えて母屋に戻ってきたところだった。

ポチとミケが部屋の隅に寄り添うようにして寝そべっている。ポチが目だけを上げてわずかに尻尾《しっぽ》を振った。ミケは知らん顔をしている。

「元気がないな。二人しておかしなものでも食ったか。いやしいとそうなるんだ」

ポチの頭に手をおいてから、パソコンの前に座り込んだ。

「お父さん、瀬戸口さんどうなるの。朝から出かけてったきり連絡ないんでしょう」

妻の初江がお茶を持ってきた。

「もう一時をとっくにすぎたか。何も起こらないな。まあ、そのほうがいいんだけどな。瀬戸口のやつ、警察に自首したってニュースもないだろう」

「物騒《ぶっそう》な話はやめてよ。あまり瀬戸口さんをけしかけたりしないでね。あの人、純情だから。お父さんやおかしな仲間の人たちにいいようにおだてられて、とんでもないことになるんじゃないかと心配してるのよ」

もう、なってるんだという言葉を呑み込んだ。しかし、言い出しっぺはその瀬戸口だ。言い逃れではないが、自分たちは瀬戸口を手伝っただけだ。だが、後悔はしていない。

たしかに、自分たちのしたことは警察が騒ぎだしてもおかしくはない。まさにサイバーテロだ。騒乱罪とでも言うべきものなのか。

「遠山さんからもまったく連絡がないな」

長谷川は話題を変えるために言った。

「あの人、テレビにも出て、偉い人には違いないんだろうけど、山師《やまし》のようなところがあるからな」

「お父さんに似てるんですよ。無責任で無鉄砲なところ。やっぱり、警察に届けるべきじゃないの」

「何を届けるんだ。話題になってるサイバーテロの犯人、うちでかくまってましたってか。俺だって大いに関係してるんだよ。共犯どころか主犯格だ」

パソコンを立ち上げてホームページをチェックした。午前の治療に入る前に調べたから、まだ四時間しかたっていない。だが、書き込みは一〇〇件近く増えている。

〈昨日からテレビに雑音が入り始めたと思ったら今朝は映らなかった〉〈飼っている犬が私の手を咬《か》みました。こんなこと一〇年間で初めてです。今朝はすごく狂暴になっています。何かあるんでしょうか〉〈昨日の夕焼けは絶対におかしい。真っ赤だったし、筋状の雲が三本、はっきりと東の空に見えた。ちなみに僕は大阪に住んでいて、東は東京〉〈インコが騒いでケージにぶつかって二羽とも死んだ〉〈今朝はニワトリが卵を産ま

なかった。ザンネン〉〈賭《か》けをしたぞ。負けたらおまえらのせいだ。一〇〇万取りにいくから用意しとけ〉

いったい、どっちに賭けたというのだ。俺だったら起きるほうだ。

内容は変わりばえしないが、数が四、五倍に増えている。この調子だともっと増えるだろう。

「瀬戸口さん、うちに下宿させてあげたらどう。はっきりは言わないけど、アパートを追い出されて行くところがないんでしょ」

初江が突然言った。

「追い出されたわけじゃない。アパートが取り壊しになったんだ」

「どっちでも同じですよ。宿無しにかわりはない」

「俺だってうちにくればと思ってるが、俺から言い出すのも押しつけがましい。そうしたければ向こうから言ってくるだろう」

「あの人、自分から言えるような人じゃないでしょう。ウジウジしてて、見てて歯痒《はがゆ》くなる」

「同感だ。おまえらも瀬戸口の兄ちゃん、じれったくなることあるだろう」

そう言ってポチの頭に手をやった。

長谷川は思わず手を引いた。

ポチが跳び起きて、ううっと唸《うな》り声を上げたのだ。いつの間にかミケの姿はない。

「こらポチ。どうしたんだ」

辛うじて咬まれなかったが、こんなことは初めてだった。長谷川の脳裏にホームページの書き込みのいくつかがよぎった。〈いつもはおとなしいブタが急に狂暴になった〉〈猫が犬に咬み付いた〉〈飼っている犬が——〉

音を聞いたような気がした。

大地の響きとでもいうべきものだ。それは遥かな地底から伝わり、空気を振動させている。

初江が畳に両手をついてへたり込んでいる。長谷川は初江のほうに一歩踏み出した。

その瞬間、家全体が浮き上がったような感じがした。そして、床に叩きつけられる。

長谷川は初江の腕をつかんでトイレまで這った。

初江の身体を押し込んだ。自分が便器の上に倒れ込んだのと、激しい横揺れを感じたのは同時だった。

ポチが天井に向かって激しく吠えているのを見た。ミケの姿はない。

「ポチ、逃げるんだ。早く逃げろ」

机のパソコンが跳ね上がり、床に転がり落ちた。台所の隅にあった冷蔵庫がいつの間にか真ん中にある。電話機、時計、茶碗、バナナとリンゴ……、家中のものが空中を飛んでいる。食器棚の扉が開き食器が飛び出してくる。見る間に床はもので埋まった。

そのとき、部屋が斜めに歪んだ。天井がガクンと下がったかと思うと、そのまま目前に迫ってくる。

思わず初江の身体の上に覆い被さった。瀬戸口の野郎、やりやがった。そう思ったとたん、目前は闇に覆われ意識はなくなった。

8

青空の中に富士山のくっきりとした姿が浮かんでいる。

一二月の富士、雪をかぶった姿は一年のうちでいちばん美しいと思う。

ぴんと張り詰めた冬の空気。

空は晴れ渡り、いい飛行日和《びより》だ。

視野が大きく回転する。

東京タワー、いまは数えるのも面倒なほどに増えた高層ビル群、その間をくねる高速道路。車の列がゆっくりと移動していく。ぎっしりと敷き詰められたように並ぶビルと住宅。国会議事堂のどっしりとした姿。数分前には都庁の上を飛んだ。

皇居、赤坂御用地、新宿御苑、代々木公園、青山霊園……緑も意外に多い。東京湾に突き出した埋立地の幾何学模様。レインボーブリッジ、東京湾アクアライン……東京湾の橋も増えた。巨大なタンカーも玩具《おもちゃ》のように見える。

眼下には見慣れた東京が広がっている。そしてそこでは、無数の平穏な生活が営まれている。しかし自分は――。

東京消防庁、装備部航空隊、立川本隊、パイロット飯田良夫は『ちどり』の高度を上げた。

『ちどり』は東京消防庁の所有する六機のヘリコプターのうちの一機だ。巡航速度時速二六〇キロ、航続距離七一五キロ。航続時間は二時間四五分。座席数一三席の中型ヘリコプターだ。

東京消防庁の消防ヘリコプターはそのときどきで、消火、救助、情報収集、救急患者の搬送を行なっている。

『ちどり』の右機体部にはヘリコプターテレビ伝送装置がセットされていた。操縦席から操作でき、撮影した映像を直接消防本部や現地の指揮本部に送ることができる。

東京消防庁では、立川本隊にヘリ四機、残りの二機を江東区夢の島の東京ヘリポートに配備している。都内のどの地域にも一五分以内に飛行することができる。

昨日のうちに東京の被災地の調査は終了していた。いくつかの古い木造家屋の全半壊をのぞけば、ビルの窓ガラスが割れたことや、ブロック塀の崩壊、看板の落下が報告された程度だ。

今日は午後から東海地震の警戒宣言が出た静岡に応援に行くはずだったが突然中止になり、通常業務の続行になった。東京都に演習・警戒宣言が出たためだが、上のやることは気紛《きまぐ》れが多すぎる。被災地ではヘリの機動力は最高に役立つはずだ。

演習ではあるが、東京直下型地震の警戒宣言が出て、東京上空は飛行制限がとられている。マスコミのヘリは自粛しているはずだが、横浜方面上空ですでに二機のヘリを見かけている。黄色と青の機体で、自衛隊や警視庁のヘリではなかった。

〈川崎から船橋にかけて東京湾に沿って飛んでから、北上してくれ。何か変わったことがあればただちに連絡すること〉

本部からのんびりした声が聞こえてくる。

「了解」

飯田は目を凝らして前方を見つめた。

中野から世田谷、そして川崎方面に向かって飛んだ。この辺りは、まだ昔ながらの住宅が多く残る住宅密集地だ。地震で火事が起きたら、かなりの被害が出ることは確実だった。家屋の倒壊により道がふさがれ、ポンプ車などの消防車両がすみやかに現場に近づくことは困難になる。

前方に東京湾アクアラインが霞んでいる。

「まさに飛行日和ですね。こんな日になんで警戒宣言なんですか」

横に乗っている副パイロットの花岡祐二郎《はなおかゆうじろう》が双眼鏡を下ろして言った。

「天候と地震は関係ないだろう。地震は地下数十キロのところにある岩盤の問題だ」

「ところで飯田さんの家は横浜でしたね。地震が起きるとしたら心配じゃないですか」

「緑区のマンションだ。地震は東京直下型なんだろう。横浜は神奈川県だ」

「消防関係者の言葉とは思えませんね。地震は県境なんて気にしませんよ。うちは三鷹《みたか》なんで警戒宣言が出た段階で埼玉の実家に帰しました。いまごろお婆《ばあ》ちゃんの家です。田舎の一軒家だから、火事やビルの倒壊で死ぬこともないでしょう。古い農家だから耐震性は限りなくゼロに近いですがね。飯田さんの家族も実家でしたね」

　飯田は答えなかった。

　妻が二人の子供を連れて実家に帰って一週間がすぎている。ほんのわずかな心のすれ違いだと思うが、明日は迎えにいこう、と思っているうちに日はすぎていった。子供の学校もある。

「飯田さんの実家はどこですか」

「千葉の柏《かしわ》だ」

　無意識のうちに妻の実家を言っていた。

「だったら安心だ。横浜のマンションは何年建設ですか」

「九二年だ」

「新耐震設計法施行後か。大丈夫でしょうね。しかしいまどきの日本、どこも危険です。絶対安全というところはないんですかね」

「テロにSARS、BSEに鳥インフルエンザ。台風、竜巻、洪水、猛暑。そして、きわめつきは地震だ。世界中どこに行っても安全な場所なんてないんだよ」

「飯田さんのお子さん、何歳でしたっけ」

「長男は小学校五年生。一一歳だ。下の女の子はまだ幼稚園だ。あきらめかけていたときにできた」

「だったらまだ親の言うことを聞くでしょう。可愛い盛りだ。でも、上の子はあと数年すると大変ですよ。うちの姉の子供は中学三年の女の子なんですが、昨日、補導されましてね」

「何をやった」

「大きな声では言えないんですが本屋で万引きです。古本屋に売るんですよ。服を買う金がほしかったとか。地震の最中にですよ。昨夜、姉が泣きながら電話してきました。身内とはいえ許せないやつです」

「そんなの可愛いものかも知れないぞ。二日以内にM8クラスの東京直下型巨大地震到来。東京から逃げ出せってネットに書き込みをやった学生だか大学の助手、俺たちが東京に釘《くぎ》づけになってるのもそいつのせいだ。その男、明日になれば日本にいられなくなる。大衆の前に引き出されて袋叩きだ。しかし、知事はなぜそんなやつの言葉を信じたのかね。もっと理知的な人だと思っていた」

「僕はそのくらいやりそうな人だと思っていたんですがね。もう少し高度を下げてくれますか。湾岸道路の渋滞がひどいです。本部に報告したほうがいいんじゃないですか」

了解と言って飯田が無線を握ったところだった。

眼下の風景が一瞬、二重になった。

「なんだ、いまのは」

飯田は手の甲で何度も目をこすった。花岡もなんだ、という顔をしている。

防風ガラスに顔を近づけて目をこらすと、広がる風景が数秒前とわずかに違う。

第四章　一　日　目

1

数秒前まで、ゆったりと秩序を持って流れていた高速道路の車の列が止まっていた。道路に沿って混沌《こんとん》とした空気が漂っている。

整然と、敷き詰めたように並んでいたビル群に違和感を感じた。全体の輪郭がぼやけて見える。電車の動きもなく、静止画のようだ。

東京の姿が明らかに変わっている。

透明だった空気が一瞬のうちに濁ったような気がした。

「高度をできるだけ下げて。そのまま湾に沿って飛んでください」

花岡が双眼鏡を目に当てたまま怒鳴る。ヘリは高度を落とした。

レインボーブリッジの巨大な橋梁《きょうりょう》を支えるロープが肉眼でも見えるほどに揺れてい

る。車が橋の側面にぶつかり、様々な方向を向いて止まっていた。

芝浦のループ道路上で、一〇台近い車の衝突が起きている。橋の上でも同様な事故が何ヵ所か見られる。橋中央の一台が炎を上げた。

「首都圏の車の流れが止まっています。地震ですよ、これは」

「ビデオを回せ。テレビの映りが悪い場合の予備だ。急げ」

飯田は怒鳴るように言ってさらに高度を下げた。

花岡はビデオを構えて身を乗り出している。

「本部、応答願います。地震が起きた模様です。かなり大きなものと推測されます」

飯田は状況を本部に告げたが、本部からの応答はない。

「首都高速一号線で多重衝突が起こっています。数は――数えきれません。ビルの崩壊は確認できていません。しかし煙を上げているビルも見えます。なんらかの被害を受けている様子です」

西のほうに黒い煙が見え始めた。

「火災が起きています。あれは品川です。江東区《こうとうく》のほうにも煙が上がっています。ここからでは、高層ビルは被害を受けたようには見えませんが――」

飯田はしゃべり続けたが本部は沈黙したままだ。

「待ってください――ビルの倒壊を発見しました。道路をふさぐ状態で倒れています。

高層ビルは――大丈夫なようです。歩道橋が倒れています。その周りに人が――。聞こえてますか」

「ヘリの無線が故障してるんじゃないですか。それか、いまの地震で、本部のほうがおかしくなってるんです。あきらめたほうがいいんじゃないですか」

「映像はどうだ」

「絵は撮れています。でも、送られてるかどうか――」

花岡がモニターを見て言う。

「とにかく映像だけでも撮りましょう。これだけでも大いに役立つはずです」

眼下に広がる東京に、いく筋もの黒い煙が見え始めた。初め細かった黒い筋は太さを増して、空に立ち上る黒い竜巻のようにさらに数を増やし広がっていく。

東京タワー、高層ビル群、高速道路……ある瞬間を境にして、それらを取り巻く空気はまったく別のものになった。そして、一瞬止まった時間は、異なるものとなって動き始めている。

「東京直下型地震だ。ついに起こった」

飯田は呟《つぶや》くように言った。

2

瀬戸口と遠山は都庁、災害対策本部室の隅の椅子《いす》に座って部屋の喧騒《けんそう》を見ていた。

部屋にはざわめきの中にも緊張感が張り詰めている。

亜紀子に電話をしたがつながらない。松浦の携帯電話も呼び出しの表示は出るが、しばらくしたら切れてしまう。接続システムがおかしくなっているのかもしれない。松浦からは、朝一度電話で話してからも何度か電話があったが、出ていない。

災害用伝言ダイヤルに電話をしたが何も入っていなかった。あれほど言っておいたのに、二人とも忘れているのか。災害時、NTTの通常回線は混雑するため通話規制が行なわれ、緊急性のある回線が優先される。阪神・淡路大震災のときは、八〇パーセントの回線が規制された。それを回避するため、緊急時には全国五〇ヵ所に伝言ボックスを設置している。

漆原東京都知事は地震と同時に東京消防庁と警視庁に出動命令を出した。自衛隊にも災害派遣要請をしている。

二台ある二〇〇インチスクリーンの右側には都内各所が映し出されている。映像は東京消防庁のヘリに積んだテレビカメラからのものだ。消防庁本部とこの本部室に同時に送られてくる。しかしなぜか音声がない。

左のスクリーンには都庁舎から見える東京のパノラマが広がる。第一本庁舎最上階の展望室にセットされたテレビカメラの映像だ。

状況表示盤には都内全域の被害情報が表示されていく。

すでに死者三二名、負傷者五七三名、倒壊家屋二五〇〇棟の数字が出ている。その数字は見る間に増えていく。

部屋のいたるところで怒鳴り合うような声が上がっている。

「六本木通り、渋谷付近の首都高速三号線が倒壊しました。下を走っていたトラックが直撃を受けて大破。運転手と助手は死亡しました。通行人にも多数の死傷者が出たもよう」

「高速道路上の車を迅速に一般道に誘導してくれ。都内に入る車は徹底的に規制しろ。例外はなしだ。コンビニ関係の車も事前に登録を受けているもの以外は、都内に入れるな」

「現在、東京に向かう幹線道路の要所では機動隊が検問を行なっています」

「今夜、零時をもって一般車両の都区内の通行を禁止する条令を徹底させてくれ。それまでに、現在都内にある車は所定の場所に戻すこと。あるいは安全な場所に駐車すること。違反すれば即刻逮捕だということも」

「東都電力多摩変電所にトラブル。現在、都区内のほぼ全域で送電がストップされています」

受話器を耳にあてた職員が漆原に向かって大声を上げた。

「電力会社に陽が落ちる前に電力の復旧を急ぐように連絡してくれ。復旧がすみしだいその地域には送電すること。送電時には各家の安全チェックを徹底させるように。至急、都内の電力供給システムの専門家をよこすように頼んでほしい」

漆原が矢継ぎ早に命令を出していく。

「大田区で火災発生。火は海風にあおられて世田谷方面に向かっているもよう。中野区の火災は現在、三二件。増えています」

通信係がファックスを読み上げる。

「慌《あわ》てずにマニュアル通りにやれ。地震の規模は？　まだ気象庁から連絡はないのか。なかったら問い合わせろ」

地震発生後三〇分で、火災は五二ヵ所に増えていた。死者二七二名、負傷者一二六一名、倒壊家屋七五二八棟、半壊……。表示盤の数字が変わっていく。

「官邸へ現状報告をお願いします」

「副知事に代わってもらえ。政府には最新の情報を随時提供するように」

「しかしそれでは――知事本人が直接――」

「急いでくれ」

漆原が職員の言葉をさえぎり、警視庁と連絡を取るよう指示を出した。

瀬戸口は張り詰めていた緊張が解けて、ほうけたような気分だった。自分たちにやれることはやった。あとは災害対策のプロたちの仕事だ。

遠山も無言でスクリーンを見つめている。

「瀬戸口先生、お電話です。三番を取ってください」

まだ二〇代と思える職員が来て言った。先生と呼ばれたのは初めてだった。

〈瀬戸口君かね。すぐに気象庁に来てくれないか。頼みたいことがある〉

初め、声の主がだれだか分からなかった。

〈堂島議員の事務所の者に、きみが都庁の対策本部にいると聞いて電話したんだ。都内の交通は把握してないが、なんとか来ることはできないか〉

話を聞いているうちに植村だと気づいた。

都内の電話はほとんどつながらないはずだ。気象庁と都庁の対策本部の電話は特別な回線を使っているのだろう。

遠山が瀬戸口の方を見ている。

〈遠山君が一緒なら彼にも来てもらえると有り難い〉

「分かりました。できるだけ早く行きます」

受話器を置いてから、植村からの電話だと遠山に告げた。

「先生も来てくれますよね。きっと地震のコンピュータ・シミュレーションのことです」

遠山は何も言わずうなずいた。

二人は漆原に気象庁に行くことを告げた。漆原は一瞬、困ったような表情を浮かべたがすぐに納得した顔となった。

「都庁の車を出そう。都区内の一般車は通行を制限している」

「新宿駅周辺はすごい渋滞でしょう」

「ベテランの運転手だ。彼にまかせておけばいい」

「感謝します」

「礼は改めて言わせてもらう。最高の状態での警戒宣言ではなかったが、かなりの減災につながったはずだ。きみらに用がある場合は、気象庁に連絡すればいいんだな」

漆原は職員を呼んで、二人を地下の駐車場まで案内するように言った。

「瀬戸口先生、一つ聞いておきたいんだ。東京の地震はこれで最後かね」

瀬戸口は遠山を見た。遠山は促すようにうなずいた。

「おそらく今回のM８の地震で溜《た》まっていた歪《ひずみ》エネルギーはかなりの部分が放出されたはずです。しかしまだ、南関東地下の歪エネルギーが一〇〇パーセント解放されたわけではありません。数日は余震が続くと思われます。震度５前後で大きなものではありません。知事は復旧に全力を投入してください。ただしこれらは、シミュレーションから推測したことです」

「きっと当たっている」

漆原はグッドラックと言って親指を立てた。こんなときにもキザな人だ。

廊下に出ると職員が走り回っている。

エレベーターは動いていた。都内はほとんどの地域が停電していると聞いているから自家発電だ。

駐車場は人で溢《あふ》れていたが、数人の警備員が手際よく誘導していた。隅の荷物用エレベーターからは段ボール箱が運びだされ、機動隊の大型トラックに積み込まれている。都庁備蓄の救援物資の搬送を行なっているのだ。都の地震対策はできていると漆原が言っていたがその通りなのだろう。

職員に案内されて出口に行くと都の公用車が待っていた。ボンネットの端にはイチョウの葉をかたどった都の旗がついている。

気象庁は大手町にあり、都心を横切ることになる。

「高速道路は公団の検査が終わるまで通行禁止になっています。衝突などの事故車の撤去も行なわれています。甲州街道、新宿通りから内堀通りに入り、靖国《やすくに》通りを通って行きます。新宿近辺の靖国通りは渋滞で通れないでしょう」

「甲州《こうしゆう》街道も同じだと思うよ」

戸田《とだ》と名乗った五〇代の運転手はハンドルを左に切った。

公園通りから甲州街道に出ると、予想通り渋滞に巻き込まれた。信号が消えてライト棒を持った警察官が交差点の真ん中に立って、交通整理をしている。

都庁周辺のビルには目立った被害は見られなかった。しかし新宿駅の南口に出たところで、ビルと道路の間におかしなものを見つけた。よく見ると、車の後ろ半分だ。一階の駐車場が崩壊して、入ろうとしていた車がつぶされたのだ。ということは運転席には――。

「あれじゃあ運転手は即死だな」

運転手が独り言のように言った。

ビルの一階部分が駐車場の場合、出入口には壁がなく、柱が少ないから構造的に弱い。激しい揺れによって、上の階の重みで押しつぶされるのだ。神戸でも何度か見た光景だ。

傾いたビルや壁に亀裂の入ったビルは多く見かけたが、完全に倒壊した建物は少なかった。しかし大半の窓ガラスが割れ、その奥に暖簾《のれん》を吊るしたようにぶらさがる壊れたブラインド、クリスマスデコレーションが揺れている。傾いた信号機、電柱、街灯は、揺れの激しさを物語っていた。

運転手がラジオをつけた。

〈午後一時二七分、南関東を襲った地震はマグニチュード8・2。震度6強。震源は中野区から新宿区の地下三〇キロメートル。震源近くは震度7と発表されました〉

若い男性アナウンサーの上擦《うわず》った声が聞こえる。

〈人は揺れに翻弄《ほんろう》され、自分の意志では行動できない。屋内ではほとんどの家具が大きく移動し、飛ぶものもある。ほとんどの建物で壁のタイルや窓ガラスが破損し、落下する。補強されているブロック塀も破損するものがある。木造建物は耐震性の高い住宅でも傾いたり大きく破壊するものがある。鉄筋コンクリートの建物も同様だ。広い地域で電気、ガス、水道の供給が停止する。地盤では大きな地割れや地滑りや山崩れが発生し、地形が変わることもある〉

震度7、気象庁の震度階級では最高——瀬戸口は無意識のうちに頭の中で唱えていた。

〈都区内東部を中心に数十ヵ所で火災が発生。東京消防庁は都内の全消防署に対して緊急——都内にあるすべての救急車が出動要請を——なお負傷者は今後増えることは確実で——受け入れ病院の確保は——〉

ラジオは繰り返している。

新宿通りに入ると車はほとんど動かなくなった。歩道には人が溢れ、車道にはみ出して歩いている。頭と顔から血を流した若者が数人、路上に蹲《うずくま》っていた。ビルから降ってきたガラス片が当たったのだ。歩道の柵《さく》にぶつかって止まっている車もある。

悲鳴が上がった。歩道を歩いていた人たちが一斉にしゃがみ込んでいる。

「心配ない。余震だ」

遠山がブレーキを踏みしめてハンドルにしがみついている運転手に言う。

「震度5弱」

「そんなところだ」

四方からサイレンが聞こえてくる。

「歌舞伎町辺りはもっと大変らしいですよ。ビルの倒壊もあったし、火事も出てる。死者もあの周辺だけで、すでに数十人って聞いています。あの地区は古い建物も多いし、新しくても安普請だしね。要するに違法建築の塊。おまけに人だらけだ。ドーンとくると、被害が大きくなるのは当然だよ」

運転手が伸び上がるようにして前方を見ている。車の列は動く気配はない。横を救急車が通りすぎていくが歩くような速さだ。

「東京中のパトカーと救急車が出てるみたいだ」

「気象庁までどのくらいかかりますか」

「分かりませんね、これじゃあ。一時間かかるか、二時間かかるか。普通なら混んでても三〇分もあれば着くんですが。今日は高速も使えないし、歩いた方が早いかも知れません」

「なんとかしなきゃあ」

瀬戸口は無意識のうちに呟いていた。

「高速道路は通行止めになってますが、公用車でも無理ですかね。かなり遠回りにはなりますが、首都高速四号線で代官町《だいかんちょう》まで行けませんか。規制されてるぶんだけ通りやすいと思います」

「あなた、詳しいですね」

「地震時の緊急避難ルートのシミュレーションをしたことがあるんです。趣味でですが」

「いい趣味だね。でも、壊れてないですかね。神戸のときのように」

「倒れたりする被害は出てないはずです。あれを教訓にかなり補強してますから」

「行ってみるか」

運転手は呟くように言ってハンドルを切った。

「外苑《がいえん》インターから首都高速四号線に乗ります。ただし、乗せてくれればですがね」

高速道路の入口前にはパトカーが止まって、数人の警察官が車を脇道に誘導している。なんとか入口にたどりつくと、若い警察官が車の側にきて運転席を覗《のぞ》き込んだ。

「こちらの方たちを気象庁にお送りしてるんだ。都知事の許可があるんですがね」

「現在、都内のすべての高速道路は通行できません。一般道も交通規制がしかれているはずです」

「都の公用車でもダメですか」

「私はよく知りません」

「高速道路の被害はひどいのですか。高架が外れたとか。道路にひびが入っているとか」

瀬戸口が窓から首を出して聞いた。

「詳しいことは分かっていません。現在、公団のほうで調べています。衝突事故はかなり報告されていますが」

「なんとかなりませんかね。緊急車両なんです。都知事からこの方たちを至急、気象庁までお送りするよう言われてるんだ」

運転手は東京都の公用車の証明書を出した。

警察官はそれを持ってパトカーの方に行ったが、すぐに戻ってきて車止めを除《の》けた。

「気をつけてください。まだ事故車がかなりあるはずですから」

警察官は黄色の「緊急」と書かれた一〇センチ四方のステッカーを車のフロントガラスに貼った。ステッカーの隅には東京都の名と印鑑が押してある。

車は高速道路に入った。

出口に向かって延々車の列ができている。

「警戒宣言で高速は閉じられたはずじゃなかったのか」

「警戒宣言といっても、演習って言葉がついてましたからね。速度制限だけ。それだけでもかなりの事故を防ぐことができたと思いますよ。そんなに簡単に高速道路を閉じて、何も起こらなかったら、いくら漆原都知事でも次は落選です。何をやらかすか分からない知事としてね。高速道路を閉鎖するなんて、東京にとっては大変なことなんです。血流を止めるのと同じですからね。ヘタすると脳梗塞《のうこうそく》を起こします」

運転手はしゃべり続ける。

「しかし、今回は正解でした。職員は全員、呼び出されていたか自宅待機でした。精神的な準備もできていました。私だって今日は非番だったんです。演習だとしても、警戒宣言が出ていなかったらと考えるとぞっとします」

車は時速三〇キロほどで走った。二車線のうち一車線は緊急車両用に空けられている。もう一車線は出口に向かう車の列が延々続いている。トンネル内も非常用電源を利用して明かりがついている。

一〇台近い白バイとすれ違った。近寄ってくるものもあったが、ステッカーとボンネットの旗を見て離れていく。何ヵ所かで道路に黒い焼け跡や、事故車を壁に沿って並べているのを見た。

首都高速四号線の代官町で下りて、気象庁に向かった。

高速道路越しに神田方面を見ると、いく筋もの黒煙が上がっている。パトカーと救急車のサイレンが町中で鳴り響いていた。

気象庁の入口には若い職員が待っていて、瀬戸口が車を降りると、「瀬戸口先生、お待ちしておりました」と頭を下げた。都庁を出て一時間あまりがたっている。

職員は遠山と瀬戸口を案内しながら、地震シミュレーションについてしきりに話し掛けてきた。地震火山部の研究員らしい。

判定会の六人のメンバーは会議室に集まっていた。部屋には重い空気が漂っている。

植村は強《こわ》ばった顔で瀬戸口と遠山の前に来た。

「我々の知りたいのは――」

声がかすかに震えている。目を閉じ、気分を落ち着かせるように軽く息を吐いた。

「今後、数日のうちに東海地震が起きるかどうか。もしその可能性が低いのであれば、東海地震の警戒宣言は取り消さなければならない。しかしもし、発生の可能性があれば――さらに東海地震は東南海地震、南海地震の引き金になりうるのか」

「君らの判断は？」

「GPS測定によれば、伊豆半島の異常地殻変動はいぜんとして続いている。その値は、我々が定めた東海地震発生の予知情報を出す基準以上のものだ。だが実際はまだ起こってはいない――これは何を意味しているんだ」

植村は自問するように言って、遠山から瀬戸口に視線を移した。

「それは僕にも分かりません」

「きみのシミュレーションは東京直下型地震を予知した。震源、時期、大きさ、ほぼ計算通りだった。見事としか言いようがない」

「地震予知市民連絡会のホームページを見たんですね。その中の僕の計算結果も」

「奇跡的な正確さだった」

植村は感情を押し込めるように一度目を閉じた。

「自分自身の目を疑ったよ。それは他の判定会委員も同じだ」

「気象庁の東京周辺での正確なデータ採取のおかげです。でも、僕たちのシミュレーションは東海地震には対応できません。だから――」

「基礎式は同じだ。岩盤の物性値とプレート条件、境界条件を変えれば使用可能だ」

遠山が瀬戸口の言葉をさえぎった。

「待ってください。急に言われても――。変えるべき物性値は数百、データはおそらく一〇〇〇を超える。それにプレート状態がまったく違う。新しい式だって必要になる。急に言われても――。一週間や二週間でできるものじゃない」

「半日でやってほしい。このまま東海地震警戒宣言を続けると、ますます混乱を引き起こすことになる。さらに、東京に投入すべき緊急支援が限られてしまう。しかし我々の判定基準では、いぜん東海地震の発生が間近なことを示している」

植村は苦しそうに息を吐いた。

遠山は部屋に置かれている大型ホワイトボードの前にいった。数分間、睨《にら》むように見つめていたが、突然マーカーを持つと数式を書き始めた。部屋中の目が遠山の手元に向けられている。

「私が考えている東海地震を引き起こす東海地方のプレートモデルの計算式だ。しかしこれは完全なものじゃない。疑問点の塊だ」

瀬戸口は食い入るようにホワイトボードの数字とアルファベットの列を見ていた。やはり先生は考え続けていたんだ。単に地震から逃避していたのではなかった。

「やってみるか。どうせ我々にできることは他にないんだ」

遠山は瀬戸口に視線を向けた。瀬戸口は無意識のうちにうなずいていた。

「『地球シミュレータ』は？」

遠山は気象庁の職員に聞いた。

「現在、停止していると聞いている。電源系統にトラブルがあるらしい。至急、問い合わせてみる」

職員に代わって植村が答えた。

「その間にプログラムを作らなければ。複数のプレートが関係する東海地震のシミュレーションはかなり複雑になると思います」

「さっそく部屋を用意しよう。必要なものはなんでも言ってほしい」

いつのまにか気象庁長官の安藤が背後に立っている。

「これは総力戦だ。ここにいる地震学者全員が協力してほしい」

「名誉なことです」

瀬戸口は心地よい緊張と興奮を覚えながら、その場に立ち尽くしていた。

3

諏訪内は官邸地下の危機管理センターにいた。

部屋の正面には四台の大型スクリーンが並び、一つには日本列島全域、もう一台には東京全景が映し出されている。残り二台にはテレビの特集番組と被害情報。

ウォー・ルームとも呼ばれる部屋は喧騒に満ちていた。五〇人あまりのスタッフが慌ただしく動き回っている。

諏訪内は壁の大型スクリーンの映像に愕然《がくぜん》としていた。

「これが都内か」

思わず呟いていた。

大田区、世田谷区の住宅密集地の映像だった。古い木造住宅のほとんどが倒壊し、割れた瓦《かわら》と土壁の山になっている。そこから柱や梁《はり》の木材が突き出していた。なんとか倒壊をまぬがれた住宅も壁のモルタルは剝《は》がれ、瓦が落ちて屋根組が剝出《むきだ》しになっている。

周りには付近の住民が集まって、まだ瓦礫《がれき》の中に埋まっている住民を懸命に掘り出していた。

道路には液状化現象によって噴き出した泥水が溢れ、住民が足をとられて立往生している。道の両側には乗り捨てられた車が雑然と止まっていた。

「切り替わりました」

派遣されてきた自衛隊員の声とともに、テレビ番組を映していた画面が変わった。

「東京消防庁から送られてくるヘリからの映像です」

いく筋かの煙が上がっているのが見える。その一つには赤い炎が鮮明に見えた。

「至急、全国の緊急消防援助隊に派遣を要請しろ。自衛隊の出動はどうなっている」

諏訪内が声を上げた。周りの者の動きが止まる。

「すでに都庁の方でやっています。今回の地震に対する漆原都知事の対応は、実に迅速かつ的確でした。すでに自衛隊への出動要請も出ています。我々は東海地震に集中しましょう。もしこちらの対応が遅れれば日本にとって致命傷になりかねません」

官房長官がなだめるように言う。

「しかし――」

諏訪内は言葉を呑んだ。

東海地震に対する警戒宣言はいつまで続ける。現在、東海道新幹線は止まり、東海地区を通る高速道路も閉鎖されている。日本列島の東西が分断された形になっているのだ。

このままでは日本経済のみならず、国民生活自体が麻痺《まひ》することになる。

「気象庁に問い合わせてくれ。この警戒宣言はいつまで続けるのか。至急、返事をもらえ」

分かりましたと言って職員が隣の通信室に入っていく。

「漆原君から連絡はないのか」

「副知事からありました。私が受けておきました。知事は現場との対応に追われているそうです」

官房長官が答える。

「なぜ私に報《しら》せない」

対抗意識など持つ場合ではないことは分かっている。しかしあの男のことはなぜか意識してしまう。

「単なる被害情報の報告です。こちらはすでに知っていることです」

官房長官はスクリーンの表示に目を移した。

「私は何をすべきなんだ。ここでこうして見ているだけなのか」

「現場にまかせましょう。総理は海外支援要請を考慮してください。あと一〇分で閣議が始まります。マスコミとの会見はその後にしたほうがいいかと――」

「防災担当大臣は到着したか」

「まだ連絡がつきません。当分は総理が兼務なされたほうが賢明かと」

諏訪内はうなずいて執務室に戻った。

閣議では今後のことを具体的に決めなければならない。最大の懸案事項は現在、東海地震に対して出されている警戒宣言をどうするかだ。最高の地震対策とされてきた方式が、いまでは最大の足枷《あしかせ》となっている。

秘書の一人が小走りに入ってきた。

「アメリカ、ドイツ、韓国、フランス、イギリス、トルコ、ギリシャ、フィリピンなどから救援の申し出があります。いかがしましょうか」

「とりあえず、謝辞を表明するだけにとどめておく。何が必要か、具体的な援助要請はもう少し様子を見てからだ」

海外からの援助は場合による。特に人的援助はかえって現場に混乱をもたらすこともある。混乱をきわめている場所に、言葉も生活習慣も違う者が大挙して押しかけて来るのだ。受け入れ側の自治体は、彼らの滞在中の生活の面倒もみなければならない。言葉、宿舎、食べ物にしても、かえって手が掛かる場合もあると聞いている。

「余震について気象庁の返事は？」

「大きな揺れはないだろうとの回答ですが、引き続き用心をするようにということです」

私にだって言える筈だ。怒鳴りたい気持ちをなんとか抑えた。

「至急、この東京を襲った地震と東海地震、東南海地震、南海地震との関連を調査して報告するように要請してくれ。特に今回の地震と東海地震の関連を知りたい」

諏訪内は倒れるように椅子に座り込んだ。

一気に疲労が噴き出してくる。この一週間、地震に翻弄され続けた。ただ運が悪いだけで片付けるには惨《みじ》めすぎる。

政治家を志して以来、総理になるのが夢だった。しかしなぜ、このような時期に総理になどなったのだ。関東地方を襲うマグニチュード8クラスの地震は約二〇〇年ごとだと聞いた。一七〇三年の元禄大地震と一九二三年の関東大震災。その間にマグニチュード7クラスの地震が二回。そうたびたび起こるものではない。それが、よりによって自分が総理であるときにやってくるとは。

「総理、閣僚がお待ちです」

秘書が入ってきて告げた。

東京直下型地震の直接被害額は三八兆円、以後の経済停滞などによる間接被害は四四兆円。計八二兆円。日本の国家予算に匹敵する金額が失われると、一九九七年、東京都がまとめた『東京における直下地震の被害想定に関する調査報告書』には記されている。震災復興の補正予算を組まなければならない。しかしいくら組めばいいというのだ。

とりあえず一〇兆か二〇兆か。野党も文句は言うまい。だが財源はどうする。ない袖《そで》は振れない。増税しかないが、国民が納得すまい。特に被災者は——。

この上、東海地震がくれば。東南海地震、南海地震と続けば——。頭を振ってその思いを振り払った。考えて解決できる数字ではない。

立ち上がって廊下に足を踏み出したときバランスが崩れた。横を歩いていた秘書に摑まろうと腕を伸ばしたが姿はなく、床に尻餅をついている。諏訪内はその上に倒れていった。何が大きな揺れはないだ。十分、大きな余震だった。

4

陸上自衛隊、東部方面隊第一師団、施設大隊、緊急救助部隊は一六台のトラックで都内に向かっていた。五台の大型トレーラーには三台のショベルカーと二台のブルドーザーが積まれている。

朝霞駐屯地を出て川越街道を東に向かい、板橋中央陸橋で環七通りを中野方面に向かう。命令は中野区の人命救助だった。

松浦は先頭のトラックに乗っていた。

地震発生後、二〇分後には出発していた。あと一時間ほどで中野に入る。

「もっとスピードは出せないのか」

「出せますが危険です。道路に何が落ちているか分からないし、亀裂があるかも知れません。自衛隊の救援隊が衝突事故を起こしたり、人を撥《は》ねたりした場合、なんと言えばいいんですか。救援隊が救援を求めることになったら、しゃれにもなりません」

運転している四〇代の士長《しちよう》がたしなめるように言う。

幸いだったのはブルドーザー、パワーショベルなどの重機が大型トレーラーに積まれ、輸送準備が整っていたことだった。駿河湾に待機する部隊に輸送予定だったものだ。

「地震災害の救出は時間が鍵《かぎ》を握っている。家屋の下敷きになった人の場合、生きて救出される割合は時間とともに急激に減少する。飲まず食わずの体力は急激に低下するし、みんな身体のどこかを負傷している。おまけにこの寒さだ。雨か雪でも降れば二日はもたない。天気予報では明日の午後からは雨だ。勝負はそれまでだ」

阪神・淡路大震災では冬場であったが数日間は雨は降らなかった。

「ほっとしています」

士長が思い出したように言った。

松浦は士長を見た。

「高速道路を通らなくて。江東区や中央区に向かう部隊には、遠回りになっても高速に入るように都の防災センターから指令が出ているんです。高速以外の幹線道路は規制はしてますが、まだかなり渋滞しているそうです。歩道橋が落ちたところもあります。しかし、大丈夫なんでしょうかね。阪神・淡路大震災では橋脚《きょうきゃく》が折れて高速道路が横倒しになったり、道路のつなぎ目が外れてバスが半分空中に乗り出したりしていました。そのまま走って下の道路に転落した車もあったんじゃないですかね。自分はああいうの、どうもダメなんです。きっと腕が震えて運転できませんよ」

「そのときは俺が代わるよ。しかしすでに高速道路のチェックは終わっているんだ。だから許可を出した。今回は地震の前に警戒宣言を出しているんだ。それなりの態勢は整えているはずだ」

「あれは見事でしたね。たとえ、訓練だとしても。警戒宣言が出てなけりゃ、いまごろ静岡で慌ててる。気象庁のアドバイスでしょう。だったら、日本の気象庁もすてたもんじゃない。しかし都知事も勇気がいったでしょうね。この時期に都独自の訓練をやるとは」

アドバイスをしたのは気象庁じゃないと言いかけてやめた。俺は親友の言葉を信じてはいなかった。必死で都知事を説得している瀬戸口の姿が浮かんだ。

「インターネットのサイトへの書き込み。東京から逃げ出せっていうのも、結果的にはラッキーでしたね。あれで東海地区からの東京流入がかなり減ったらしいです。逆に東京流出組も出たらしい。ひょっとして、自分たちの静岡行きが延期になったのもあれのせいかな。あれを書いたのはイカレタ学生だって話ですが、この騒ぎが収まれば名乗り出るでしょうかね」

「分からんな」

松浦はぶっきらぼうに言った。

出発の直前、亜紀子と瀬戸口に電話した。しかし両方とも〈現在、つながりにくくなっています。しばらくしてもう一度お掛け直しください〉という声が返ってくるだけだった。

この辺り、練馬区周辺は震度6強。かなりの揺れを感じたそうだが、建物の被害はさほどない。ブロック塀が倒れているのを数ヵ所見ただけだ。

前方に数台のパトカーの赤いランプが点滅し、付近に車の渋滞ができている。

数名の警官がトラックの方に走って来た。

松浦は通行証を見せた。

「都知事の要請で中野地区に救助活動に行きます」

「道路状況の把握はまだできておりません。倒壊ビルが道路をふさいでいるところもあります。事故車の撤去も相当数あるということです。気をつけて行ってください」

まだ二〇代と思える警官が姿勢を正して言った。

パトカーの付近で怒鳴りあう声が聞こえる。

「通せってもめてるんです。池袋に家族がいるんですが、連絡がまったく取れないとかで」

警官が気の毒そうに言った。

トラックの隊列は中野に向かって動きだした。

5

畑山美輪子は顔を上げた。

一瞬、自分がどこにいるのか分からなかった。

「いったい何が起こったのよ」

無意識のうちに声を出していた。

車のボンネットが半分めくれて水蒸気が噴き出している。ラジエーターが壊れたのだ。記憶がよみがえり、慌ててブレーキを踏んだがすでに車は止まっている。橋の手摺《てす》りにぶつかって、エンストを起こしたらしい。

しばらくじっとしていた。身体を動かすのを躊躇《ちゅうちょ》した。意思通りに動くかどうか、確かめるのが恐ろしかったのだ。

そっと腕を回してシートベルトを外した。

めくれたボンネットの横から前方を見ると、炎を上げる赤いスポーツカーが見えた。そしてその横に、もつれ合うように数台の車がぶつかっている。中の一台からは黒煙が上がっていた。

背後で金属がぶつかる鈍い音が響いた。振り向くと、大型のタンクローリーが横倒しになっている。

「地震だわ」

思わず声を出した。

慌ててカバンから携帯電話を出して、メモリーで自宅の番号を出してボタンを押した。

「裕子。早く出て。お願い」

口の中で呟きながら呼び出し音を聞いていた。〈ただいま電話の近くにおりません。ご用の方はピーという音の後に――〉

「ママよ。ママのところに電話するのよ。お願いよ。必ずするの」

留守番電話に入れた。

どこからかガソリンの臭《にお》いがする。

再びメモリーを出して、今度は裕子の携帯電話の番号を押した。あの子は――寝ているときも携帯電話を握っている子だ。〈ただいま回線がつながりにくくなっています。おそれいりますが、しばらくして――〉

美輪子は携帯電話をカバンに戻し、車から出た。東京の方を見ると、高層ビルの間にいく筋かの煙が上がっていた。海から強い風が吹き付けてくる。興奮のためか寒さは感じないが、持っていたマフラーを首に巻いた。まず橋から出なくては。

　しばらく考えてから川崎市浮島方面に向かって歩き始めた。トンネルがどうなっているか分からなかったが、なんとしても陸地に戻らなくては。そして裕子のところに行かなくては。強い風に足元がふらついた。

　前方から数人の若い男女が歩いてくる。

「あっちはトンネルだぜ。木更津に引き返したほうがいいよ。地震のときはトンネルにシャッターが下りるって聞いたことがある。トンネルは海の底の、さらにその下だろう。海水が入らなくするためだって。俺たち、橋桁《はしげた》にぶつかって死ぬところだったんだ。スピードを落としてたんで命拾いだ」

　いちばん背の高い男が興奮した口調でしゃべり始める。

「何が起こったんです」

「何がって、地震だよ。かなり大きいよな。インターネットに出てた、マグニチュード8クラスの東京直下型巨大地震ってやつじゃないの。数日中に起きるから、東京を逃げ出せって騒いでいた」

「悪い冗談かと思ってたけど、頭の隅に引っ掛かっててスピードセーブしてたんだ。橋の上だとヤバイだろうなって。それで命拾いしたよ。でもたまらないな、車パーだよ。まだローンが半分以上残ってるというのに」

「そういえば今朝から演習・警戒宣言が出てたよな。なんだ訓練かよと気にも留めなかったけど」

先頭の男が口を開けて前方を見ている。

タンクローリーから赤い炎が噴き出している。身体を伏せるより先に激しい爆風が全身を襲い、道路に叩きつけられた。頭をかばうのが精一杯だった。やがて鈍い爆発音が聞こえてくる。

悲鳴とわめき声が同時に聞こえてきた。

タンクローリーが噴き飛んで、辺りの道路が炎を上げていた。美輪子の車が燃えている。あと数分遅ければ——。

なんとかして東京に戻るのだ。突然、涙がこみ上げてきた。手の甲で目をこするとマスカラの黒いあとがついた。

北の方を見ると一筋の煙が上がっている。都心の方向だ。辺りには不気味な静けさが漂っていた。海からの風がガソリンと煙の臭いを吹き飛ばしていく。

静かな揺れを感じた。橋全体がゆっくりと波打つように揺れている。全身の筋肉が強ばった。

「余震だ」

「やばいぜ、こんな所にいちゃあ」

緩やかに傾斜のついた道路を炎がゆっくりと流れ落ちて来る。

「とにかく海ほたるまで行こう。あそこで助けを待ったほうがいい」

美輪子は携帯電話で裕子の携帯電話と家の電話を交互にリダイヤルしながら、若者たちの後について歩いた。

若者たちが立ち止まった。

目の前には、巨大なトンネルの入口が口を開けている。

「シャッターなんて閉まってないじゃないか。でも、あんな中に閉じ込められたら死んじゃうよ」

「あの中に入るなんて絶対にいやよ」

女の子が高い声を上げた。

トンネルの前には一〇人ほどの男女が座り込んでいる。

「中はどうなってるんですか」

若者の一人が座り込んでいる中年の男女に聞いた。

「知らない――真っ暗で――私たちの車――ぶつかって。前の車が急にブレーキなんかかけるから」

女は興奮した声でそれだけ言うと泣き出した。

「すいません。家内が運転してたんですが、トンネルに入ったところで前の車に衝突して燃えだしたものだから。私たちは出て来られたんですが、相手の運転手は――」

「あの人、燃えてたわ。シートベルトが外れなくて大声を上げてた。私が殺したのよ」

「やめないか。事故なんだ。だれのせいでもない」

男が女の肩を抱いて引き寄せた。

「トンネルを歩くなんてできっこないよ。橋があのざまだぜ。中は凄まじい状況だよ」

たしかに黒煙とオイルの焼ける刺激臭が流れてくる。

「俺は行くぜ」

一番ノッポの若者がトンネルに向かって歩きだす。その瞬間、飛ばされるように背後によろめいた。悲鳴が上がり、全員が慌てて身体を低くする。

トンネルから黒い煙が噴き出し、ほぼ同時に鈍い爆発音が響いてくる。

「爆発が起こった」

若者が呟くような声を出す。

「ここにいようぜ。この島が沈むことはないよ」

「なんとかならないの。早く家に帰らなきゃならないの。娘が待ってるのよ」

美輪子は横の若者に小声で言った。

「俺だって家のこと気にしてるんだ。熱帯魚の水槽、電源が切れてるだろうな」

美輪子は若者を押し退《の》けた。しかし、どうしていいか分からない。

木更津側を見ると炎は道路いっぱいに広がって押し寄せてくる。

橋はゆったりとした周期で揺れ続けている。

6

「現在、東京湾上空を飛行中。東京湾アクアラインが見えます」

「飯田さん。しゃべっても本部には聞こえませんよ。無線チェックに、早く本部に戻ったほうがよくありませんか」

「映像だけでも十分に価値がある。どうせ本部は情報が入り乱れて混乱してるだけだ。生《なま》の映像がいちばん真実を伝える」

「分かってますが、燃料は大丈夫ですか」

花岡がしきりに燃料計を覗《のぞ》き込んでくる。要は、早く帰りたいのだ。

ヘリは東京湾アクアラインの橋梁部上空にさしかかった。橋の至る所に様々な方向を向いて車が止まっている。橋を走行中に地震に遭遇し、衝突したり乗り捨てたのだ。耐震設計はされているにしても、橋の揺れはかなりなものだったのだろう。

「あの車、橋桁にぶつかってますよ。あそこの車は衝突してるんだ。五台ほどかたまってるでしょう」

花岡の言葉が終わらないうちに、橋の海ほたる寄りで火の手が上がった。よく見ると車が燃えている。赤いスポーツカーだ。

飯田が操縦桿《そうじゅうかん》を倒すとともに、ヘリは高度を下げていく。

「海底トンネルはどうなってる」

「海の下までは分かりませんよ。でもトンネルの出入口のシャッターは閉まってないようです。煙が出てます。中で事故があったんでしょうね。待ってください。トンネルの前に人がいます。海ほたるの展望台にも人が出てます。手を振ってます。放っておきましょう。少々の津波があっても、あそこにいるかぎり安全です」

「モニターには映っている。本部が見ればなんとかするだろう」

飯田の言葉が終わらないうちに、機体が大きく揺れた。慌てて操縦桿を引いて高度を上げる。下で何かが爆発した。

花岡はシートベルトを握り締め、顔は蒼白《そうはく》になっている。

「しっかりビデオを回せ」

飯田は花岡の頰《ほお》を叩いた。

花岡は我に返ったようにビデオを構えて窓の方を向いた。

「タンクローリーが爆発した。木更津側だ。数十メートルにわたって火の海だ」

飯田は機首を炎に向けた。

橋の海ほたる側から三分の一の辺りに、炎と黒煙が上がっていた。炎の中には一〇台近い車が止まり、その周りには多くの人が倒れている。

「ひどいな。横転したタンクローリーに車が突っ込んだんだ」

「我々にはどうしようもありません。本部が見ていることを祈るだけです」

飯田はもう一度旋回して橋の全景を搭載カメラで撮ると、機首を北に向けた。

7

ガクンと電車が揺れて止まった。

亜紀子は足を踏ん張り、思わず顔をしかめた。義足の付け根が激しく痛む。

乗客が立ち上がり、いっせいにドアに走り寄った。

「席を立たないで。ここは海の上よ」

亜紀子は堂島をシートに座らせながら強い口調で叫んだ。

乗客たちは驚いた表情で亜紀子を見つめたが、やがてその迫力に押されたかのように席に戻った。ほぼ全員が携帯電話を出してボタンを押し始めた。

レインボーブリッジは上下二層の構造になっている。上が高速道路、下が一般道路だ。『ゆりかもめ』は下の一般道路の中央部を走っているが、線路と一般道路の間には柵《さく》があり出られない。歩くことのできるのは、中央の避難、保線用の通路だけだ。

「線路に出れば歩いて新橋方面に行ける」

「ここにはお年寄りも子供もいるのよ。それに見てごらんなさい」

亜紀子は窓の外に視線を向けた。一般道路には衝突した車が様々な方向を向いて止まり、その周りに血を流した人が蹲ったり立ち尽くしたりしている。

「ここでじっとしてましょう。運行会社から指示があるまで待つのよ。ヘタに動くより、このまま助けを待つのがいちばん安全」

そう言いながら、ドアの横に備え付けてある受話器を取った。通話音は聞こえるが呼び掛けても返事はない。

あきらめて堂島の隣に戻った。

堂島は携帯電話のボタンを押し続けている。

「このままここにいて、また地震が起きたらどうするんだ」

「そうだ。もっと大きなのが起きて橋が崩れ、電車ごと海に転落したら全員死ぬ。電車から降りたほうがいい」

「いまの揺れは十分大きかったでしょう。次に起こるのは余震よ。だったら大して大きな揺れじゃない。ここで指示を待つのがいちばんなの」

亜紀子は瀬戸口から聞いた地震の知識を必死で思い出していた。もっと本気で聞くべきだった。

「停電で動かなかったらどうする」

「どうにかするわよ。相手はプロよ。自家発電で動かすこともできるでしょう。線路を歩くにしても指示があるわ。私たちの状態を知ってるはずなんだから」

堂島が亜紀子の腕を肘で小突いた。電話が通じたらしく、しきりにうなずいている。

「まだ詳しいことは分からないのね。私と河本さんは無事だから。あなたたちも怪我はないのね。できるだけ早く帰るようにする。何か分かったらすぐに報せて」

堂島は電話を切って亜紀子の手を握った。

「瀬戸口君は正しかったのよ。M8クラスの東京直下型地震。昨日のよりずっと大きかったって。でも事務所の人たちは、全員大した怪我はないそうよ。転んで膝《ひざ》を擦り剝いたか、壁にぶつかってこぶをつくった程度」

遥か右手に晴海埠頭《はるみふとう》が見える。遠くて人の姿は見えないが、いつもと雰囲気が違うような気がする。

車内が寒くなってきた。暖房が切れているのだ。

再び車内が騒がしくなった。

「停電が復旧するまで電車は動かないのかしら。だったらなんとかしなきゃあ」

堂島が亜紀子に囁《ささや》く。

「予備電源があると思いますよ。すぐに動きます」

〈そのままお待ちください。地震で送電がストップしています〉

アナウンスが流れ始めた。

〈危険はありませんから、そのまましばらくお待ちください。ただいま、最寄りの駅から駅員が各電車に向かっております。駅員の指示に従って行動してください。危険はありませんから、そのまま――〉

放送は繰り返している。

車内は静かになった。どこからか啜《すす》り泣きのような声が聞こえている。

悲鳴が上がった。

電車が揺れている。余震だ。

亜紀子は堂島の身体を抱くようにして足を踏ん張っていた。

余震はすぐにおさまり、再び静かになった。

二〇分ほどしてドアが開き、二人の駅員が顔をのぞかせた。

「怪我をしたかたはおられませんか」

「どうなってるんだ。早く電車を動かしてくれ。駅はすぐ近くだろう」

「線路の点検を行なっています。点検が終わりしだい予備電源が入ります。それまでしばらくお待ちください」

駅員がマイクを使って呼び掛けた。

「点検はどのくらいで終わるんですか」

「不明です」

「かなり大きな地震だった。東京はどうなってる」

「私どもにも詳しい情報は入っていません。分かっているのは『ゆりかもめ』の乗客は全員無事だということです」

「携帯電話が通じない。家族が心配なんだ。なんとかならんかね」

「会社に電話しなきゃあ。歩いて行くということはできないのか。きみらも歩いて来たんだろう」

「降ろしてくれ。次の駅まで歩いてもすぐだろう。どうせ電車は止まっているんだ。線路を歩いても危険じゃない」

様々な声が飛びかい始めた。

「先生——」

亜紀子は低い声を出して目配せした。

南西の方向に一筋の煙が上がっている。

「品川の方ね。あの辺りは住宅密集地が多いの。だから出火の場合、焼失面積が大きいという予想が出てる地域」

堂島の携帯電話が鳴りだした。

「マグニチュード8の東京直下型の地震なのね。震源地付近の震度は7」

堂島は亜紀子の方を見ながら声を出した。

「都内のＪＲ、地下鉄、私鉄は全面的にストップ。高速道路も通行を禁止して、走行中の車は徐行で一般道路へ。二三区内は一部をのぞきほとんどが停電――」

亜紀子に聞こえるように繰り返す。

「地元から問い合わせがあったら、私たちは無事だと伝えて。できるだけ早く帰るわ」

堂島が携帯電話を切ると、亜紀子は駅員のところに行った。

「子供とお年寄りは私たちが救《たす》けます。ここから歩くというわけにはいきませんか。もう一時間近くもこの状態です。あなたたちだって、歩いて来たんでしょう」

駅員は話し合ってから、無線機で本部と連絡を取っている。

「私たちの指示に従ってください。これから歩いて、とりあえず新橋方面に向かいます。お子さん、お年寄りもいますね。皆さんも協力し合ってください。ここは橋の上だということを忘れないように」

そう言ってから手動で電車のドアを開けた。

亜紀子は堂島に手を貸して上下線の間にある避難通路に下りた。全車両合わせて四〇名ほどの乗客は、新橋方面目指して歩き始めた。

前を歩いていた若い男が立ち止まって右の方を見ている。豊洲の一角から黒煙が立ち上っていた。

最初の駅で高架線路を下り、一時間ほど歩いて新橋駅に着いた。

「ひどいわね」

思わず声が出た。

新橋駅周辺は人で溢れていた。歩道には割れた窓ガラスの欠《か》けらとビルから剝がれ落ちたタイルやコンクリート、モルタルの壁面が散乱し、座り込んでいる人の顔や手には血が滲んでいる。ビルの窓には、ばらばらになったブラインドが垂れ下がっていた。

危ないぞ、という声に見上げると外れかけたネオンサインが揺れている。

二人はさらに三〇分をかけて永田町にたどりついた。国会周辺は機動隊と警察官がほぼ数メートルおきに立っている。

信号の消えた交差点を横切って、議員会館に向かって歩いた。

8

飯田は操縦パネルにはめ込まれたディスプレーに目を走らせた。ヘリに搭載してあるテレビカメラの映像だ。この映像が本部に送られているはずだ。

ヘリは東京湾上空から中央区に入っていた。この辺りは江戸時代からの埋立地だ。海に沿って工場が続き、その西には住宅地が隣接している。そして、湾に突き出る異物のような形で埋立地が並ぶ。

その中の一つから黒煙が上がっている。豊洲だ。長方形の埋立地の南側に、円筒型の石油貯蔵タンクと球形のＬＰＧタンクが並んでいる。

「石油タンク火災ですよ、あれは」

花岡がヘリから身を乗り出すようにして見ている。

飯田は高度を下げた。近づくにつれて巨大な石油、ＬＰＧ貯蔵タンク群が不気味な迫力を持って迫ってくる。その中の一つから黒煙が上がっていた。

「原爆のキノコ雲みたいですね」

花岡の低い声が聞こえた。

黒煙の下にオレンジ色の炎が見える。

「タンクの中はなんだ。ガソリンか灯油か……それとも重油か」

「あれは――浮き屋根式です。ナフサのタンクが一基あるって聞いたことがあります」

石油貯蔵タンクには円錐《えんすい》屋根の固定式タンクと浮き屋根式タンクがある。浮き屋根式は屋根が直接、貯蔵油と触れるので蒸発損失を少なくし、蒸発層をなくし安全性を保つので原油、ガソリン、ナフサなどの揮発性石油類の貯蔵に多く用いられる。

「なんでここにナフサなんだ。コンビナートなんてないぞ」

「僕は知りませんよ。残りは固定屋根つきの貯蔵タンクで、主に重油だったはずです」

飯田の脳裏を二〇〇三年の北海道十勝沖地震で炎上したナフサ貯蔵タンクがかすめた。

直径四二・七メートル、高さ二四・三九メートル、タンク容量三万二七七八キロリットルの円筒型、浮き屋根式タンクは四四時間燃え続け、ナフサが燃え尽きて鎮火した。

「あまり近づかないで下さいよ。あの火勢だ。タンクの上ではかなり強い上昇気流が発生しているはずです」

花岡がビデオカメラから顔を上げて懇願するように言った。

飯田は答えず、煙で覆い隠されたタンクを中心に円を描きながら飛んだ。

「炎上するタンクの西側に車が止まってます。二台、三台……全部で五台。石油会社の社員でしょう。消防はまだ来ていません」

花岡はビデオを構え直した。

「あの渋滞では消防車両が辿《たど》り着くだけで半日かかります」

「他の消火に手間取っているだけだ。現在、都内で火災は何件起きていると思う」

ヘリから見える範囲だけでも立ち上る煙は数十を超え、それはさらに増えている。

「地震の揺れ、家屋の倒壊、火事、おまけに液状化現象です。下町の住宅密集地はひどい状況だ」

ヘリが大きく横に揺れた。飯田は慌てて操縦桿を引いた。ヘリは高度を上げる。

「炎はタンク全面に広がっています。北海道の教訓だと——あのまま放っておくつもりですかね」

「ナフサの抜き取りはまだやってない」

北海道のときは大量の水と化学消火剤を入れたが効果はなかった。火勢が強すぎたのだ。結局はナフサが燃え尽きるまで有効な消火方法はなかった。強引に消火しようとすると、消防隊員に負傷者が出る。しかし、約二日にわたって煤《すす》と臭気が周辺住人を苦しめた。燃え尽きたあとのナフサ貯蔵タンクは無残に変形していた。

タンクから上がる黒煙はすでに一〇〇メートルにも達している。黒煙の中に時折、赤い炎が揺れた。

「下からのほうがはっきり見えるんじゃないですかね。空からだと煙だけだ」

ビデオカメラを構えた花岡が暗に撮影場所を他に変えるよう促している。たしかにこんなところに長くはいたくない。

「別の石油タンクと東側のLPGタンク群を映すんだ。映像は本部に届いているはずだから。あのLPGタンクが爆発したらひどいことになる」

この一帯には石油貯蔵タンク一二基、LPGタンクが九基並んでいる。LPGタンクが爆発したら誘爆ということもありうる。そうなれば、近隣の晴海、有明の住宅地にも大きな被害をもたらす。すでに煤と臭いはひどいだろう。

ヘリはタンク群を中心に大きく円を描いて飛んだ。

「あれ、なんでしょうかね」

花岡がビデオカメラから顔を離した。飯田は身体を乗り出すようにして下を見た。石油貯蔵タンクの間に黒い染みが広がっている。

「重油が漏れてるんだ」

ヘリは高度を下げて旋回した。花岡がうっという低い声を上げる。強い刺激臭がヘリの中にまで入ってくる。

「しっかり撮《と》れ。本部はまだ気づいちゃいないぞ。あれに火がつけば、この辺り一帯は火の海だ。ＬＰＧタンクの方にも広がって大惨事だ」

「そろそろ燃料がないんじゃないですか。無線もなんとかしたほうがいいし。映像が無事に送られているかというのも心配です」

花岡が時計を見て言った。

帰還を促しているのだ。たしかに燃料は三分の一を切っている。

ヘリの向きが変わり東に向かう。

「立川じゃないんですか」

「夢の島の東京ヘリポートだ。ここから五分の距離だ」

飯田は高度を下げた。荒川の河口に位置する東京ヘリポートが見えるはずだった。

花岡が奇妙な声を上げた。眼下に広がるのは泥の海と奇妙な形に変形した岸壁だ。

「液状化現象で泥が噴き出したんだ。岸壁も崩れてる。あんなところに着陸すると離陸できません」

「なんとかなるだろうが、今日はやめたほうがよさそうだな」

「安全第一ですよ。無線の修理もあるし、本部に戻りましょう」

ヘリは葛西臨海公園上空を東に向かう。

「どこに行くんです。立川は西ですよ」

「千葉を回って帰っても燃料は十分だ。東京ディズニーランドの上を飛ぶのは好きだっただろう」

「燃料切れで墜落前に帰って下さいよ」

花岡はビデオをかまえて防風ガラスに向き直った。

9

近藤は暗闇の中に倒れていた。

息をするのがやっとだった。自分の身体の上には体重の何倍もの重力がかかっている。のしかかってくる人のあまりの重さに撥ね除ける気力も起こらない。ここで死ぬのかな、そんな思いが頭をよぎったが、不思議と恐怖はない。外れそうになっていた眼鏡をなんとか元に戻した。

「痛てえよ。足をのけろっていうんだよ」

「腕があんたらの身体に挟まれてるんだよ。折れてるかも知れないぞ」

「俺の上の奴、どいてくれよ。身体中の骨が砕けそうなんだ」

「押すのはやめて。子供がいるの」

闇の中に怒鳴り声、悲鳴、泣き声が溢れていた。

「上の奴は吊り革にでもつかまって体重を軽くしろ。その隙になんとかみんな立ち上がるんだ」
一、二、三という掛け声とともに全身にかかっていた重力がわずかずつ減少していく。倒れていた者が協力しあって起き上がっているのだ。
「何が起こったんだ」

「脱線したんだ。電車が跳《は》ね上がったのを感じただろう」

「地震か」

近藤の右側がぼんやり明るくなった。

なんとか身体を回すと、若い女の子が携帯電話を出してボタンを押している。ここは圏外だと思ったが、すぐに車内全体がぼんやり明るくなった。数十の携帯電話のディスプレーが光っている。

「ドアを開けろ。こんなところに閉じ込められたら死ぬのを待つだけだ。火事でも起きたら終わりだ」

トンネル火災。安全対策課に異動してから読んだ資料にあったのを思い出した。一九七九年の日本坂トンネルで起きた衝突事故では大火災が起き、一七三台の車が炎上した。地下鉄のトンネルでもいつ同じような火災が起きるか分からない。

「ドアが開かないんだ。窓を壊せ」

「ドアの側に緊急用の手動装置があるはずだ。それを引けば手動でドアの開閉ができる。だれか探してみろ」

「ドアの近くのもの、携帯の光で探せ」

「外に出て電車が動きだしたら轢《ひ》かれるぞ。このまま待ってたほうがいい」

「あんたはそうするんだな。停電で電気が来てないのに電車が動くわけはないだろう。第一、この電車は脱線してるんだ。他の電車だって同じだ」

「あったぞ。身体をどかしてくれよ」

「慌てるな、ゆっくり」

興奮した声が飛びかった後、外で砂利を踏む音と声がした。ドアが開いたのだ。身体にかかっていた圧力が急に減っていく。

「動けないんだよ。背中が痛くて曲がらない」

「ここにいろよ。俺たちが助けを呼んでくるから」

「いやだよ。また地震が起きてトンネルが崩れたらどうなるんだ。生き埋めなんて絶対にいやだ」

車両の中央付近から悲鳴のような声が聞こえる。

「歩けないんだ。足が折れてるらしい。おいていかないでくれよ」

近藤はカバンを抱えたまま線路に下りた。とても人のことをかまっている余裕はない。

携帯電話のディスプレーの光の届く範囲しか見えないが、コンクリート壁が闇に向かって不気味に続いている。もしこれが崩れてきたら――たしか神戸の地震では地下鉄の天井が落ちたところがあったはずだ。近藤は慌ててその考えを振り払った。

他の車両からも人が出て来て、携帯電話のディスプレーが無数に光っている。

「成増の方に歩いたほうがいいぞ。赤塚に戻るよりも近い」

光の群れが北に向かって移動を始めた。

「たとえ大地震が起きても、地下は大きな被害は発生しないはずじゃないのか」

近藤は呟いた。

資料には、東京都内約二四〇キロの地下鉄路線は、阪神・淡路大震災を教訓として緊急耐震補強工事を行ない、大きな被害は発生しないとあったはずだ。

思わずコンクリート壁に片手をついて身体を支えた。

いくつもの悲鳴が上がる。強い余震が襲ったのだ。

10

遠くで名前を呼ぶ声が聞こえる。長谷川さーん、どこにいるんだ。

長谷川は目を開けた。目を開けたつもりだが何も見えない。周囲は完全な闇だ。

夢の中で漂っているような気分だった。

身体が動かない。腹の下に温かく柔らかい感触がする。妻の初江だ。声を出そうとしたが、掠《かす》れた呻《うめ》き声のような音しか出ない。

「初江、大丈夫か」

やっと蚊の泣くような声を出した。

返事はないが動いたような気がする。

足に当たっている硬くて冷たいものは便器だ。手足を踏ん張ろうと力を入れてもびくともしない。柱が天井の部分で折れて、壁が傾いているらしい。自分たちは四角錐《しかくすい》の中に閉じ込められているのだ。

「この家は震度6弱の地震で全壊します。安全なところは——ないですが、あえて言えばトイレですね。狭い場所を四隅でしっかり支えている。トイレは意外と頑丈なんです。ぐらっと来たらまず外に逃げる。でも、その時間がない場合はトイレに飛び込む。頭に刻み込んでおいてください」

瀬戸口が口癖のように言っていた言葉だ。しかしそのトイレもこのざまか。

瀬戸口には何度も家の補強を勧められた。応じなかったのは自分の怠慢か、それとも心の底では地震が起きることを信じていなかったのか。いずれにしても地震予知市民連絡会、会長失格だ。会も解散だな。

俺の死に場所はトイレか。もっとも馴染《なじ》み深く、心休まる場所だった。それもまたいだろう。ポチとミケはどうしたのだ。あのとき、ポチは天井に向かって吠えていた。死神でも見たのか。長谷川はぼんやりした頭で考えていた。

息苦しくなってきたような気がする。いや、たしかに少しずつ胸が圧迫されている。上からかかる重みが増しているのだ。自分の上には、家一軒の二階部分がそっくり乗っているのだ。必死で手足を踏ん張って、初江のスペースを作ろうとした。しかしその手足の感覚すらなくなっていく。

これが死ぬということなんだな、徐々に遠退《とおの》いていく意識の中で考えていた。

ふっと呼吸が楽になった。

薄く目を開けると上方から細い光が差し込んでいる。

「いたぞ。長谷川さんだ。禿頭《はげあたま》と髭《ひげ》が見える」

聞き覚えのある声がする。向かいの和菓子屋の若主人だ。声を出そうとしたがうまく息が吸い込めない。

胸を圧迫していた力が次第に小さくなっていく。なんとか顔を上げた。

男の顔が覗き込み、腕が差し込まれる。

「腕をつかんだ。ゆっくり引っぱり上げてくれ」

腋の下に腕が回され、身体が天井の隙間から引き出されていく。明るすぎる光に目を閉じた。

「下に初江がいる。早く出してやってくれ」

目を閉じたまま掠れた声を出した。

「奥さんは下だ。急いでくれ」

顔に湿り気を感じて目を開けると、ポチの顔が迫っている。

「先生の命の恩人だ。ポチがここ掘れワンワンだ。掘ったら先生の禿頭が見えた」

すぐに初江も引き出された。

目を閉じ、ぐったりしていたが、頰《ほお》を叩くと薄く目を開けた。意志をなくしたような目で見上げている。やがてその目に涙が溢れた。記憶が戻ってきたのだ。

和菓子屋の主人が毛布をかけてくれた。

「いま何時だ」

「三時半」

トイレに閉じ込められていたのは二時間あまりだ。だがその何倍もの時間埋まっていたような気がする。

「しかしここトイレでしょう。二人して昼間から何やってたんです」

「瀬戸口――うちに出入りしていた若いの知ってるだろう。あいつに言われてたんだ。うちは耐震性ゼロだって。だから、グラッときたらトイレに逃げ込めって」

「たしかに、いま先生の家で隙間があるのはここだけだ」

和菓子屋の主人は、完全に潰れて壁土と材木の山になった長谷川鍼灸《しんきゅう》・整骨院跡に目をやった。

「瀬戸口とポチが俺たち夫婦の命の恩人ってわけか」

長谷川は立ち上がって辺りを見回した。

町の様子は一変していた。中学の歴史の教科書に載っていた関東大震災の写真を思い出した。延々と続く瓦礫の上に着物姿の男が座り込んでいる。

初江が手を強く握ってくる。長谷川はその手を握り返した。俺たちは生きている。

家の前には道路を隔てて和菓子屋があった。その右側は喫茶店、左は子供服の専門店だ。歴史と人情を感じさせる穏やかな商店街だった。

いま目の前に続いているのは――瓦が落ちて屋根の板が剝出しになった、傾いた建物だった。

和菓子屋のショーケースの中は、割れたガラスと崩れた壁土で商品は見えない。喫茶店のショーケースもガラスの欠けらで埋まり、落ちた看板が立て掛けられていた。

「うちは半壊。長谷川さんちは全壊だ。しかしどこが違うというんだ。こんな傾いた家には恐くて住めやしない」

和菓子屋の若主人が呟くように言った。

「色々取りに戻りたいものがあるが、入るのが恐くてね。これだけ傾いてると、いつ倒れてもおかしくないそうだ。いっそ崩れてしまえばすっきりするんだ」

長谷川は何も言えなかった。すでに自分の家は土と廃材の山になっている。家具も仕事道具も――思い出もすべて埋まってしまった。

「でも命があっただけでもよかったと思わなきゃあ。長谷川さん、二時間もこの中に埋まってて助かったなんて奇跡だよ。ポチを粗末には扱えないよ」

ポチは自分の名が呼ばれたので立ち上がって尻尾を振った。

杖を片手に持った町内会の名誉会長がやってきた。八八歳の老人で、去年あたりから家に籠もり切りでめったに見かけなかったが、今日は妙に張り切っている。最近は出掛けるときも車椅子だと聞いていたが――。俺は関東大震災を経験した、と言っていたのを思い出した。

「この町内で死んだ者は八人だ。ただし、まだ行方不明者が三〇人近くいる。この下に埋まってるんだろうかね。しかしとりあえず火事が出なくてよかった」

名誉会長は杖で南を指した。空には黒煙が広がっている。新宿、渋谷の方向だ。

「これもひとえに、みなさんの日ごろの心がけがいいからです」

名誉会長はすっかり見渡しのよくなった通りに視線を戻した。

長谷川は身体を震わせた。冬の冷気が全身に染み込んでくる。

「今夜は避難所に泊まることになる。ゆっくり休んで、これからのことは明日考えればいいさ」

長谷川と初江は、なんとか家の中に入ってみるという和菓子屋を残して、名誉会長に連れられて近くの小学校に行った。

小学校は人でごった返していた。周辺一キロのほとんどの人が、この小学校に避難していると名誉会長は説明した。

校庭には運動会のときに使うテントが張られ、炊き出しが行なわれていた。流れてくる味噌汁《みそしる》の匂いが妙に懐かしかった。

「避難所の設置は、日頃の訓練のおかげで実にスムーズに行なわれました。都や区からの援助物資もすでに届いています。しかしこう迅速にことが行なわれると、なんだか妙な気分ですな」

名誉会長は誇らしげな表情で胸を張り、周囲を見渡した。

テントの脇にはすでに援助物資の段ボール箱が高く積まれ、横ではもう一張りのテントが準備されている。

「受付で登録すると布団と毛布がもらえる。寝る場所も割り当ててくれる」

「ポチを連れてっていいかね。命の恩人だ」

「受付で聞いてみな。世話してるのは時計屋のオヤジだ。一昨年、ぎっくり腰で引っ繰り返って、みんなして担架であんたのところに運び込んだだろう。鍼《はり》を打ってもらったら歩いて帰った男だ。あれはすごかった。あんたには感謝しているはずだ」

名誉会長は果物屋の家族がまだ一人も見つからないんだ、探してくると言って行ってしまった。

長谷川は初江を支えて、しばらく校門の横に立ち尽くしていた。足元にはポチが神妙な顔をして座っている。

慌ただしく行き来する人たち。校庭は人で溢れていた。目を上げると東の空が黒っぽい雲で覆われている。あれは火事の煙だと横の男が話し合っていた。

長谷川にとって目前のすべての光景が、数時間前のものとは別世界に見えた。

11

飯田はヘリのスピードを上げた。

陽が沈むまでにできるだけ広い地域を飛んで、情報を送っておきたい。

ヘリは千葉県上空を東京方面に向かって飛んでいた。

東京湾に沿って工場群が続いているが、大きな被害はなさそうだった。煙も上がっていないし炎も見えない。しかしいつもの一〇倍近い人がうごめいている。地上では重大なトラブルが起こっているのかも知れない。

飯田は高度を下げて工場群の上を飛び、コンビナートの映像を本部に送った。

再び東京ディズニーランドの上空に入った。

広い園内には数人の警備員がいるだけで他の人影は見えず、アトラクションも建物も被害を受けた様子はない。震源は東京区部のようだから、この辺りの揺れはそれほどでもなかったのだろうか。

園内は整然としてゴミ一つなさそうだった。それがかえって不気味だった。ゲートはすでに閉じられている。ディズニーランドの上は何度も飛んだが、無人の園内は初めてだった。

花岡の口数がめっきり少なくなっている。疲れと、家族のことが心配なのだろう。飯田も無意識のうちに柏の方に目を向けていた。北の方には煙は見えない。妻と二人の子供の姿が脳裏に浮かんだが、ここで心配してもどうにもならない。地上に下りたら今度こそ電話をしてみよう。

「これから山手線を一回りして本部に帰る。燃料も少なくなった」

飯田は機首を旋回させた。

都内に入ったとき、新宿御苑の森に向かって化学消火剤を投下している東京消防庁の赤いヘリが見えた。近くの火事から飛び火したのだ。

「あれは『かもめ』ですかね」

花岡が目を細めて見ている。

「いや大型機だ。『ひばり』か『ゆりかもめ』か『はくちょう』だ」

数時間のうちに火事の煙は数倍に増えている。その中の何本かは一緒になり、炎の絨毯《じゅうたん》のような広がりを見せている。延焼が続いているのだ。

ヘリの数が増え、視野に入るだけでも二〇機近くは見える。大型ヘリは自衛隊のもので、緊急物資を運んでいるのだ。

確認できる東京消防庁のヘリは四機、二機は胴体下部取付式消火装置ファイアアタッカーを積んでいる。『ひばり』と『ゆりかもめ』だ。巡航速度は『ちどり』とほぼ同じだが燃料タンクはほぼ二倍あり、航続時間は四時間ちかくある。高層建物用消火システムとして機内に一二〇〇リットルの消火タンクがあり、胴体下部の放水ブームで毎分六〇〇リットルの放水を行なうことができる。残りの二機は航空救急装置つきのヘリだ。

マスコミのヘリは極端に高度を落として飛んでいる。都内上空は現在、飛行制限措置が取られているはずだが。

「なんです、あれ」

花岡が防風ガラスに顔を擦り付けている。

絨毯状に広がっていた炎と黒煙の中央が盛り上がっている。オレンジ色の突起はうねりながら立ち上がり、空気の渦《うず》を作り始めた。その熱の渦は瞬時に周りの住宅を巻き込み、噴き上げながら、巨大な炎の渦巻きとなって地上から上空へと駆け上がり、漏斗《じょうご》状《じょう》に広がっていく。天に昇る火竜のようだ。

「火災旋風だ」

火事の熱によって起こった上昇気流に横風が吹き付け、相互作用を起こして炎の渦ができるのだ。この渦は炎、煙、煤、有毒ガスなどを巻き込み移動していく。関東大震災のときには被服廠《ひふくしょう》跡に逃げ込んだ三万八〇〇〇あまりの人が、この炎の竜巻《たつまき》で命を落とした。

飯田は高度を上げて炎の柱から距離を取った。

「逃げろ!」

飯田は思わず声を出した。

火災旋風が移動していく先に小さな機影を見たのだ。ヘリは巨大な火柱の周りを大きく旋回したように見えた。しかし突然バランスを崩し、吸い込まれるように炎と火の粉の渦に呑み込まれていく。

「あの黄色い機体は新聞社のヘリです」

花岡がビデオを目から離して茫然《ぼうぜん》とした表情で言った。

12

瀬戸口は改めて部屋の中を見渡した。

気象庁の会議室には二〇人あまりの地震学者が集まっていた。六人は判定会のメンバーたち。世界を代表する地震学の権威者だ。残りは気象庁地震火山部の若手研究員だった。

遠山が怪訝《けげん》そうな顔で瀬戸口を見た。なんでもありませんと瀬戸口はホワイトボードに向き直った。

正面のホワイトボードにはぎっしりと数式が書き込まれている。三時間以上議論した結果の東海地震をシミュレーションする基礎式だった。

現在は手分けしてプログラムを組みながらさらに式を修正している。

「『地球シミュレータ』の状況は？」

植村が気象庁の職員に聞いた。

「電源のチェックと一部配線の接続で、稼働まであと五、六時間かかるそうです」

「二時間以内に動かせるよう頼んでくれないか。一時間程度のテストランをして本計算に入りたい」

「しかし、私が三〇分前に電話したときは――」

「私から頼んでみよう」

植村はデスクの受話器を取ってボタンを押した。

「私は植村だが、センター長はいるかね」

植村はしばらく話していたが、感謝するよ、と言って受話器を置いた。

「二時間後には計算を始めることができる。シミュレータ側も全力を尽くしてくれるそうだ」

部屋の研究者たちに向かって言った。

瀬戸口は植村の影響力を改めて感じた。

「総理から今回の地震と東海地震との関連を聞いてきています。どう返事すればいいでしょうか」

部屋に入ってきた気象庁の職員が植村に聞いている。

「それをこれから計算しようとしている。あと半日待つよう伝えてくれないか」

「全国の緊急消防援助隊と自衛隊が静岡に釘付けになっているそうです。このまま警戒宣言が出た状態だと、新幹線も高速道路もストップが続く。西からの救援隊も救援物資も陸上輸送はできない。頼みは空だけだ。おまけに、千葉から愛知にかけて日本の太平洋ベルト地帯が麻痺した状態だと総理は言っています。この状況が数日続くとなると日本経済は――」

「経済の問題ではないと言ってください。私たちは科学者の良心のもとに、判定基準に従って判定しているだけです。依然、伊豆半島の異常地殻運動は続いています。結果については私がすべての責任を取ります」

植村は毅然《きぜん》とした態度で言った。

植村の顔は青ざめ、目は真っ赤だ。すでに体力の限界を超えているのだ。ここ数日伊豆半島の異常地殻運動が観測されて以来、まともに寝ていないのだろう。

瀬戸口はもう一度、ホワイトボードの式を一つひとつなぞった。

瀬戸口一人であれば一年かかってもできなかっただろう。それをここでは数時間で仕上げた。やはり彼らはすごい頭脳の持ち主たちなのだ。

「漆原都知事が瀬戸口先生か遠山先生を出してくれと言っています。余震について聞きたいと」

気象庁の若手研究員の一人が受話器を持って二人の前にきた。

遠山は瀬戸口に出るよう合図をした。

〈もう一度、余震について確認しておきたい。できるだけ正確な情報を都民に提供したい〉

瀬戸口ですと名を言うと、漆原の威勢のいい声が返ってくる。しかしその声の奥にも深い疲労が感じられた。

「さっきの地震で東京の下の岩盤にたまっていた歪《ひずみ》エネルギーの約八〇パーセントが放出されました。これは計算結果です」

〈残りの二〇パーセントは？〉

「一〇〇年以上かけて少しずつ出ていくか、比較的大きな余震がくるか。いずれにしても、数日はM５程度の余震はあるでしょうが、大きなのはありません」

〈ではそう発表する。今回の地震を予知した男の言葉だと付け加えて。都民も安心するだろう〉

瀬戸口が何か言おうとしたが電話は切れていた。知事は孤独なんだ。声を聞きたかっただけかも知れない。そんな気がした。

「ウソは言いませんでしたよね」

瀬戸口は遠山に確認した。

「地震の予知なんてものは、本来は我々よりモグラかミミズにでも聞くべきなんだ」

遠山は無愛想に言うと、またホワイトボードに向き直った。

瀬戸口は目を閉じた。

頭の奥に鈍い痛みがある。眼鏡を外し、目の間を強く押すと少し楽になった。

「どうかしたのか」

遠山が覗き込んでいる。

「少し寝不足なだけです」

「いつから寝てない」

「二日前からです」

「どうりで顔色が悪い。腐ったウリみたいだ」

「先生こそ、ここ数日、寝てないんじゃないですか。陽にあたって萎《しな》びたモグラです」

「この部屋の全員がそうだ。まるでゾンビの集会だ」

たしかに全員の目は窪《くぼ》み、生気をなくしている。緊張と疲労でくたくたなのだ。

「しかしきみは、東海地震についてもシミュレーションを考えていたのか。式もプログラムも半分以上できていた」

「先生こそ、初めて取り掛かるとは思えませんでしたよ。かなり準備してたんでしょう」

「時間だけはあったから頭の中では考えていた。だが、具体的なことを考えるのは恐かった。自分がまた同じ間違いを犯すんじゃないかと——」

「植村さんもかなり研究していたようでした。シミュレーションは否定していたのに。あれは初めて考えたんじゃない。そして他の人たちも——」

瀬戸口は数時間前の遠山と植村の激しい議論を思い起こした。

「それが科学者というものだ」

「いずれにしても大きな間違いがなかったのでほっとしています。僕の頭もすてたもんじゃない」

「たいしたものだ。誇りに思っていい」

「でも、ここまで完成度の高いものを仕上げるには僕一人だと二年はかかります」

「きみなら半年だ。それでも誇るべきものだ」

「堂島さんの事務所に連絡を取りたいんですが、電話を使っていいですかね。携帯はつながらないし、災害用伝言ダイヤルに入れておいたのですが聞いてないらしいんです。ここはすぐにつながっています。気象庁の回線は特別みたいですね」

「あの女の子か。きみは胸を張って使っていい。使う権利がある」

瀬戸口は部屋の隅に行き受話器を取った。

最初の呼び出し音が終わる前に受話器は取られた。

〈こちら衆議院議員堂島智子の事務所です〉

どことなく弾んだ、若い男の声がする。

瀬戸口は名前を名乗って河本亜紀子の安否を聞いた。

おーい、河本さん帰ってきてたよな、と言う声が聞こえる。複数の話し声が交錯して内容はつかみづらい。当然のことだが、事務所はかなり混乱している様子だった。引っきりなしに電話のベルと歩き回る音がする。

〈堂島先生とお台場のテレビ局に打ち合わせに行って、無事に帰ってきたのですが——一時間ほど前、また二人で出かけました。議員会館のどこかにいると思いますが〉

「『地球シミュレータ』から、復旧完了の連絡が入りました。いつでも計算を始めることができるそうです」

気象庁の職員が受話器を持ったまま怒鳴っている。

「帰ったら気象庁の判定会会議室に連絡するよう伝えてください」

瀬戸口は男に言付《ことづ》けると、受話器を置いて遠山の方に行った。

13

美輪子は海ほたるの展望デッキで携帯電話を押し続けていた。外に出れば電波が届きやすいと考えたからだが、返ってくるのは、〈電波の届きにくいところにあるか……〉というメッセージばかりだ。

湾を隔てて東京はすぐ目の前に見える。

「おーい、こっちだ」

海を見ていた若者の一人が、突然、両腕を振りながら叫び始めた。若者の視線を追うとタグボートが走っている。距離は——五〇〇メートルほどだ。

「こっちよ。助けて」

美輪子も懸命に声を上げた。

若者たちも一緒に叫び始めた。

「ダメだ。聞こえてない」

タグボートは通りすぎていく。

「いや、スピードが落ちてる。こっちに曲がろうとしてるんだ」

全員が声を出した。

タグボートの船首が海ほたるの方を向いた。

「東京に帰りたきゃ、急いで消波ブロックのところまで行くんだよ。船がここまで来てくれるわけがないだろう」

若者が美輪子の背を押した。

駐車場まで下りて建物の外に出ると、すでに一〇人あまりの人がボートに向かって手を振っている。

タグボートが消波ブロックの側まで来た。

船員が慣れた動作で船を消波ブロックに寄せる。

「橋はタンクローリーが火災を起こして通れないんです。ここにとり残されています。陸まで運んでくれませんか」

「すでに海上保安庁には報せてある。すぐにヘリをよこしてくれる」

「いつになりますか。怪我してる人もいるんです」

若者が怒鳴ると、船員は船室に入って何事か話している。

「怪我人だけ連れていく。ただし重傷者はダメだ。ここまで下りてきて、自力で船に乗り移ることのできる者だけだ」

船室から出てきた船員の言葉で一〇人あまりが前に出た。二人の女性は高齢でお互いに支えあっている。他の者も手か足に包帯を巻いていた。

彼らは若者たちに助けられて、船の方に下りていった。

「このおばさんも連れてってよ。子供が家で病気で寝てるんだって」

怪我人と付き添いを船に乗せて上がってきた若者が美輪子の身体を押し出した。

「これ以上無理だ。そこにいるのがいちばん安全だ。多少の地震でもびくともしない。津波はないそうだから」

「体調もかなり悪そうなんです」

腹を押さえて。腹痛が起こったんだよ、と若者が美輪子の耳元で囁く。

「でも……」

「子供が心配なんだろう。あんたが行かないんなら俺が行くよ」

下から強い風が吹き上げてくる。美輪子は思わず腹を押さえて目を閉じた。

「早くしてくれ。俺たちも急いでるんだ。家族が心配なんだ。早く帰りたいんだよ」

船から怒鳴り声が聞こえる。

「待って下さい。すぐに行きます」

若者の一人が美輪子の背中を強く押した。

美輪子はタグボートの方に下りて行った。

タグボートは美輪子を乗せると消波ブロックを離れた。

美輪子は甲板に立ち、マフラーとコートの襟元を押さえた。海の冷たい風が全身に染み込んでくる。

「東京はどうなってるんですか」

「俺たちが知りたいね。仕事で三浦《みうら》半島の逗子《ずし》まで行ったんだが、東京がえらいことになってるというんで急遽《きゅうきょ》引き返してきた」

船員は東京の方を睨むように見ている。

タグボートが陸地に近づくにつれて東京の惨状が見えてきた。巨大な黒煙を上げる豊洲の石油貯蔵タンク。都心からもいく筋もの煙が上がっている。中野はどっちの方向だ。

美輪子は手摺りから身を乗り出した。

港の桟橋は海側に崩れるように数メートル突き出ている。

タグボートは多摩川に入り、羽田空港の岸壁に接岸した。

14

漆原東京都知事は椅子に座り込んだ。

一瞬、頭から血流が消え、意識が薄れていく。貧血だ。しかしすぐに意識は戻った。

地震発生からすでに数時間がたっている。だがすでに数日がすぎたような気がした。

被害情報を示すデジタル表示の数字はどれもが数桁増えている。そしていまも増え続けている。現在は死者三五二五名、負傷者九八二六名、倒壊家屋は全壊二万九八〇〇棟、半壊七万三二〇〇棟。火事の正確な発生件数はつかんではいないが、大小合わせると一〇〇件以上の報告がある。

たとえ演習だとしても、警戒宣言を出していなかったらと考えるとぞっとした。必要な職員を集めるだけでも大変だったに違いない。通常の職員ではとても対応できず、大混乱は避けられなかった。だが、地震発生時には、東京消防庁の職員、各消防署の消防士、警視庁の警官、機動隊員、ほぼ全員が各自の持ち場で待機していた。その点から言えば自分は運のいい都知事だ。

しかしあの若者の言葉をもっと真剣に聞いていれば――。JR、地下鉄を全面運休、高速道路の通行禁止、危険地帯の住民の避難、電気、ガスなど火事の元になるものをストップしていれば――。地下街を封鎖して帰宅を促していれば――被害はさらに最小限に抑えられたはずだ。せめて学校は臨時休校にすべきだった。いや、すべて結果論だ。これが精一杯だったのだ。漆原はそう思うことにした。

これで次期都知事選は楽勝だ。議会の議員たちの顔は見物《みもの》だった。まったく、あの瀬戸口という青年と遠山という元大学教授には感謝しなければならない。

「総理から電話です。知事に出ていただきたいと」

副知事が耳元で囁く。

「きみが出てくれ。私は被災現場の対応で精一杯だ」

「ですが、先ほども――」

いま総理と話すと指揮権を奪われかねない。せっかくここまでやったのだ。最後まで自分でやり遂げたい。

「警視総監と東京消防総監に連絡を取ってくれ。私から直接、激励したい」

パソコンに向かっている職員に言った。職員は分かりましたと言って席を立った。

漆原は困惑した表情の副知事を残して本部長席に戻った。

部屋中の視線が壁の大型スクリーンに集中していることに気づいた。

何度か目をこすってスクリーンに意識を集中した。

漆原は現実に引き戻された。画面には炎を上げる巨大石油貯蔵タンクの映像が映し出されている。ヘリからの映像だ。

「豊洲の石油貯蔵タンク一基が炎上を始めました。現在、近辺の化学消防隊が向かっていますが、道路事情で時間がかかりそうです。このまま消火に時間がかかると爆発の恐れがあります」

職員の声が飛んだ。

「至急、付近の住人を避難させろ。ただし爆発の危険性については言うな。この状態で爆発などという言葉が外部に漏れるとパニックが起きる」

漆原の脳裏に、二〇〇三年九月の北海道十勝沖地震がよみがえった。あの地震でも石油貯蔵タンクが炎上した。中にはナフサが入っていた。確か二日間燃えて、ナフサがなくなってからやっと鎮火した。あのときは泡消火剤が不足して、米軍にも協力を頼んだ。

「全国の泡消火剤を調べて至急取り寄せるように。米軍の横田基地にも在庫を問い合わせてくれ。これは念のためだ。石油タンクの詳細情報は随時報告するように手配しろ」

漆原はだれにともなく怒鳴るような声を出した。隣に立っていた職員が分かりましたと言って受話器を取った。

「初期消火に全力を尽くせ。これ以上の被害はなんとしても食い止めろ」

「知事、見てください。タンクの後方です」

副知事が指差すスクリーンには、燃え盛る巨大な石油貯蔵タンクが映っている。そして——その向こうには巨大な球体が見える。ＬＰＧのタンクだ。

「至急、石油会社の担当者を呼ぶんだ。状況説明と消火に協力してもらう。ついでに背後のＬＰＧタンクの担当者も呼べ。あそこまで延焼が広がることはないと思うが、万が一ということもある」

指示を出しながらいやな予感がした。胃の中に重金属が流れ込んだような、重苦しく不快な気分だった。

スクリーンから石油貯蔵タンク炎上の映像が消え、丸の内方面の映像に変わった。

「ヘリに現場にとどまるよう伝えろ」

「無線が通じないとのことです」

強い揺れを感じた。部屋中のものが動きを止めて様子を見ている。余震だ。

「瀬戸口君を呼び戻せ。彼は大手町の気象庁にいる。――いや、いい。彼も忙しい」

あの青年はここにいるより、気象庁のほうがいいだろう。彼の能力がより発揮できる場所だ。だが、あの一見内気そうに見える青年が、ここにいるだれより頼りになる人間のように思えるのはなぜだ。

「電気はまだか」

「都区内の四分の一は復旧できました」

「電力会社に急ぐよう要請しろ。復旧のできた地区は順次通電するように。待て、広報車は――」

「電気製品の状態を調べるよう各家庭に呼び掛けています。しかしほとんどの家庭が避難所に避難している状況なので」

　倒れた電気ストーブ、アイロンなどによる火事を防ぐためだ。ドライヤーの熱風でさえ火事になることがある。これも神戸の震災による教訓だ。

「電力復旧地区は把握しておくように。通電前に地区の消防署に報せるように言ってくれ」

　職員はメモを取っている。

「今夜は帰宅困難者が一〇〇万単位で出る。彼らが安全に、できるかぎり心地よく夜をすごせるように全力を尽くしてくれ」

「警視庁とは連絡が取れています。すでに都内のビルではロビーの開放とトイレの使用が行なわれています」

「自衛隊の到着は」

「一部ですがすでに救助活動に入っています」

「まもなく陽が沈む。そうすれば都内は闇に包まれる」

　独り言のように呟いていた。

　真っ暗な東京。星が見える東京。しかしそうはいかないだろう。火事の煙が空を覆い、星を隠しているはずだ。地図表示盤の火事を示す赤いランプもいまでは一〇〇を超している。

「まだ都内から脱出できない者はどのくらいいる」

「現在、約七〇〇万人。最終的には四〇〇万人程度の帰宅困難者が出ると思われます。とくに丸の内近辺の者は最寄《もよ》りの駅に殺到していますが、すべての交通はストップしています。陸の孤島並みです。JRも地下鉄も当分は復旧の目処《めど》はたっていません」

都の「調査報告書」では午後六時の時点で約八二〇万人が外出しており、自宅まで一〇キロ以内では全員が徒歩で帰宅可能、二〇キロまでは距離が一キロ遠くなるごとに一〇パーセントの者が帰宅不可能になり、二〇キロ以上の者は全員が帰宅できないと試算している。この場合、帰宅困難者は約三七一万人となる。外出者の約四五パーセントは路上で夜をすごすことになる。

「東京駅の状態はどうだ」

漆原の言葉とともにスクリーンは東京駅に切り替わった。すでに周辺に人が溢れている。

「試算では二〇〇万人が集中することになっています」

「『隣組《となりぐみ》』には通報したか」

「すでに受け入れ態勢はできています」

東京駅周辺の丸の内、大手町、有楽町の大手企業数十社が参加して、震災時に備えて

『隣組』組織をつくっている。震災時に東京駅周辺に集まる帰宅困難者に対応するためである。ビルロビーの開放、緊急物資の提供、各種情報の提供、トイレの使用などを各社が分担して決めている。

「都の広報車を出して、無理をして帰宅するより安全な場所にとどまるように伝えろ。陽が沈んでからの通行は極力自粛《じしゆく》するように」

漆原はスクリーンを睨むように見て言った。

「駅の構内、安全なビルの駐車場にも避難所を確保しろ。毛布と食料を至急手配するように。機動隊と自衛隊に帰宅困難者を発見したら、最寄りの避難所への誘導と緊急物資の配給を頼め。あとは地域の自治体にまかせればいい」

「すでに準備はできています」

「都内への車両の乗り入れは緊急車両をのぞいて禁止。都が発行した都知事の印のある通行証以外は、どのようなものも認めないこと。これも阪神・淡路大震災からの教訓だ」

阪神・淡路大震災のときには、偽の通行証やコピーが出回って、救急車両の通行に大きな支障が出たのだ。

「あと、私のすべきことは――」

漆原は燃え盛る東京の町を映したスクリーンに目を向けた。

15

松浦の部隊は中野区に到着したところだった。

住宅街と聞いていたが、満足に建っている家は数えるほどしかない。通りに沿っていくつもの土砂と材木の山が並んでいる。何軒かおきになんとか建っている家もあるが、瓦と壁土は落ち、柱は曲がっている。その間に傾いたり半地下の駐車場部分のつぶれたマンションがある。

道路には崩れ落ちた壁、看板、タイル、ガラス片が散乱していた。砕けた色ガラスはクリスマスデコレーションが落ちたのだ。

まるで空爆にあった後のアフガニスタンやイラクのようだ。松浦は無意識のうちに神戸との比較を避けようとしていた。

ゆっくりと車列を進めた。

まず車両を止めて、救助活動の基地設営をする場所を見つけなければならない。

駅近くの商店街の通りには消防の緊急車両がならび、数十人の消防隊員が手作業で土砂を掘り起こしている。レスキュー隊の隊員だ。

ただちに重機を下ろすように指示した。

消防服を着た三〇代の男がやってきた。

「ごらんの通りです。ここら一帯は軒並み全壊です。私たちは地震直後から救出活動に当たっていますが生存者を見つけるより、遺体を掘り出すほうが多い」

消防士は疲れ切った顔で言った。

「まずこの地域の各家のマップを作りましょう。そこに生存の確認できた者とできない者を書き込む。明日の午後までに生存者は救出しないと。午後から雨か雪になるそうです。そうなると絶望的だ」

松浦は今夜の冷え込みについては言わなかった。あまりに悲観的な条件が多すぎる。

「地図は我々が用意します。この辺りのことをよく知っている住人を探してください。町内会の会長、町の年寄り、交番の警察官でもいい。避難所にも当たってください」

消防士が立ち去ると、部下に近くの公園にテントを張るように命じた。少なくとも明日いっぱいはこの地区にいなければならないだろう。

松浦は指令車両に戻り、ファックスで各戸が載っている地図を送ってもらった。駅周辺には商店街が取り巻き、その背後に住宅地が続いている。

「けっこう、埋まってるぞ」

松浦は無意識のうちに呟いていた。

消防士がこの地域の町内会長という老人を連れてきた。杖を持ったすでに九〇を超えているような老人だ。しかし妙に高揚した調子でしゃべった。

老人に知っている限りの各家の人数を書き入れてもらった。そのうちに、一時避難所にいた住人が家の様子を見るために戻ってき始めた。

「投光器を用意しろ。今日は徹夜になる」

隊員たちは黙々と命令に従っている。

まもなく陽が沈み、闇が広がる。

16

結城は救助車を降りた。

前方には倒壊した一〇階建てのビルが幅一〇メートルはある道路をふさいでいる。まるでマッチ箱を倒したようだ。どこかで見たことがあると思い、考えたら阪神・淡路大震災の写真だった。道路をまたいで横たわる巨大なビル。崩壊した高速道路の写真とともにインパクトのあるものだった。しかしあれは朝の六時前でビルに人はいなかった。

ビルの前にはすでに警官が二人立って野次馬が近づくのを見張っている。

道路の端にはパトカーが止まり、数人の警官がいた。全員が二〇代の若い警官だ。

「住人は？」

「死者四六名、重軽傷者一四七名。すでに全員病院に収容しています。ビルの外形は残っていますが内部はひどいものです。家財ごと横倒しになったんだ。中にいた者はたまったもんじゃない、もっと哀れなのは通行人だ」

警官の一人が顔をしかめながら言った。

「このビルを取りのぞかない限り、ここらの交通はマヒしたままだな」

「これを退《ど》かすとなると、重機を総動員しても数日はかかりますよ。爆破でもすれば別ですが」

「ハリウッド映画とは違うんだ。役所が納得するはずがない」

一階部分が半地下の駐車場になっていて、道路側に膝をつくように折れてそのまま倒れ、道路をふさいだのだ。

一九八一年の新耐震設計法施行前に建てられた老朽化したビルだ。

「こういう中途半端な壊れ方がいちばん迷惑ですね。いっそ全壊で粉々《こなごな》ということになればいいんですが」

「人前では言うな。ビル内外で死傷者が二〇〇名近く出ている大惨事だ」

口では言ったが特別悲惨だという実感はなかった。周りを見れば無数の崩壊した建物の一つにすぎない。

「かなりの回り道になりますが仕方がないですね」

救助車の運転手が地図を持ってやってきた。

「すべての建物に公共性があるというのは真実ですね。古い建物には、迷惑のかからない壊れ方をするようリフォームすべしという法律でも作るべきです。建物の所有者に撤去要求を出しますか」

「緊急性を要するものだ。できれば明日中に撤去するよう頼んでくれ」

「迂回《うかい》するにしても倒壊ビルの状況、歩道橋の崩壊、地割れの有無等を把握する必要があります。液状化現象が起きて通行不能の道路もあります。要するに、交通はズタズタです」

目の前に突き出された地図には至る所に通行不能を示す赤いバツ印が入っている。

結城の無線が鳴り始めた。

〈火の勢いが強くなった。現在、野方《のがた》消防署のポンプ車が出て消火に当たっているが人手が足りない。急いでくれ〉

結城は分かりましたと言って無線を切った。

「とりあえずどうしますか」

「回り道するしかないだろう」

結城はぶっきら棒に言って救助車に乗り込んだ。

そのとき、重いディーゼルエンジンの排気音が聞こえた。ブルドーザーだ。

倒壊したビルの向こう側にショベルカーのアームが見える。そのアームが振り下ろされるとコンクリートの粉塵《ふんじん》と砕ける音が響いた。

やがて、大型ブルドーザーが二台とショベルカーが瓦礫の中から現れた。道路をふさぐコンクリートの塊を押し退け、道を開いていく。

「自衛隊のブルだ」

消防士が叫んだ。

ブルドーザーのあとから四輪駆動車が現れた。乗っているのは、三〇前後の背の高い男だった。陽に焼けた精悍《せいかん》な顔をしている。

陸上自衛隊一尉の襟章をつけたその若い指揮官の指示に従い、自衛隊員たちがビルを崩して道路に開いた隙間を広げていく。

一〇分ほどで消防車が通れるスペースができた。

〈火はすでに五キロ地点にまで迫っている〉

無線の声が甲高く聞こえてくる。

17

ヘリは立川の航空隊ヘリポートに着陸した。

飯田がヘリを降りたところに、隊長が腰を屈めて風圧を避けながら駆け寄ってくる。

「ヘリを用意している。ただちに都庁に飛んでくれ」

ヘリポートの隅に小型ヘリがローターを回して離陸の準備を整えている。機体には警視庁の文字が入っていた。警視庁が自分になんの用がある。

「私は燃料を補給次第、すぐに現場に飛びたいのですが」

「これは都知事の要請だ。豊洲の石油貯蔵タンクについて、きみに詳しい話を聞きたいそうだ」

「本部はタンクの炎上については知ってるんですね」

「ヘリからの映像は本部と共に、都庁の防災センターにも送られている。知事はそれを見たんだろう。消防庁も化学消防隊を派遣している。到着の報せはまだないが」

飯田は離陸準備のできている警視庁のヘリに乗り込んだ。

「無線がイカれてます。修理をお願いします」

ヘリから身を乗り出して怒鳴ったが、ローターの音に邪魔され聞こえたかどうか分からない。花岡が『ちどり』の横に立ち、こちらを見ている。彼が修理を頼むだろう。

携帯電話を出してボタンの上に置いた指を止めた。どうせつながらないだろうという思いと、柏方面に火は見えなかったという思いからだ。それに何より恐かった。どうなっていても、今の自分にできることは何もない。自分は消防士としての使命を第一としたい。結婚を申し込んだとき、飯田が妻に言った言葉だ。いささかキザだと思ったが、妻はうなずいた。あいつはしっかりした奴だ。俺がいなくても子供たちを守ってくれる。そう自分を納得させるしかなかった。

一〇分あまりで都庁のヘリポートに着いた。

待っていた都の職員に連れられて、災害対策本部室に行った。ここには訓練と見学で何度か来たことがあるが、今日の雰囲気はまったく違っている。張り詰めた緊張感と喧騒。まさに現在進行形の作戦本部を感じさせた。

「映像を送ってきたのはきみか」

飯田は思わず直立の姿勢をとった。目の前にいるのは漆原都知事だ。

「ヘリのパイロットの飯田です。カメラは花岡という者が担当。我々は東京消防庁航空隊に所属しています」

「状況を詳しく話してくれ。きみの意見を入れてもいい」

都知事の横に立っていた東京都防災センター長の三宅《みやけ》と名乗った男が、石油貯蔵タンクが炎と黒煙を上げる写真を見せた。飯田たちが撮った映像を写真に焼いたものだ。

「豊洲の石油タンクとLPGタンク群です。石油タンク一基の火災は、北海道十勝沖地震のときと同じだと思います。中身はナフサ。地震による浮き屋根とタンク側壁の摩擦が原因だと考えます。現在の状況と立地を考えると、下手に扱うと大惨事になります」

飯田は写真の一点を指した。いちばん右側のタンクの下に広がる黒い染みだ。

「すぐ隣の海側のタンクの一つから重油が流れ出しています。これに引火するとあの辺り一帯は火の海です。液状化現象でタンクが傾いて亀裂が入っているのかも知れません。

おそらく他のタンクにもダメージがある」

　おまけにと言って、別の写真を手に取った。豊洲全域を写したものだ。

「石油タンクの東側にはＬＰＧタンクが九基あります。炎上している火を消す努力をすると同時に、タンクの漏れをふさぎ、漏れ出た重油の回収を行なうべきです」

「漏れ出た重油の量は？」

「正確には分かりませんが、かなり広域に黒い染みが広がっています。同乗した花岡がビデオにも撮っています。そっちを分析すればもっと詳しいことが分かるかも知れません。本部にありますから、後で送るように手配します」

「それはこっちでやろう」

　三宅は横にいた職員に目配せした。

「現場には化学消防隊が派遣されています。こういうタンク火災専門の者もいますから、本部にはさらに詳しい情報が入っていると思います」

「すぐに確認を取ってくれ」

　三宅が職員に言う。

「きみが現場に必要だと思うものは？」

　黙って聞いていた漆原が口を開いた。

「工場の専門家を非常招集します。それに、ナフサの抜き取りに必要な人員と装備を可能な限り集めます」

「すでに企業には連絡がついている。担当者に連絡を取っているはずだ。きみはナフサの抜き取りには何人くらい必要だと考えるかね」

「多ければ多いほうがいいと思います」

「人員は消防庁に連絡して手配するように。足りなければ自衛隊にも援助を要請しろ」

漆原は矢継ぎ早に指示を出していく。

「私は立川の航空隊に戻りたいと思います。隊にはヘリが待機しています」

「その前に、うちの防災関係の専門家に状況を話していってくれ」

飯田は指令情報室に呼ばれ、警視庁、区の防災担当職員など、各組織から派遣されている関係者にもう一度状況を説明した。今度は石油タンク火災だけでなく、ヘリから見た都内全域の説明も求められた。

立川に戻ると、すでに『ちどり』の離陸準備はできていた。

花岡は副操縦席で搭載カメラのチェックをしている。離陸してから花岡が無線機を指してオーケーの合図を送った。修理はできている。

「家族と連絡は取れたのか」

飯田はベルトを締めながら聞いた。

「実家に帰していて正解でした。三鷹のマンションはピサの斜塔並みだそうです。近所には倒れたマンションもあるということです。家屋の倒壊や火事も起きています。サイバーテロの首謀者に感謝しなきゃあ。ホームページを信じて命拾いした人、かなり多いんじゃないですか。これがすんだら嘆願活動です。家族の命の恩人だ。飯田さんは家族と連絡とれましたか」

ああ、と曖昧《あいまい》に答えたがそんな時間はなかった。自分でもよく分からないうちに都庁に連れていかれ、いまはまた空の上だ。

「だれに会ったんですか。消防総監?」

「都庁でだれに会うというんだ」

ヒューと花岡が口笛を吹いた。

火事の煙はすでに都内の空の五分の一を覆い、それはますます広がっていく。

飯田は操縦桿を引いた。ヘリは高度を上げて都心を目指して飛んだ。

18

何時間、いや何十分歩き続けたのだろう。すでに丸一日、歩いたような気さえする。

近藤はほとんど闇に近い地下鉄のトンネルを乗客の一団とともに進んでいた。

初め無数に光っていた携帯電話のディスプレーも半分以下に減っている。電池が切れたのか節約のためなのか。

近藤も携帯電話はポケットに入れていた。いつかは地上に出られる。その時に必要になる。

人の列は延々と続いている。しかし電車の中には倒れて動かない人も、動きたくとも動けない人もまだ多数いた。彼らは余震に脅《おび》えながら救助を待っている。

冷たい雫《しずく》が首筋にかかった。思わず悪寒《おかん》が走り、恐怖が全身を貫いた。こんな状態でまた大きな地震が来たら——。天井が崩れ行き場を失うか、生き埋めになるかも知れない。何よりパニックが起き、殺し合いが起きるかも知れない。近藤はその考えを振りはらい歩みを速めた。

青っぽい携帯電話のディスプレーの光に照らされて、何ヵ所か壁や天井が崩れているところが見えた。子供の身体程もあるコンクリート塊が枕木の上に落ちている。天井を見上げると、闇の中から雫が滴ってきた。

「駅に出たぞ」

前方から声がした。

たしかに声や靴音の響きが変わっている。

急にディスプレーの光が増え、全員の歩みが速くなった。

やがて、コンクリートの壁が消え、ホームが現れた。しかしやはり闇が続いている。

近藤はホームにはい上がった。

「気をつけろよ。蛍光灯が割れて欠けらが散乱してる」

どこからか声が上がった。たしかに歩くたびにガラスが砕ける音がする。

カバンを持つ左手に痛みを感じ始めた。右手で触るとねっとりとした感じがする。カバンを持ちかえて出口に急いだ。

階段にかかったところで上の方がぼんやり明るくなった。足元の階段も見えるが、大部分のタイルが剝がれ、壁との間には一〇センチほどの隙間ができている。

外に出たところで思わず目を閉じた。明るすぎる光が全身を包んだ。

しばらくして目を開けると声を上げそうになった。

ぼろ布を垂らしたような街が続いている。下の何階かがつぶれたビルや傾いたビル。壁には亀裂が入り、タイルは剝げ落ちている。シャッターは曲がり窓ガラスはない。道路にはガラスと剝がれたタイルが振り撒《ま》かれている。その上に頭や顔から血を流した人々が座り込んでいた。ガラスとタイルのシャワーを浴びたのだ。

近藤は携帯電話を出して家を呼び出した。単調な電子音がするだけで、つながる気配はない。

携帯電話をポケットに戻したとき鳴り始めた。

〈豊洲の石油貯蔵タンクが火災を起こしている。すぐに会社に戻ってくれ〉

聞いたことのない声だが会社の者であることは間違いない。

〈きみの上司の中村課長は腕を骨折して病院だ。頭も打っているらしくCTスキャンを撮っている。いずれにしても、当分病院を出られそうにない。彼からきみの携帯番号を聞いた〉

「あなたは？」

〈私は専務の加藤《かとう》だ〉

近藤は思わず姿勢を正した。直接話をするのは初めてだった。

「どのタンクです」

〈三号タンク。地震直後に火災を起こした。現在も燃えている。ずっときみを探してたんだが、つかまらなかった〉

三号タンクというとナフサが入ったタンクだ。二年前の十勝沖地震の折りにもナフサのタンクが炎上した。それを教訓に、大容量泡放射砲の導入を決め、Ⅲ－S型を買い入れたのだ。しかしまだ港の倉庫の中だ。梱包《こんぽう》を解いただけでテストもしていない。

「分かりました。これから会社に戻ります」

すでに携帯電話は切れていた。携帯電話の表示には圏外のマークが出ている。電波が不安定になっている。最後の言葉は向こうに聞こえたかどうか分からない。聞こえてなければまたかけてくるだろう。しかし――。

近藤は慌てて辺りを見回した。戻れといっても、どうやって戻れというんだ。やっと地下鉄のトンネルから出てきたばかりだというのに。タクシーなど通っていない。

街角にはやたらと警官が目についた。救急車と機動隊の輸送車が来て、路上の負傷者を運んでいく。

今朝の知事の放送を思い出した。演習・警戒宣言。〈東京直下型巨大地震に対する十分な心構えを持って、今日一日をすごしてください〉これは訓練なのか。いや、地下鉄が止まったのは事実だし、目の前の負傷者も血を流している。左手のひらの痛みが強くなった。広げてみて愕然とした。血が溢れ出たのだ。五センチ程切れている。慌てて手のひらを握り締めて、近くの警官のところに行った。

近藤は警官に石油貯蔵タンクの炎上と、会社から呼び出しがあったことを話した。

「どうしても会社に帰らなければならないんです。放っておくと爆発して大惨事にもなりかねません。周りには他のタンクもあります。なんとか助けてもらえませんか」

「東京一帯が大惨事なんです。見たら分かるでしょう」

若い警官は何を言ってるという顔で、取り合ってくれない。

近藤は通りの角に止めてある指揮車に行った。同様のことを話したが、やはり一個人の頼みを聞いているどころではないと相手にされない。

指揮車を離れて横の歩道に座り込んだ。

携帯電話を眺めたがかかってくる様子はない。圏外だった表示もアンテナのマークに戻っている。

　ふと思いついて家に電話した。二度目の電話で母親の声がした。家は和光市、陸上自衛隊朝霞駐屯地の近くだ。幸い、本棚の本が落ちたくらいで大きな被害はないということだった。自分も無事で、これから会社に戻ることになると告げた。ふと気が付くと頭痛がぶり返す様子もなく、重苦しい気分も消えている。精神が高揚しているせいかも知れない。こんな気分になったのは初めてだった。

　近藤は携帯電話の返信ボタンを押した。三度目にやっと加藤専務の声が聞こえた。

「会社に戻りたいのですがどうにもなりません。私は有楽町線の地下鉄成増駅の近くにいます」

〈それでは分からん。警官か機動隊は近くにいないのか〉

「機動隊の指揮車の横です」

〈だったらなんとかしてくれるように頼め。豊洲に戻れというのは東京都知事直々《じきじき》の要請だ〉

「会社のほうからなんとかしてくれませんか」

　近藤は事情を話し、場所と機動隊の指揮車の番号を言った。

　なんとかするからそこで待つようにと言って、電話は切れた。

「余震だ。逃げろ！」

近藤がポケットに携帯電話を入れると同時に、周りから悲鳴と泣き声のような声が上がった。足元が数十センチ下がったような衝撃が伝わる。

「逃げろって、どこに逃げるんだ」

「押すな。足を怪我してるんだよ。折れてるかも知れないんだ」

「ビルの側は危ないぞ。窓はがたがたなんだ。またガラスが落ちてくるぞ。壁だっていつ剝がれてもおかしくない」

「車道に出ろよ。車なんか止めちゃえ。こんなときに走ってるのがおかしいんだ」

歩道にいた人の半数が車避けの柵を乗り越えて車道に出ていく。鋭いブレーキ音とクラクションが響いた。

揺れはさらに激しくなり、立っていられない。

近藤の前を歩く若い女性がバランスを崩して歩道に倒れた。靴のヒールが割れた敷石に引っ掛かったのだ。その上に足を取られた人たちが倒れ込んでいく。女性の悲鳴が聞こえ、一瞬にして人の山ができた。

近藤は女性の腕をつかんで力一杯引いた。引きつった顔の女性の上半身が現れ、なんとか引き出した。しかし足元を見ると片一方の靴を履いてない。

そのとき、背後で悲鳴を聞いた。立ち上がった女性が、近藤の肩ごしに向けた目を見開いている。振り向こうとしたとき、後頭部と背中に強い衝撃を受けた。何が起こった

――。考える間もなく意識が消えていった。

19

漆原都知事は腕組みをしてスクリーンを睨むように見ていた。

スクリーンには都庁の屋上から西方向の中野区、北方向の豊島区を映した映像が映っている。黒煙がいく筋も上がっていた。さっきのヘリのパイロット――実直そうな男の顔が不意に浮かんだ。名前は――聞いたはずだが思い出せない。

「地震直後より増えている」

「確認の取れている火災は一二七ヵ所。鎮火と新たな発生、まるでイタチごっこです。電力復旧による漏電の影響かと思われるものも増えています」

「広報車での注意を徹底しろ」

「住人の大半は避難所に避難しています。家人がいない住宅のほうが多いんです。倒壊家屋では電化製品や家庭内電力線のコードの被覆が破れたり、切れたりしています。漏電は避けられません。消火の遅れによる延焼も多く、今後も増えることは必至です」

「今日中に消火することは無理だな」

漆原はだれにともなく呟いた。

副知事の石井が憂鬱《ゆううつ》そうな顔でやってきた。

「よくない報せなら、できるだけ明るく話してくれ」

「今夜から明日の朝にかけて冷え込みが増すそうです。最低気温零下二度。おまけに明日の午後からは、雨もしくは雪になるそうです。気象庁からの報告です」

ただし――副知事は息を吸い込んだ。

「現在、関東上空の大気は非常に不安定で今後の気象状況は変わる可能性もあるということです。大規模火災のときには上昇気流によって煤の粉が上空高く巻き上げられ、それに水蒸気が凝結して雨が降ることもあるとも言っていました。さらに、太平洋上には湿った大気を含んだ低気圧の停滞があり、今後の動きに注意を要するそうです」

「要は不明だらけか」

漆原はしばらく目を閉じていたが、やがてゆっくりと開けた。

「雨は火を弱めるが人の命を奪う。あと一日の猶予がある。いいほうに考えよう。今夜は徹夜で救出作業を続けるよう、関係機関に通達を出してくれ。それに対する支援活動に全力を尽くせ」

二次災害には十分に注意するようにと、付け加えた。

「とりあえず都庁の倉庫に保管してある食料五万食分と毛布を放出しています。現在も、職員と機動隊が協力して、各避難所に配っています」

「避難所に避難している人数は？」

「把握できているのは六八万人です。今後、増えることは必至です」

「配給は、病院、老人が多い地区に優先的に回すようにしてくれ。輸送手段は十分か」

「警視庁のほうでなんとかするそうです。自衛隊もすでに到着して、救助活動に入っている部隊もあります」

「帰宅困難者は最終的にはどれくらいになりそうだ」

「四〇〇万人程度です。丸の内、新宿、渋谷などの企業とは、ロビーとトイレの提供は取り付けています。一部の地下鉄通路には予備電源で明かりと暖房を提供しています」

「まもなく陽が沈む。冷え込みも増すだろう。急いでくれ。一人の凍死者も出さないように最大限の注意をはらえ」

頷きながら聞いている副知事の顔は蒼白で、強ばっている。

「そんなに憂鬱な顔をするな。我々は幸運にも事前にこの大災害を知り、対処できたんだ。東海地区からの流入も最小限に食い止めることができた。これはすばらしくラッキーなことなんだ」

「そうには違いありませんが――」

「せめて、雨がもっと早ければな。少なくとも火災はおさまる」

漆原は低い声で言った。

「ところで、きみの家族は？」

「知事が警戒宣言を出した時点で妻と長女は長野の実家に帰しました」

「私を信頼してなのか、それとも瀬戸口君のホームページの影響かね」

「両方です。しかし長男が――丸の内の商社に勤務しています」

「連絡は？」

「とれていません」

「あの辺りのビルは大丈夫だった。下手に逃げるよりビルにいたほうがいい」

「そう望んでいます」

副知事が部屋を出て行ってから、警視総監に電話をつなぐよう言った。

「今夜の都内のパトロールは徹底してやってくれ。投入できる限りの警察官、機動隊を出すように。盗み、暴力、掠奪《りゃくだつ》など違法行為は徹底して取り締まってくれ。同時に被災者の保護も最大限に考慮してほしい。今夜は冷えるそうだ。凍死者など出したら東京都の恥だと考えてくれ。被災者を見つけたら、各自責任を持って近くの避難所に連れていくこと。帰宅困難者に関しても同様な措置を取るように。以上を遂行するために、都はあらゆるバックアップを惜しまない。何か質問は？」

ありませんという声が返ってくる。

くれぐれもお願いしますと言って受話器を置いた。

夕方になって、都内に入ろうとする車が増えた。テレビで東京の状況を知った全国の宗教団体、ＮＧＯ、ボランティアなど、個人や団体が、トラック、バス、乗用車で援助物資や人員を送り込んでくるのだ。

すべての民間の車は、東京への主要幹線道路入口付近に設けられた検問所で止められた。援助物資は車から下ろされ、臨時に作られた倉庫に保管させた。そこでそれぞれの地域に必要な品と量に分けられて送られる。ボランティアもいったん降ろされ、待機させた。

現在、都内は危険でボランティアを送ることはできない。組織化されていない個人やグループが入り込めば、かえって混乱を助長させるだけだ。二次災害は絶対に起こさせない、これが漆原の方針だ。それでも脇道を通って入ってくる車もあったが、警察のパトロールが見つけしだい引き返させた。神戸の震災時に行政側にいた者のアドバイスからだ。

ボランティアという言葉が国民の間に広く浸透し、組織化されたのもあの震災が契機だった。人の苦難を自分のものとして受けとめ、なんとか自分の力を役立てようとする。震災によって人の心のつながりが広くマスコミに取り上げられたのも事実だ。しかし、人間の醜い部分が浮き彫りにもなった。

さすがに日本人は冷静で秩序を保ち、全員が一丸となり黙々と復旧に努めた。外国のメディアにはそう書かれたが、完全に真実だとは言い難い。避難所に避難して無人となった家には泥棒が入った。シャッターが壊れ、人通りの消えた商店街では盗みもあった。おそらく他の地域から入り込んだ者だろう。被災地の人間にそんなことはできないと信じたい。そのような行為は、この東京では絶対に許さない。

「ボランティアであろうとなんであろうと一般車両の乗り入れは禁止だ。当分は緊急車両のみだ」

「国会議員の名刺をちらつかせる者もいますが」

「名刺を没収して追い返せ。あとでマスコミに公表して、二度と国会に出られないようにしてやる」

スクリーンに映る東京にはすでに夕闇が漂っている。赤い絨毯はその面積を増やし、さらに新しい炎が上がっているところもある。

丸の内の高層ビルにいくつか明かりが見える。

「電力が復旧したのか」

「あれは自家発電です」

「丸の内も停電か。予定にはなかったな」

漆原は呟いた。なぜか、日本という国家の限界を見たような気がした。

「地下街と地下鉄の通路を帰宅困難者に開放する準備が進んでいるが、安全確認はできているのか。まだ余震は起こる」

「都内全域について判断することは、とうていできません。現在はその地区の警察か消防に判断させるようにしています」

「できる限り夜間は最寄りの避難所ですごすよう、帰宅困難者に呼び掛けてほしい。路上で寝て凍死するよりいいだろう。それに、安全な建物と危険な建物との違いを素人が見ても分かるように表示して、広報車でも流すように。さらに――」

漆原は目を閉じた。一瞬、息がつまったのだ。ゆっくりと、深く息を吸い込んだ。

「顔色がひどく悪いです。医務室で診てもらったらどうです」

「電力会社に各避難所に優先的に電力復旧を行なうよう頼んでくれ。いや、それは私がやろう」

漆原は副知事の言葉を無視して続けた。

突然、歓声が上がった。

スクリーンのほんの一角だが光の絨毯を敷いたように明かりがついている。あれは、銀座周辺だ。

「一部で電力が復旧しました」

連絡係が告げた。

漆原はふうっと息を吐いた。

「電力会社に連絡が取れたら呼んでくれ。私から礼を言っておきたい。かなり無理をさせた。東洋フュエルの石油貯蔵タンクの担当者はどうなった」

「すでに数名のエンジニアは豊洲の現場です。しかし安全対策課の者がまだ――彼が豊洲の石油貯蔵タンクシステムを設計したそうです」

「つかまりしだい豊洲に向かうように言ってくれ。あらゆる便宜をはかるように」

一瞬、意識が薄れていく。気が付くと副知事に支えられている。一秒の何分の一かの間、意識がなくなったのだ。ここ数日、満足に寝ていない。そろそろ体力の限界だ。しかしいま倒れるわけにはいかない。

「知事、しばらく自室でお休みになっては。あとは我々でやります。何かあれば呼びにいきます」

副知事が耳元で囁いた。倒れそうなのに気づいていたのだ。

「大丈夫だ」

「意地は張らないでください。いま知事に倒れられたら東京都全職員の士気に影響します」

真剣な眼差《まなざ》しで見つめている。

「そうさせてもらう」

漆原は七階の知事室に戻り、ソファーに横になった。あの若者が突拍子もない話を持ち込んでから現在までの様々なことが脳裏をよぎっていく。

窓から見える冬の都内は薄暗く、不気味なほどに静まり返っている。それでもいくつかのビルの窓には明かりが見える。新宿周辺の電力復旧はまだだから、自家発電なのだろう。都下にいる全員が必死で自分の役割を果たしている。

だがこの瞬間にも、帰宅困難者だけで数百万の人たちが駅の構内、地下鉄の通路、ビルのロビーで夜を越そうとしている。それに被災者を加えれば――。

なんとかしなければならない。しかし自分にその力があるのか。

目を閉じると魂が抜けるように意識が消えていく。

20

調布市《ちょうふし》付近の火事は下火になっていた。

しかし残り火が赤い絨毯のようになって広がっている。上空までその熱気が伝わってきそうだった。

日没間近の東京の空、ヘリは多摩川に沿って飛んでいた。

中央自動車道が見えている。

高速道路上には乗り捨てられた車が点在していた。上空から見たかぎり、道路自体には異常はない。

「待って！」

花岡が叫んだ。

「タンクローリーが横転しています。全長一〇メートル近くある大型車です」

「見えなかったぞ」

「高速道路じゃありません。下の側道横の空地です。ライトをつけてもっと近づいてくれませんか」

たしかに大型タンクローリーが畑の中に横倒しになっている。

「すごい。あの道路の黒い染み、ガソリンです。ガソリンタンクに穴が開いたのでしょう。あんなのに火がついたらひとたまりもありませんよ。だれも警察か消防に通報しないんですかね」

「いま東京で起こっていること全体から見れば、タンクローリーの横転なんてどうってことない。俺たちが見ただけでもこれで二台目だ。みんな自分のことで精一杯なんだ」

「でもあれが爆発したら。他人事《ひとごと》だなんて言ってられない」

飯田はヘリを旋回させた。

高速道路の端の壁面が数十メートルにわたって破壊されている。

「走行中に地震にあい、防音壁を突き破って高速道路から落ちたんだ」

運転席には不自然に身体を曲げた二人の男の姿が見える。動く気配はなく、すでに死んでいるのか。

空地から道路を隔てて五〇メートルほど離れると住宅地が続いている。その辺りにはかなりの人の姿が見えた。

無線で本部を呼び出した。

〈車のナンバーは読めないか〉

飯田は高度を下げた。花岡が双眼鏡でヘリのライトが照らすナンバーを読んで本部に報告する。

「積んでいるのは？」

「ガソリンじゃないんですか」

「そうとは限らない。車体のどこかに書いてある」

花岡は防風ガラスに顔を付けた。

「トリクロロシラン。これでいいんですか。何です、このややこしい名前は」

飯田は急に高度を上げた。花岡が防風ガラスに頭をぶつけて声を出した。

「何するんですか急に」

「劇物だ。半導体用高純度シリコンの原料として使用される」

「そんなにやばいものなんですか」

「可燃性だ。おまけに加水分解で塩化水素を生成する。もし漏れていて水と混ざっていたら——。運転手はそれにやられたのかも知れない」

「空地の横は溝になっていて水が流れています」

花岡が再び身を乗り出すようにして見ている。

無線が鳴り始めた。

〈車主が分かった。ケミカルジャパンのタンクローリーだ。積んでいるのは――〉

「トリクロロシラン。タンクローリーのまわりに液体が漏れ出ているようにも見えます。もし積み荷だったら――」

飯田は本部からの無線をさえぎって言った。

〈化学防護部隊が必要か〉

「どのくらいで来れますか。すぐに陽が沈む」

〈品川の化学工場に出動した部隊を送る。ただし到着はいつになるか不明だ〉

「暗くなる前に、付近の住人は避難させたほうがいいでしょう。トリクロロシランが漏れていて、横の溝に流れ込んでいたら――」

「飯田さん。火です」

花岡の声に下を見ると、タンクローリーの下部に火の手が上がっている。

「放水しましょう。ファイアアタッカーに消火剤を入れておきました。水じゃありません」

ファイアアタッカーは、ヘリの胴体下部に装着する消火装置で、中型機用は九〇〇リットルの容量がある。

飯田は慎重に高度を下げてタンクローリーの周りを旋回した。

「何をやってるんです。早く消さなければ。トリクロロシランって可燃性なんでしょう」

「タンクに穴が開いてててトリクロロシランが漏れていたら――加水分解で塩化水素を発生する。そうなれば、ここら一帯有毒ガスが垂れ流し状態だ」

一瞬、花岡が沈黙してもう一度、タンクローリーの方を見下ろす。

「でも、放っておいてガソリンタンクに引火したら――。早く消さなければ爆発します」

ヘリはさらに高度を下げた。花岡がおかしな声を出した。

「運転手が動きました。彼、生きている」

炎で明るくなった運転席で、のけぞるように顔を上げてこちらを見ている。

「運転席から動けないようです。怪我をしてるか、足を挟まれているんだ」

運転席の前部は高速道路から飛び出して道路に激突した衝撃でつぶれている。

火の勢いが強くなった。

「見ちゃいられない。俺だったら焼け死ぬより有毒ガスを選びますよ」

「アタッカーの中は消火剤だな」

飯田は念を押すように言ってタンクローリーに近づいた。ファイアアタッカーのノズルをタンクローリーに向け、消火剤を噴出しながらその上を飛んだ。

機首の向きを変えると、黒煙を上げていたタンクローリーが白い泡状の消火剤で包まれている。

住宅街の方から救助車が近づいてくるのが見えた。

21

夕闇が目前に迫っている。

結城は燃え盛る炎を見つめていた。

全身が熱の放射を受けて燃えるように熱い。部下に水分と塩分の補給を忘れないようにと、注意したばかりだ。

二時間の消火活動にもかかわらず、炎は広がるばかりだ。この地区の消火に当たっている消防車は二〇台あまり。現場には比較的スムーズに来ることができた。緊急車両優先の交通規制が徹底的に行なわれているのだ。現在は、東京中の消防士が都内全域で消火に当たっている。

予想した通り、消火栓をいくら回しても水は出なかった。地下のどこかで水道管が破裂しているのだ。都の水道局も状況を把握するのに精一杯で修理どころではないはずだ。

最初は近くの小学校のプールから水を引いたが一時間あまりでなくなった。その後は、断水を想定して整備した耐震型の防火水槽とビルの基礎ばりを利用した水槽の水を使っている。これも阪神・淡路大震災の教訓によって造られたものだが、それもいつまでもつか。

「ここまで広がると、消火より延焼防止を中心にやるしかないな。隊員にその旨伝えてくれ」

結城は地図に赤いフェルトペンで斜線を引いていった。この住宅密集地の三分の一がすでに燃えている。

「また野次馬が集まり始めています。このままでは危険です」

「あれは野次馬ではない。自分の家や家財が崩壊し、燃え尽きるのを見守っている人たちだ。丁寧に避難所に帰るように言え」

すでに薄闇が広がりつつあった。火事の炎だけが不気味に辺りを焦がしている。

「火が小学校に向かっています。一五〇〇人近くの住人が避難している避難所です。どこか別の場所に移動させますか」

ヘルメットを小脇に抱えた小隊長が息を切らしながら言った。煤で斑《まだら》になった顔からは黒い汗が滴っている。

「距離は？」

「一キロといったところです。早ければ一時間で延焼が広がる恐れがあります」

さらに小学校から五〇〇メートルのところには区民病院がある。もとからの入院患者と地震後に運び込まれた負傷者を入れると、七〇〇人を超す患者がいる。移動となると、かなりの犠牲者が出ることは明らかだ。

結城は一時間ほど前に見てきた避難所の様子を思い浮かべた。

区役所の職員に案内されて小学校に入った。

校内は避難してきた住民でごった返していた。校庭の真ん中にはテントが張られ、食料、毛布が配られていた。ほとんどの住人が着のみ着のままで避難しているのだ。急ごしらえのトイレの前にも行列ができている。

結城は避難者の三分の一がいるという体育館に案内された。

冷え冷えとした床の上に、毛布に包《くる》まった避難者が溢れていた。結城たち消防士の姿を見つけて、みんな頼り切った目を向けてくる。いままでこんな目で見られたことはなかった。

「ここには五〇〇人ほどの人がいます。残りは教室と廊下です。合計で一四〇〇人以上というところですか。明日になれば他の学校にも割り振ることを考えています」

「いまから桜田《さくらだ》中学校に移動することは可能ですか。ここから徒歩二〇分。二キロほど東です」

火事が迫っていることは言わなかった。

「無茶を言わないで下さい。この地区は高齢化が進んでいて老人がとくに多い。車椅子で移動している人も一〇人以上いるはずです。ここに連れてくるだけでも大変だったんです」

取り付く島もない言い方だった。

「分かりました。全力を尽くします。しかし、いざというときには無理をお願いすることになるかも知れません。心積もりだけはしておいて下さい」

「犠牲者を覚悟しなければなりませんね」

広いはずの体育館も狭く見えた。職員の言葉どおり、その半数以上が老人と子供だ。教室と廊下も同じだった。たしかにこの混乱の中を一四〇〇人の住人を移動させることは難しい。さらに病院の入院患者や負傷者を移動させることは無謀に等しい。おまけに夜が近づいている。

「小学校から五〇〇メートルの地点に防火帯を作って延焼を食い止める。隊の半分は防火帯の設置、残りは延焼防止に投入しろ。防火帯を突破されたら小学校から避難だ」

「延焼防止なんて言っても限度があります。これだけ火の勢いが強いと我々だけで消火するなんて無理だ。やはり時間のあるうちに移動させたほうがいいんじゃないですか」

「桜田中学まで二キロある。この瓦礫の中を一四〇〇人からの住人がどうやって移動する。三分の一が六〇以上の老人だ。女子供も多い。受け入れだってできるかどうか分からん。あっちだって満杯だ。道路状況も十分にはつかんでいない。さらに避難所の東にある区民病院はどうする」

「住宅を壊すとなると許可が必要では？」

「そんなこと言ってる場合か。あとで取ればいい。急いでとりかかれ」

「しかし――」

「責任は俺が取る。急ぐんだ」

強い調子で命令した。

「分かりました。全力を尽くします」

第一班から第五班までは俺についてこい、と怒鳴りながら小隊長は現場に戻っていった。

結城は炎を仰ぎ見た。渦巻くような熱の柱となって夜空にうねっている。熱が全身を襲う。火災旋風が起こっている。思わず身震いした。防火帯を作る――とても間に合わない。

「五キロほど南に自衛隊がいた。倒壊したビルを壊して道を作ってくれた部隊だ。彼らは重機を持っていた。すぐに救援要請を出せ」

「遠すぎます。どんなに急いでも到着までに一時間はかかる」

「やるだけやってみるんだ」

結城は部下を押し退けて無線機をつかんだ。

中野西地区に派遣されている自衛隊を呼び出した。

松浦と名乗った若い指揮官の一等陸尉は、すぐに救援を差し向けると答えた。

「ブルドーザー二台、ショベルカー三台。至急、よこしてくれる。それまでなんとか延焼を遅らせるんだ。消防の面子《メンツ》にかけて」

分かりましたという声が冬の夜空に響いた。

小学校から五〇〇メートルのところに防火帯を設定して家を壊し始めた。ほとんどが全壊か半壊で重機さえあれば難しいことではない。しかしシャベルと手斧、ハンマー、ツルハシでは容易ではない。

火はすでに防火帯設置場所から二〇〇メートルのところまで迫っていた。熱風と有機物が燃える強い臭気が押し寄せてくる。

「避難所と病院に、移動の用意をするように連絡してくれ」

結城は部下に伝えた。

そのとき無線が鳴り始めた。

〈自衛隊の重機が到着しました。ただちに作業に入ってもらいます〉

結城は急いで現場に向かった。

自衛隊のトレーラーが止まって隊員が作業を始めている。すでにブルドーザーとショベルカーが下ろされ、瓦礫を押し退けていた。

「移動を考えて重機をトレーラーに積み込んでいたのが幸いでした」

松浦はきびきびした動作で部下に命令している。

ショベルカーが粉砕し完全に瓦礫の山となった家をブルドーザーが寄せ集め、脇によけていく。

力強いディーゼルエンジンの響きとともに、半壊の建物を壊して防火帯を作っていった。

22

部屋中の目がホワイトボードに釘づけになっていた。

部屋には異様な空気が漂っていた。

ホワイトボードには、プロジェクターで伊豆半島の地図と細かい数値が映し出されている。

瀬戸口は何度か深く息を吸って、逆流しそうになる血液を鎮めようとした。心臓が飛び出しそうに高鳴り、足はがくがくしていた。

「――白の線がGPSによる伊豆半島の地盤変動測定の結果。ブルーの線がシミュレーション結果です。おそらく――いや、正確に――このシミュレーション結果は、東京直下型地震のシミュレーションと東海地震シミュレーションを加えたものです。ほぼ一致しています。――計算誤差を考慮しても十分に信頼に値する数値と考えられます。これらの結果により、考えられることは――半月前から観測されている伊豆半島の異常地殻変動は、今回の東京を襲った地震と関係するものと考えてよさそうです。僕は――東海地震に直接つながるものと考える必要はないと思います。断定は――たぶん――ただし、これはシミュレーション結果にすぎませんが」

瀬戸口は何度もつまりながら、遠慮がちな口調でしゃべった。

判定会のメンバーの大半は不満そうな顔をしている。全員が地震分野では実績のある世界的な科学者だ。婉曲な言い方ではあるが、彼らの主張が無名の若い研究者によって否定されたのだ。

「では、先日の静岡沖のＭ６・４の地震はどう説明するのです。やはり東海地震の前震と見るほうが妥当だと思うが」

「それは――東京直下型地震のシミュレーションには組み込んであります。その結果、十分信頼に足る計算結果が得られました。それがインターネットのサイトに載せたものです。東京を含む関東地方は北アメリカプレートの上に乗っています。それに衝突する形で太平洋プレートがその下に潜り込んでいます。そしてその二つのプレートの間に割り込んでいるのがフィリピン海プレートです。伊豆半島はフィリピン海プレートの上に乗っていますが、北アメリカプレート、太平洋プレートの両方の影響を受けると思われます。今回の静岡沖地震は、東京直下型地震の原因ともなった太平洋プレートの動きがフィリピン海プレートに与えた歪が原因だと考えて問題ないと思います」

「私はこれだけの式で二つの地震の関係をシミュレーションできたとは思わない」

「静岡沖の地震は今後起こりうる東海地震の前震。昨日の東京の地震が今回の東京直下型地震の前震。私もこの二つは、明確に区別するべきだと思う。もう少し、様子を見ることに賛成だ」

遠山と植村を見ると、二人とも無言でシミュレーション結果とGPS観測結果を見ている。

「では、いましばらく現在の態勢を維持することが賢明な――」

「皆さん――」

植村が判定会のメンバーの言葉をさえぎるように声を出した。しばらく考え込んでいたが、やがてゆっくりと立ち上がった。

「私はシミュレーション結果を支持したい」

部屋に緊張した空気が流れた。

「たしかにGPSによる実測値は、今回の東京直下型大地震に連動しているようだ。今日の地震に合わせて大きな変動が観測され、それ以後は徐々にだが終息に向かっている。ほぼ間違いないとしてよさそうだ」

植村は賛同を求めるようにメンバーの顔を見回した。

「東海地震に関する警戒宣言は解除すべきでしょうな」

遠山が続けると、一瞬部屋の緊張は増したが、徐々にほっとしたものに変わっていった。

「判定会の委員の方々も賛成しますか」

気象庁長官がメンバーの一人一人を目で追っていくが、反対の声は上がらない。

「その旨を総理に伝えてください。ただし私たちは引き続き監視態勢を続けます。少なくともこの変動がなくなるまで。おそらく、あと数日といったところでしょう」

植村の言葉に気象庁長官は軽くうなずいて部屋を出ていった。

「『地球シミュレータ』には随時最新の観測データを送って計算させます。今後、実測値との比較で問題点が見られたら言って下さい。みなさんもお疲れでしょうが、いましばらく頑張って下さい」

植村が軽く頭を下げた。

「仮眠室を用意していますから交替で休んでください。長期戦になりそうですから」

気象庁職員がコンビニのお握りとお茶をのせたお盆を持ってきた。

植村の視線が瀬戸口を捉えた。瀬戸口が頭を下げるとうなずき返してくる。瀬戸口にはかすかに微笑《ほほえ》んだように思えた。

瀬戸口は部屋の隅の自分の席に戻った。横には遠山が座っている。

「きみはしばらく休んだほうがいいんじゃないか。死んだような顔をしている」

「先生こそ大変だったでしょう。歳ですから」

言ってからまずかったかと思ったが、遠山は気にする様子もなくお握りを食べている。

「外出してもかまいませんか」

瀬戸口は声をひそめた。

「もう南関東地震のシミュレーションも東海地震のシミュレーションも可能です。僕がここにいる理由はありません。ここの人たちは、すでに僕以上にプログラムを理解してますよ。たしかに地震に関しては世界でも超一流の人たちだ」

「あの女の子か」

「連絡が取れないんです。堂島さんとお台場のテレビ局に行って、一度事務所に帰ってはいますが」

「交通はすべてストップしている」

「ここから堂島さんの事務所までは歩いても三〇分ほどです。二、三時間で帰ってきます」

「我々はここに軟禁されているわけではない。きみの自由だ。しかし気をつけろ。都内は停電中だ。ここの電気は自家発電だ。闇の東京都心なんて考えたこともないだろうから」

瀬戸口は気象庁を出た。

日比谷通りに入ったが、いつもは聞こえる高速道路を走る車の音もまったく聞こえない。首都高都心環状線も黒い連なりが不気味に続いているだけだ。遠山に皇居外苑を横切る内堀通りは避けるように言われている。おそらく、まったくの闇だ。

未知の都市に迷い込んだ気分だった。闇の中にさらに黒い巨大な影が何本もそびえている。その中のいくつかには明かりが見える。自家発電の光だ。東と西の空が赤く染まっているのは火事の炎によるものだ。

瀬戸口は早足で歩き始めた。

右手は皇居、左手には高層ビルが並んでいるはずだ。一一年前の神戸が脳裏に浮かんだ。あのときは、自然の圧倒的な力の前に惨めに立ち尽くしているだけだった。しかし今度は――多少なりとも立ち向かうことができたのではないか。相手の心を読み、ほんの少しだが前をいくことができた。しかしそれがどうした、という思いもある。果たして自分たち人間は何ができたのか。結局は、無力ではなかったのか――。無性に亜紀子に会いたくなった。

冷たい風が吹き付けてくる。

瀬戸口は背中を丸め、永田町に向かって歩みを速めた。

23

美輪子は携帯電話を握り締めて歩いていた。すでに一〇〇回近くリダイヤルしている。メールも送り続けたが返事はない。先週、コンビニで買った携帯電話用の簡易充電器を持っていてよかった。職業柄電話は必需品だ。そしてその充電器も。しかしそれも、あと何回もつか分からない。

続いていた呼び出し音が消えた。携帯電話が通じた。

「裕子、大丈夫なの」

美輪子は必死で呼び掛けた。

〈……ママ……身体が……苦しい……動かない……〉

「しっかりして。ママがついてるからね。どこにいるの。病院。それともまだ家なの」

〈家の……ベッド……〉

単調な発信音に変わった。表示を見ると圏外になっている。やはり電波状態が極端に悪いのだ。

リダイヤルで呼び出したがベルのあとに、〈この電話は電源が切ってあるか、電波の届かない――〉の声が聞こえてくる。

　しかし一度は声を聞いた。裕子は家にいる。そして、生きている。家は大丈夫だったのだ。それとも、逃げ出せなくて――。不安がわき上がってくる。あの様子はただごとではなかった。

　美輪子は頭が真っ白になり、どうしていいか分からなかった。立ち止まって頭の中を整理しようとした。美輪子、あなたは母親でしょう。裕子を救うことができるのはあなただけ。しっかりしなさい。なんども自分に言い聞かせた。

　気が付くと通りの角に機動隊の隊員が立っている。美輪子は全力で走った。

「お願い。娘が一人で家にいるの。風邪を引いて寝てる。でも、電話が通じなくて――。いえ、さっきは通じたの。まだ家の中に――それも普通じゃなくて――」

　自分でも何を言っているのか分からず、途中で涙声になっている。

　若い隊員は戸惑いながらも美輪子を指揮車に連れて行った。

　口髭を生やした五〇前後の温厚な顔つきの機動隊員が応対してくれた。

　美輪子の話を聞き終わるとパソコンに向かってキーを叩いた。

　髭の機動隊員はパソコンを見つめていたが、無線機を取って話し始めた。

「住所は中野区南中野三丁目。娘さんは自宅で寝ているそうだ。携帯の番号は――」

　美輪子はパソコンを覗き見た。画面には中野区南中野三丁目の地図が出ている。そして、自宅付近は赤く色がついていた。どういうことだ。

「自宅近くにいる消防隊に連絡を取りました。すぐに救助に行くそうです」

機動隊員は美輪子が覗き込んでいるのに気付きパソコンを閉じた。

「あの赤い色はなんなんですか。まさか——」

「便宜上色分けしているだけです。意味なんてありません」

「だったら——」

「座って連絡を待って下さい。娘さんの携帯電話の番号も報せました。いま救助に向かっています」

美輪子は機動隊員が持ってきた椅子に座り込み、倒れそうになる身体をなんとか支えた。

24

自衛隊の重機が動きだしてから、一時間ほどで幅五メートル、長さ三〇〇メートルにわたる防火帯ができた。

「これで防火帯から東側はなんとか延焼をまぬがれる」

それでも火は衰える様子を見せず、防火帯に迫ってくる。

松浦は消防士数人と火が迫る瓦礫の間を歩いていた。

通りに沿って設置された投光器の強い光が、爆撃の跡のような光景を浮かび上がらせている。

「あの家には三人の子供と母親がいるはずだ」

結城という指揮をとっている消防士が、地図と前方の瓦礫の山を見ながら言った。付近の住宅はほとんど全壊している。いたとしたら――。

「父親との連絡は取れてないんですか」

「駅前の印刷工場で働いているらしいが、工場は全壊。従業員五人の死亡が確認されている」

一家全滅という言葉が脳裏に浮かんだが、こぶしを握り締めてその言葉を打ち消した。つぶれた家の前に立った。一階の柱が二階の重みで折れ、崩れ落ちた衝撃で二階がつぶれる。あの時間、家族は一階にいた可能性が高いから二階の重みをすべて受けたわけだ。いや、きっと一人くらいどこかで――。

「生存の可能性はまずない」

結城が自棄《やけ》のように言った。この状況を見れば、誰もがそう思うだろう。

「私は一階に寝てましたが、倒れてきたタンスの頭が机に引っ掛かりました。床と机とタンスの三角形の隙間で助かりました。その代わり、隣の部屋で寝ていた弟と二階で寝ていた父親はつぶされて死にました」

「阪神・淡路大震災か」

松浦はうなずいた。

「死亡が確認されるまでは頑張りましょう」

松浦は立ち止まった。音を聞いたような気がしたのだ。耳をすましたが聞こえてくるのは冬の風と炎の音だけだ。

「どうかしたか」

「気のせいでしょう」

「急ごう。この辺りもすぐに火に包まれる」

二人は結城の救助車に戻った。

移動の命令を出そうとしたとき、消防士が走りよってきた。

「本部から連絡です。警視庁からの緊急要請がきています」

地図を示しながら言った。

「畑山裕子一二歳。風邪で学校を休んで家で寝ていたそうです。母親が電話したら返事があったので、急いで調べてくれって。そうは言ってもね」

三丁目四〇の三、畑山美輪子。松浦は住所を見て青くなった。さっき見てきた瓦礫の連なっている辺りだ。しかも火事が迫っている。

三人は駆け足で走った。

「三丁目四〇といったって、どこがどこだか分かりゃしない」

「その子の携帯電話の番号は分かりますか」

松浦は走りながら聞いた。

消防士がポケットからメモを出して読み上げる。

松浦は自分の携帯電話を出して番号を押した。返事はないが呼び出し音は鳴っている。

そのとき声が聞こえた。

五〇メートルほど先に自衛隊員と消防士が集まっている。火事の現場と防火帯の中間辺り、火災から一〇メートルばかりのところだ。一〇分もすれば火の粉が降り掛かる。

人垣ができているところはほぼ崩壊した二階屋で、瓦礫の山になっていた。

「携帯の着信メロディーが聞こえたって言うんです」

「たしかに聞こえたんです。『世界に一つだけの花』だったと思います」

松浦はリダイヤルのボタンを押した。瓦礫の下からかすかにメロディーが聞こえる。

しかしやはり返事はない。

「救急車の手配をしてくれ。あとの者は急いで掘るんだ。一〇分前には応答があったそうだ。投光器とパワーショベルを持って来い。急げ。火が迫っている」

投光器がセットされ、パワーショベルによって慎重に瓦礫が取りのぞかれていく。

「パワーショベルは用心しろ。中にはまだ女の子がいる」

「分かってます」

　ショベルカーとマンパワーで二階部分が撤去された。二階の床、一階の天井部分が現れる。メロディーは流れ続けている。かなり近くなった。

松浦は思わず身体を低くした。風に乗って火の粉が雨のように降ってくる。

「放水車を入れろ。水をかけて延焼を防げ。少しでも火の接近を遅らせるんだ」

火はすでに数メートルのところに迫っている。木の爆《は》ぜる音が聞こえ、臭いが強くなった。

「慎重にのけてくれ。少しの隙間しかないはずだ。衝撃でその隙間が埋まったらおしまいだ」

サイレンが聞こえ救急車が到着した。ストレッチャーが下ろされる。

「チェーンソーだ。急げ」

一階部分の天井に走る梁が切り取られ、天井板の一部が剝がされた。着信メロディーの音が大きくなった。

消防士が上半身を入れて内部を探っている。隙間からタンスの角が見えた。

松浦は懐中電灯を近づけた。

「急げ。時間がない」

熱風が押し寄せてくる。火の粉が顔にあたり、払い落とした。煙の臭いが強くなり、吸い込む空気が熱を持っている。

「いたぞ！」

消防士が声を上げた。

松浦が覗き込むと、ベッドの横に布団に包まって女の子が横たわっている。ベッドの上にはタンスが倒れていた。女の子はタンスが倒れる前に、地震の衝撃で布団ごとベッドから転げ落ちたのだ。

救急車の救急隊員と消防士が慎重に女の子を外に出した。

「大丈夫だ。衰弱しているが脈もしっかりしている」

救急隊員が女の子を毛布で包みながら言う。

取り囲む自衛隊員と消防士の間に歓声が上がった。

女の子がわずかに目を開けた。手にはピンクの携帯電話を握りしめている。

25

美輪子は時計を見た。まだ三分しかたっていない。これほど時間がたつのが遅く感じられたことはなかった。

髭の機動隊員が車の奥から缶コーヒーを持ってきてくれた。

「熱いから気をつけて」

無意識に手を伸ばした美輪子に機動隊員が言った。

若い機動隊員は時折パソコンから顔を上げ、気の毒そうな視線を向けてくる。

マフラーに包んだ缶コーヒーを両手で持って目を閉じていた。「うるさいオバンは、さっさと消えろ」布団をかぶった裕子の言葉が脳裏をかすめる。コンピュータの地図。そしてあの赤いマークは――。動悸《どうき》が激しくなった。

長い時間がすぎた。しかし時計を見ると一〇分程度しかすぎていない。

無線が鳴るたびに身体がぴくりと反応した。

どうなっているのか聞こうとしたが、髭の機動隊員の顔を見てやめた。彼にも分からないのだ。気を紛らわすように部下のパソコンを覗き込んでいる。

ドアが開いて息を弾ませた機動隊員が入ってきて、何事か小声で言ってまた慌ただしく出ていく。道路からはパトカーと救急車のサイレンが引っ切りなしに聞こえてくる。

無線が鳴った。

髭の機動隊員は美輪子に背を向けて無線を取った。何度かうなずいてからメモを取って無線機を戻した。振り向いたその顔がほころんでいる。

「娘さんは無事救出されました。現在近くの病院に搬送されています」

全身の力が抜けていく。

「娘と話せませんか」

「すでに救急車で病院に向かっています。たった一人で長時間瓦礫の下に閉じ込められていたんです。衰弱しているそうです。しかし、とにかく無事ですから」

髭の機動隊員は病院の名前を書いたメモを美輪子に渡した。美輪子も何度か行ったことのある、家からさほど遠くない区民病院だ。

「近くの避難所に案内しましょうか。それとも今夜はここにいてもいいですよ」

出て行こうとする美輪子に髭の機動隊員が声をかけた。

「有り難うございます。でも、少しでも娘に近づきたい。許して下さい」

「帰宅困難者は保護するように命令が出てるんです。強制ではありませんがね」

「娘が待っています」

「じゃあこれを」

髭の機動隊員は缶コーヒーをもう一本、美輪子の手に握らせた。

美輪子は深く頭を下げて指揮車を出た。

26

近藤は目を開けた。

長い廊下が続いている。学校——最初に浮かんだ場所だが、すぐに病院だということに気づいた。看護師が押すストレッチャーが横を走っていく。喧騒が近藤を包んでいる。

近藤は廊下に置かれたベッドに寝ていた。

　身体を起こそうとして、思わず呻き声を上げた。

　頭がずきんと痛んだ。頭痛には慣れているが、いつもの頭の芯から滲みだしてくるような重いものとは違う。頭皮の痛み――。何かが強くぶつかったのだ。たしかに頭には包帯が巻かれている。

「静かにしてて。頭を打ったんだから」

　覗き込んできた女性が肩を押さえた。ぼやけた女性の顔には、ほっとした表情が読みとれる。

　慌てて目に手をあてた。

「ごめんなさい。こんなになっちゃって」

　差し出された手には眼鏡が載っている。右レンズの中央を横切って、ひびが入っていた。

「何が起こったんですか」

「覚えてないの？」

「僕は地下鉄のトンネルを出てきた。家の方に歩いていると――」

　考えると頭が痛みだした。今度は脳味噌の方だ。

「無理しちゃだめよ。半畳ほどもある壁が落ちてきて頭に当たったんだから」

「頭に？　でも――」

「本当に覚えてないの？」

女性の顔に不安の色が表れた。

「ちょっと待って。看護師さんを呼んでくるから」

女性は立ち上がって廊下の奥に小走りで行ってしまった。

自分は地下鉄のトンネルから出て――考えようとすると頭が激しく痛みだす。頭に左手を持っていこうとして、手にも包帯をしているのに気づいた。動かすと手のひらに鈍い痛みが広がる。

すぐに、さっきの女性が看護師と一緒に戻ってきた。女性はよく見るとおそらく三〇すぎ、看護師はまだ二〇代だ。緊張で引きつった顔をして、白衣の胸の辺りには血がついている。

看護師は近藤の脈をとって、包帯を外し頭の傷を調べた。

「非常にラッキーですよ。壁の平らな部分がかすったんでしょう。出血の割には傷も大きくないし」

「でも、何も覚えてないらしいんです」

「名前も？」

「近藤です。東洋フュエルの社員です」

無意識のうちに名前と会社名が出た。

「覚えてないのは——地下鉄のトンネルから出て、それから——」

「脳震盪《のうしんとう》を起こして意識がなかったんだから——先生が気がついたら、CTスキャンを撮るようにって。でもいまいっぱいで」

看護師さん、と言って茶髪の女性が看護師の肩を叩いた。

「子供がお腹が痛いって。腕を折ったのにお腹が痛いなんて。なんだかおかしなことがあるんじゃないですか。私、こんなこと初めてなんです」

女性の目には涙が溜まり、マスカラが流れている。

「そちらの方を先にして。僕は大丈夫です」

「待っててください。準備ができたら呼びに来ますから」

看護師は女性の肩を抱くようにして隣の病室に入っていった。

「急いでるんだ。行かなきゃならない」

なぜだか分からないがそんな気がした。

「今日はみんなそうなの。家に帰りたい、親戚のところに行かなきゃならない、会社がどうなったか調べなきゃならない。みんな大忙しなのよ。でも、あなた一人が行ってどうなるの」

「どうすればいいんです」

「腹をくってのんびりしてればいいのよ」

「そうはいかないから焦ってるんです」

必死で思い出そうとしたが、考えれば考えるほど頭は混乱してくる。しかし、何かがあったはずだ。

「痛いの？　麻酔が切れてきたのね。手のひらが切れてて、三針もぬったのよ」

手の包帯を見ている近藤に言った。

「どのくらい意識がなかったんですか」

「三時間くらいかしら。先生は脳震盪を起こしてるって」

女性は時計を見ながら言った。

「ずっとついててくれたんですか」

「気にしないで。どうせ電車は止まってるし、行くところはないもの」

「僕の携帯電話は？」

近藤はポケットを探った。

「御免なさい」

女性は慌ててバッグから近藤の携帯電話を出した。

「ここに連れてきたとき鳴りだしたのよ。私が出たんだけどお母さんから。場所と大丈夫だって言っておいた。看護師さんから、病院じゃ電源を切ってくれって言われたので切ってた」

何かある。非常に重大な何かが。思い出そうとすると、また頭が痛み始めた。

女性に言われるままにベッドに横になった。ふと女性の足元に目をやると、赤い布が見える。靴の代わりにスカーフを巻いているのだ。

27

長谷川は三〇分以上も交渉を続けていた。

「犬は困ります」

断固とした口調の声が返ってくる。

受付の時計屋のオヤジは見かけ通り頑固だった。ずんぐりした身体付きにいかつい顔。その太い指で精密な作業をしているとは、とても想像できない。

「こいつは俺たち夫婦の命の恩人なんだ。こいつがここにいられないのなら、俺だってこんなところお断りだ」

子供たちがポチの周りに集まっていた。ポチは寝そべったまま迷惑そうに目を閉じている。

その横で初江は放心したように立っていた。

「とにかく校舎の中は困ります。犬の嫌いな人もいますから」

「俺は我慢するよ、そんな奴と同室でも。人間、誰にでも欠点はあるもんだ」

初江の身体が揺れた。長谷川は慌ててその身体を支えて、そばにあった椅子に座らせた。

「どこに連れていけばいいんだ」

「校舎の裏なら文句は出ないと思います。花壇のあるところです」

結局、校舎の裏の木につないでおくということで我慢した。

ポチを木につないで戻ってくると、薄い敷布団と毛布を二組渡されて教室を指示された。

「ロウソクなど、火気はいっさい禁止。懐中電灯は各教室に二個配給していますから。携帯カイロは一人一袋。六個入っています。夜は冷えるでしょうから、風邪など引かないように注意して下さい」

区役所の職員だという中年の女性がチラシを一枚くれて、事務的に説明した。

「教室内はどこも禁煙です。食事は弁当を配ります。味噌汁は校庭で炊き出しをやっています。トイレは校舎内のトイレと校庭に簡易トイレ五個とグラウンドに穴を掘って囲ったものもあります。トイレットペーパーは各自持参してください。配給がありますが、使いすぎないように。喧嘩は絶対にしないこと。所持品には十分に気をつけてください。運営本部では一切責任を負うことはできません」

無意識のうちにうなずいていた。文句を言う気力もなくしている。

長谷川と初江は指定された教室にいった。三年二組。机と椅子を廊下に出して積み上げてある。

教室の中には青いビニールシートが敷かれ、六組の家族が家族ごとに集まっていた。全員で三〇人近くいる。

窓ガラスに貼られたトナカイの引くソリに乗ったサンタクロースの貼り絵が、どことなく物悲しい。

二人は入口の横にスペースを見つけて布団を置いた。

「狭いだろう。この小学校だけで一五〇〇人近くが来てるらしいよ」

横に座っていた男が身体を移動させながら言った。八〇を超えているような老人だ。

「食事はまだなんだろう。校庭で炊き出しをやってるから後で行ってみるといい。味噌汁とお握りだが身体は暖まる。トイレは校舎の南側」

先輩らしく説明した。

「突き当たりの教室には行かないほうがいいよ」

老人は声をひそめた。

「遺体安置所になってるんだ。あんなに棺桶《かんおけ》が並んでいるのを見るのは、この歳になっても初めてだ。教室にぎっしり。三〇はあったね。一家五人全滅ってのもあるらしい。

母親は赤ん坊を抱いたまま押しつぶされていた。まあ、赤ちゃん一人が生き残るよりいいのかね。理科室にもあるらしいよ、ウソだと思うなら行って見てくるといい」

「見たくもないですね」

慌てて辺りを見回したが、だれも気にする様子はない。ここの家族の身内には犠牲者はいないのか。子供は懐中電灯の光でマンガを読んだりゲームをして、のんびりしている。そういえば受付で家族の中で犠牲になった人はいないか聞かれた。時計屋のオヤジは、部屋割りにも気を使っているのか。

「しかし、ここはましなほうだ。隣の小学校じゃ、棺桶や死体袋が足らなくてそのまま教室に寝かせているらしい。死体と避難者がカーテン一枚で区切られてるところもあるってことだ。しかしこれからが大変だ。棺桶と火葬場はどう都合つけるんだろう。葬儀屋は震災特需だ」

老人の声が虚《うつ》ろに響いた。

「あんた、家は？」

「全壊でした。何も持ち出せなくて」

「うちは半壊って言ってたね。傾いてる。でも、瓦はすっかりなくなってるし壁も半分以上落ちてる。天井板も外れて太い梁が見えてた。辛うじて建ってるという状態。家の中なんて家具は引っ繰り返って、その上に壁土が積もってる。あれじゃあ何も持ち出せないし、二度と住めない。婆さんの位牌《いはい》もどこにいったのやら。仏壇が倒れてね。あの重いやつが一メートルも吹っ飛んだんだよ。いちばん心残りなのは盆栽だ。二〇鉢以上あったのに」

それにしては、爺さんははしゃいだような話し方をした。町内会の名誉会長と同様、かなりハイになっている。

「まあ、お互い生きてるだけラッキーということですか」

「でも、この歳になってこんなところに入れられるとは――。トイレだって――」

爺さんが突然、黙った。

息子らしい四〇代の男が入ってきて爺さんをじろりと睨むと、ビニールシートの上に敷いた布団に背を向けて横になった。

爺さんもそれっきり窓のほうを向いて居眠りを始めた。

長谷川は初江を寝かせるとトイレに行った。

トイレの前には行列ができ、臭気が外にまで流れてくる。たった半日でこのありさまか。

「ここではウンチは禁止になってるのよ。水洗の水が流れないんだって。ウンチは校庭の穴の方でね」

エプロンをしたおばさんが小学生の女の子に言っている。

長谷川は臭気に耐えられず校庭に出た。

零時に近いにもかかわらず、校庭にはおびただしい数の人がいた。

自衛隊のトラックが入ってきて荷物を下ろし始めた。都が各避難所に配っている食料だという。

炊き出しのテントのまわりには何重にも列ができていた。

長谷川はお握りと味噌汁をもらって校舎の裏に回った。

ポチのところに行くと、数人の小学生が棒切れでポチの身体を突いている。いちばん背の高い男の子の頭を張り飛ばして追い払った。

「寝てるだけじゃダメだろう。ああいうのには咬《か》み付いてもいいんだ。俺が責任をとってやるよ」

味噌汁とお握りをポチに食べさせた。

「ミケはどうした。おまえ、一緒に逃げなかったのか。意外に薄情なんだな」

ポチは寝そべって目を閉じたままだ。

「いやに安心した顔をしてるな。もう大きなのは来ないというわけか」

一時間ほどポチといて教室に戻った。

校庭からはまだ騒《ざわ》めきが聞こえてくる。みんな興奮して眠れないのだ。たしかに一瞬にして人生が変わる経験をしたのだ。

長谷川は布団に横になって目を閉じた。身体は疲れ切っているが精神は高ぶっていて眠れそうにない。床に敷いた薄い敷布団と毛布だけでは、身体中に冷気が染み込んでくる。涙が出そうになった。惨めな気分だった。

いままで自分はなんのために生きてきたのか。聖人君子とは言わないまでも、真面目に生きてきた。大きくはないが鍼灸・整骨院も開いた。それが――瓦礫の山を思い出した。こんな気分になるとは意外だった。物には執着しない。物事をもっと割り切って考えることができると思っていた。

かすかな空気の振動のような音が聞こえる。思わず身体を硬くしたが、初江が啜《すす》り泣いているのだ。

「どうした。どこか痛いのか。それとも気分が悪いのか」

身体を寄せて小声で聞いた。

「情けなくて。やっとここまできたのに――すべてなくしてしまって――」

切れ切れの声が聞こえてくる。

「そんなことないさ。俺たちは生きている。こうして二人、生きてるじゃないか。ポチもミケもいる」

「ミケ、見つけた？」

「ポチが逃げ出したんだ。ミケならゆうゆうだ」

「でもあの子、意外と鈍感なところもあるのよ」

「明日、探してみるか。パソコンのデータ、バックアップを取ってたが、これじゃあな。パソコンもCDもどうなってるか。とりあえず掘り出せるといいが」

「地震の予知、役に立たなかったわね。今度はもっと役に立つものをやってよ」

「すごく役立ったと思う。瀬戸口はすごい奴だよ。当たってたもんな。あれで命拾いした人も多いはずだ。俺たちにはムダだったがな」

「トイレのこと教えてくれたじゃない。そうよ、悪いことばかりじゃない。瀬戸口さんとも知り合ってるし」

「あいつ、いまごろどうしてるかな」

長谷川は手を伸ばして初江の手を握った。初江も握り返してくる。妻の手を握るなんて何十年ぶりかと考えた。それも一日のうちに二度も。

28

総理執務室にはほっとした空気が流れていた。

諏訪内総理の前には三人の男がいた。財務大臣の鈴木《すずき》と日銀総裁の亀山《かめやま》、外務大臣の木村だった。

「これでしばらくは持ちますかな」

諏訪内は三人に向かって言った。

ほんの数分前、諏訪内はアメリカ合衆国大統領ボールドウィンと話し合い、当分の間日米合同で為替《かわせ》介入を行ない、一ドル、一一〇円から一二〇円の間を保つことで合意を取り付けたところだった。これは意図的にマスコミにリークされる。おそらく一ドル、一一〇円後半に落ち着くだろう。日米合同の為替介入がなければ一五〇円にはなってしまう。円安は日本にとっては願ったりだが、過剰なドル高にはアメリカが大打撃を受け、それが世界に広がる。ひいては日本経済が大打撃を受ける。

アメリカ政府が為替レートに介入することは最近では異例だった。それだけ、今度の震災は世界的に見ても重要な要素となるということだ。異常な円安、ドル高はアメリカ経済にとって大きな痛手なのだ。そして何よりアメリカとの共同介入は、日本の復興にアメリカが期待し、協力が得られるという強力なメッセージを世界に送ることになる。

「株価は大丈夫か」

「東証は当分の間、開きません。大阪も臨時閉鎖ということになっています。通信網が正常に働かないためということにしています」

「ニューヨーク、ロンドン市場――海外のほうはどうなんだね」

「日本企業売りに殺到するでしょう。しかし、取引自体が成り立たないでしょう。むしろ復興景気を印象づけ、いまが買いどきという情報を流すことも可能です」

鈴木の言葉に諏訪内は顔をしかめた。あまりにも能天気な見方だ。

「異常事態を押し通せるのもせいぜい数日だ。その後はどうする。凄まじい日本売りが始まる。なにしろ、国家予算の半分の資産が一瞬の揺れで消えたんだ。今後、同額程度の経済損失も予想されている」

「阪神・淡路大震災のときも持ちなおしました。長い目で見ないと――」

諏訪内は自分の人選に決定的な誤りがあったことに気づいた。人は危機のときにこそ、その本質を現す。この男はいったい何を考えている。

「規模が違うだろう。神戸は大都市といっても人口一五〇万の地方都市だ。それに引き替え、東京は日本の首都であり、世界経済の中心都市の一つだ。その東京の四分の一が一瞬のうちに破壊され、いまも燃えているんだ。そして都心で働いていた一〇〇万以上の者がいまも家にも帰れず、この都市のどこかで野宿している。戦後最大の危機なんだ」

諏訪内の声が大きくなった。落ち着くんだと自分に言い聞かせて椅子に座り直した。

「世界の対応はどうかね」

諏訪内は木村に向き直った。

「見舞いの言葉と援助の申し入れは届いていますが、正直なところ様子を見ているというところでしょう。いまはやりの国益ですよ。各国、他国の様子をうかがいながら、自国の国益に沿った動きを探っているのです」

「まさか、日本が地震ごときでどうにかなると本気で考える国はないでしょう」

鈴木が口を挟んだ。

「私の名で謝辞を伝えてくれ。現在は日本国民、政府、一体となって全力で対応している。いずれ具体的な援助を要請するときにはよろしく頼むと」

諏訪内は鈴木の言葉を無視して言った。

「主要国には総理が直接、電話をなさったほうが」

「日本の動揺を表にさらすだけだ。たかが地震だ。日本経済、国民は動じることはないことを強くアピールしろ。神戸の復活もせいぜいアピールしてな」

話しながら惨めな気分になった。世界はすでにすべてを知っている。燃え盛る東京を、傾いたビルを、逃げ惑う国民を茶の間のテレビで見ているのだ。明日には廃墟となった東京の映像が再び世界に流れる。ならばいっそのこと、全面的に援助を求めるか。弱気な気持ちがよぎったが、慌ててそれを否定した。

「こういうときこそ、日本政府と国民が一体となって、毅然と事態に取り組んでいる姿を見せて日本の底力を肝に銘じてもらう」

諏訪内は低いが強い口調で言い切った。

29

美輪子は山手通りに出た。

暗い道路を引っきりなしに車のライトが通りすぎていく。自衛隊と警察と消防の車両だ。

明かりの消えたネオンとクリスマスデコレーションが巨大な骸骨《がいこつ》のようで不気味だった。

この道を真っすぐ行くと中野方面に行き着くはずだ。しかしどのくらいの距離か、どのくらい時間がかかるのか見当もつかない。品川区の表示を見つけたが、どの辺りかは分からなかった。

広い道路の両側の歩道いっぱいに人が群がっている。道路端には車が整然と止められていた。一般車両通行禁止により止められた車だ。

「みんな駅に行くんですか」

美輪子は横を歩く初老の男に聞いた。

「そうだろうね。しかしJRだって地下鉄だって動いてるわけがないんだ。どうなるんだろうね」

男は他人事のようにのんびりした口調で答える。

「あんた、どこまで行く」

「中野まで」

「私は立川だ。毎朝三〇分のウォーキングをしてるんだが、今日は何日分歩いたことになるか」

「動いている公共交通機関はないんですか」

「見ての通りだ。都が指定した緊急車両だけだ。明日になれば、バスのピストン輸送が始まるって聞いたけどね」

「こんなことなら会社に残ってりゃよかった。どうせ家にたどりついても、すぐにまたどうやって会社に出るか考えなきゃならないんだ」

二人の三〇代くらいのサラリーマンが話している。

「おまえのところ、家族は大丈夫だったのか。杉並だろう」

「電話しても通じないんだ。だから無理して帰ろうとしてるんじゃないか。正直、会社なんてどうでもいいね」

「あの辺り、火事が起こってるとだれかが言ってた。携帯はときどき通じるらしいんだ。避難所からだけど」

「いやなこと言うなよ。そんなの聞かされると、なんとしても帰らなきゃならないじゃないか」

サラリーマンは人をかきわけるようにして進んでいった。

美輪子は脇道にそれた。それでも人の多さはさほど変わりはない。田舎の祭りを思い出した。違うのは周りを歩く人々の顔が、喜び、くつろぎ、笑いでほころんでいるのではなく、疲れ、不安、苛立ち、緊張で強ばっていることだ。

ビルの前に整然とした列ができている。

「ここでは小だけにしてください。ご協力、お願いします。トイレの水は止めていて、流れません。現在、断水中です。復旧はいつになるか分かりません。屋上のタンクの水には限りがあります。どうしても我慢できない人は、隣のビルの列に並んでください。そっちは大専用です」

若い社員がハンドマイクを持って怒鳴っている。隣のビルには倍以上の列が続いている。

美輪子は小の列に並んだ。

一時間かかって用をすませて、再び歩き始めた。今日中に行けるところまで行っておこう。一歩でも裕子に近づきたい。

第五章　二日目

1

瀬戸口は急ぎ足で歩きながら、ジャンパーのファスナーを外した。出てくるときに聞いた気象庁の発表だと、東京の今夜の最低気温はマイナス二度。しかし寒さは感じない。むしろ胸の辺りには汗が滲《にじ》んでいる。遠くから消防車と救急車のサイレンの音が聞こえてくる。南と西の空が赤く染まっていた。いまこの瞬間にも、東京の四分の一の地域が燃えているのだ。

瀬戸口は日比谷通りを南に向かって歩いた。

ポケットに入れたこぶしを握り締めた。数分前までのことが夢のように感じられる。M8、震度7の東京直下型巨大地震。ついにおまえはやってきた。今回は、日本の地震学者が総力を上げて戦った。勝ったのか、それともやはり……。だが、やられっぱなしではなかったはずだ。

いつのまにか日付が変わっている。

皇居の角を右に曲がると、闇《やみ》は急に深くなった。右は日比谷濠を隔てて皇居外苑、左は日比谷公園だ。街灯の明かりはない。闇の東京。遠山が言った言葉がよみがえった。まさにその通りだ。

しかしすぐに、前方に明かりが見え始めた。すでに霞が関、永田町には電気が復旧している。いや、この辺りのビルは自家発電装置を備え、停電などなかったのだ。

一〇分ほど歩いたところで車がくるのが見えた。パトカーだ。不審者は徹底的に取り締まれ。漆原の言葉が浮かんだ。

瀬戸口はジーンズ、ジャンパー、スニーカーにデイパックを背負った自分の姿を思い浮かべた。慌《あわ》てて公園に入り、木々の陰に身を隠した。面倒なことにはなりたくない。

霞が関に入ると、ほぼ一〇メートルおきに機動隊員が立っている。行き交っている車も日頃より多い。そのすべてが消防、警察の緊急車両と政府の公用車だ。国会、首相官邸前は機動隊の輸送車が並び、投光器の光で昼間のように明るい。テロを警戒しているのだとテレビで言っていた。しかし、現在の東京にはテロによる破壊など必要ない。

議員会館前にも普段の数倍の警官を見かけた。

瀬戸口は覚悟を決めて、一人の警官に議員会館の堂島智子衆議院議員の事務所に行きたいと告げた。

瀬戸口と同年配の若い警官は、瀬戸口を眺めていたが目で早く入るように合図した。

午前一時をすぎていたが、議員会館は騒然としていた。秘書たちが情報を求めて走り回っている。議員本人と地元に報告するのだ。

堂島の事務所にも三人の秘書とアルバイトの学生二人が残っていた。

瀬戸口は河本亜紀子はもう帰ったか尋ねた。

「河本さん、堂島先生を送って議員宿舎に行っています」

「堂島さんは？」

「議員宿舎で寝ています。かなり疲れているようだったので我々が休むようお願いしました。でも、おかしいなあ。河本さんはすぐに戻るって言ってましたけど」

秘書は時計を見た。

「もう二時間以上になる」

ちょっと待って下さい、と言って受話器を取った。出ないらしく、途中で瀬戸口の方を見て首を振った。

「携帯も電源が入ってないか、電波の届かないところです。堂島先生にかけてみましょうか」

「いいです。寝てるのを起こすのは気の毒ですから」

秘書はほっとした表情を見せた。

「議員宿舎は青山でしたね」

「ええ、六本木七丁目。青山葬儀所の隣です」

「河本さんと連絡がとれたら、僕の携帯に電話するように伝えてください」

瀬戸口は事務所を出た。

亜紀子はマンションに戻ったのかも知れない。青山の議員宿舎からはさほど遠くない。

六本木に急いだ。ヘンな胸騒ぎがする。疲労と周りの状況から、必要以上に神経がネガティブになっていると思おうとした。

マンションに着いて呼び出しボタンを押したが、返事はない。停電であってもマンションのセキュリティと呼び出しホンは、予備電源に切り替わるはずだ。エレベーターや自動ドアまで止まったら、避難ができない。他の手を考え始めたとき、どなたですか、という緊張した声が返ってくる。

僕だ。瀬戸口だ、と怒鳴るとセキュリティが外れる音がした。足踏みしながらエレベーターに乗り、駆け足で部屋まで行った。

部屋の前に立つと同時にドアが開き、懐中電灯を持った亜紀子が立っている。

「元気そうだね」

言ってから自分でもおかしな挨拶だと思った。別れてから丸一日もたっていない。しかしもう何日も会っていないような気がして、ひどく懐かしい気分だった。

「あなたこそ、元気そうじゃない」

二人はしばらく見つめあっていた。

「入りなさいよ」

瀬戸口は戸惑いながら部屋に入った。

「都庁の防災センターから来たの？」

「気象庁から来たんだ」

瀬戸口は状況を掻《か》い摘《つま》んで話した。

亜紀子は無言だった。ときどき聞いているのか確かめると、何も言わずうなずく。

「当分は気象庁にいることになると思う。遠山先生も一緒。きみもしばらくは忙しくなりそうだね」

「事務所に泊まり込むことになると思うから、着替えを取りに帰ったの。地元からの問い合わせがすごいのよ。どこに住んでいるかも知らない息子やいとこの安否を聞かれても、答えようがないでしょう。早急に調べてくれと言われて、なんて答えればいいの。議員は暇で、なんでもできると勘違いしてるの。できないことのほうが多いのに」

「きみの携帯にかけたけど、つながらなかった」

「携帯は場所と加入会社によって、すごい違いがあるみたい。私のはダメ。衛星電話はさすがに問題ないようだけど」

「そんなの持ってる人は多くない」

「東京の外からの電話は比較的つながるのよ。でも東京の状況を聞かれてもね。私たちより地方の人のほうがよく知ってるんじゃない。神戸のときと同じ。ここじゃ落ち着いてテレビを見てる人なんていない。第一、電気がきてないでしょう」

「まだ区部の七〇パーセントが停電だ。変電所が大きなダメージを受けたと聞いている」

「議員会館やたまに電気のついているビルは自家発電なのね」

瀬戸口は懐中電灯の光を部屋の四方に当てた。

「ここは大丈夫そうだね。新耐震設計法施行以後に建てられているからね。被害を受けている大半がそれ以前のものだ。でも、家具の配置は直さなきゃあ」

机などの家具は前の地震の数倍は移動している。

「そのときは手伝ってね」

瀬戸口はうなずいた。

「安否情報の問い合わせには、災害用伝言ダイヤルを教えてあげるといい。きみは忘れていたようだけど」

「ごめん。自分のことなんて考えてる余裕はなかった。これからはそうするわ」

瀬戸口はそれとなく目をそらせた。亜紀子のズボンの裾がまくれ上がっているのに気づいたのだ。慌てて着替えたのだろう。義足の金属とプラスチックがのぞいている。こんなことは初めてだった。やはり普通ではない。

「東海地震の警戒宣言が取り消されたの知ってる？　堂島先生の部屋を出るとき緊急報告が入ったの」

「判定会に出てたんだ。警戒宣言発令の判定理由になった伊豆半島の地盤変動は、東京の地震に関係があると判断した」

「そうか。瀬戸口君のシミュレーション、やっと認められたんだったわね。東京直下型地震を予知したんだから」

「運がよかったんだ」

言ってから、しまったと思った。

「本当は当たらないほうがよかったんだけど。こればかりはね」

「そんなことないはずよ。瀬戸口君の言葉で漆原都知事が警戒宣言を出した。たとえ、演習がついてたとしてもね。それで対応が早かった。インターネットでの呼び掛けも役立ったはず。瀬戸口君のおかげで命が助かった人も多いわよ。誇っていいことよ」

「堂島さんは？」

「寝てる。顔色が悪くていまにも倒れそうだったから、みんなで少し休むように説得したの。なんといっても歳だから。こんなときに倒れられたらどうしていいか分からない」

「きみだってすごく疲れてるはずだ。しばらく寝てないんだろう。休むべきだよ」

「お互い様ね。東京中が疲れ果ててるのよ。すごく長い一日だった。私の人生では二番目にね」

　亜紀子は深い息を吐いた。

「これからどうするの」

「事務所に戻る」

　亜紀子は足元のデイパックを持ち上げた。

「送っていく」

　二人は連れ立ってマンションを出た。

　道路の両側には明かりの消えたビルが不気味にそびえている。

　瀬戸口は亜紀子と自分のデイパックを左右の肩にかつぎ、懐中電灯の明かりを頼りに歩いた。

　いつの間にか、亜紀子の手は瀬戸口の腕をつかんでいる。

　全壊、半壊した木造家屋がビルの間に見られた。ひと気はない。高層ビルの多い地域だが、この辺りの住人は全員避難所に避難しているのだ。

亜紀子を見ると下を向き、目を閉じるようにして歩いている。神戸の恐怖を思い出しているのだ。

瀬戸口の足が止まった。

「早く行ってよ」

ぶつかってきた亜紀子が背中を押した。

「声が聞こえた」

「ヘンなこと言わないで。聞こえるはずないわよ」

亜紀子の声は震えている。

周りは倒壊の恐れのある傾いたビルと瓦礫《がれき》となったつぶれた家だけだ。

瀬戸口は歩きかけた足を止めた。

「——ママ——ここよ——」

たしかに細い女の子の声が聞こえる。

ビルの間に半壊した木造家屋があった。一階部分は完全につぶれ、二階部分は傾いて半分の高さになっている。周囲には割れた瓦《かわら》が散乱していた。

「あの中に入ろうっていうんじゃないでしょうね。ちょっとした余震ですぐにつぶれるわよ」

瀬戸口は亜紀子の腕をほどき、倒壊した家に近づいた。二階の窓から中をのぞくと高さ一メートルほどの隙間ができている。

「だれもいるはずないわよ。消防が調べているはずよ。いればすでに救《たす》け出してる」

亜紀子の声を聞きながら瀬戸口はなんとか中に入った。

中は完全な闇で、土壁の臭《にお》いが鼻をついた。

懐中電灯の光がいまにも崩れそうな室内を照らしていく。

「——ママ——なの——」

消え入るような声がする。瀬戸口は亜紀子に合図を送った。

「こっちに来て、懐中電灯を持っててくれ」

「私、絶対に中には入らないわよ」

「この下だ」

瀬戸口は懐中電灯を亜紀子に持たせて瓦礫を取りのぞいていった。

突き出ている板の端を持って持ち上げた。一階部分はほぼつぶれているが、階段付近にわずかな空間がある。

「だれかいるの。いたら返事をしてよ」

「——私よ——ママを呼んできて」

「こっちにきて顔を見せてよ」

「——動け——ないの——何かが足の上に——痛い——」

「何かに挟まれてるらしい。懐中電灯で見てくれ」

瀬戸口は板の下に肩を入れて押し上げた。

亜紀子が腕を伸ばして中を照らした。光は十分には届かないが、狭い空間が下に向かって続いていることは確かだ。声はその奥からしている。

動く気配がする。女の子だ。

「もう大丈夫だからね。こっちにくるんだ。僕が手を伸ばすからつかまって」

「足が動かないの」

「頑張るんだ。名前はなんていうの」

「カオル――立花《たちばな》カオル」

「僕は瀬戸口誠治だ。お兄ちゃんでいいよ」

「そこまで行っても届かないわ」

たしかに女の子がいるところまで二メートル近くある。はい上がることはできない。

押し上げている板が肩に食い込んで骨が砕けそうだ。そろそろ限界に近い。

「亜紀ちゃん、僕が支えているから中に入って女の子を押し上げてくれ」

「私は――ダメ」

震える声が聞こえる。

「だれかを呼んでくるわ」

「時間がない。家が崩れたら女の子は埋まってしまう」

「でも――身体が――動かないのよ」

「動かすんだ」

亜紀子は目を強く閉じてこぶしを握り締めている。身体も小刻みに震えている。

「急いでくれ。肩の感覚がなくなってきた」

「ダメだって――言ったでしょう」

鋭い声が返ってくる。

「知ってるでしょう。私が狭いところがダメなの」

瀬戸口は板を支える肩の位置をずらそうとした。なんとか中に潜り込まなければ。

「――ママ――痛い――」

細い声が聞こえる。

「頑張れよ。すぐに行くから――」

思わず呻《うめ》き声が出た。激しい痛みが肩から背中を貫いていく。

板の角度を変えると、全身にかかる負荷が倍になった感じだった。自分の肩で家全体を支えているようだ。頑張れ、女の子を救けるんだ。瀬戸口は自分自身に言い聞かせた。

足元が揺れた。余震だ。両足に力を集中した。つぶされる。そのとき、ふっと肩が軽くなった。

亜紀子が瀬戸口の横にひざまずいて、肩で板を支えている。

「もう少し力を出してよ。これじゃ入れない」

背中で板を押し上げながら、なんとか身体を滑り込ませようとしている。

瀬戸口は全身の力を振り絞った。肩に板が鋭く食い込む。

亜紀子はまず下半身を入れ、慎重に中に入っていく。

「亜紀――ちゃん――」

「――ママ――早く来て――」

「大丈夫。お姉ちゃんがすぐに行くから」

目の前を亜紀子の頭が通っていく。そして、亜紀子の身体は完全に中に入った。

「もう少しよ。頑張ってね。――泣かないで。少し早いけど、これ、お姉ちゃんからのクリスマスプレゼント」

声だけが聞こえてくる。

肩の痺《しび》れが増し、ほとんど感覚がない。目を閉じて懸命に足を踏ん張った。

首筋に暖かい息がかかった。

目を開けると涙に濡れた女の子の顔がある。

「もう少しよ。頑張って外に出るの」

亜紀子の声に押されるように女の子は必死ではい上がろうとしている。

「さあ、押すわよ。あなたも頑張るのよ」

一、二、三の掛け声とともに女の子の身体が瀬戸口の鼻先を通った。

次に亜紀子が顔を出した。髪がほつれ、鼻先に血が滲んでいる。瀬戸口は最後の力を振り絞って板を持ち上げた。すでに声も出ない。

亜紀子の身体が瀬戸口の前を通ると同時に、瀬戸口の身体が揺らいだ。肩から板が外れ、鈍い音とともに家全体がガクンと下がった。目の前の隙間は消えている。

なんとか身体を回すと、亜紀子が女の子の肩を抱いて荒い息を吐いていた。女の子は小さなトナカイを握り締めている。亜紀子の携帯電話についていたものだ。

瀬戸口は震える身体を起こして二人の方に這っていった。

2

部屋は静まり返っていた。

諏訪内はこめかみにこぶしを当てて、頭を支えるようにして座っていた。頭の奥に鈍い痛みが貼りついている。

時折、誰かのため息が聞こえてくる。

首相官邸、閣議室には八名の大臣がいた。内閣総理大臣、財務大臣、外務大臣、国土交通大臣、経済産業大臣、厚生労働大臣……。他の大臣たちは一人が地元大阪に帰っていて上京の交通手段がない。二人は自宅崩壊と家具の下敷きによる骨折を含む怪我で病院に運び込まれている。そして最後の一人、防災担当大臣は車で移動中に地震にあい、高速道路の壁に激突して即死だった。

諏訪内は東海地震の警戒宣言を解除して、駿河湾の周辺に待機していた自衛隊と緊急消防援助隊を東京に投入する命令を出したところだった。「全隊、至急、移動せよ。東京の救助活動に参加せよ」いまごろは移動を始めたはずだ。明日の早朝、いや、すでに今日になっているが、あと数時間後には東京に到着する。

閣議が始まって三〇分がすぎていた。

最初の一五分は多くの発言があった。

「被災者援助の補正予算を組まなければならないでしょうな」

「一兆円ですか、それとも思い切って二兆程度」

「桁《けた》が違うんじゃないですか。今回の地震による経済損失は最終的には国家予算規模になるという試算が出ています。これだけの額が一瞬のうちに失われる結果になった」

「損失のトップは火災による住宅の焼失です。東京の四分の一の地区がなんらかの被害を受けています。次にビルの倒壊、電気、水道、ガスなどのインフラも多大の被害を受けています。おまけに、被害はこれからますますひどくなる」

「物より、人でしょう。すでに死者は把握しているだけで五〇〇〇人を超している。負傷者は一〇万のオーダーです。閣僚も一人が死亡、二人が重傷を負っている。阪神・淡路大震災を超えるのは時間の問題です。これこそ憂うべきだ」

財務大臣の言葉に一瞬、声が途切れた。

「海外援助の受け入れはどうしますか」

「アメリカ、ドイツ、イギリス、フランス、韓国のNGO、ボランティアはすでに国を出たそうです。明日にも関西空港に到着するらしい」

「大阪からの移動はどうするんですかね。新幹線の正常運転は名古屋以西だ。羽田も一日と言わず、当分は閉鎖でしょう。政府としては彼らの要求にいちいち対応している暇はない」

「成田は？」

「滑走路にひび割れが多数見つかっています。羽田も同様ですが、一部で液状化現象が起きて泥水につかっています。復旧作業は明日中に完了と報告がありました。しかし管制塔のチェックを含め、安全性の確認のため開港は未定です」

「国内のボランティアもぞくぞく詰め掛けているそうです。こっちは都知事がなんとかさばいているようですが」

「漆原君もなかなかやりますな。国民の評価は上がるでしょう」

総務大臣が諏訪内に聞こえよがしに言った。

諏訪内には言い返す気力もなかった。体力的にも精神的にも限界に近い。

それ以後、発言は途切れた。疲れと焦燥感と無力感が閣僚の中にごちゃ混ぜになってたまっている。

報告される被害数は一〇分後には修正され、増え続けている。

現時点では主導権は完全に都に握られている。自分たちは蚊帳《かや》の外に置かれているにも等しい。

「漆原君にはやられたな。東京に警戒宣言を出すとは。どこで仕入れた情報だ」

防衛庁長官が沈黙を破った。

「インターネットに例の書き込みをした学生からの情報だと聞いています。いや、すでに学位を取ったオーバードクターだったかな」

「瀬戸口誠治。東都大学、理学部地球物理学科、大学院博士課程修了。二八歳。住所は不定。警察庁公安部が捜査中でした。結果的にはこの男の言ったことが当たったわけですから、騒乱罪、詐欺罪にはあたらんでしょうな」

閣僚の中では最年少の国土交通大臣が言った。といっても四七歳、来月には四八歳になる。

「しかし判定会では東海地震予知情報を出した。それに従って政府は警戒宣言を発令。漆原都知事は、その学生のほうを判定会の学者たちより信用したというのかね」

「たまたま予想が当たったということではないですか。この手の占いもどきはよくある話です」

眠っているように目を閉じていた文部科学大臣が声の方を向いた。

「そのような占いもどきで警戒宣言を出すというのか」

諏訪内は吐き捨てるように言った。

「正確には演習・警戒宣言です。漆原君も学生の言葉を全面的に鵜呑《うの》みにするほど愚かではなかったということです」

「名目上演習だが、実際に起きるであろうと十分に想定したものです。前日には都知事自らが、東京直下型巨大地震マニュアルを放送しています。地震時における火の始末、避難場所の確認、地下鉄やＪＲに乗っているときの対応などです。さらに都職員、東京消防庁、警視庁、都立病院などの職員の非常招集をやっています。他県の消防、警察、自衛隊に対する援助要請も事前に確認しています。静岡に派遣される予定の自衛隊にも待機要請を出しました。その結果、住人の東海地区から東京への流入は止まり、流出すら起きている。これだけで被害の数十パーセントは減っている。大いに評価されるべきです」

「結果が彼を救ったということか。運だけで生き残ってきたような奴だからな」

「すぎたことより、今後のことを考えましょう。政府としては復興に全力を尽くし、リーダーシップを取り戻す。とりあえず震災救援特別措置法でも作って、被災者救済を第一に考えなければならないでしょう。阪神・淡路大震災が参考になると思います」

財務大臣がもっともらしく言う。

「判定会をもっと強化することも必要ではないですか。彼らは判定を誤った。静岡沖の地震は東海地震の前震ではなかった。東海地震など起きなかった。そのため、東京に多大の皺寄《しわよ》せが起こった。この点については、漆原君のおかげでいくぶんかは回避できましたがね」

諏訪内は思わずうなずくところだった。彼には借りができたという言葉を喉《のど》の奥に押し込んだ。

「今回のようなことが二度と起こっては困る。経済損失より、政府の信用失墜のほうがはるかに重要です。この不始末については、いずれだれかに責任を取ってもらわなければならんでしょうな」

「だが、厳しすぎる責任を問うことになれば、今後の判定に影響するのではないですか。委員が萎縮《いしゅく》すれば、今度は逆の意味で大失敗を犯すことになる。よほど注意して対処しないと――」

「しかし植村さんには会長の座を降りてもらわなくては。まあ、普通の神経ではとどまることはできんだろうが」

「そんなことより、死者五二〇〇人、負傷者一二万人、倒壊家屋四万棟、焼失面積四二平方キロメートル、家屋の焼失一八万棟の被害が報告されています。この数は昨日午後一一時の時点のものです。今後、もっと増えると考えられます。ヘタをすると倍。ただし最終的には、政府の調査報告程度には抑えられそうです。あれはかなり低めに出していますから。これも漆原都知事の事前に出した警戒宣言のおかげと言えるでしょう。しかしながら、今回の――」

国土交通大臣がメモを見ながら話している。

阪神・淡路大震災のとき、視察に行った総理大臣一行は、住民たちから石を投げられたという。住民たちが泥にまみれ、瓦礫に埋まっているいまだ見つかっていない肉親を必死で掘り出しているところに、バス数台をつらね、警備の車を引き連れていったのだ。折り目のついた見るからに下ろしたての作業服に長靴。住民にとっては、そんな取って付けたようなパフォーマンスで救援の邪魔をするくらいなら来るなと言いたかったのだ。

「以後の政治日程はすべて延期だ。明日は午前中から被害状況の視察を行なう。閣僚の方々もできるかぎり参加してもらいたい」

諏訪内が国土交通大臣の話をさえぎって言った。

「激しい余震が起こるということはないでしょうな。私は親父《おやじ》と雷は恐くはないが、地震だけは苦手でしてね」

厚生労働大臣の下手な冗談にもだれも笑わなかった。

諏訪内は軽い息を吐いた。

頭の中に溜《た》まっていた鈍い痛みはひどくなっている。

3

漆原都知事は災害対策本部室の椅子《いす》に座り、スクリーンを眺めながら石井副知事の報告を聞いていた。

スクリーンには東京湾西岸の地図が映っている。

「勝鬨《かちどき》橋、佃《つくだ》大橋、中央大橋、相生《あいおい》橋、春海橋。いずれも橋梁《きょうりょう》にひびが入ったり、橋桁が外れるなどして通行不能の状態です」

どれも埋め立てで造られた人工島と東京とを結ぶ橋だ。

「五本すべてがか。いったい、どういう設計になっている」

「あの辺りは地盤沈下が一メートル以上起こり、橋の強度が保《も》ちませんでした。設計当時、これほどの巨大地震は予想外でした」

「――ということは、佃、月島、勝どき、豊海町《とよみちょう》、晴海《はるみ》は孤立したということか」

「現在、復旧作業が行なわれていますが、復旧の目処《めど》は立っていません」

「海を埋め立てた造成地だ。地震のおりには液状化現象も激しいと聞いているが」

「月島辺りの集合住宅には、かなりの被害が出ています。倒壊は免《まぬが》れましたが、相当傾いたものもあるとか。港湾施設の被害も相当大きいと報告があります。岸壁が数メートル海側に移動したとか、神戸のときと同様の被害です。晴海埠頭の岸壁も崩れた箇所が多数あって、現在大型船の接岸は不可能です」

「住民は？」

「最寄《もよ》りの小学校に避難しています。食料、飲料水、毛布などは十分確保できているので、当面の問題はありません」

「医療面は？　負傷者への対応はできているのか」

「その把握はまだ――」

「至急、問い合わせるんだ。緊急医療が必要な場合は、優先的にヘリを飛ばすように。交通手段の復旧は最優先にするんだ」

他の地区の液状化現象による被害を聞こうとしてやめた。区部東部の低地、荒川周辺、東京湾沿岸の埋立地は軒並み被害を受けているだろう。当初から分かっていたことだ。しかし対策は打たなかった。いや、打てなかったのだ。二三区全域の地盤を変える。そんなことをだれができる。しかし、本当に打つ手はなかったのか。不意に、消防庁のヘリのパイロットの顔が頭に浮かんだ。

「豊洲の石油タンク火災はどうなった。付近のタンクから重油も流出していたはずだ」

「現在、消火中です。夜が明けしだい、自衛隊のヘリを使って本格的な消火活動に入ります。夜間作業は危険と判断しました。問題は――」

副知事は言いかけてやめた。

「いいから言ってみろ」

「月島の住人です」

副知事は息を吐いた。

月島は豊洲の北、二キロも離れていない。埋立地を結ぶ橋が通行不能になり、現在孤立している地域だ。

「液状化現象で住人は近くの小学校に避難しています。しかし石油タンク火災で流れてくる煤《すす》と煙が広がり、老人や子供の中に吐き気や喉の痛みを訴える者が出ています。さらに海風に乗った黒煙が中央区、千代田区、港区の方にも流れています。近いうちに住民に健康被害が出る恐れがあります」

さらに問題が――と言って、副知事は漆原から視線をそらせた。

「これ以上、何を聞かされても驚きはせんよ」

「背後にはＬＰＧタンクが九基あります。いずれも三万キロリットルを超える大型ガスタンクです」

「消防庁のヘリのパイロットに聞いている。そっちに火が広がるというのか」

「一基が爆発すれば他のタンクの爆発を誘発し、豊洲は火の海になります」

「付近に住人はいないのか」

「豊洲は工場地帯で、すでに関係者以外は避難しています。しかし南側に有明があり――どれほどの被害になるか見当もつかないとのことです」

「もっと前に打つ手はなかったのか」

漆原は呻くような声を出した。

「夜が明けしだい、静岡から来る自衛隊を投入して一気に消火します」

副知事は力強く言い切った。しかしその顔は青白く、引きつっている。

4

近藤は何度目かのため息をついた。

まだ三〇代と思える医師は立ったまま、腰をかがめてシャーカステンに挟んだ脳の断層写真を見ている。ドアの外からは、慌ただしく廊下を走る靴音が引っきりなしに聞こえてきた。時に悲鳴に似た声も響いてくる。

「CTスキャンでは異常がありません。脳震盪を起こしてたんだから、直前の記憶がなくなるってこともあります。すぐにもどりますよ」

「他のことは覚えてるんです。しかし、剝《は》がれた壁があたる前のことが――」

「少し落ち着いたらもう一度来てください。これじゃゆっくり話もできない」

医師はカルテに書き込みながら言った。

近藤に向けた顔には疲労と苛立ちが滲んでいる。口振りでは早く帰ってくれと促しているようだ。

三時間待たされ脳のCTスキャンを撮って、さらに医師に時間ができるまで数時間待った。しかし、病院の状況から考えるとたしかにその通りだ。

近藤は礼を言って診察室を出た。ドアの外に心配そうな顔をした女性が立っている。医師に会っているほんの一〇分ほどの間に、さらに負傷者が増えたようだ。廊下にも頭や手足から血を流した負傷者が立ったり座ったりしている。

近藤は女性と病院を出た。

繁華街からさほど遠くないはずだが町全体が暗く、孤立した島のような感じがした。日本の、それも東京だとは想像もできない。

すでに夜中の零時をすぎていた。しかし通りにはまだかなりの人が歩いている。

近藤がよろめいた。女性がその腕をつかんで支え、顔を覗《のぞ》き込んだ。

「大丈夫ですか」

「あなたこそ。家は？」

「和光市です。家には無事だって連絡してあります」

近藤は気がついて、携帯電話の電源を入れた。そのとたん鳴り始めた。

〈どこにいる。さんざん探しているんだ〉

ボタンを押すと同時に、怒りを含んだ声がした。

「どなたですか」

〈東洋フュエルの近藤優一さんですよね〉

近藤の言葉に相手は一瞬、沈黙し、急に改まった声に変わった。

「そうです——あなたは？」

〈何を寝呆《ねぼ》けてるんだ。私は専務の加藤だ。豊洲の石油貯蔵タンクが炎上している。ただちに行ってくれと言ったはずだ〉

東洋フュエル、豊洲、石油貯蔵タンク火災……私は……。ぼんやりだが記憶が戻ってきた。

近藤は手短に事情を説明した。

〈至急、近くの機動隊の車両に行って社名と名前を言え。都知事から連絡がいってるはずだ。タンクはもう一〇時間近く燃え続けている。きみがいちばんタンクシステムを熟知している〉

近藤は分かりました、と言って電話を切った。

「豊洲に行かなければならない。石油タンク火災が起きている。僕は石油会社の安全対策課の社員なんだ」

五分ほど歩くと機動隊の輸送車が止まっていた。車の前に立っている隊員に事情を話した。

隊員は待ってくださいと言って中に入った。

「漆原知事から急いで豊洲にお連れするように連絡が入っています。本部に連絡しましたから、中でお待ちください」

すぐに顔を出して、馬鹿丁寧な口調で言った。

「私は歩くわ。明け方までには家に着ける」

女性がじゃあ、と言って手を出した。

近藤はその手を握った。足元を見ると看護師用の白い靴を履いている。

「僕は――」

何か言わなくてはならないのだが言葉が出てこない。慌てて名刺を出して女性の手に握らせた。

「名前と電話番号を教えて下さい。改めてお礼を――」

女性に名前と電話番号を聞くのは初めてだった。

「菊地《きくち》です。知恵《ちえ》と言います」

知恵はバッグから名刺を出した。手作りらしく薄いブルーの紙に携帯電話とメールアドレスがある。

「あの――」

近藤が車のドアに手をかけたとき知恵が呼び掛けた。

「有り難う。救け出してくれて。人の下に埋まったとき、もうダメかと思った」

「必ず連絡します。僕は――行かなくちゃ」

近藤は頭を下げて、機動隊の車に乗り込んだ。窓から近藤の方を見つめている知恵の姿が見えた。

椅子に座ってカバンを抱え直した。なんだかわけの分からない力が、全身に溢《あふ》れてくるのを感じた。

5

美輪子は歩き続けていた。

歩き始めて一時間ほどは、道路をふさいで倒れているビルと機動隊による交通規制で何度か脇道にそれて回り道をした。数分前に見た電柱の住所表示は目黒区になっていた。その電柱は道路を横切って倒れ、切れた電線が無造作に断面をさらしていた。脇道なので放っておかれているのか。

足は重く全身がだるかったが、裕子の無事が確認できたことで気分はずいぶん楽になっていた。

ビルの明かりはついているところもあったが、街灯は消えている。

山手通りに出ると、引っ切りなしに、消防車両、救急車、機動隊の輸送車、自衛隊のトラックが通りすぎていく。中に何台かコンビニの保冷車が混ざっていた。

時折、都の広報車がＪＲと地下鉄、私鉄の復旧は明日以降になること、ビルのロビー、地下鉄の通路を緊急避難所として開放していること、帰宅困難者は最寄りの避難所で受け入れることを告げながら通っていく。

だが、山手通りには北に向かって歩く人の列が続いていた。みんな自宅に向かっているのだ。難民の群れ――ふっと美輪子の頭に浮かんだ。テレビニュースや新聞で見た、着のみ着のまま祖国を逃れていく人たち。気の毒だとは思っても自分と結びつけることはなかった。しかしいまは、自分自身がその一人なのだ。

警備に立っている機動隊員に交通手段はないかと聞くと、都バスの運行が予定されているが、いつになるか分からないという返事だった。要するに当分はここにとどまるか歩くしかないということだ。

機動隊の指揮車で髭の機動隊員にもらった缶コーヒーはとっくに飲んでいた。自動販売機は何台か見つけたが、停電中で使えないか、こじ開けられて中は空だった。

コンビニの前に行列ができている。

「お握りとパンは一人三個まで。ペットボトルは一本。弁当は売り切れです。当分、入る予定はありません。懐中電灯、電池、携帯の充電器、お菓子類も売り切れです。次に入荷の予定は三時間後です。弁当以外の食料品が中心になる予定です」

ドアの前で店のハッピを着た店員が怒鳴っている。

二〇分近く並んで、やっとお握り三個とお茶のペットボトルを買うことができた。

時計を見るとすでに翌日になっている。

吐く息が白い水蒸気となって散っていく。周りを歩いている人の数がいつのまにか一〇分の一近くまで減っている。どこかの避難所に入ったのか。

気が張っているせいか疲れは感じないが、疲労が溜まっていることは確かだった。歩みは目に見えて遅くなっている。こういうときは無理をしてはいけない。人間が許容できるネガティブなものは総量が決まっている。悲しみ、苦しみ、心労、そして肉体的疲労……それらを無理して詰め込むと、必ずほころびができて爆発する。祖母が口癖のように言っていたことだ。そして、父はそれに逆らって若くして死んだ。もっとも父の場合は借金に関係したものだったが。自分は死ねない。裕子が自立できるようになるまでは。まず、どこかで休まなくては。

美輪子は地下への階段を下りていった。東急田園都市線、池尻大橋駅のプレートを見つけたのだ。

地下の通路は半分ほどの明かりがつき、人で溢れていた。三分の一がコート姿、あとの三分の一がダウンジャケットなどの普段着。残りがスーツにネクタイだった。コートを取る時間もなく逃げ出し、歩き続けた人たちもいるのだ。

壁にもたれてコンビニで買ったお握りを食べてお茶を飲んだ。一個は残しておくつもりだったが、気が付くと三個全部を食べていた。空腹は感じていなかったが、食べ終わるといくぶん元気が出た。

立てた膝《ひざ》の中に顔を埋めた。

明るくなったら再び歩いて、家に帰ることができる。裕子が収容されている病院も聞いたので、直接そこに行けばいい。それにしても、中野までどのくらいかかるのか。警官に聞いても知らないと言われた。

「今日中にJRか地下鉄は動くのかな」

「無理だろう。点検だけでも数日はかかる。線路が波打ってるって聞いたぜ。それに地下鉄なんて恐くて乗れないよ。余震が当分続く」

「俺はバスが動くと聞いたような気がする。こんなことならもっとしっかり、都の地震マニュアルを読んでおくんだった」

「まあお互い、家族が無事なので一安心というところだ。これで連絡が取れてなければパニックは間違いないな」

「漆原都知事の昨日の言葉だと、あらゆる対応策はできているらしい。都民は都の出した地震マニュアルに従って、個人にできる範囲の防災をしてほしいと言ってた」

中年のサラリーマンが二人、小声で話し合っている。

ふくらはぎが張っている。こんなに歩いたのは何年振りか。日頃、もっと身体を鍛えておけばよかった。これが一段落したら、裕子とジョギングをやろう。

美輪子はふくらはぎに手をやってマッサージした。

「静かにしろよ」

突然、大声が響き、何かを床に叩きつける音がした。

「いびきがうるせえんだよ。こんなときに、よく眠れるな」

みんな気が立っている。啜《すす》り泣きのような声が聞こえていたが消えてしまった。

隣で携帯電話が鳴りだした。慌ててボタンを押す気配がする。

私——なんとか生きてるよ。——コンビニでパンを買って食べた。うん、開いてる。すごいよ、こんなときに開いてるんだもの。でも、行列ができてた。——帰るの何時になるかな。分からないよ。でも、できるだけ早く帰る。ママも心配しないでよ。電池、なくなると困るから切るよ。

声をひそませた若い女性の声が聞こえたがすぐに静かになった。

階段の方から時折、車の走る音やサイレンが響いてくる。

裕子にモルモットを買ってやるか。あと少しでクリスマスだ。でも、あの子が動物好きだとは知らなかった。きっと知らないことが山ほどあるのだ。もっと優しくしてやればよかった。風邪で熱を出しているときくらい、仕事を休んで家にいるべきだった。

この騒ぎが一段落したら田舎に帰ることを真剣に考えよう。そんなことを考えている間に、眠ってしまった。

6

松浦は深い息を吐いた。

空気はまだ熱を含んでいて、吸い込むたびに肺が熱く胸苦しくなる。

燃え残った太い柱が白い煙を上げている。いつ再び炎を上げるかも分からない。消防士たちが、そのくすぶる火を消しながら見回っていた。

彼らは勇敢だった。ひるむことなく火に迫り、燃え盛る家に飛び込んでいった。

「ひと区切り終わったか。避難所を移動しなくてすんだのは松浦さんをはじめ、第一師団施設大隊の方々のおかげだ。あの状態で移動していれば、必ず何人かの犠牲者が出るところだった」

結城が煤で汚れた顔をほころばせた。

「それにしても火災旋風はひどいものです。関東大震災のとき、避難場所だった被服廠《ひふくしょう》跡で三万八〇〇〇人の死者が出たというが、うなずける数だ」

「まだ完全におさまったわけじゃない」

「たしかに」

松浦は東の方に目を向けた。

東の空は朱色に染め上げられたようだ。高く上がった煙が町の炎を反射して輝いているのだ。

班長、と言って若い消防士が結城の前にやってきた。結城は二、三度うなずいて分かったと答えた。

「道路状況をすぐ調べてくれ。本部に言えばすぐにファックスを送ってくれる」

消防士は指揮車に向かって走りだした。

「新しい出動命令が出た。豊洲で石油貯蔵タンクの炎上が起こっている。移動可能な隊は、ただちに現場に急行するようにということだ」

結城は松浦に手を出した。

松浦がその手を握ったとき、松浦の無線が鳴りだした。

了解と言って松浦は無線を切った。

「豊洲でしたね。私の車で行きませんか。打ち合わせができる」

「きみも？」

「テロ対策の講習でアメリカに行ったことがあります。そのとき、ガソリンスタンド、石油貯蔵タンク、化学工場を狙ったテロの机上訓練と、短時間ですが実際の訓練も受けました」

「現場はかなりひどい状況らしい。炎上する浮き屋根式石油貯蔵タンクが一基に固定屋根つきタンクが一一基。一つは重油が漏れている。量はかなり多いということだ。近くにはLPGタンクもある」

「ただちに移動の準備をしてくれ」

松浦は部下に向かって力強く命令を出した。

7

瀬戸口は跳び起きた。

椅子に座ったまま居眠りをしていたらしい。

ここは——堂島の事務所だ。亜紀子のマンションから事務所に戻る途中、崩壊した家屋に閉じ込められていたカオルという女の子を救けた。彼女を近くの避難所に届けて事務所に来たのだ。

目だけを動かすと亜紀子は受話器を耳と肩で挟み、メモを取りながら話している。胸ポケットで携帯電話が震え始めた。

〈先生が倒れました。すぐに病院に行ってください。関東医科歯科大の附属病院です〉

気象庁職員の慌ただしい声が聞こえる。まだ二〇代の声だ。

「すぐに行きます」

瀬戸口は短く言って電話を切った。

「遠山先生が倒れた。過労だと思う。僕はこれから病院に行く」

「私も行く。ここは一段落したから」

亜紀子はアルバイトの若者にいくつか指示を出して、コートを取ってきた。

「自転車で行きましょう。内堀通りを走るとすぐよ。タクシーなんて走ってないでしょうから」

亜紀子は堂島の部屋から折り畳み式の自転車を出してきた。

瀬戸口は亜紀子を後ろに乗せて走った。自転車のライトの光が闇を切り裂いて、道路を白っぽく浮かび上がらせている。亜紀子は腕を瀬戸口の腰に回し、背中に顔をつけた。亜紀子の鼓動と体温が伝わってくる。

途中、何人もの警官に出くわしたが、そのまま走り抜けた。背後で怒鳴り声がすることもあったが、ひたすら走り続けた。

お茶の水橋を渡ると、救急車が数台並んでいる。瀬戸口はその間をぬって、懸命にペダルを踏んだ。額に汗が滲む。

事務所を出て二〇分もかからず関東医科歯科大学附属病院についた。

「病棟は分かってるの」

「知らない。この様子だとだれも分かりゃしない」

病院前の通りにも、入口前にも負傷者とその家族と思われる人が溢れていた。ロビーも人で埋まり、その間を看護師たちが走り回っている。額や手足から血を流している人もいるが、ここには重傷者はいないらしい。

「気象庁から遠山雄次という人が運ばれてきたはずですが、どこにいるか分かりませんか」

瀬戸口は受付の職員に聞いた。

職員は受話器を耳に当てたまま、パソコンのディスプレーに目を向けている。

「ここに入院したって電話があったんです」

「見たら分かるでしょう、ここの状態。まだ身元を確認する余裕なんてないの。空いてる手術室と先生を探すので精一杯。他の受け入れ可能な病院探しもね」

顔を上げ、激しい口調で言った。かなりいらついている。

「自分たちで探せってさ。一人一人確認していくほかないね」

廊下の方に歩き始めたとき、「瀬戸口先生」と呼ぶ声がする。振り向くと気象庁の職員が手を振っている。電話をかけてきた若い職員だ。

押した。


「早かったですね」

職員は亜紀子に目を移した。

「先生と同郷の人です。僕の高校時代の友人」

亜紀子はペコリと頭を下げた。

瀬戸口と亜紀子は職員に連れられてエレベーターに乗った。職員は最上階のボタンを
押した。

「院長室にベッドを入れてくれたんです。この状態だと何でもありです。長官がここの大学の学長と知り合いだったので頼み込みました。血圧が高いんですが、なかなかもとに戻らなくて——。過労や極度の緊張ってのもバカにできないそうです。そのまま逝《い》ってしまうこともたまにあるらしいです。歳のせいもあるんでしょうが」

エレベーターを降りても職員はしゃべり続ける。

この階は下の喧騒《けんそう》から切り離されて別世界のようだ。

廊下の突き当たりの部屋のドアをノックした。どうぞという声とともにドアが開いた。

瀬戸口は一歩踏み込んで思わず立ち止まった。

部屋の中央に置かれたベッド。周りには数本の点滴用スタンドが立っている。その横に三人の男がいた。二人は判定会のメンバー。そして、もう一人の男が振り返った。

「遠山先生——」

「植村君が倒れた。軽い脳卒中だ。まだ意識が戻らない」

ベッドに視線を戻し、低い声で言った。

慌て者、亜紀子が瀬戸口の耳元で囁《ささや》いて、肩中を突いた。

ロウのように白い顔。腕には二本の点滴針が刺さっている。数時間前までの力強い面影はなかった。瀬戸口は思わず目をそらせてしまった。

「一つは降圧剤、もう一つはブドウ糖です」

瀬戸口の背後から職員が声をひそめて言う。

「せめて看護師を付けておいてくれればいいんですが——この状態です。ぜいたくは言えませんね。入院できただけでもラッキーですよ。でも、もう一時間近くも意識がない」

呼吸は静かで規則正しい。しかし弱々しい。

瀬戸口の脳裏にホワイトボードの前で、真剣な眼差《まなざ》しで遠山と議論する植村の姿が浮かんだ。植村の指先が動いたような気がした。

ドアが開き、看護師が入ってくる。点滴をチェックし脈拍を測った。

「呼吸も脈拍も安定しています」

「医者は来てくれないんですか。まだ意識が戻らない」

「下の状況はご存じでしょう。先生が必要なときには呼びますから」

「植村……」

遠山の口から低い声が漏れた。

植村が薄く目を開けている。しばらく視線を漂わせていたが、遠山に目を留めて見つめている。

「……ここは……どこだ」

「病院だ。きみは気象庁の部屋で倒れた」

起きようと身体を動かしたが、すぐにあきらめて力を抜いた。

「当分は安静にしていてください。いくら軽いといっても、脳梗塞《のうこうそく》ですから」

看護師が植村の毛布を直しながら言った。

「いま何時だ」

「きみは何も考えるな」

「どのくらい意識がなかった」

「一時間ほどだ」

植村は何かを考え込んでいる。

「医者は意識さえ戻れば問題ないと言っている。少し血圧が高いらしいが」

「きみに……きみに、あとのことを頼みたい。みんなも……異存はないはずだ」

判定会のメンバーに視線を移した。二人のメンバーは顔を見合わせ、無言でうなずいた。

「私は……きみに謝らなければならない。重大な過《あやま》ちを犯していたのかも知れない。自分では……自己の信念にもとづいて行動していると信じていたが……果たして……」

「もういい。その話はあとだ」

「しかし……」

「このくらいでやめて下さい」

看護師が何か言おうとする植村に向かって首を振った。

そのときドアが開き、医師が入ってきた。

植村の意識が戻ったことを確認して、全員に向き直った。

「もう大丈夫です。しかし、緊張とストレスには十分に注意して下さい。それに疲労。手足に軽い麻痺《まひ》が残るかも知れませんが、リハビリでほぼ元通りの回復が望めるものです」

瀬戸口と亜紀子は部屋を出た。

非常階段を上がり屋上にいった。吹き付けてくる冷たい風は煙の臭いを含んでいる。赤い絨毯《じゅうたん》が四方に何十ヵ所も見え、その上に黒煙が上がっている。不思議なことに、その地獄のような光景を見ても意外なほどに落ち着いていた。

「私は事務所に帰って少し休む。お風呂はとても無理だわよね」

「水道とガスは当分期待しないほうがいいよ。近日中に復旧できるのは電気だけ」

「神戸のときは水道の復旧までに三週間。友達の女の子は、お風呂に入ったのは二週間後。親戚のおばさんがその子供と一緒に、車でラブホテルに連れてってくれたんだって。ラブホテルは家族連れでいっぱいでね。おばさん、洗濯もしてたけど、その子は珍しくってそれどころじゃなかったらしいわ」

亜紀子は低い声で笑ったが、どこか淋しそうな響きを含んでいる。自分はそのころ、病院のベッドだったのだ。

「僕はひと月後だ。人間、垢《あか》では死なないってことは実証済みだ」

二人はしばらく、炎の中に広がる東京を見ていた。

亜紀子は自転車で帰っていった。

瀬戸口と遠山は職員の運転する車で気象庁に戻った。

『地球シミュレータ』からは五分ごとに計算結果が送られてくる。その結果は各自のパソコンのディスプレーに、時間を追って三次元映像で表示された。

「今回の東京直下型地震は東海地震とは切り離して考えて問題ない。これを判定会の結論といたしますがいかがですか」

判定会の副会長が遠山に聞いた。

遠山はディスプレーを見つめている。やがて瀬戸口のほうに向き直った。

「プログラムの開発者の意見を聞きたい」

「僕もそう思います。しかし、今回の地震によるプレートへの影響は、今後も追っていく必要があると思います」

遠山はうなずいている。

8

東の方角が赤く染まっている。

火災が絨毯のように広がっているのだ。赤い絨毯の中をいく筋もの煙が流れていく。

松浦は阪神・淡路大震災の日を思い出そうとした。

神戸の空は昼間も灰色に濁っていた。火事の煙が覆っていたのだ。

石油貯蔵タンクから一〇〇メートル近くも離れているが、熱を含んだ空気が松浦の全身を包んでいる。ナフサの燃える強い刺激臭が鼻孔の奥に染み込み、息をするたびに喉がひりひりした。辺りの空気が黒ずんで見える。かなりの煤が混じっているのだ。

松浦は結城と並んで防塵《ぼうじん》マスクをして、燃えさかるタンクに近づいていった。

熱気はますます強くなり、全身が火照《ほて》ってくる。着ているのは冬用の野戦服だ。

タンクの周りには二〇台以上の消防車両が止められ、一〇〇人以上の消防士と機動隊員がいた。数人いる背広にコート姿の男たちは、石油会社の人間だ。

見上げると巨大な円筒の上部から時折、炎が噴き出すのが見える。

「これを着たほうがいい。耐熱加工がしてある」

結城が消防士が持ってきた防火服を差し出した。

着ると、ずっしりとした重みとともに熱が遮断され、全身の火照りが引いていった。

「化学消火剤を投入しましたが効果はありませんでした。火の勢いが強すぎます」

図面を広げた消防士が結城に状況の説明を始めた。消防士の顔は煤と水で斑《まだら》模様ができている。

「直径四五メートル、高さ二五メートル。タンク容量三万三〇〇〇キロリットル。浮き屋根式の石油貯蔵タンクです。中はナフサ。浮き屋根は三分の二ほどがナフサの中に沈んでいて、その上のナフサが燃えています」

「ナフサの抜き取り作業は始めたか」

「六号タンクに移していますが、ポンプがうまく作動しません。地震で各タンク間の配管にずれが生じています」

「化学消火剤の投入を続けるしかないな」

「火の勢いが強すぎてあまり効果はありません。投入量に限りがありますから」

「水で温度を下げるしかないか」

「ですが――」

現在も消防のポンプ車からは放水が続けられている。だが放水はタンクから噴き上げる炎に比べてあまりに細く、炎に触れる前に細かい水蒸気になって消えていく。

「火勢に勝てるだけの大容量の水を放水できる放水車がありません」

「これでは、象に水鉄砲で行水させているようなものだ。やはり、ナフサが燃え尽きるのを待つしかないのか」

「本部はそのつもりのようです。問題は隣のタンクの重油流出と、東側にあるＬＰＧタンクです」

消防士の指す方を見ると、巨大な球形のタンクが並んでいる。

「全部で九基のＬＰＧタンクがあります。一つが爆発したら、残りのタンクもダメージを受けてガス漏れを起こす恐れがあります。そうなれば誘爆が起こります」

「地震でガスは漏れてないのか」

「現在、ガス会社の職員がチェックしています。タンク自体は耐震設計がされていますが、問題はタンクから出ている配管です。地震によるずれも考慮はしているらしいのですが――」

消防士は言葉を濁した。

「予想をはるかに超えた今回の揺れと、地盤沈下により、外れたりゆるんでいる箇所がかなりあるようです。さらにタンクの土台自体に問題が生じたものが五基あります。地盤の液状化現象です」

「重油の流出は？」

結城は隣のタンクに目を移している。炎を上げる三号タンクと横の二号タンクの間に、黒い部分が見える。重油の池ができているのだ。

「二号タンクの地上二メートルの位置。タンクの溶接接合部に長さ五〇センチほどの亀裂が入っています。亀裂の最大幅は七センチ程度。流出はそこからです。すでに二万リットルあまり、ドラム缶一〇〇本分が流出しています」

「修理はできないのか」

「ウエスを詰めて材木で押さえようとしていますが、流出の勢いが強すぎて手間取っています。金属を溶接するのがベストですが、ガスバーナーが使えないですからね」

「このまま垂れ流しはまずい」

背後から松浦が声を出した。消防士が、だれだおまえは、という顔で松浦を見た。

「彼は陸上自衛隊施設大隊の松浦一尉だ。大規模タンク火災についての知識がある」

松浦は一歩前に出て結城に並んだ。

「とりあえずなんでもいいからプールを作って流出する重油を受けてください。地面に垂れ流される重油は少ないほうがいいでしょう。それに、ただちにブルドーザーとショベルカーをできるだけ多く用意してください。自衛隊の重機だけでは足りない。タンクの周りに盛り土をしてプールを作ります。近くの工場に連絡を取って借りればいい」

分かりました、と言って消防士は本部車両に走っていった。入れ違いに、トレーラーから下ろされたショベルカーとブルドーザーが動きだした。

「ショベルカーのショベルにウエスを巻いて、タンクの亀裂部をふさげ」

松浦は部下に命じた。

ショベルカーとブルドーザーがうなりを上げながら重油タンクに近づいていく。

「タンクシステムの設計者はまだか」

「いま、こちらに向かっています」

結城の怒鳴るような声に消防士が答えた。結城は炎を上げるナフサタンクを睨《にら》みつけている。

「俺はこれほどの火災は経験ない」

「私だってそうです。アメリカでビデオは見せてもらいましたが——。クーラーのきいた部屋でコーヒーを飲みながらね」

松浦は、消防士たちに挑戦するように舞い上がる炎と黒煙を凝視しながら言った。

9

〈こちら本部。『ちどり』応答願います〉

無線が鳴り始めた。

「こちら、『ちどり』。無線はよく聞こえます」

〈石油会社の職員が立往生している。豊洲の炎上中の石油貯蔵タンクシステムを設計したエンジニアだ。きみのヘリでピックアップして現場に連れて行くことはできないか〉

「場所を教えてください」

花岡が燃料計を指して激しく首を横に振っている。

〈豊島区で渋滞に巻き込まれている〉

「これからただちに向かいます」

〈どのくらいで着ける〉

「一〇分、いや六分といったところです。詳しい場所を教えて下さい」

〈きみらで着陸できそうなところを見つけてくれ。そこに誘導する〉

「道路は渋滞してるんでしょう。そちらが近くの場所を探したほうが早い。ヘリが着陸できるところ。学校の校庭がいいでしょう」

〈了解。その旨伝える〉

飯田は機首を池袋の方に向けた。

「ダメじゃないですか、そんなの引き受けちゃあ。あと二〇分も飛べませんよ。ピックアップして現場に輸送して立川に帰るとなると一時間近くかかる」

「なんとかなるだろう。いままでもなんとかなってきた」

「本当になんとかして下さいよ。せっかく家族が無事だというのに」

行くぞ、と声を出し、飯田は操縦桿を引いた。ヘリは北北西に向かってスピードを上げる。

豊島区上空に入ったとき、石油会社のエンジニアは池袋北小学校で待っているという連絡が入った。池袋駅の近くだ。

「ここらの小学校は避難所には使われてないんですかね」

花岡が地図を調べながら言った。

車のライトの列が地図上の道路のようだ。車の流れが保たれているのは都が厳しく規制している幹線道路だけで、一つ道をそれると道路は車で埋まり、動く気配はない。たしかにこの渋滞に入り込んだら身動きできない。

「あの公園の横にある小学校です。ヘリのライトをつけて下さい」

花岡の指差す方を見ると、ライトに照らされて木々と芝生の横にグラウンドが見えた。グラウンドを入ったところにヘッドライトをつけたパトカーが二台止まっている。屋根の赤色灯が回り、横で二人の警官が空を見上げて手を振っていた。グラウンドには多くの人影が見えるが、中央部に空間ができている。

「あそこに下りろということですね。彼ら、ヘリの性能を誤解してる。気を付けてください。地震で生き延びて、翌日墜落死では浮かばれません」

飯田は慎重に機体を下げていった。

「石油会社の人はどちらですか。急いで乗って下さい」

ヘリが地面に着くと同時に花岡がドアを開け、身を乗り出して怒鳴った。

警官に誘導されて、カバンを抱えた男が身を屈《かが》めて走ってくる。四〇前後で頭の包帯からのぞく頭部の半分が禿げ上がり、黒いコートのボタンを首まできっちり留めている。細いフレームの眼鏡をかけた神経質そうな男だった。眼鏡の右レンズにはひびが入っている。頭と左手の包帯はこの地震によるものか。

男が乗り込むとヘリは離陸した。

「東洋フュエルの近藤です。あの石油貯蔵タンクのシステムを設計しました。よろしくお願いします」

近藤は几帳面に頭を下げた。

ヘリは南に向かって速度を上げた。

「石油タンクの近くにヘリの下りられそうな場所はないですか」

無線で呼び掛けた。

〈工場内に空地がある。ヘリが十分下りられる広さだ〉

「タンクの近くは危険です。上昇気流ができている」

〈じゃあ、そっちで決めてくれ。迎えの車を回す〉

慌ただしく言うと無線は切れた。背後で叫びあう声が聞こえていた。現場はかなり混乱している。

「あいつら何を考えてるんだ。ヘタしてタンクに突っ込んだら一帯が火の海だ。それに、決めてくれと言われても決めようがないですよね。燃料は少ないし、昼間じゃないんだ。おまけにあの辺りの道路は液状化でどろどろだって言われてるし」

花岡が脅えとも愚痴ともつかない声を出した。

ヘリは新宿区から港区に入った。

数時間前に見たときには、いく筋かに分かれていた煙は町一面に広がっている。煙の中に赤い炎も見える。延焼が広がって、一つの広域の火事になったのだ。

「ベルトをしっかり締めて。多少、揺れますから」

飯田は操縦桿《そうじゅうかん》を引いた。ヘリは高度を上げ、流れるように南に向かっていく。

「まさか——よしてくださいよ。火事の中を突っ切ろうというんじゃないですよね」

「他のどこを飛べって言うんだ」

ヘリが振動を始める。火事で暖められた空気で気流が不安定なのだ。

「気をつけてください。バーベキューにはなりたくないですからね」

「俺だっておまえの丸焼きなんて考えただけでぞっとする」

飯田は操縦桿を握り締めた。

東京湾が見え、その一角から巨大な黒煙が上がっている。

風に乗ってナフサが燃える刺激臭が流れてくる。黒煙の隙間に炎が見え始めた。

「石油タンク群の西、五〇〇メートルのところに港に続く道路が通っています。そこに着陸します」

〈了解。あの辺りの道路は液状化で泥水が噴き出しているところがある。入り込んだらヘリが転倒する恐れがある。十分に注意するように〉

振り向くと近藤はカバンを抱えて目を強く閉じている。

黒煙の中に円筒形の炎が見え始めた。燃え続けるナフサタンク周辺の空気には、煤と不快な臭いがたっぷりと溶け込んでいる。その黒煙の間から時折、真っ赤な炎が上がる。

「できたらもっと近寄ってくれませんか。燃え方を見ておきたいんです。上から見る機会はもうないですよね」

目を閉じていた近藤がいつのまにか、カバンを抱いたまま防風ガラスに額をつけている。

「燃え方なんてどこから見ても同じですよ。早く下りましょう」

飯田は花岡の言葉に反して、ヘリを旋回させてナフサタンクに近づけた。揺れが激しくなった。

鼻を突く異臭がヘリの中に満ちる。

近づくと巨大な釜から炎が噴き出しているようだ。ヘリの中にまで熱気が伝わってくる。

花岡は文句を言いながらも身体を乗り出すようにして、ビデオカメラを回している。

もう一度タンクの周りを回ると、ヘリはナフサタンクから離れた。

眼下には闇が広がり、所々に強い照明が見える。投光器と車のヘッドライトの光だ。

「東京がこんなに暗い町だとは知りませんでした。こういうのもなかなかですね。普通なら感動するところですが、現在の状態ではね」

「視界は最悪です。誘導してくれませんか」

〈発煙筒を焚いている。十分見えるはずだ〉

「前方五〇〇メートル」

花岡の声に視線を向けると発煙筒の赤い炎がサークルを作っている。

「あの円の中に下りろということでしょうね。大丈夫ですか」

飯田は答えず高度を下げていった。

サークルの横にはパトカーと消防署の車が止まっている。

「帰りの燃料は持ってきてくれてるんでしょうね」

花岡が低い声で言った。

燃料タンクはほぼゼロになっている。

10

近藤は茫然《ぼうぜん》と前方を見つめた。

辺りは投光器と車のヘッドライトと噴き上げる炎で昼間のように明るい。

放水の音と消防士たちの怒号が飛びかい、騒然としている。いつも見慣れている石油貯蔵タンクが、未知の巨大な生物が荒れ狂っているように見えた。炎を吐く巨大な竜。

ヘリから降ろされると、結城という消防士に現場へ連れて来られた。

石油貯蔵タンク火災は一度起こると予想を超える大火災となる可能性が高い。やはり上司とやりあってでも、もっと早く大容量泡放射砲を導入すべきだった。

燃え盛るナフサが満載されたタンク。立ち上る黒煙。周囲にはナフサの燃焼する臭いと漏れ出た重油の臭いが立ち籠めている。空気を吸い込むたびに喉がひりひりと痛んだ。刺すような痛みに目も開けていられない。熱と臭気が強烈なぶん、上空から見たときより火災の激しさを全身で感じた。

カッターシャツには油煙で黒い斑模様ができている。

「すでに五〇〇キロリットルの泡消火剤を投入したが、火の勢いはますます激しくなっている」

結城がタンクを睨むように見ながら言う。

放水車から放水される水が霧のように風に流されて広がっていく。タンクから上がる火炎のために上昇気流が生まれ、タンクに入る前に水蒸気になって飛び散ってしまうのだ。

「北海道十勝沖地震のナフサタンク火災よりひどい。火の勢いが強すぎて、従来の泡消火剤ではもう手の付けようがありません」

「我々は何をすればいい。あんたに来てもらったのはそんな言葉を聞くためじゃない」

「一気に大量の水を投入して、まずタンク全体の温度を下げることが重要です」

「現在、放水車一五台を投入している。これが限度だ。いま東京中で、大小合わせて二〇〇件以上の火災が起こっている。これ以上の放水車の要請は無理だ」

「隣のタンクからは重油が漏れています。回収していますが追い付きません。二万リットル、ドラム缶一〇〇本分は確認していますが、おそらくもっと増えています。何かの拍子で引火したら、大惨事が起こります」

松浦という自衛隊の服の上に東京消防庁の防火服を着た男が言った。まだ若いが指揮官らしい。

「ナフサタンクの表面温度が二〇〇度を超えました。退避命令を出しますか」

消防士が結城のところに来て叫んだ。

ナフサタンクから上がる巨大な炎が大きくゆらぎ、ＬＰＧタンクを舐める。

「ＬＰＧタンクの温度も上がっています。特に一号タンクがひどい。すぐに危険領域に入ります」

ＬＰＧタンクは摂氏マイナス一六四度の液化天然ガスを貯蔵している。そのため金属製の内槽と外槽のある二重殻形式で、その間に断熱材を入れている。夏場の高温時には自動的に水膜で覆い表面を冷却するが、現在はその装置が働いていない。地震で壊れたのだ。

「水、冷却剤、消火剤。なんでもいいからＬＰＧタンクにかけて温度を下げるんだ」

結城が命令しながら無線機を出した。

「ＬＰＧタンクの温度を下げたい。至急、本部につないでくれ」

うなずきながら聞いていたが、急いでくれと言って無線を切った。

「化学消火剤の代わりに特殊冷却剤をヘリを使って投下する。あと三〇分ほどかかる」

近藤は考え込んだ。ここまで火勢が大きくなると十勝沖地震のときのように、ナフサが燃え尽きるまで待つしかないのではないか。しかし問題は漏れた重油と隣にあるＬＰＧタンク群だ。

「何か手を考えろ。そのためにあんたを呼んだ」

結城の声で我に返った。

「一つあります。しかし――」

「急いでくれ。LPGタンクの温度が上がっている。爆発の恐れがある」

「港の第三倉庫に大容量泡放射砲があります。毎分三万リットルの水を一五〇メートル前後飛ばすことができます」

「早く言ってくれよ。そんな新兵器があるのなら」

「大変だ」

近藤がタンクを見上げて叫んだ。

「熱でタンクが変形している」

ずんぐりした円筒型のナフサタンクの上部が、わずかだが斜めになっている。巨大すぎてさほど感じないが、その傾きは数メートルはある。

「まだタンクの中には二万一〇〇〇キロリットル以上のナフサが入っている。変形がひどくなると漏れが始まる」

燃え盛るナフサがタンクから流れだしたら。一面が火の海になり、残りのタンクも炎上を始める。火はLPGタンクにも広がるだろう。爆発が起こることは必至だ。近藤は上着ポケットのブルーの名刺をワイシャツの胸ポケットに移した。

「急げ！」

近藤は自分自身を叱り付けるように怒鳴って、第三倉庫に向かって懸命に走った。

11

飯田は東洋フュエルのエンジニア、近藤を現場近くの通路に降ろした。花岡には言わなかったが、ヘリの燃料タンクは着陸数分前からゼロになっていた。

待っていたタンクローリーから給油をすませて、本部の指示どおり、立川の航空隊に向かった。

ヘリポートには一二〇〇リットルの消火剤が入った消火バケットが五個、置かれている。林野火災のおり、ヘリの下に吊り下げて消火剤をまくバケットだ。

「もう一度、豊洲に飛んでくれ。バケットの中は特殊冷却剤だ。対象物にかかると気化しながら熱を逃がす。ＬＰＧタンクに投下して冷却する」

走りよってきた隊長が言った。

「飯田さんはすでに地震発生前から飛んでます。もう限界のはずです。完全な規定違反ですよ」

花岡が強い調子で言う。彼としてはもうこれ以上飛びたくないのだ。たしかに気持ちは分かる。空の危険を十二分に知っている。

「俺だって同じだ。東京の消防士全員が不眠不休で頑張っている」

「中谷《なかたに》さんがいるでしょう」

中谷は同僚のパイロットで、『ちどり』の交替要員だ。

「彼は病院だ。消火バケット装着中に余震があって、バケットが外れて右腕を骨折した」

「私はオーケーです。急いで取り付けてください」

飯田はヘリの底部についている消火バケット装着装置をチェックしている。

隊長がオーケーの合図を送ると、台車に載せた消火バケットが運ばれてくる。

バケットを装着している間、飯田はトイレに入って携帯電話を出した。

メモリーで柏の妻の実家の電話番号を表示する。一瞬、躊躇《ちゅうちょ》したが思い切ってボタンを押した。

呼び出し音がするだけで出る気配はない。一〇回まで数えて電話を切った。飯田の家族は誰も携帯電話を持っていない。他の親戚に電話しようと思ったが番号が分からない。しばらく考えたがあきらめてヘリポートに戻った。

「バケットの装着オーケー。燃料も満タンにした」

「花岡は？」

「もう乗っている」

コクピットを見ると花岡が計器のチェックをしている。

「いやな感じですね。濁った水の中に入っていくようだ」

火事の煙が東京の空一面に立ち籠めている。飯田はゆっくりと息を吸った。煙の臭いがする。

「いくぞ」

ヘリは勢い良く飛び立った。

飯田は東に目を向けた。闇の中に所々赤い絨毯が見えている。柏の方角は――飯田はわずかに首を振って、その考えを振り払った。

「火災の数は少なくなっていますが、規模は大きくなってます」

「このままでは東京は焼け野原だ」

飯田は茫然と見つめながら呟いた。

ヘリは凄まじい熱と黒煙の中を飛んだ。

激しい揺れが襲った。上昇気流ができている。横では花岡が引きつった顔でシートベルトを締め直している。

ヘリから数十メートル先に巨大な煙突のような円筒が炎と黒煙を上げていた。

眼下の赤っぽい光景の中に消防士と消防車がミニチュアのように見え、消防車の放水した水が炎に輝きながら霧のように流れていく。

「飯田さん、あの上を飛ぶなんてことは言いっこなしですよ」

「俺だって本物のバカじゃないよ。命の大切さは十分知っている」

「奥さんと二人のお子さんのことを肝に銘じて飛んでください。無茶はできないはずです」

花岡が操縦パネルの前に貼られた飯田の家族写真に目を留めている。公園で二人の子供を挟んで飯田と妻が笑っている写真だ。

ヘリはLPGタンクの真上にきた。

「特殊冷却剤投下は一号LPGタンクだ」

「はずしっこなしですよ。死ぬ思いで飛んでるんですから」

「的《まと》はあんなに大きい」

飯田はLPGタンクの真上でホバリングしながら、消火バケット投下のレバーを引いた。防風ガラスに顔を近づけたが投下された気配はない。

「早く投下してください。ここは危険です」

花岡が悲鳴のような声を出す。

飯田はレバーを引き続けた。

上昇気流にあおられ、ヘリが横に大きく揺れる。

12

「ウソだろう」

松浦は思わず声を上げて近藤を見た。このひびの入った眼鏡をかけ、頭と手に包帯を巻いた満身創痍《そうい》の男は何を考えている。

結城は信じられないという顔で立っている。

「動かし方が分からないんですか」

近藤はうなずいた。

大容量泡放射砲Ⅲ－Ｓ型を前に、松浦、結城、近藤の三人は立ち尽くしていた。

近藤は慌てて倉庫の隅のロッカーから分厚い取り扱い説明書を持ってきた。英文だ。

「昨日、アメリカから届いたところです。本来なら週明けにも安全対策課の者を集めて実際に使ってみることになっていました」

「私はアメリカで見たことがあります。しかしこれより小型で、装置自体は扱ったことはありません」

松浦はⅢ－Ｓ型の前にしゃがみ込んで調べた。

「俺に任せろ。要するにポンプだ」

結城が松浦を押し退《の》けてスイッチを入れた。モーターが低いうなりを上げ、激しい振動を始める。近藤が慌ててスイッチを押すと止まった。

「おかしなところに触って壊さないでください」

「とりあえず外に出して現場に運ぼう」

三人は大容量泡放射砲とポンプを倉庫から引き出した。

ナフサタンクの変形は目に見えて進んでいる。

「泡消火剤がありませんよ」

「周囲には海水が溢れています。水には変わりない。漏れ出た重油への延焼はなんとしても阻止しなければ」

松浦は必死だった。このままでは負けたことになる。そんなことは、断じて許されない。

「海まで一〇〇メートルほどだ。ホースの長さは？」

「三〇〇メートル」

「泡放射砲の飛距離は？」

「一五〇メートルです」

「十分すぎる」

松浦は結城にポンプにつながる吸水ホースを海に入れるように頼んだ。結城はホースをつかんで駆け出していく。

すでにナフサタンクは不気味なほどに歪んでいる。あと一メートルも変形すればナフサが漏れだす。

用意は一〇分ほどで終わった。

「後退命令が出ています。タンクから三〇〇メートル地点まで後退です」

消防士が来て結城に伝える。

放水を続けていたポンプ車はすでに後退を始めている。

「用意はできた。きみたちはポンプ車まで下がってくれ。あとは俺一人でもできる」

結城は松浦と近藤を押し退けて、泡放射砲の操作バルブを握った。

「一人で扱うには荷が重い代物です」

近藤がポンプの前に待機する。スイッチの上に置いた左手の包帯には血が滲んでいた。

「ここまできてヒーローがあなた一人だけとは納得できない」

松浦が泡放射砲のスイッチに手をかけた。

「変形が進んでナフサが漏れだしたら、ここら一面火の海です。どこにいても変わりませんよ」

「さあ、いきますよ」

近藤がポンプのスイッチを入れた。ディーゼルエンジンが振動を始め、泡放射砲のノズルからすさまじい勢いで海水が噴き出す。

「まずタンクの少し上を狙って放水してください。それからタンクの上部に移る。変形さえ止まれば、放水を続けていれば火はそのうちに収まります」

松浦がナフサタンクを見ながら言う。

結城はノズルをタンクに向けた。

毎分三万リットルの海水が、空中をなめるように踊る炎の塊を噴き飛ばしていく。一気に炎が小さくなった。

「次はタンクです」

松浦の声に結城はノズルをナフサタンク本体に向けた。

凄《すさ》まじい水流が炎と黒煙を貫き、火勢に負けて流されることはない。

「なんとかなりそうだ」

結城が独り言のようにつぶやく。

巨大な火柱が上がった。

幅一〇メートル以上ある炎の柱が夜空を染め上げる。その瞬間、爆発の衝撃波が松浦を襲う。激しい力で殴り飛ばされるような感じだった。空中に投げ出された瞬間、結城と近藤が同じように空を舞っているのを見た。

松浦は地面に叩きつけられた。受け身の姿勢を取る間もなく右肩に強い衝撃を受け、しばらく息ができなかった。

なんとか起き上がって辺りを見回すと、千切れ、折れ曲がったパイプが散乱している。これで痛みを感じるのは肩だけというのは奇跡的だった。

結城と近藤の姿を探すと、二人は松浦よりさらに一〇メートルほど遠くに飛ばされていた。

近藤は配管の間に倒れていた。完全に気を失っているが、目立った怪我はない。鼻先にかろうじてひっかかっている眼鏡の左レンズはなくなっている。松浦は近藤をコンクリート壁の下まで引きずっていった。

結城を探したが見つからない。他の消防士を呼ぼうとしたとき、パイプに埋もれて倒れている結城を見つけた。頭上にはさらに、数十本のパイプがいまにも崩れそうに絡み合っている。

松浦はパイプの中から結城を引き出そうとした。

「ここは危険だ。逃げろ」

結城の視線を追うと、頭上のパイプがぐらついている。危ないと思ったときには結城の上に覆い被さっていた。二人の上に雪崩《なだれ》のようにパイプが降ってくる。

左腕に激しい痛みを感じた。折れてはいないがひびくらい入っているかも知れない。

結城を抱き起こしたがぐったりしている。

腹の脇から腕ほどの太さのパイプが見えた。腹に刺さっているのだ。

「救急車を呼べ。負傷者がいる」

松浦は叫んだ。

振り返るとナフサタンクはまだ黒煙と炎を上げ続け、揺れる炎の先はＬＰＧタンクにかかっている。

「緊急手術が必要な傷だ。急いでくれ」

松浦はもう一度、声を上げた。

「この辺りは危険だ。すぐに救急車を呼べ」

松浦は駆け付けた衛生隊員に結城をまかせると、近藤のところに走った。

近藤はコンクリートの壁にもたれて座っていた。まだ意識がはっきりしないのか、焦点の定まらない視線をさまよわせている。

「しっかりしてくれ。あんたが頼みだ。どこも怪我はしていない」

頬《ほお》を数回叩くと、次第に顔に緊張感が戻ってくる。

「松浦さん、腕から血が――」

手の甲を血がつたっている。松浦は袖でぬぐった。

「何が起こった」

松浦は近藤の言葉を無視して聞いた。

「ガス爆発ですよ。でもラッキーでした。タンクはちゃんとある」

「冗談はやめてくれ。俺たちは吹っ飛んで結城さんは重傷だ」

「漏れ出たガスに引火したのでしょう。タンク爆発だったらこんなものじゃない。他のタンクの誘爆を引き起こして、ここらのかたちはありません。でも――」

近藤の顔が引きつっている。

「LPGタンクに穴が開いてガスが漏れてるのか」

「タンクは問題ありません。パイプの継ぎ目がずれて、ガスが漏れているんでしょう」

「耐震設計じゃなかったのか」

「そうですよ」

近藤は声を上げた。

「一メートル程度のずれであればね。しかし一・五メートルもずれるとはだれも考えなかった。M8の地震がきて、こんな地盤沈下が起こるとはだれも予想できなかったんですよ。でも運がよかった。我々は生きている。でも次はどうだか分からない」

「ガス漏れを探知して防ぐ装置はついてないのか」

「あります。センサーがパイプのガス漏れを感知して、タンクの自動バルブを閉めて供給をストップするシステムです。いや、それ以前にM5の揺れでメインバルブが閉まってパイプにガスはないはずです」

「それがどこかで壊れている」

松浦の言葉に近藤がうなずく。

「故障箇所は分からないのか」

「中央制御室に行けば分かります。しかし——制御室の者はなぜガス漏れに気づいていないんだ」

「逃げ出したんじゃないのか。こんなところに好き好んでいるバカはいない」

「冗談はやめて下さい」

サイレンが鳴り始めた。LPGタンクの方だ。

「警報です。LPGタンクの表面温度が八〇度を超えました」

近藤は頭の包帯をむしり取った。松浦の身体にすがるようにして立ち上がり、埠頭の建物に向かって走りだした。

松浦は近藤を追った。

頭上でローターの音が響いている。

結城が要請していたのは——あのヘリではない。早すぎる。

見上げても上空は黒煙が覆っていて、ヘリの姿は見えない。地上でもこの熱と煙と煤だ。直接、炎と黒煙が噴き上げる上空ではさらにひどいはずだ。

制御室はひっそりとしていた。

明かりがついているのでだれかいたはずだが、人影は見えない。

近藤は注意深く入っていく。足を踏み出すたびにガラスを踏み砕く音がする。

部屋の中は惨《みじ》めなほどに荒れていた。壁ぎわに並ぶファイルボックスは三分の二が倒れ、床に書類が散乱していた。倒れたファイルボックスの下に男が横たわっている。

近藤は松浦を呼び、二人で男を引き出した。

近藤は男の顔を見つめている。

「知っているのか」

「加山《かやま》さんです。この部屋の管理主任です」

しっかりして下さいと呼び掛けるが動く気配はない。

「だめだ。もう死んでいる」

松浦は男の首筋に手を当てて言った。

床に目を落とすと、頭のあった辺りには血溜りができている。

「ファイルボックスに押し倒されて、床で頭を打ったんだ」

近藤の目に脅《おび》えが表れ、身体を引いた。

「死体を見るのは初めてなんです」

「はやくガスパイプのバルブを閉めてくれ」

松浦は近藤の腕をつかんで立たせた。左腕の痛みは激しく、力はほとんど入らない。

近藤は制御盤の前に行っていくつかのスイッチを押した。

「バルブは閉めましたがダメです。一号ＬＰＧタンクの温度は上がり続けています」

タンク表面の温度を示す針は一〇〇度を超え、すでにレッドゾーンに入っている。

松浦は無線機を出した。

「ヘリはまだか。このままでいくとタンクは爆発する」

遠くで低い音が再び聞こえた。ヘリのローターの音だ。

松浦と近藤は窓際に駆け寄った。

機体の底部にタンクを吊した東京消防庁のヘリが近づいてくる。

13

「ダメだ。消火バケットが開かない。何かが引っ掛かっている」

飯田はレバーを引きながら叫んだ。

「これ以上無理です。引き返しましょう」

ヘリの中は熱気と刺激臭でほとんど息ができない。

「この先に広場があったはずだ。そこに着陸する。バケットを調べてくれ」

「この辺りは液状化でどろどろですよ。下りると離陸できなくなる」

「なんとかなるというのが俺の信条だ」

飯田はタンク群の外れにある広場に向かった。

「照明弾を上げる。その間にバケットを調べてくれ」

ヘリは地上数メートルまで下りてホバリングしている。下は一面の泥だ。

ヘリから飛び降りた花岡が泥の中にうずくまった。膝近くまで埋まっている。

「どうかしたのか」

飯田が叫んだが声はローター音にかき消されている。花岡が泥から立ち上がって、足を引きずりながらバケットに近づく。

「ワイヤーが絡まっています。これじゃあ開きっこない。石油タンクの近くで上昇気流に巻き込まれたときに絡まったんでしょう」

花岡がワイヤーを解きながら怒鳴っている。

「オーケー。もう大丈夫です。ヘリを下げてください」

「離れてろ。ワイヤーに気をつけろ」

花岡が消火バケットから離れるのを確認して、飯田は操縦桿を引いた。

ヘリは一気に上昇する。

ぬかるみに立って、遠ざかるヘリを茫然と見上げる花岡の姿が、照明弾の光に照らされてぼんやりとテレビカメラのモニターに映っている。

飯田はＬＰＧタンクに向かった。

気のせいかナフサタンクから上がる炎の勢いがいくぶん衰えた気がする。しかし黒煙はまだ巨大なキノコのように湧き上がっている。

石油タンクにいちばん近い一号ＬＰＧタンクの上にきた。

「可能なかぎり高度を下げろ。タンクの真上に落とすんだ。タンクに触れるくらい、そっとだ」

飯田はひとり呟きながら小刻みに振動する機体を下げていった。モニター画面にタンクの上部が近づいてくる。

飯田は消火バケットのレバーを引いた。

ＬＰＧタンクから白煙が上がるのが見えた。

消火バケットから落とされたゲル状の特殊冷却剤がＬＰＧタンクに降り注いだのだ。

やったぞ、と呟き、機首を海に向けた。そのとき衝撃を感じた。

機体が強い力でなぎ倒されるように横に流れる。

14

松浦は制御室の窓からＬＰＧタンクを見ていた。一度見えなくなっていたヘリがまた戻っている。

操縦席に男が一人。ＬＰＧタンクの真上でホバリングを始めた。

「逃げましょう。タンクがまもなく爆発する」

近藤が松浦の腕をつかんで、震えるような声を出した。

「もう遅い」

一号ＬＰＧタンクの表面温度は一三〇度。レッドゾーンを超えている。

「爆発する」

近藤が低い声を出した。

ヘリのローター音が高くなった。高度を落としてＬＰＧタンクに近づいている。ＬＰＧタンクの真上にきた瞬間、ヘリの下のバケットから液体が投下された。ＬＰＧタンクをブルーの粘性のある液体が覆う。特殊冷却剤だ。ヘリは様子を見るようにＬＰＧタンクの真上でホバリングしている。

「タンクの温度が下がっています」

ディスプレーを睨《にら》んでいた近藤が声を上げた。

温度は九〇度まで下がっている。オレンジ色のゾーンだ。

ヘリはゆっくりとＬＰＧタンク上から上昇を始め、海に向かっていく。

その瞬間、ヘリが大きく横に揺れた。

一号ＬＰＧタンクと二号ＬＰＧタンクの間で炎と煙が上がる。

「爆発だ！」

規模はさっきの半分ほどだが、十分に大規模な爆発だった。バルブを閉め切る前に漏れていたガスが爆発したのだ。

「ヘリが!」

松浦は叫んだ。その声に近藤が振り向いて窓の外を見る。

炎に包まれたヘリは一度急激に高度を上げたが、海の方に吸い込まれるように落下していった。

ナフサタンクからの炎が再び大きくなっている。海からの風にあおられて炎が激しく揺れ、黒煙が晴海に向かって流れていく。

二人は茫然とヘリの落ちていった海の方を見ていた。

「また、温度が上がり始めています」

近藤がレンズの片方ない眼鏡を外して、ディスプレーに顔をつけるようにして言う。

九〇度にまで下がっていた針が再び上がり始めている。

「くそっ。焼け石に水だ。やはりナフサタンクの火を消さなければダメだ」

松浦は近藤の身体を支えながら外に出た。

ナフサタンクの前方では一〇人近い消防士たちが泡放射砲に取りつくようにして水をかけている。しかし、火炎は衰える気配も見せず、ますます激しくなっている。

「どうすればいい——」

松浦は唸《うな》るような声を出した。動悸に合わせて左腕が千切れるように痛む。

「ナフサタンクの消火しかありません。しかし——」

「ポンプ車の応援を頼んでくる」

松浦はタンク群の端に退避しているポンプ車に向かって走り出した。

そのとき、横一列に並んだポンプ車の列が動きだした。一〇〇人以上の消防士と自衛隊員が放水を続けながらナフサタンクに向かってくる。

一五台のポンプ車と泡放射砲による一斉放水が始まった。辺りは飛び散る飛沫《しぶき》で満ち、水中にいるようだ。

「この状態をいつまで続けなければならない」

松浦の顔には煤と放水による黒い水が流れている。

「私にだって分からない」

近藤は自棄《やけ》のように叫んだ。

「考えろ！」

降ってくる水の調子が変わった。全身を包むほどに水量が増えている。

思わず天を仰いだ。真っ黒なタールを流したような空が広がっている。

「雨だ」

周りの消防士も自衛隊員も消火の手を止めて空を見上げている。

松浦は両腕を広げて雨粒を受けとめた。煤を含んだ黒い水滴が、全身にたまっている熱を心地よく奪っていく。

雨脚はしだいに勢いを増してくる。同時に火の勢いも目に見えて衰えてきた。

15

「もう一度言え」

漆原は怒鳴った。

一瞬にして部屋中の声が消え、視線が漆原に集中した。

「ヘリが墜落しました。パイロットは死亡」

「自衛隊か消防庁か警視庁か。それとも報道か」

「消防庁です」

漆原の顔から血の気が引いていった。

「豊洲の石油タンク火災の報告に呼んだ男です」

武骨そうな中年男の顔が浮かんだ。

「LPGタンクの温度を下げるために特殊冷却剤を投下しました。その折――」

「それでタンクは――」

「爆発は回避されました。しかしナフサタンクの火災はまだ続いています。現在、消防も現場から退避しています」

職員は一礼してドアのほうに向かった。

「待て」

ドアのノブに手をかけた職員を呼び止めた。

「パイロットの名は？」

「飯田です。飯田良夫、四三歳です」

職員はポケットからメモを出して読み上げると、再度頭を下げて出ていった。

「大丈夫ですか。顔が真っ青です」

副知事が心配そうな表情で覗き込んでいる。

「私が倒れるわけにはいかないだろう」

「その通りです。だから無理はしないでください」

「タンクの映像はないのか」

「豊洲に切り替えます。現場の消防が送っている映像です」

漆原はスクリーンに目を移した。いっ時、半分ほどの火勢になっていた炎が再びタンクいっぱいに広がっている。タンクの周りで放水を続けるポンプ車の列が、マッチ箱を並べたようにたよりなく見える。

「タンクが熱で傾きかけています。あれが倒れたら――」

残りのナフサが溢れて辺りは火の海になる。周辺一帯のタンクにも火は広がるだろう。

漆原は絶望的な気分になった。

スクリーン前面に細い線が見える。

「雨だ！」

どこかで声が上がった。

「午後からじゃなかったのか――」

部屋中の視線がスクリーンに集まっている。たしかに雨だ。雨が降っている。そして雨脚は次第に強くなっていく。

「この雨はいつまで降るのか、至急、気象庁に問い合わせろ」

怒鳴りながらも漆原の目は、地図表示スクリーンに映し出された南関東全域の地図を見つめている。その地図上の火事を示す赤い表示が目に見えて減っていく。

都庁屋上のカメラで撮影した映像にも、ライトに照らされた雨の筋が肉眼でもはっきり見え始めた。

「一時間三〇ミリから四〇ミリの雨です。太平洋上の湿った低気圧が急激に関東地方に張り出してきた影響らしいと言っています。こういうことはまったく稀《まれ》だそうです。三、四時間で上がるそうですが、それまでに一〇〇ミリを超える雨量が期待できるそうです」

「本当だったのか」

漆原は呟いた。

「大規模火災のときには上昇気流によって煤が上空高く巻き上げられ、それに水蒸気が凝結して雨が降ることがあります」気象庁の職員の言葉を伝えたのは副知事だったか。

「自然が引き起こした災害を自然が制圧するというわけか」

しかし家を失った者にとっては、冬の冷たい雨になる。さらに、瓦礫の下でまだ救助を待っている者にとっては命を絶つものだ。

「倒壊建物からの救助作業は」

「東京消防庁と自衛隊が徹夜であたっています」

「なおいっそう救助に全力を尽くすよう伝えてくれ」

「彼らもそのつもりです」

漆原はスクリーンに向き直り、いまは大粒の水滴となって降りしきる雨を眺めた。東京中に赤い絨毯を敷いたように広がっていた炎が輝きを失っていく。

16

美輪子は顔を上げた。

いつのまにか眠ってしまったようだ。

目を開けたとき、自分がどこにいるか分からなかった。だがすぐに、地下の通路だと気づいた。

階段から差し込んでくる光で、辺りはぼんやりと明るい。壁の巨大な看板では、サンタクロースの衣装を着た外国人の女性が微笑《ほほえ》んでいる。

目の前の光景は異様だった。

通路には数百人の人たちが横になったり座ったりしていた。みんなコートやスーツ姿、普段着の者もいるがいつも町中で見かける普通の人たちだ。しかし、昨夜は暗くて分からなかったが、服は泥や煤で汚れ、顔には脂が浮き、疲れ切った表情が貼りついている。美輪子はホームレスになったような気分だった。

座ったまま、手足を動かしてみた。思ったよりスムーズに動いた。昨夜、あれほど疲れ果て、重かった身体も活力を取り戻している。今日は、必ず裕子に会う。そして抱き締めてやろう。そう思うとさらに気力が戻ってくる。

同時に、昨日の記憶が一つ一つよみがえってきた。まだ続いている恐怖と、裕子も自分も生きているという安堵感が交錯して涙が出そうになった。

ポケットからペットボトルを出してお茶を飲んだ。お握りを一つくらい残しておけばよかった。でも、またコンビニで手に入るだろう。

横の女の子が顔を上げた。昨夜、電話をしていた子だ。彼女もいま目覚めたらしく、まだ現実が呑み込めない不思議そうな顔をしている。目が合って、美輪子が微笑むと微笑み返してきた。二〇代前半のOLというところだ。

「私、いかなきゃあ。子供が待ってるのよ」

美輪子は立ち上がった。

「お姉さん──食べますか」

差し出された手にはキャンディが載っている。

「ありがとう。元気でね」

お姉さん──私はまだ若いんだ、そして一人ではないと自分に言い聞かせて、美輪子は歩き始めた。

道路に出ると思わず目を見張った。

昼間の光で見る東京の光景は悲惨だった。歩くにつれて、その惨状は増してくる。

道路を隔てたところにあるビルは傾き、隣のビルに寄り掛かっている。窓ガラスは一枚もなく、壊れたブラインドが垂れ下がっていた。もう一度余震があれば、道路に向かって倒れてきそうだった。

昨夜は気が付かなかったが、歩道の敷石はでこぼこに盛り上がり、割れているところも多くあった。その上に砕けたガラスとタイルが振り撒《ま》かれている。

美輪子の顔に冷たいものが当たった。垂れ下がった電線から落ちてきた雫《しずく》だ。雨が降ったらしい。そういえば空気がすがすがしい。あれほど漂っていた煙の臭いも消えている。

キャンディを口に入れると甘酸っぱい味が口中に広がる。

裕子が待っている。美輪子は気を取り直して歩き始めた。

17

漆原東京都知事はスクリーンを見つめていた。

すでに雨は上がっているが、火事を示す赤い点は七ヵ所を残すのみとなった。それも半数は一時間以内に鎮火できるという報告が入っている。だが、この火災で都区内の四分の一が焼失している。

出火から一五時間以上、一万八〇〇〇人あまりの消防士を投入しても消せなかった火を三時間降り続いた雨が消した。

「自然が起こした災害に、自然が決着をつけたというのか」

漆原は低い声で言った。

我々はたしかに未曾有《みぞう》の災害に見舞われた。しかしいくつかの点で幸運だった。まず事前に知ることができた。直下型で規模は大きかったが津波はなかった。おまけに、気象庁の予想より遥かに早く雨が降った。我々は幸運だったのだと自分自身を納得させた。

「出かける用意をしてくれ」

「自宅で休まれますか」

「諏訪内総理に漆原がお目にかかりたいと連絡を入れておいてほしい」

副知事は、えっという顔で漆原を見た。

「当面の緊急事態はすぎた。状況報告と今後について話し合っておかなければな。事態は一都市の問題ではない。日本全体に影響を及ぼすものだ。復興には、今後、何年間にもわたり日本が一体になって取り組まなければならない」

自分が頭を下げてすむことならいくらでも下げよう。

「警護の車は必要ない。運転手は戸田君を頼む」

漆原は時計を見て立ち上がった。

足元がふらついたが、デスクをつかんでなんとかバランスを保った。一瞬、頭の中が白くなったのだ。軽い貧血だろう。副知事は気付いたはずだが何も言わなかった。

漆原は秘書と警護官一人を連れて駐車場に下りた。

車は公園通りから甲州街道に入った。

駐車場を出るとき車内を覗き込んできた中年の警官が、漆原を見て慌てて後ろに下がり敬礼した。

戸田が通行証を見せると、何も言わずゲートを上げた。

「高速道路に入りますか。地震の日に青年と老人を気象庁に送ったときは高速に乗りました。なかなかスムーズに行けましたよ。さすが地震の準備はできていたと思いました」

「一般道を走ってくれ。都内の状況を見ておきたい」

「分かりました。下を通っても、一時間もあれば大丈夫です」

車は甲州街道を東に走った。

幹線道路を通っているのは都が許可した緊急車両のみで、いつも以上にスムーズに流れている。

車窓から見上げると、薄い雲を通して陽がさしている。数時間前の雨が、火事の煤と灰を地上に洗い流したのだ。

歩道にはまだ壊れた看板やネオンが転がっている。砕けた窓ガラスと壁から剝がれたタイルが散乱している箇所も多い。

ビルの並びは数棟置きに櫛の歯が欠けたように瓦礫となっている。瓦礫の間にブルドーザーやショベルカーが見えた。

走っている車は自衛隊の大型トラックと建設業者のダンプカーが目立った。自衛隊のトラックは各避難所に届ける救援物資、ダンプカーは倒壊した建物を撤去するためだ。

「すでに復興は始まっています」

秘書が漆原に確認するように言った。

「帰宅困難者は？」

「都心をのぞいて、午後から一部のバスの運行を始めます。本数は限られますが、明日には一部区間に限り、ＪＲの山手線と中央線の運転も再開できると思います。ただ地下鉄はまだ未定です。トンネル内の点検と修理には時間がかかるとのことです」

漆原は無言で町並みを見つめていた。

小さなビルに被害は大きかった。耐震に関して中途半端な建て方をしているせいだろうか。覚悟はしていたがこれほどとは思わなかった。それに引き替え、見慣れている高層ビルはほとんどがいつも通りにそびえている。

コンビニの保冷車が追い抜いていった。

「緊急車両の移動は予想以上にスムーズに行なわれています。一般車の東京近郊幹線道路の通行禁止、都内への乗り入れ禁止が有効でした。これでは戒厳令だ、などと色々言われましたが、結果的に成功です。今朝からすでに自衛隊が民間の協力を得て、被災者の救助とともに道路をふさいでいた倒壊ビルの撤去を行なっています。幹線道路は今日中にほぼ完了します。丸の内、永田町周辺は明日中には平常業務が行なえます」

何を指して平常業務というのか聞こうとしてやめた。いまはその言葉だけで満足だ。

「インフラはどうなっている」

「電気は一部地域をのぞき、ほぼ復旧しました。水道、ガスについては、まだしばらく時間がかかるということです」

「しばらくとはどのくらいだ」

「それはまだ――」

阪神・淡路大震災では、完全復旧には月単位の時間が必要だった。

「半月以内の復旧を望むと伝えてくれ」

秘書は手帳を出してメモしている。しかし、いくら急いでも半月では無理だろう。

「問題は火事で住宅が焼失した地域だ」

出火件数は四三二件。揺れの大きかった中央線沿線を中心に新宿区、中野区のほぼ全域。さらに環状七号線周辺地域の被害が多かった。しかしこの出火件数は予想よりはるかに少なかった。事前に注意を呼び掛けたのが功を奏したのだろう。

しかし、延焼は予想より広がった。風のせいか。以前、消防庁のレクチャーを受けたとき、可燃性の建築材を使用している古い家屋が多すぎると言っていた。今後、なんらかの規制が必要だ。とにかく、焼失住宅は約三六万棟に及ぶ。これはほぼ予想に近い。ということは住宅をなくした者は一〇〇万前後か。

「すでに一部では仮設住宅の建設に入っています。一週間以内に崩壊住宅の撤去を完了したいと考えています。すでに一〇万戸の仮設住宅の発注は終わっています」

「あまりことを急ぎすぎるのもどうかと思うね。もっと慎重に議論したあとでも遅くはない。都はすべてを予想して用意していたと思われても問題だ」

神戸の震災では、大手ゼネコン幹部が被害を免れた料亭に集まって、祝杯を上げたという噂《うわさ》が飛びかった。まんざら噂ばかりではないようだが――。

「事実ですから。ただし単なる予想ではなく、科学的な根拠に基づいた計画です」

「死者や負傷者のことまでもかね。その通りだとは言えないだろう」

「予想よりも遥かに少ない数です。都の取った対応は評価に値するものです」

「身内に死者を出した者がそれで納得すると考えているのかね。子を亡くした母親の悲しみは一〇〇万の死と同じものだ」

「ですが――」

「端によけて止まってくれ。先に通すように」

漆原は戸田に言った。

車が路肩に寄って止まると、自衛隊の大型トラックが隊列を組んで通りすぎていく。

18

諏訪内総理大臣は閣僚一人ひとりをゆっくりと見渡していった。全員が黙り込んでいる。

「来るぞ、来るぞと長年言われながら、なんら有効な手を打つことができなかった。いや、打たなかったんだ。多少のポーズはとったが、結局は、だれも東京直下型巨大地震など起こるはずがないと高をくっていた。これは我々の無策のせいでもある。もっと積極的な手を打つべきだった」

「しかし、積極的といっても、いつ起こるか分からない自然災害に何ができるというのですか」

遠慮がちな声が上がった。

「阪神・淡路大震災以来、政府は災害対策基本法の大幅改正など様々な法律を作って備えてきました。高速道路の橋脚《きょうきゃく》の補強、港湾設備の補強、建築基準の見直し、JRなど公的機関の防災訓練、国民意識の啓蒙。防災の日には全国の都道府県、消防署に呼び掛けて防災訓練も行なっています。我々もできる限りやりました」

「地震研究に予算も付けています。東海地震に対しては、予知の可能性もあると言われるようになった。今回は外れたが警戒宣言も出しました。それでも万全とは言えなかった。天災から完全に逃れることはできません」

諏訪内は声の方を睨むように見た。財務大臣は慌てて目を伏せた。

「その通り。我々人間にできることは限られている。そして我々政府にできることはさらに限られている。法律を作り、予算を付ける程度だ。だが、我々は防災にいくらの予算を付けた。一〇〇億か、一〇〇〇億か。使いもしない高速道路、ムダと分かり切っているダム建設と比べてどうなんだ。今回の東京直下型の地震で推定三八兆の被害が出ている。今後、今回の地震の影響で生じると考えられる経済損失は四四兆だ。計八二兆円。もし、この一パーセントでも地震対策に注ぎ込んでいたら――。家屋の耐震化の補助金を増やし、消防設備をさらに充実し、地震対策に従事する専従職員を倍増していたら、被害は何十分の一に抑えられたはずだ。まさか本当に来るはずが――という我々の気持ちが、本気で考えることを躊躇させた」

だれも言い返す者はいない。

「地震は一瞬だ。その一瞬のために万単位の死者、数十万を超える負傷者が出て、ビルが倒れ住宅が焼ける。人々は行き場を失って途方に暮れる。以後、何年にもわたって膨大な損失をこうむり、様々な重荷を引きずっていかなければならない。この一瞬の被害を最小限にとどめることができれば。我々はこの一瞬のために、もっと税金を使うべきだった。努力を惜しむべきではなかった。全壊を半壊に抑える。一万人の死傷者を一〇分の一、一〇〇分の一に減らす。親をなくした子、子をなくした親を最小限にするためにもっと時間と金を費やすべきだった。それが真の政治というものだ」

閣僚はみな静まり返って聞いている。

「来年度予算は大幅に組み替える必要がある。問題はその財源だが」

「驚いたことに――」

経済担当大臣が声を出した。

「日経平均株価、東証株価指数が小幅ながら上がるという予想が内外のエコノミストから出ています。すでに海外の投資家は、買いの準備に入っているということです」

「復興景気を見越しての買いですか」

「外国の中には、そう見る者もいるということです。日本人は地震なんかには負けないと」

「漆原東京都知事は、すでに東京復興案を作り上げているという話もあります。来週中には発表すると。火事で焼失した地域の総合開発です。東京大改造を目指した計画だと聞いています」

「神戸でも震災を機に大規模な開発が行なわれましたからな」

「東京の場合、政府主導で行なうべきではありませんか」

「そういう縄張り根性が被害を大きくし、復興計画を遅らせるのではないですかな。今回は政府は都の計画を見守り、援助に最大限の努力を払いましょう」

諏訪内はもう一度賛同を求めるように閣僚たちを見回すと、執務室に戻った。

椅子に座ると一気に疲れが出てくる。考えると地震以来、ほとんど寝ていない。これは他の多くの閣僚、というより現場にいる消防、警察、自衛隊の隊員も同様で、さらには被災者のことを考えれば当然のことだ。

今回の災害が落ち着いたら、日本全土の本格的な災害対策に入ろう。今までのように形だけのものではなく、もっと具体的で根本的な対策だ。天災だから打つ手はないなどとは言わせない。そのための予算であれば、国民も野党も文句は言わないだろう。

ノックの音とともにドアが開いて秘書が入ってきた。

「漆原東京都知事が到着されました。閣議室にお通しします」

秘書の言葉に、諏訪内はゆっくりと立ち上がった。

19

美輪子はすっかり見通しがよくなった道路を小走りに歩いた。

町の景色はまったく変わっていた。中野の住宅地は、焼け野原に黒く煤けたビルがいくつか残っているだけだ。自分の住んでいる町内だということすら分からない。ただ二年前に建ったという一七階建てのマンションは、少なくとも建物は残っていた。しかし壁面は焼け、窓ガラスの残っている部屋はない。地震には耐えたが火事にはかなわなかった。

自分の家の辺りを通ったが、火事で焼かれ、さらに雨で灰と煤と泥が流されて隣との区別さえつかない。

道路を一本離れると様相は一変している。崩壊している家は多いが、火事を免れたため瓦礫としての形は残っている。その瓦礫の上に、どこで都合をつけたのか二本の白菊が置かれていた。〈この下に最愛の子供たち二人が眠る。幸江七歳。幸夫四歳〉ノートを破り取った紙に書かれ、石が置かれている。横には泥にまみれた小さなクリスマスツリー。美輪子は手を合わせて通りすぎた。

三〇代の男女とまだ幼稚園くらいの子供が、棒で瓦礫を掘り起こしている。一つでも思い出のものを求めているのだ。

焼け跡に座り込んだ老女が目を閉じて口の中で何かを言っていた。横には夫らしい老人が茫然と立ち尽くしている。

区民病院に着いたのは昼をすぎてからだった。

ロビーは患者と付き添いで溢れている。

「畑山裕子。一二歳、小学六年生です。私の娘です。この病院に入院していると聞いて来ました」

美輪子は受付で聞いた。

中年の看護師はノートをくっている。

「記録にはありませんね」

気の毒そうに言った。

「住所は中野区南中野三丁目。ここから五〇〇メートルほど東です。消防の人に救けだされて、この病院に運ばれたと聞いています」

「ここにいる可能性はあります。一時期、すごい数の負傷者が運び込まれました。数時間で五〇〇人を超える数でした。そのときは、記録する余裕はありませんでしたから。患者さんを確かめられたらどうです。でも、現在ここにいるのは重傷患者だけです」

美輪子は礼を言ってベッドが並んでいる廊下に行った。

たしかに重傷患者が多いらしい。命に別条はない、髭の機動隊員はたしかにそう言った。美輪子の中には、ここにいてくれという気持ちと、ここにはいないほうがいいという感情が同居していた。

五階までの廊下と病室を見て回ったが裕子は見つけられなかった。

一階に下りてきたとき声をかけられた。

振り向くと受付の看護師が心配そうな顔で立っている。手にはカルテの束を持っていた。

「いた？」

美輪子は首を横に振った。

「この有様でしょう。軽傷の人はすぐに出されるのよ。中野南小学校、知ってるでしょう。この辺りの人はあそこに避難してる。行ってみるといいんじゃない」

少し考えてから言った。

小学校は人で溢れ、見慣れている学校とは違って見えた。

正門からいちばん近い校舎に避難所の受付ができている。

美輪子は受付で裕子の名前を告げた。

受付に座っているむっつりした男は、教室の角を指して、自分で探してくれと言う。机を並べた上に住所別にノートが置いてある。ここに来ている人は名前と住所、収容されている教室を書くことになっている。

約一五〇〇人分を一時間かけて探したが、裕子の名前はなかった。

五年二組。裕子の教室にも行ってみたが、見知らぬ人たちの視線を浴びて慌てて出てきた。

美輪子は運動場に出た。

急に疲れが出て、その場に座り込みそうになった。なんとか立っていられたのは、裕子を見つけなくてはという気持ちからだ。

校庭の炊きだしでお握りと味噌汁をもらい、静かな場所を探して校舎の裏の花壇に出た。

裕子が一年生のとき、夏休みに一緒に朝顔に水をやりにきた花壇だ。

子供たちが集まっている。見たことのある大きな犬が子供たちに囲まれて寝そべっている。近所の鍼灸《しんきゅう》・整骨院で飼っている犬だ。子供たちの真ん中にいる男の子――。

「裕子！」

ジーンズに紺色のパーカの男の子が振り向いて立ち上がる。

美輪子は駆け寄り、男の子を抱き締めた。

「やめてよ、ママ。みんなが見てる」

裕子が耳元で囁いた。しかし裕子の手もしっかりと美輪子の身体を抱き締めている。

「大丈夫なの？」

やっと身体を離して聞いた。

「風邪のほう。それとも怪我？」

「両方よ」

裕子は額に一〇センチ角の絆創膏《ばんそうこう》を貼り、右足を引きずっている。

「布団に包《くる》まってたから。でも屋根から引き出されるとき天井の木で額を擦り剝いて、足をぶつけた。風邪のほうはびっくりして吹っ飛んじゃった」

「なんで電話しなかったの」

「携帯、助け出されたときは確かに持ってたんだけどね。それからどこかにいっちゃった」

「借りればいいでしょう」

「必ず来てくれると信じてた」

どんなに心配したか言いかけてやめた。もうどうでもいいことだ。

「なんなの、その服」

「救け出されたときパジャマだったのよ。救護所の人がこれしかないからって」

坊主頭に髭面《ひげづら》の長身の男がやってきた。

犬は男を見て立ち上がって尻尾《しっぽ》を振った。

「おっ、初めて立って俺を迎えたな。どういう風の吹き回しだ」

「この犬、おじさんの犬なの」

裕子が犬の頭に手を置いた。犬は首を回してその手を舐めている。

「おじさんとうちの奥さんの命の恩人だ。本来ならこんなところにおいてはおけないんだけどな」

「利口そうな顔してる。名前は？」

「ポチだ」

「すごくいい名前。犬らしくて」

美輪子は思わず笑った。久しぶりの笑いだ。

「猫を見なかったか」

男が聞くと、裕子がブロック塀のほうを目で指した。

塀の上から猫がこちらを見ている。

「ミケ、無事だったか」

男は猫に近づき抱き上げた。

「こいつも教室には連れていけないだろうな」

独り言のように言いながら猫を犬の横に置いた。

20

漆原都知事はゆっくりと部屋に入った。

初めて入る部屋だ。自分が政府の一員として内閣にいたときは、まだ新官邸は図面の上だけだった。

居並ぶ閣僚の視線が漆原に集中するのを感じる。

諏訪内総理が立ち上がり、漆原のところにやってきた。

「漆原都知事、この度の惨劇についてはまことに遺憾でした。しかしあなたの迅速かつ的確な対応により、被害は最小限に食い止められた。首相として、また一都民としても感謝します」

諏訪内は漆原に手を出した。漆原はその手を握った。

突然、漆原は一歩下がった。

「みなさん、聞こえませんか――」

大げさな動作で耳に手をあて、何かを聞き取るように辺りを見回した。

「六七二五人の魂の声です。彼らがこの部屋で泣いている。みんな悲しそうな顔で、涙をこぼしている。家屋や家具に押しつぶされ、火事に巻き込まれ、落下物に当たって亡くなった人たちだ。現在、都で把握しているこの震災での犠牲者の魂です。この数は、今後さらに増える」

財務大臣がわざとらしく咳をした。漆原の視線が鋭く動く。

「財務大臣。恨めしそうな顔をした老人が、あなたの肩に手を置いている」

財務大臣は眉根をひそめたが、かすかに肩を震わせて振り払うような仕草をした。

「国土交通大臣。あなたの膝の上には赤ん坊が乗っている。やっと立って歩くようになったくらいかな。はやく母親に返してあげなさい。しかし母親はどこにいる――」

国土交通大臣は思わず腰を浮かすような仕草をした。顔が強《こわ》ばっている。

「本来、私ごときが言う資格はないのだが、いい機会だから申し上げておく。だが、年寄りの戯言《ざれごと》と思って聞き流されては困る」

漆原は閣僚の一人ひとりを確認するように視線を移していった。部屋は静まり返っている。

「国を治める者の資質として、本来何が大事で何を切り捨てるべきか。それを見極める目、というより精神《こころ》こそもっとも重要なものだと信じている。そういう点から考えると、あんたらの精神はないに等しかった。そして、私も同じだった。さらに、国民も同じだ。目先の損得には敏感だが、将来の投資には渋い顔をする。たしかに防災は選挙の票にはならん。しかし今後は違う。国が国民の安全を保障してこそ、国民は安心して暮らせ、国の発展にも貢献できる」

諏訪内は横に立ったまま無言で漆原の言葉を聞いている。

「まさに一瞬でしたな。高速道路を造る造らない。新幹線を通す通さない。消費税を上げる上げないの問題ごときではなかった。年金など、生きていてこその問題だ。ほんの一瞬で数千の命が奪われ、我々が、我々の親たちが、そのまた親たちが築き上げてきたものが跡形もなく崩れ去った」

漆原は深い息を吐いた。

「崩れ去ったものはそれだけではない」

漆原は言葉を止めて、しばらく考え込んだ。やがてゆっくりと口を開いた。

「形あるものはまた作り出せばよい。しかし私には、今度の震災で失ったものはそれだけではないような気がする。未来を築く精神というべきものか――。今後、日本人が日本で生きていく上でこの震災がマイナスにならなければいいが」

「どういうことですか」

諏訪内が掠《かす》れた声を出した。

「一一年前には神戸が……やはり神戸が大きなダメージを受けた。全国から多大の支援を受け、また神戸の人たちの努力と忍耐と勤勉さ、勇気で立ち直ることができた。そして、いま東京は同様な試練を受けています。試練は乗り越えれば、さらなる飛躍を期待できる。しかし、今後、我々日本人が受ける試練は、これだけでは終わらないということです」

「次なる試練——」

諏訪内は漆原を見つめた。漆原はゆっくりとうなずいた。

「東海地震は近い将来、必ず起こります。五年後、一〇年後、二〇年後……いや、来年、来月かも知れない。今度は津波もともなうでしょう。さらに、多くの地震学者は、東南海地震、南海地震を誘発するという結論を出している。要するに、日本の半分がなんらかの影響を受ける。そうなれば、今回の東京直下型地震など比べようがないほどの被害が出ることは必至です。その巨大地震が必ず起こると国民が認識したとき、どうなりますかな」

「日本を見捨てると」

「そういう人も出るでしょう。見捨てないまでも、前向きな姿勢を失う可能性があります。未来、希望、夢……そういったものを描くことができなくなる。何をやっても、どうせすべてを失う——」

「いや、断固としてそうはならない。我々がそうはさせません」

思いがけず諏訪内が強い口調で言った。

「国民からそういう絶望を払拭し、新しい希望を与えることこそ、我々、政治家の役目であると信じている。今日から、いやたったいまから、この日本と日本国民を護《まも》るために全力を尽くすことをお約束します」

漆原は大きくうなずいた。

「私はあなたのその言葉を聞きたかった。我々は日々、進歩していかなければならない。私は神戸からの教訓を多く生かすことができたと信じている。そして、この東京の教訓を、次のきたるべき大試練のために生かしていただきたい」

「分かりました。まず、全力を上げて東京を復興させましょう。同時に東海地震に備えて、国を挙げて取り組む準備をしましょう。今までのようにいい加減なものではない」

「そのための協力、努力は惜しみません。一週間後には、都と東京消防庁が協力して作成した、今回の震災被害をまとめた報告書ができます。どうか、全国の知事を集めて検討会を開き、今後の行政に生かしてもらいたい」

漆原は、もう一度、閣僚たちの顔一人ひとりに視線を移していった。

漆原は一礼して部屋を出ていった。

第六章　希　望

1

漆原東京都知事はぼんやりと車の窓から外を眺めていた。

地震から一週間がすぎていた。この七日間という日が長かったのか短かったのか。とにかく全力で走ってきた。

死者一万九八六二人、負傷者一五万五〇四六人。倒壊家屋のうち全壊は四万三〇〇〇棟、半壊一一万棟。焼失家屋は三六万棟。焼失面積は九六平方キロメートルに及んだ。

この東京直下型地震による死者は、今後まだ増えるだろう。神戸の場合でも、震災による肉体的、精神的後遺症に苦しむ人は一一年たったいまも多くいる。しかし、とも思う。自分たちは全力を尽くしたのだ。これからも全力を尽くす。

車の横を瓦礫《がれき》を満載した大型ダンプが、地響きをたてながら通りすぎていく。電力会社、ガス会社、都のマークを付けた水道局の車が行き交っている。

歩道には地震前と変わらず、人々が急ぎ足で歩いていく。話し声、笑い声、音楽も聞こえてくる。

仮設住宅ばかりではなく、震災復興住宅の建設計画も動き始めている。全国からのボランティアも要所に配置され、活動していた。東京は確実に再生の道を歩み始めている。

黒いコートの中年レポーターがマイクを手に歩道に立っている。

「報道各社に出した通達はまもられているかね」

「厳しすぎるという声が出るかとも思いましたがありませんでした。報道の自由を盾《たて》にかなりの異論が出ると覚悟していたのですが」

「今回は報道関係者の中にも身内に被害者が出た者が多い。人は我が身に降り掛かって初めて他人の痛みを知ることができる」

神戸の被災地では、派手な服に毛皮を着た女性レポーターが興奮した住民に角材で殴られたという。肉親をなくし、家や家財道具、すべてを失った被災者に無責任にマイクを突き付け、もっともらしい慰めにもならない言葉を口にする。いくら言葉を尽くしても、何も失っていないよそ者に自分たちの心が分かるはずはない。こいつらは自分たちを飯の種にしている。本当に気の毒に思うならマイクを捨て、一緒に瓦礫を掘り起こせ。そう言いたかったのだ。その苛立ちが過激な行動に走らせる。しかしそういう事実がテレビで報道されることはなかった。

さらに、震災ツアーなるものが行なわれたという。好奇心にかられ、見物にいった若い女性が瓦礫の中でレイプされたとも聞く。一瞬の揺れによって、ただ建物、道路、橋が壊れたのではない。人の心も破壊されたのだ。被災者も、そして被災していない人間も。しかし、ここ東京では断じてそんなことがあってはならない。私が許さない。

車は区民病院の地下駐車場に入っていった。

病室は人で溢《あふ》れていた。患者の数倍の見舞い客が来ているのだ。

「漆原都知事だ」

入口の患者の声でざわめきが途切れ、視線が集中した。

漆原は看護師に案内され、奥のベッドに歩んだ。

「そのままでかまいません。私の見舞いで退院が遅れたら、ご家族に恨まれる」

手を伸ばし、起き上がろうとする男を制した。

「傷の具合はいかがです」

「あと二、三週間で職場復帰できるそうです」

結城は身体を横たえながら言った。

この病室には消防関係の患者が集められている。

消防士の死者は三名。一人は倒壊したビルに閉じ込められた女性を救《たす》けようとして、崩れてきた瓦礫に埋まって死亡した。もう一人は高速道路のトンネル内で爆発した車の破片を胸に受けた。三人目はヘリのパイロットだ。豊洲の石油タンク火災の現場で墜落死した。しかし彼の行為によりＬＰＧタンクの爆発が阻止され、大惨事を防ぐことができた。

「飯田パイロット、その他の消防士の自らの犠牲をも顧みない働きによって石油貯蔵タンクは爆発を免《まぬが》れ、多くの人命が救われました。勇敢な消防の方々に都知事として深く感謝の意を表します」

漆原は患者とその家族たちに向かって頭を下げた。

「自衛隊も忘れないでください。彼らの助けがあってのことです」

結城の視線を追うと、陸上自衛隊の野戦服姿の長身の若者が立っている。

「陸上自衛隊、東部方面隊、第一師団施設大隊の松浦真一郎一尉です」

松浦が姿勢を正した。

「きみが松浦君か。結城君や近藤君と共に、ＬＰＧタンクの爆発をくいとめた自衛隊員。一段落したら会いたいと思っていた。その腕は――」

半分開けた野戦服から、首から吊した腕の包帯が見えている。

「不注意で負傷しました」

「私を救出したときの負傷です。ひびに裂傷、全治一ヵ月です。彼がいなければ私は死んでいました」

結城が言った。

コートとデパートの紙袋を抱えたずんぐりした男が漆原を見ている。

「きみが東洋フュエルの近藤君か」

近藤は緊張した表情で頭を下げた。

「きみの勇気には感謝しています。また、大規模タンク火災については都としてもいろいろ聞きたいと思っている」

漆原は近藤の側に行き手を出した。近藤は慌《あわ》ててその手を握ったが、その拍子に腕から紙袋が落ち、箱が転がった。中から女物の靴がのぞいている。近藤は真っ赤になって箱を拾った。

泣き声が響いた。窓際で赤ん坊をあやしている女性が、恥ずかしそうに結城に視線を向ける。横に立っている男の子が、赤ん坊を見ようと爪先立っている。

「私の妻と長男、そして長女です。父親が火事と悪戦苦闘しているとき産まれました。入院先からの帰りに寄ってくれました。一週間早かったのですが二六〇〇グラムありました。地震でびっくりして出てきたのでしょう」

漆原は病室の消防士と握手をして回った。

「花岡祐二郎です。飯田パイロットの助手を務めていました」

「その足は？」

「消火バケットの絡まったワイヤーを外すために、ヘリから飛び降りたときに骨折しました」

「飯田さんは気の毒だった。彼の勇敢な行為でＬＰＧタンクの爆発は免れたと聞いています」

「おかしな言い方ですが――」

花岡は言葉を詰まらせた。しばらく言葉を探すように、唇を嚙《か》み締め下を向いている。

「飯田さんは――家族のところに行ったんです。飯田さんの奥さんと二人のお子さんは――千葉の実家に行ってたはずなんですが、飯田さんのことを心配して、あの日、横浜に帰ってたんです。その横浜のマンションが倒壊して――九二年築のマンションなのに。――みなさん亡くなりました。千葉にいれば無事だったのに」

「飯田さんはそれを知っていて――」

「分かりません。自分のことはあまり話さない人でしたから。仕事と家族はまったく切り離していました。でも――二人で飛んでいるときも、私は自分の家族ばかりを――」

「私と会ったときも家族については何も言ってはいなかった。あのとき、家族はすでに――」

一時間ほどで漆原は病院を出た。

飯田のことが妙に心に残っていた。ぶっきらぼうだが信頼できそうな男だった。今ごろ、彼ら家族は――。

ふと車窓から空を見た。

「何か飛んでいますか」

「なんでもない」

消防ヘリの赤い機影が見えたような気がしたのだ。

2

公園には、すでに二〇〇戸の仮設住宅が建てられていた。行政の仕事としては異例のスピードだった。都と国と企業が最大限の協力をしたのだ。

「いい機会だ。鍼灸《しんきゅう》・整骨治療の有効性を大いに宣伝できる」

長谷川は仮設住宅の集会所で鍼灸・整骨治療を行なっていた。横ではミケが眠っている。

窓際のクリスマスツリーは仮設住宅の子供たちが作ったものだ。

女の子がポチと一緒に飛び込んできた。

「おじさん、ママの体調ずいぶんよくなったって。すごく感謝している」

裕子は明るい声で言った。

母親の美輪子は避難所の小学校から仮設住宅に移ったとたん、寝込んでしまった。主な原因はすべてを失った心労だが、羽田から中野までの瓦礫の中、直線距離にして二五キロ以上を歩き続けたことによる疲労が引き金になっている。立てなくなった美輪子に長谷川は鍼灸の治療をした。

マスクをしてリュックを背負った小柄な女性が入ってきた。昔、神戸スタイルと呼ばれた格好だ。

「堂島さん――」

「相変わらず元気そうね」

「あんたのおかげで、こんなに早く仮設住宅に移ることができた。感謝してるよ。どうだい、身体の具合は？」

堂島は笑いながら軽く跳んで見せた。疲れで足腰の立たなくなった堂島を瀬戸口が避難所にいた長谷川のところに担ぎ込んだのだ。それ以来、二人は意気投合している。

「今週中にさらに三〇〇〇戸ができるのよ。来週には五〇〇〇戸。神戸での経験を最大限に生かさなくてはね」

「人は歴史と経験に学べということかな」

「そうでなければ亡くなった方に申し訳ない」

堂島は少し声を小さくした。

「でも、最終目標は仮設住宅じゃない。今後、大切なことは、一日も早く家をなくし、仕事もなくした被災者の方々が本格的な自立に向かって歩みだせるような環境を作ること。家族をなくした方々の精神的ケアを充実させ、立ち直りの手助けをすること。どうすれば再び生きる目的を見いだすことができるか。難しい話だけどね」

「今回は政府もよくやってる。日本が一丸となって、生き残るのに必死ってところか」

「ところで、瀬戸口君は？　あなたには連絡があったんでしょう。私には、なしのつぶて」

「遠山先生と一緒に、気象庁の寮に入ってる。あくまで臨時ということらしいですがね。あいつも偉くなったものだ。つい一週間前まではホームレスで、無名のオーバードクターだったのに」

長谷川はしみじみとした口調で言った。

「いまや、日本の地震関係の分野では第一人者だ。地震予知をコンピュータで成功させた世界初の地震博士。あいつ、新聞を見て真っ赤になってた」

「大学からもずいぶん声がかかっているんでしょう」

「教授で来てくれ、てのもあったらしい。あのボーッとして、煮え切らないのが大学教授。風体なんか学生と変わりないんじゃないの。まったくピンとこないね」

「これからは政府の説明会にも出席してもらわなきゃあね」

「そっちは遠山先生にまかせるって言ってた。自分はまだまだ未熟で、勉強第一だからって。そういうところがかわいいんだ」

「相変わらず内気なのね。将来のためには最高の機会なのに。でも、二人はいいコンビになるわ」

「今日は一緒じゃないの、あのかわいい女の子。堂島さんの秘書なんだろう」

「午後から休み。たまにはいいでしょう。ここのところ、ほとんど事務所に泊まり込みで頑張ってくれたから。私には言わないけど、きっと瀬戸口君に会ってるのよ」

「あいつも人並みに恋をするんだ」

ポチが立ち上がって長谷川の側にやってきた。長谷川はその頭に手を置いた。

さあ仕事だ、と言って堂島は大きく伸びをした。

「これは自分自身の経験が大いに生かせる仕事よ。私もやっと過去から抜け出すことができるかも知れない」

堂島が改まった口調で言った。

「瀬戸口も言ってたな。これからは自分たちより堂島さんたちの仕事だ。自分たちは今後、必ず起こる東海地震、東南海地震、南海地震の予知に全力を尽くす。今度は日本の地震学者の面子《メンツ》にかけてきっちり予知をして、被害を最小限に抑えるって」

「頼もしいわね。私たち議員も行政面、資金面でできる限りのバックアップをしていく。

この東京直下型地震で、来るか来ないか分からない地震に予算を使うことに否定的だった議員も目が覚めたでしょう。必死で今までの言動の言い訳をしてる。無駄な高速道路やダム建設に数百、数千億円を注ぎ込むより、よほど生きたお金の使い道。雇用対策にもなるしね」

初江がお茶のペットボトルと紙コップを持って入ってきた。

「俺もいま、地震予知市民連絡会の会長として、今度の地震予知についてまとめている。いろいろ興味ある報告があったからな。第一に今回は俺自身が当事者だ。地震前の自然現象には、瀬戸口のコンピュータにも負けない何かがあるんだ。ポチやミケも何かを感じてたみたいだった。かなり神経質になってたし、俺が初江とトイレに逃げ込んだとき、ポチは天井に向かって吠えてた。きっと何かを見たんだ。その前にもおかしなこともあったし――。いまになって考えればということだけどな」

「地震予知市民連絡会はますます繁盛ってことね」

「急に入会者が増えたね。こんなことなら、会費を取るシステムにしておくんだった」

「あまり浮かれないで。入会急増は瀬戸口君がいるからよ。彼はいま、アイドル並みの人気ってわけ」

初江が紙コップにお茶をついで堂島に渡した。

「いずれにしても地震に興味を持つ人が多くなるのはいいことだわ。長谷川さんの責任は重大よ」

忙しくなるわよ、と言って堂島は立ち上がった。

「疲れたり身体が不調なときはいつでもおいでよ。鍼灸・整骨もバカにはできないだろ」

堂島は大きくうなずき、これから建設中の仮設住宅を見てくると言って帰っていった。入れ違いに美輪子が入ってきた。

「ずいぶん楽になったわ。助かりました」

美輪子が長谷川夫婦に頭を下げた。

「少し落ち着いたら、一度長野の母のところに帰ってくるつもりです。子供も田舎で育てたほうがいいって気もするし」

「ママが犬を飼ってくれるのなら引っ越してもいいって言ってるの。ポチみたいなハンサムで賢い犬」

裕子はポチの頭をなでながら言う。ここではいつも一緒で、兄弟みたいだとからかわれている。

「お婆ちゃんのところ、ニワトリがいたわよ。ママが卵を集めて、世話してたんだから」

「そんな話、初めて聞くわよ」

「そうだったかしら。山羊《やぎ》もいたような気がする。とにかくいろんな動物がいたわよ。ママも一〇年以上、帰ってないからどうなってるか分からないけど」

「ポチやミケみたいなのがいればいいな。私、山羊だって世話できると思う」

「長野は地震はないんでしょうね」

「日本中、地震のないところなんてないんだ。ただ、家が密集してない分だけ東京よりは安全か」

「地震なんて恐くないわ。私、いつ起こったのか知らないもの。ベッドから落ちたと思って目を開けたら、布団のすぐ上に天井があっただけ」

裕子がポチの首に腕を回して抱き締めると、ポチはうるさそうに身体を振った。

3

目の前には東京が広がっていた。

しかしそれは、一〇日あまり前に亜紀子と見た東京とは違っている。相変わらず何棟もの高層ビルはそびえているが、その間には黒い部分が目立つ。建物が倒壊したり、火災で焼け落ちた部分だ。

この都市で一万九〇〇〇人以上の命が失われた。そしてその数は増えつつあり、最終的には二万人を超えると算定されている。これでも被害は奇跡的に少ないと、漆原の迅速な対応は称賛されていた。

しかし肉親を失った者にとっては、数など問題ではない。生涯忘れがたい最大の悲劇だということを瀬戸口は知っている。

瀬戸口と亜紀子は都庁の展望室から東京を眺めていた。

「国の防災中央研究所がつくられることになった。地震や火山、台風などの自然災害について総合研究を行なう国立研究所だ。自然災害の予知研究と防災を含めたあらゆる研究に取り組む。アメリカのUSGSとFEMAを合わせたようなもの」

アメリカでは地震や火山に関する重要な情報は、アメリカ合衆国地質調査所、略称USGSに一本化され、研究が行なわれている。さらに地震災害の実動組織として、連邦緊急事態管理庁があり、FEMAと呼ばれている。この組織は国土安全保障省の一機関で、本部はワシントンにある。職員は約二六〇〇人、全米に支部を持ち、年間予算は四六億ドルにものぼる。地震、台風、山火事、竜巻など自然災害の救援、復旧、災害対策計画の作成など大きな権限を持っている。さらにテロ、原子力関連施設災害、化学プラント災害、ガス爆発などの技術的原因、人災などの大規模災害にも対処する。

「国も大きな災害が起こる前に、防災にお金を注ぎ込んだほうが、結果的には安上がりだってことにやっと気づいたのね」

「来年早々、準備委員会が発足する。その委員長に遠山先生が推されている。政府関係の責任者は堂島さんだ。僕も研究員として行くことになった」

「気象庁にも同じようなことをしている部署があるでしょう。大学にも地震や火山の研究所や研究施設がある」

「それらを統合して、今後日本を襲う大災害に備える総合的な研究をする研究所だ。いままでのように地球物理学というような学問として地震や火山を扱うんじゃない。実践に即した現実的な研究が行なわれ、政府に提言もできる。政府もやっと本格的に取り組む気になった、というわけ」

「瀬戸口君は何をやるの」

「東海、東南海、南海地震のコンピュータ・シミュレーションをやる。今回の東京直下型地震のデータを入れて、より正確にね。あと数十年以内には必ず起こる地震なんだ。来年起こっても、来月起こっても、来週起こっても、今日起こっても不思議じゃない。たったいま起こってもね。今度は津波をともなう、もっと大きな地震だ」

瀬戸口は言葉を止めて咳払いをした。声が弾んでいるような気がしたのだ。自分は地震を楽しんでいるんじゃない。

「恐いこと言わないで。人が耐えられる試練にも限界があるんだから」

瀬戸口はうなずいた。その通りだと思う。こんどの地震で自分や亜紀子や松浦のような子供が多数生まれたはずだ。また、子供を亡くした親も——。

「それはそうとして、住むところは決めたの。気象庁の寮にもずっとはいられないんでしょう」

「今週中には出なきゃならない。お役所はこういうことにはすごくうるさいんだ。今までは混乱に乗じて見逃してくれてたけどね」

「なんならうちに来てもいいわよ。少しの間ならおいてあげる。瀬戸口君の言ったとおり、ほとんど被害はなかったから」

「そんなことしたら、松浦に殺される。寮を出たら、当分は気象庁に泊まり込むから大丈夫。遠山先生も一緒だ。あそこには二四時間体制の部署があるから仮眠室があるんだ」

亜紀子、松浦、そして自分——一一年前のあの瞬間から、同じ一つの運命を生きてきたような気がする。そして、単なる友情を超えた共通なもので結ばれている。しかしそれが、亜紀子に対してもう一歩踏み込めない何かになっている。それは松浦も亜紀子も同じだろう。

「楽しそうね。大学の合宿みたいで。でも、瀬戸口君にとっては部屋は寝るだけなの。仮眠室は生活の基本となるところじゃないわ」

「落ち着いたら一度、神戸に帰ってくる」

瀬戸口はぽつりと言った。「帰る」という言葉が自然に出た。

「どういう風の吹き回しなの」

亜紀子が驚いた表情を見せた。

瀬戸口は一一年前のあの日以来、神戸の町を正面から見ることができない。あの年の四月、大学入学のために東京に来て以来、帰っていない。

「土地の売却の話が出てる。いつまでもあのまま駐車場にしておくのはもったいないって。神戸のためにもね」

「東京にマンション買いなさいよ。地震でも絶対に壊れないマンション。あなた、そういうの見つけるの得意でしょう」

「長谷川さんの鍼灸・整骨院を建て替えるのもいいなって思ってる。まだ話してはいないけどね。もちろん、僕が下宿する」

「どう使うにしろ、神戸の土地を売ることには賛成。これであなたもやっと前に進むことができるってわけね」

「きみも――」

言い掛けた言葉を心の中に押し込めた。吹っ切れたみたいだ、と言いたかったのだ。女の子を救うために、暗く狭い空間に潜り込んでいった。亜紀子も一つの壁を乗り越えたという気がしたのだ。

「どうかしたの」

怪訝《けげん》そうな顔で瀬戸口を見ている。

「なんでもない」

「昔に戻るっていうのも良し悪《あ》しね」

亜紀子は顔をしかめた。

「地震の何日か前に、ここで会ったでしょう。そのとき――静岡から帰ってからの瀬戸口君って、昔の瀬戸口君に戻ったみたいだった。自信過剰で生意気なの。あのころ、瀬戸口君、けっこうもてたのよ」

「知ってた」

「そう。そんな感じ。嫌みな奴って言ってる女の子も多かった」

瀬戸口は肩をすくめた。

「民間人はいつも気楽でいいな」

声に振り向くと松浦が歩いてくる。

黄色のダウンジャケットにジーンズ、スニーカーを履いている。

「今日は制服じゃないの？　すごく素敵だったのに」

「この前は並んで歩くのも嫌がっただろう。それがいまじゃ憧れの的《まと》だ」

松浦は亜紀子の横に来て手摺《てす》りにもたれた。

「腕は大丈夫なのか」

羽織ったダウンジャケットの前が大きく膨らみ、左袖《ひだりそで》が揺れている。

「大げさにしたほうが楽ができる」

「無茶しないでよ。あなたの出番はこれからなんだから。それに——お母さんがいるのよ」

「これでまた一つ勲章《くんしょう》が増えた。戦場にも行かないのに」

「被災地だって戦場だよ。自然と人間との悲惨な戦いの場だ」

松浦は無言でうなずいた。

「自然と人間の戦い——どちらが勝つか」

松浦の表情はどことなく疲れた感じがする。たしかに一週間以上の間、腕の負傷にもかかわらず先頭に立って救助活動の指揮をとったのだ。

「私は共存しか道はないと思うけど。お互い、持ちつ持たれつ」

違う、と瀬戸口は思った。しかし声に出しては言えなかった。人間は本来自然の一部なんだ。自然とともに生きてきた存在なんだ。それがいつの間にか、人間だけが特別であるかのように考えるようになった。自然を支配するとか、共存するとかおこがましいような気がする。

「もうすぐクリスマスだ。去年みたいなことはよそうぜ」

松浦の言葉に瀬戸口はうなずいた。去年のクリスマスは三人で一緒にすごす約束だった。しかし、直前になって瀬戸口は伊豆の地震研究センターに行ったのだ。そのまま年明けまで一人ですごし、二人に連絡もしなかった。なぜか、急に人と会うのに耐えられなくなったのだ。今年は、みんなで長谷川のいる仮設住宅に集まることになっている。松浦の母親も来るはずだ。

「どうしたの。考え込んじゃって」

「これからこの町がどういうふうに変わっていくかと思って」

三人は東京に目を向けた。

すっかり見通しのよくなった町が何かを語りかけてくるような気がする。

「がんばろう、神戸。それしかないやろな」

ふいに、瀬戸口の口から故郷の言葉が出た。

三人は顔を見合わせ、微笑んだ。

【参考資料】

『せまり来る巨大地震』竹内均編著　Ｎｅｗｔｏｎ別冊　二〇〇二年八月
『東京が危ない！　警告・巨大地震の再来！』地震災害対策研究会編　ぶんか社　二〇〇三年
『東海地震に関する専門調査会報告』中央防災会議　二〇〇一年
『読売報道写真　阪神大震災全記録』読売新聞社　一九九五年
『東京大地震は必ず起きる』片山恒雄　文春新書　二〇〇二年
『地震予報に挑む』串田嘉男　ＰＨＰ新書　二〇〇〇年
『東京大震災は明日起こる』川西勝　中公新書ラクレ　二〇〇一年
『地球シミュレータ』（パンフレット）地球シミュレータ研究開発センター
『地震と津波　その監視と防災』（パンフレット）気象庁
『東京の消防』（パンフレット）東京消防庁
『東京都防災センター』（パンフレット）東京都総務局
『震災対策に関するシステム』（パンフレット）東京消防庁
「やがて来る巨大地震」「巨大地震の時代」「巨大地震」取材班編　産経新聞連載　二〇〇二年一一月～二〇〇四年一月
気象庁・東京消防庁・自衛隊の災害派遣等のホームページ

解　説──私にとってのM8

（京都大学防災研究所巨大災害研究センター長・教授）
河田惠昭

阪神・淡路大震災から十二年以上経った現在、被災地では経験の風化が急速に進んでいる。その証拠に、防災を目的とした各種の催し物に被災地とその周辺では人が集まらない状態が続いており、ひどくなる一方である。私の過去の災害事例の解析では、災害から十七回忌を迎えると被災地の人たちの多くは「元の木阿弥」に、すなわち、災害前と同じ意識に戻ってしまうという結果が出ている。果たして、阪神・淡路大震災も例外ではないのであろうか。その中で、肉親や大事な人を亡くすなど、心に傷を受けた被災者だけが浮き上がり、どんどん孤立している。彼らだけが震災の重荷を背負って、終生癒されることなく生き続けなければならないのである。心的外傷後ストレス障害（PTSD）が時間とともに軽減するというのは、多くの場合うそである。

私も、阪神・淡路大震災によって人生観が変わった一人である。起こったとき、都市災害を研究テーマにしていた研究者は私一人であった。たとえば、都市で起こる災害を都市化災害、都市型災害（ライフライン災害）、都市災害と区分し、それぞれの特徴を表にまとめていたが、阪神・淡路大震災は都市災害の唯一の例となった。それまで仮説を立てながら解析し、得られた結果が現実のものとなったのである。阪神・淡路大震災の丁度一年前に米国のロスアンジェルスでノースリッジ地震が起こった。これら両者の震災の比較研究が日米共同研究として五年にわたって推進されたが、後者は都市型災害であるから、直接比較しても相違するのは当たり前であったのに、最後までそれに気がつかない研究者が多かった。

阪神・淡路大震災の最大の教訓は、防災・減災研究は被災者の視点に立ってやらなければならないということである。私も強烈にそのことを自覚させられた。それまでは、ほとんどが行政のための研究であったことは否めない。この震災前から、南海地震対策の必要性を強く主張していたのも私一人であった。たとえばこの津波が大阪に来襲した場合、少なくとも淀川下流部の河川敷に氾濫する危険が予想できた。ところが、これがなかなか大阪市に認められない。わが国の自治体の地域防災計画で対象となっている災害は、明治以降、〝具体的に〟被害があった災害だけである。大阪市は一九四六年の昭和南海地震と津波による大きな被害がなかったので、これは対象外であった。その前の一八五四年の安政東海地震に続いて起こった南海地震では、大阪市で津波によって少なくとも九〇〇人が犠牲になったことは私が担当した大阪市の委託研究で明らかにしていたにもかかわらずである。

大阪市はこの河川敷を広域災害時の避難場所として指定しており、最大六〇万人を超える市民が一時的に避難することになっていた。この指定を解除する件について大阪市市民局の幹部と少なくとも三度は協議したが、いつも物別れである。もう二十年以上も前の出来事であり、当時助教授であったから無視されたのかもしれない。彼らが撤回しない理由は、代替地がないということであった。ところが、阪神・淡路大震災直後、広域避難場所という現地に設置してあった看板をいつの間にか〝こっそりと〟はずしてしまっていたのだ。どこの自治体でも学識経験者を中心とした防災会議が設置されているが、事務局の判断で議題にしないというような恣意的な操作も一部では行われている。一方、議題になる前に問題がある可能性があるかもしれないというような見識をもった学識経験者の委員は本当に少ない。見識があるから専門家なのであって、そうでなければただの物知りである。

自治体だけではない。東海地震が起これば、いま時速二七〇キロで静岡県内を走っているのぞみは脱線転覆し、高架や盛土から転げ落ちる公算が大きい。ユレダスだけでは防ぐことはほとんど不可能である。しかも新潟県中越地震で「とき325号」が脱線したが、幸い転覆しなかったのは、レールを枕木に固定してその下のコンクリートの床版とボルトで緊結していたからであろう。ところが東海道新幹線は砕石の上に枕木が載っている在来線タイプである。だから、一端脱線すれば、アコーデオンの蛇腹のようにレールがくしゃくしゃになり、転覆、落下する危険性がある。軌道はせめて上越新幹線のようなスラブ構造にするべきであろう。ところが私が委員長を務めた静岡県が設置した防災委員会に、JR東海は委員を出さないばかりか、必要な情報も提供しないことが起こった。これは民営化の弊害であろう。「そのようなことは起こらない」と主張するのである。そのとき、東海道新幹線が地震時に脱線転覆するシナリオは、委員会の議論の結果、十あったと記憶している。

さて、本屋の店頭で『M8』という表題をみて、Mをマグニチュードと理解する人は少ないと考えられる。さらに、マグニチュードと理解した人でもM8を首都直下地震と考える人はあまりいないに違いない。いま中央防災会議が想定している東京湾北部地震は7・3であって、8なら東海地震を考えてしまうだろう。

この小説の書き出しが伊豆半島の駿河湾に面した大瀬崎地震研究センターにおける地震記録の解説であったから、何を隠そう私にもそのような先入観があった。話が進んでいくうちに東海地震と首都直下地震の関連性に基づくストーリーの展開となっていく。ここのところに著者のストーリー展開の工夫が見られる。てっきり東海地震を対象としたストーリーと思われるところが、実は首都直下地震が発生するという展開の妙が、この小説を奥行きの深いものとしている。

瀬戸口、亜希子、松浦という阪神・淡路大震災当時、高校三年生だった被災同級生が、ポストドクター、議員秘書、自衛官になり、大震災から十一年経った十二月初旬からストーリーが始まるという設定である。彼らが阪神・淡路大震災で受けた被害の大きさは、さりげなく紹介されている。そのさりげなさが却って震災の悲惨さを訴える。そして、陰の主役が遠山教授である。彼も阪神・淡路大震災で妻と次女、長男を亡くし、唯一長女だけが生き残り、研究室の学生も四名死亡するという壮絶さである。辞職した彼が、大瀬崎地震研究センターの周辺に出没し、インターネット上で地震情報を探っているという設定は非常に自然である。なぜなら、研究者というものは、公私の区別なく、研究に没頭するという特性を有し、これはどのような外部環境の変化とも無縁だからである。

彼ら三人の設定は、実際に首都直下地震が起こるとさらに重要となる。とくに亜希子と堂島議員、そして東京都知事、首相の対応内容とその心理描写はとてもリアルであり、著者が卓抜したイマジネーション能力を持っていることを示す。実は災害も含めて危機管理で一番重要な要素は、イマジネーション能力である。いくら精緻なマニュアルが用意されていても、その条件設定と現実に起こることの間には必ず乖離《かいり》が存在する。それを補うものがイマジネーションである。

さて、私は政府の中央防災会議の下に置かれた首都直下地震対策、東海地震対策、東南海・南海地震等の地震防災対策の各専門調査会の委員を務めたが、一番難しかったのは被害想定作業ではなく、被災シナリオであった。現実に何が起こるかが事前に把握できないというもどかしさをいつも感じていた。だから、本文中に紹介されている被害を表す数字が、何を物語るかが明らかではないというジレンマを感じていた。被災者の数だけ被災ストーリーがあるはずで、これを把握することが災害対応ではとても大切である。『M8』で展開された被災者のストーリーは、災害対応する自治体職員などにとっては貴重な情報を提供してくれている。被害の多様性は都市災害の最大の特徴である。

二〇〇三年の十勝沖地震は今後三十年以内の発生確率が60％で発生した。現在、首都直下のそれは70％、東海地震は87％である。だからいつ地震が起きてもおかしくない。しかも、一八五四年の安政東海と南海地震のときは、十一ヵ月後に安政江戸地震が起こった。確率も歴史的事実も東海地震が先行する危険性のほうが、首都直下地震が先行する場合よりも大きいことを示している。しかし、『M8』が提起した問題は、地震の起こり方に関する順序が決まっているわけではないにもかかわらず、なんとなくそのように考えていることの不気味さをあらわにしてくれた。関係者や人々の思い込みが被害の大きさを左右しかねないことが示されている。そして、ここに描かれているような首相や東京都知事の役割は、もっと限定されたものにならざるをえないという現実も理解する必要があろう。なぜなら、阪神・淡路大震災当時と違って、膨大な災害情報に下手をすると埋没する危険があるからで、意思決定の過程をもっと吟味し、分散型のシステムが必須となってくるだろう。カリスマ的なリーダーの存在だけでは、手に負えないことははっきりしている。

そして、何よりも気をつけなければいけないことは、地震学者は災害研究者であって防災研究者ではないという事実である。とくにマスメディアの誤解が大きい。遠山教授の反省の弁としてそのことが紹介されているが、地震学者は地震の起こり方に興味をもって研究しているのであって、地震による直接の人的、経済的被害の軽減を目指している地震研究者は残念ながらいない。もちろん一流の研究者がいないという意味である。これは世界に目を転じて探してもいない。サイエンスとしての地震学、エンジニアリングとしての耐震工学を専門とする研究者は皆、不器用である。だから、いくら研究費を増やしても実践的な成果は費用対効果を考えた場合、乏しいと言わざるを得ない。メカニズムの解明やハード防災技術の開発は、防災・減災にとって必要であっても十分ではない。地震学や耐震工学の研究を、防災・減災戦略の一環としてもっと鮮明にして、研究経営をやらないといつまで経っても地震予知や実践的な被害軽減はできないだろう。しかも、皮肉なことに東海地震が予知できる場合とできない場合の被害の比較では、両者に圧倒的な差がないという事実である。これは首都直下地震にも当てはまるだろう。私たちの社会はそれだけ複雑になっているということを考えなければいけない。

集英社文庫

M 8 エムエイト

2007年 8 月25日 第 1 刷
2020年12月21日 第12刷

定価はカバーに表示してあります。

著　者　高嶋哲夫《たかしまてつお》

発行者　徳永　真

発行所　株式会社 集英社
東京都千代田区一ツ橋2-5-10 〒101-8050
電話 【編集部】03-3230-6095
【読者係】03-3230-6080
【販売部】03-3230-6393(書店専用)

印　刷　凸版印刷株式会社

製　本　凸版印刷株式会社

フォーマットデザイン　アリヤマデザインストア　　マークデザイン　居山浩二

ISBN978-4-08-746200-5 C0193